历朝通俗演义（插图版）——两晋演义 I

八王之乱

蔡东藩 著

北方联合出版传媒(集团)股份有限公司
万卷出版公司

© 蔡东藩 2015

图书在版编目（CIP）数据

两晋演义.1, 八王之乱 / 蔡东藩著. — 沈阳：万
卷出版公司, 2015.1（2017.5重印）
（历朝通俗演义）
ISBN 978-7-5470-3096-7

Ⅰ.①两… Ⅱ.①蔡… Ⅲ.①章回小说－中国－现代
Ⅳ.①I246.4

中国版本图书馆CIP数据核字（2014）第154399号

出版发行：北方联合出版传媒（集团）股份有限公司
　　　　　万卷出版公司
　　　　　（地址：沈阳市和平区十一纬路29号　邮编：110003）
印　刷　者：北京航天伟业印刷有限公司
经　销　者：全国新华书店
幅面尺寸：168mm×233mm
字　　数：261千字
印　　张：15.75
出版时间：2015年1月第1版
印刷时间：2017年5月第2次印刷
责任编辑：周莉莉　康艳玲
封面设计：向阳文化　吕智超
版式设计：范思越
ISBN 978-7-5470-3096-7
定　　价：36.00元

联系电话：024-23284090/010-57262361
传　　真：010-88332248
E-mail：200514509@qq.com
网　　址：http://e.weibo.com/zhipinshuye

自 序

　　《晋书》百三十卷，相传为唐臣房乔等所撰，盖采集晋朝十有八家之制作，及北魏崔鸿所著之《十六国春秋》等书，会而通之，以成此书。独宣武二帝纪，与陆机王羲之传论，出自唐太宗手笔，故概以御撰称之，义在尊王，无足怪也。后书评论《晋书》之得失，不一而足，而《涑水通鉴》《紫阳纲目》叙述晋事，书法与《晋书》相出入者，亦不胜举焉。愚谓当今之时，以古为鉴，不必问其史笔之得失，但当察其史事之变迁。两晋之史事繁矣，即此内讧外侮之复杂，仆已更难详。宫闱之祸，启自武元，藩王之祸，肇自汝南，胡虏之祸，发自元海；卒致铜驼荆棘，蒿目苍凉，鳌坠三山，鲸吞九服，君主受青衣之辱，后妃遭褚寇之污，此西晋内讧外侮之大较也。王敦也，苏峻也，陈敏杜弢祖约也，孙恩卢循徐道复也，而桓玄则为篡逆之尤，此东晋内讧之最大者。二赵也，三秦也，四燕五凉也，成夏也，而拓跋魏则为强胡之首，此为东晋外侮之最甚者。盖观于东西两晋之一百五十六年中，除晋武开国二十余年外，无在非祸乱侵夺之日，不有内讧，即有外侮，甚矣哉！有史以来未有若两晋祸乱之烈也。夫内政失修，则内讧必起，内讧起则外侮即乘之而入，木朽虫生，墙罅蚁入，自古皆然，晋特其较著耳。鄙人愧非论史才，但据历代之事实，编为演义，自南北朝以迄民国，不下十数册，大旨在即古证今，惩恶劝善，而于《两晋演义》之着手，则于内讧外侮之所由始，尤三致意焉。盖今日之大患，不在外而在内，内讧迭起而未艾，吾恐五胡十六国之祸，不特两晋为然，而两晋即今日之前车也。天下宁有蚌鹬相争，而不授渔人之利乎？若夫辨忠奸，别贞淫，抉明昧，核是非，则为书中应有之余义，非敢谓上附作者之林，亦聊以寓劝戒之意云尔。唯书成仓猝，不免讹误，匡我未逮，是所望于阅者诸君。

中华民国十三年夏正季秋之月，古越蔡东帆自叙于临江寄庐

2

两晋世系图

按晋武帝为司马懿孙，元帝则为司马懿曾孙，祖伷父觐，皆
为琅琊王。相传觐妃夏后氏与小吏牛金通而生元帝，故有牛代马
后之谣，特附录之。

西晋

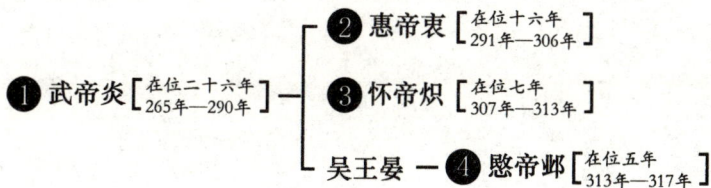

❶ 武帝炎 [在位二十六年 265年—290年]

❷ 惠帝衷 [在位十六年 291年—306年]

❸ 怀帝炽 [在位七年 307年—313年]

吴王晏 — ❹ 愍帝邺 [在位五年 313年—317年]

东晋

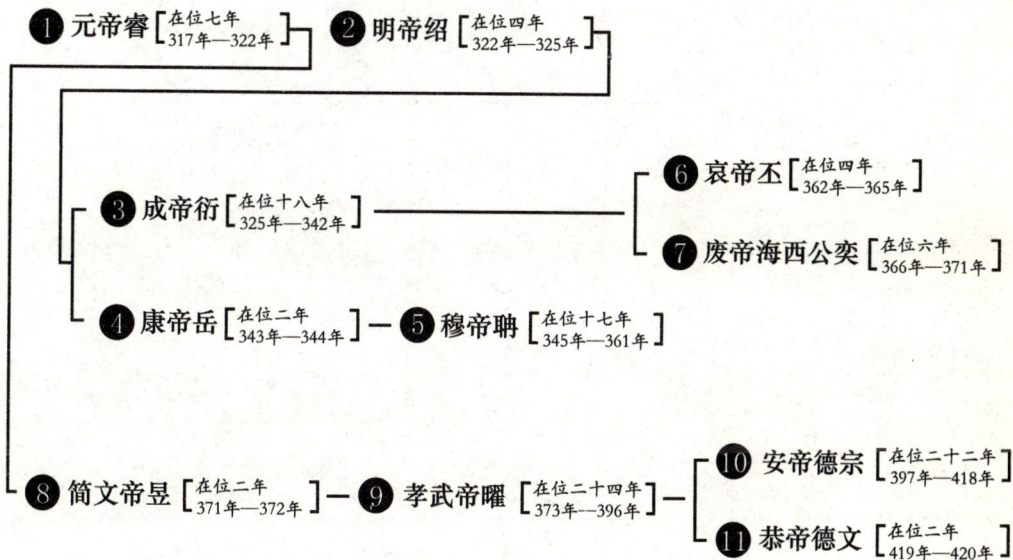

❶ 元帝睿 [在位七年 317年—322年]

❷ 明帝绍 [在位四年 322年—325年]

❸ 成帝衍 [在位十八年 325年—342年]

❻ 哀帝丕 [在位四年 362年—365年]

❼ 废帝海西公奕 [在位六年 366年—371年]

❹ 康帝岳 [在位二年 343年—344年] — ❺ 穆帝聃 [在位十七年 345年—361年]

❽ 简文帝昱 [在位二年 371年—372年] — ❾ 孝武帝曜 [在位二十四年 373年—396年]

❿ 安帝德宗 [在位二十二年 397年—418年]

⓫ 恭帝德文 [在位二年 419年—420年]

西晋传三世，凡四主，计五十二年。东晋传四世，凡十一主，计一百零四年，两共计一百五十六年。
（《晋书》载西晋五十四年，东晋一百零二年，此为怀愍失国后之二年，晋廷无主，仍用怀愍年号，今读
史家言，谓宜并入东晋，顾有至理，故从之。）

目 录

第一回

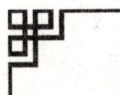

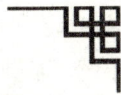

祀南郊司马开基
立东宫庸雏伏祸

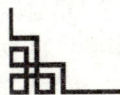

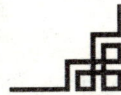

华夷混杂，宇宙腥膻，这是我国历史上，向称为可悲可痛的乱事。其实华人非特别名贵，夷人非特别鄙贱，如果元首清明，统御有方，再经文武将相，及州郡牧守，个个是贤能廉察，称职无惭，就是把世界万国联合拢来，凑成一个空前绝后的大邦，也不是一定难事，且好变做一大同盛治了。**眼高于顶，笔大如椽。**无如我国人一般心理，只守定上古九州的范围，不许外人羼入，又因圣帝明王，寥寥无几，护国乏良将相，殖民乏贤牧守，仅仅局守本部，还是治多乱少；所以旧儒学说，主张小康，专把华夷大防，牢记心中，一些儿不肯通融，好似此界一溃，中国是有乱无治，从此没有干净土了。看官！试搜览古史，何朝不注重边防，何代能尽除外患？日日攘外夷，那外夷反得步进步，闹得七乱八糟，不可收拾。究竟是备御不周呢？还是别有他故呢？古人说得好："人必自侮，然后人侮；家必自毁，然后人毁；国必自伐，然后人伐。"又云："木朽虫生，墙罅蚁入。"这却是千古不易的名言。历朝外患，往往从内乱引入，内乱越多，外患亦趋深。照此看来，明明是咎由自取，应了前人的遗诫，怎得专咎外夷与防边未善呢？**别具只眼。**

小子尝欲将这种臆见，抒展出来，好待看官公决是非，但又虑事无左证，徒把五千年来的故事，笼笼统统地说了一番，看官或且诮我为空谈，甚至以汉奸相待，这

1

岂不是多言招尤么？近日笔墨少闲，聊寻证据，可巧案左有一部《晋书》，乃是唐太宗汇集词臣，撰录成书，共得一百三十卷，当下顺手一翻，看了一篇《序言》，是总说五胡十六国的祸乱，因猛然触起心绪，想到外祸最烈，无过晋朝，晋自武帝奄有中原，仅阅一传，便已外患迭起，当时大臣防变未然，或说是罢兵为害，山涛。或说是徙戎宜早，郭钦江统。言谆谆，听藐藐，遂致后来外祸无穷，由后思前，无人不为叹惜。那知牝鸡不鸣，群雄自息；八王不乱，五胡何来？并且貂蝉满座，麈尾挥尘，大都龌龌龊龊，庸庸碌碌，没一个文经武纬，没一个坐言起行。看官试想！这种败常乱俗的时局，难道尚能支持过去么？假使兵不罢，戎早徙，亦岂果能慎守边疆，严杜狡寇么？到了神州陆沉，铜驼荆棘，两主被虏，行酒狄庭，无非是内政不纲，所以致此。既而牛传马后，血统变迁，阳仍旧名，阴实易姓，王马共天下，依然是乱臣贼子，内讧不休，一波未平，一波又起，单剩得江表六州，扬荆江湘交广。尚且朝不保暮，还有什么余力，要想规复中原呢？幸亏有几个智士谋臣，力持危局，淝水一役，大破苻秦，半壁江山，侥幸保全；那大河南北，长江上游，仍被杂胡占据，虽是倏起倏衰，终属楚失楚得，就中非无一二华族，夺得片土，与夷人争衡西北，张实据凉州，李暠据酒泉，冯跋据中山。究竟势力甚微，无关大局；且仇视晋室，仍似敌国一般。东晋君臣，稍胜即骄，由骄生惰，毫无起色，于是篡夺相寻，祸乱踵起，不能安内，怎能对外？大好中原，反被拓跋氏逐渐并吞，成一强国，结果是枭雄柄政，窥窃神器，把东晋所有的区宇，也不费一兵，占夺了去。咳！东西两晋，看似与外患相终始，究竟自成鹬蚌，才有渔翁。西晋尚且如此，东晋更不必说了。有人谓司马篡魏，故后嗣亦为刘裕所篡，这是从因果上着想，应有此说；但添此一番议论，更见得晋室覆亡，并非全是外患所致。伦常乖舛，骨肉寻仇，是为亡国第一的祸胎；信义沦亡，豪权互阅，是为亡国的第二祸胎。外人不过乘间抵隙，可进则进，既见我中国危乱相寻，乐得趁此下手，分尝一脔，华民虽众，无拳无勇，怎能拦得住胡马，杀得过番兵。眼见得男为人奴，女为人妾，同做那夷虏的仆隶了。伤心人别有怀抱。自古到今，大抵皆然，不但两晋时代，遭此变乱，只是内外交迫，两晋也达到极点。为惩前毖后起见，正好将两晋史事，作为榜样，奈何后人不察，还要争权夺利，扰扰不休，恐怕四面列强，同时入室，比那五胡十六国，更闹得一塌糊涂，那时国也亡，家也亡，无论豪族平民，统去做外人的砧上鱼，刀上肉，无从幸免，乃徒怨及外人利害，试问外人肯受此恶名吗？论过去兼及未来，真是眼光四射。

话休叙烦，且把那两晋兴亡，逐节演述，作为未来的殷鉴。看官少安毋躁！待小子援笔写来：晋自司马懿起家河内，曾在汉丞相曹操麾下，充当掾吏，及曹丕篡汉，出握兵权，与吴蜀相持有年，迭著战绩。懿死后，长子师嗣，后任大将军录尚书事，都督中外各军，废魏主曹芳及芳后张氏，权焰逼人。未几师复病死，弟昭得承兄职，比乃兄还要跋扈，居然服衮冕，着赤舄。魏主曹髦，忍耐不住，尝谓司马昭之心，路人皆知。因即号召殿中宿尉及苍头官僮等，作为前驱，自己亦拔剑升辇，在后督领，亲往讨昭，才行至南阙下，正撞着一个中护军，面目狰狞，须眉似戟，手下有二三百人，竟来挡住乘舆。这人为谁，就是平阳人贾充。特别提出，不肯放过贼臣，且为该女乱晋张本。魏主髦喝令退去，充非但不从，反与卫士交锋起来，约莫有一两个时辰。充寡不敌众，将要败却，适太子舍人成济，也带兵趋入，问为何事相争？充厉声道："司马公豢养汝等，正为今日，何必多问！"成济乃抽戈直前，突犯车驾。魏主髦猝不及防，竟被他手起戈落，刺毙车中。兄废主，弟弑主，一个凶过一个。余众当然逃散。

司马昭闻变入殿，召群臣会议后事。尚书仆射陈泰，流涕语昭道："现在惟亟诛贾充，尚可少谢天下。"看官！你想贾充是司马氏功狗，怎肯加诛？当下想就了张冠李戴的狡计，嫁祸成济，把他推出斩首，还要夷他三族。助力者其视诸！一面令长子中抚军炎，迎入常道乡公曹璜，继承魏祚。璜改名为奂，年仅十五，一切国政，统归司马昭办理。昭复部署兵马，遣击蜀汉，骁将邓艾钟会，两路分进，蜀将望风溃败，好容易攻入成都，收降蜀汉主刘禅。昭引为己功，进位相国，加封晋公，受九锡殊礼。俄而进爵为王，又俄而授炎为副相国，立为晋世子。正拟安排篡魏，偏偏二竖为灾，缠绕昭身，不到数日，病入膏肓，一命呜呼。世子炎得袭父爵，才过两月，即由司马家臣，奉书劝进，胁魏受禅。魏主奂早若赘疣，至此只好推位让国，生死唯命。司马炎定期即位，设坛南郊。时已冬暮，雨雪盈涂，炎却遵吉称尊，服衮冕，备卤簿，安安稳稳地坐了法驾，由文武百官拥至郊外，燔柴告天。炎下车行礼，叩拜穹苍，当令读祝官朗声宣诵道：

皇帝臣司马炎，敢用玄牡，明告于皇皇后帝。魏帝稽协皇运，绍天明命以命炎。昔者唐尧熙隆大道，禅位虞舜，舜又禅禹。迈德垂训，多历年载。暨汉德既衰，太祖武皇帝，指曹操。拨乱济时，辅翼刘氏，又用受命于汉。粤在魏室，仍世多故，几于颠坠，实赖有晋匡拯之德，用获保厥肆祀，弘济于艰难，此则晋之有大造于魏也。诞惟四方，罔不祗顺。廓清梁岷，包怀扬越，八纮同轨，祥瑞屡臻，天人协应，无思不服。肆予宪章三后，用集大命于兹。炎维德不嗣，辞不获命，于是群公卿士，百辟庶僚，黎献陪隶，暨于百蛮君长，佥曰："皇天鉴下，求民之瘼，既有成命，固非克让所得距违。天序不可以无统，人神不可以旷主。"炎虔奉皇运，寅畏天威，敬简元辰，升坛受禅，告类上帝，永答众望。

　　祝文读毕，祭礼告终。司马炎还就洛阳宫，御太极前殿，受王公大臣谒贺。这班王公大臣，无非是曹魏勋旧，昨日臣魏，今日臣晋，一些儿不以为怪，反且欣然舞蹈，曲媚新朝。攀龙附凤，何代不然？随即颁发诏旨，大赦天下，国号晋，改元泰始。封魏主奂为陈留王，食邑万户，徙居邺宫。奂不敢逗留，没奈何上殿辞行，含泪而去。朝中也无人钱送，只太傅司马孚，拜别故主，唏嘘流涕道："臣已年老，不能有为，但他日身死，尚好算做大魏纯臣哩。"看官道孚为何人？乃是司马懿次弟，即新主司马炎的叔祖父，官至太傅，生平尝洁身远害，不预朝政，所以司马受禅，独孚未曾赞成。但年已八十有余，筋力就衰，不能自振，只好自尽臣礼，表明心迹，这也不愧为庸中佼佼了。

　　过了一日，诏遣太仆刘原往告太庙，追尊皇祖懿为宣皇帝，皇伯考师为景皇帝，皇考昭为文皇帝，祖母张氏为宣穆皇后，母王氏为皇太后。相传王太后幼即敏慧，过目成诵，及长，能孝事父母，深得亲心。既适司马氏，相夫有道，料事屡中。后来生了五子，长即司马炎，次名攸，又次名兆，又次名定国广德。兆与定国广德三人，均皆早夭，唯炎攸尚存。炎字安世，姿表过人，发长委地，手垂过膝，时人已知非常相。攸字大猷，早岁岐嶷，成童后饱阅经籍，雅善属文，才名籍籍，出乃兄右，司马昭格外钟爱。因兄师无后，令攸过继，且尝叹息道："天下是我兄的天下，我不过因兄成事，百年以后，应归我兄继子，我心方安。"及议立世子，竟遂属攸，左长史山涛劝阻道："废长立少，违礼不祥。"贾充已进爵列侯，亦劝昭不宜违礼。还有司徒何曾，尚书令裴秀，又同声附和，请立嫡长，因此炎得为世子。炎篡位时，正值壮年，春秋鼎盛，大有可为，初政却是清明，率下以俭，驭众以宽。有司奏称御牛丝靰，已致朽敝，不堪再用，有诏令用麻代丝。高阳人许允，为司马昭所杀，允子奇颇有材思，仍诏为太常丞，寻且擢为祠部郎。海内苍生，讴歌盛德，哪一个不望升平？但天下事靡不有初，鲜克有终，晋主炎正坐此弊，所以典午家风，午肖马，典者司也，故旧称司马为典午。不久即坠呢。这事备详后文，看官顺次细阅，自见分晓。惟晋主炎的庙号，叫做武帝，小子沿着史例，便称他为晋武帝。

且说晋武帝已经篡魏，复力惩魏弊，壹意更新。他想魏氏摧残骨肉，因致孤立，到了禅位时候，竟无人出来抗衡，平白地让给江山，自己虽侥幸得国，若使子子孙孙，也像曹魏时孤立无援，岂不要仍循覆辙么？于是思患预防，大封宗室，授皇叔祖父孚为安平王，皇叔父干，司马懿第三子。为平原王，亮懿第四子。为扶风王，伷懿第五子。为东莞王，骏为汝阴王，懿第六子京早卒。骏为第七子。彤懿第八子。为梁王，伦懿第九子。为琅琊王，皇弟攸为齐王，鉴为乐安王，机为燕王。鉴与机为晋武异母弟。还有从伯叔父，及从父兄弟，亦俱封王爵，列作屏藩。名称不详，因无关后来治乱，所以从略。上文如亮如伦，为八王之二，故例须并举。进骠骑将军石苞为大司马，封乐陵公，车骑将军陈骞为高平公，卫将军贾充为鲁公，尚书令裴秀为钜鹿公，侍中荀勖为济北公，太保郑冲为太傅，兼寿光公，太尉王祥为太保，兼睢陵公，丞相何曾为太尉，兼朗陵公，御史大夫王沈为骠骑将军，兼博陵公，司空荀𫖮为临淮公，镇北大将军卫瓘为菑阳公。此外文武百僚，各加官进爵有差。

转瞬间已过残腊，便是泰始二年，元旦受朝，不消细说。有司请建立七庙，武帝恐劳民伤财，不忍徭役，但将魏庙神主，徙置别室，即就魏庙作为太庙，所有魏氏诸王，皆降封为侯。旋册立王妃杨氏为皇后，杨氏是弘农郡人，名艳，字琼芝，父名文宗，曾仕魏为通事郎，母赵氏产女身亡，女寄乳舅家，赖舅母抚育成人，生得姿容美丽，秀外慧中，相士尝说她后当大贵，司马昭乃纳为子妇，伉俪甚谐。昭纳杨女为媳，明明是有心篡国。及得立为后，追怀舅氏旧恩，请敕封舅氏赵俊夫妇，武帝自然依议。俊兄赵虞，也得授官。虞有一女，芳名是一粲字，颇有三分姿色，杨后召她入宫，镇日里留住左右，就是武帝退朝，与后叙谈，粲亦未尝回避，有时却与武帝调情，杨后玉成人美，遂劝武帝纳作嫔嫱，赐号夫人。武帝还道杨后大度，毫不妒忌，哪知杨后正要这中表姊妹，来做帮手，一切布置，仿佛与美人计相似，武帝为色所迷，怎能窥破杨后的私衷呢？这也是杨后特别作用，与普通妇人不同。

　　杨后初生一男，取名为轨，二岁即殇，嗣复生了二子，长名衷，次名东，衷顽钝如豕，年至七八岁，尚不能识之无，虽经师傅再三教导，也是旋记旋忘。武帝尝谓此儿不肖，未堪承嗣，偏杨后钟爱顽儿，屡把立嫡以长的古训，面语武帝，惹得武帝满腹狐疑，勉强延宕了一年。衷已年至九岁了，杨后常欲立衷为太子，随时絮聒，又经赵夫人从旁帮忙，只说："衷年尚幼冲，怪不得他童心未化，将来大器晚成，何至不能承统。今主上即位二年，尚未立储，似与国本关系，未免欠缺，应速立衷为嗣"云云。从来妇人私语，最易动听，况经一妻一妾，此倡彼和，就使铁石心肠，也被销熔。况晋武帝牵情帷箔，无从摆脱，怎能不为它所误，变易成心？泰始三年正月，竟立衷为皇太子。祸本成了。内外官僚，那个来管司马家事？且衷为嫡长，名义甚正，更令人无从置喙，大众不过依例称贺，乐得做个好好先生，静观成败罢了。

　　是年特下征书，起蜀汉郎官李密为太子洗马，密父虔早殁，母何氏改醮，单靠祖母刘氏抚养，因得长成。是时刘氏年近百岁，起居服食，统由密一人侍奉。密乃上表陈情，愿乞终养。表文说得非常恳切，一经呈入，连武帝也为动情，且阅且叹道："孝行如是，毕竟名不虚传呢。"《陈情表》传诵古今，不待录入，唯事可风世，因特笔表明。待至刘终服阕，仍复征为洗马，不久即出为守令，免官归田，考终原籍。随手了结，免致阅者疑问。

　　泰始四年，皇太后王氏崩，武帝居丧，一遵古礼，迨丧葬既毕，还是缞绖临朝。先是武帝遭父丧时，援照魏制，三日除服，但尚素冠蔬食，终守三年。至是改魏为晋，法由己出，因欲仿行古制，持三年服，偏百官固请释缞，乃姑允通融，朝服从吉，常服从凶，直到三年以后，才一律改除。不没晋武孝思，唯不能力持古礼，尚留遗憾。事有凑巧，晋室方遭大丧，那孝子王祥，亦老病告终。祥系琅琊人氏，早年失恃，继母朱氏，待祥颇虐，卧冰求鲤的故典，便是王祥一生的盛名。后仕魏至太尉，封睢陵侯，武帝即位，迁官太保，进爵为公。见上文。祥系年老乞休，一再不已，乃听以睢陵公就第，禄赐如前。已而病殁，赗赠甚优，予谥曰元。祥弟名览，为朱氏所出，屡次谏母护兄，孝友恭恪，与祥齐名，后来亦官至光禄大夫。门施五马，代毓名贤，这岂不是善有善报么？叙祥及览，连类并书。

　　且说晋武帝新遭母丧，无心外事，但将内政稍稍整顿，已是兆民乐业，四境蒙麻。过了年余，方欲东向图吴，特任中军将军羊祜为尚书左仆射，出督荆州军事。祜

轻裘缓带

乙丑仲夏金阊马骃

羊祜轻裘缓带

坐镇襄阳，日务屯垦，缮备军实，意者待时而动，不愿与吴急切启衅，故在军中常轻裘缓带，有儒雅风。武帝亦特加宠信，听他所为。不意雍凉交界，忽出了一个外寇，叫做秃发树机能，这树机能系出鲜卑，为秦汉时东胡遗裔，散居塞北鲜卑山，因即沿称为鲜卑种。鲜卑酋匹孤，集得部众千人，从塞北入居河西。妻相掖氏方孕，延至足月，陡欲分娩，不及起床坐蓐，竟在被中产出一儿，鲜卑人呼被为秃发，乃以秃发两字，为婴儿姓氏，取名寿阗。寿阗年长，嗣父遗业，却也没甚奇异，不过部众日繁，约得数千人。寿阗子就是树机能，骁果多谋，集众数万，出没雍凉，当邓艾破蜀时，上表乞降，遂任他居住。偏偏养痈贻患，到了泰始六年，居然造起反来，是为胡人蠢动的第一声。**提要钩元。**小子有诗叹道：

> 豺狼生性本猖狂，聚众咆哮敢肆殃。
> 不信晋朝开国日，已闻叛贼树西方。

欲知树机能造反后事，容待下回叙明。

本回开宗明义，揭出西晋外患，由内乱而起，确是探原之论，并足援古证今，为未来之龟鉴。可见作者别具苦心，特借史事以讽世，冀免沦胥之苦，非好为是浪费笔墨也。魏蜀之亡，应详见《后汉演义》中，故从简略，独提出贾充之助逆，作一伏案，盖佐晋开国者贾氏，误晋乱国者亦贾氏，所关甚大，不容忽视。及晋主炎篡位以后，封宗室，立杨后，俱属振领提纲之笔，至册皇子衷为太子，事出晋主之误信妇人，惟帝之言，十有九败，何辨之不早辨也？至若晋武之终丧，及李密王祥之尽孝，均随事叙入，惩恶而劝善，其犹有良史之遗风欤。

第二回

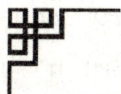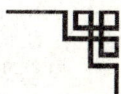

堕诡计储君纳妇
慰痴情少女偷香

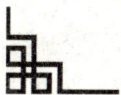

　　却说树机能拥众造反，气焰甚盛，雍凉边境，多被劫掠，十室九空。晋武帝本恐杂胡作乱，尝从雍凉二州故土，析置秦州，并遣胡烈为秦州刺史，令他屯兵镇守，严防胡人。胡烈莅任，甫及一年，树机能便即蠢动。烈当然督兵往讨，与树机能对垒争锋。树机能确是乖巧，先用老弱残众，出来诱敌，略经交战，马上遁去。烈三战三胜，便藐视树机能。树机能乃自来挑战，待烈出营，即麾众倒退，烈追赶一程，树机能退走一程，至烈欲收军回来，他又拨转马头，作进逼状。好几次相持不舍，激得胡烈性起，向前直追，约行数十里，见前面是乱山深箐，险恶得很，树机能部下，统向山谷中跑入，杳无人影。烈未免惶惑，且未知此处地名，只好勒兵不进，谁知山冈上一声胡哨，竟张起一面叛旗，旗下立着一个番酋，戟手南指，口中吆吆不休，大约是辱骂晋军。*无非诱敌。*烈又忍耐不住，策马当先，驰入山中。霎时间叛胡四起，把晋军截作数段，烈冲突不出，身受数创，创重身亡，部下军士，大半陷没，逃归的不过数人。看官听着！这地方叫作万斛堆，山上立着的番酋，就是秃发树机能。树机能既诱杀胡烈，势益猖獗，西陲大震。

　　扶风王司马亮，方都督雍凉军事，急遣将军刘旗往援。旗闻胡烈败没，不敢进击，但在中道逗留。那寇警日甚一日，连洛都中亦屡有急报，上下震惊。武帝乃传诏责亮，贬亮为车骑将军，并饬亮执送刘旗，处以死刑。亮复称节度无方，咎在臣亮，乞免刘旗死罪。武帝更下诏道："若罪不在旗，当有他属。"因将亮免官召归，另简尚书石鉴为安西将军，都督秦州军事，出讨树机能。更命前河南尹杜预为秦州刺史，兼轻车将军。预与鉴素有宿嫌，鉴欲借此陷预，遂令预孤军出战，不得延期。预知鉴有意为难，复书辩驳，大致说是"胡马方肥，势又甚盛，不可轻敌。且官军远行乏粮，更难久持，宜并力运足刍米，待至来春大进，方可平虏'等语。鉴得书大怒，即劾预张皇寇势，挠阻士心。有诏遣御史至秦州，囚预入都，械付廷尉。亏得预为皇室懿亲，曾尚帝姑高陆公主，内线一通，便有人出来解免，想总不外杨后等人。援照议亲减罪故例，准他图功自赎。预才得出狱，还归私宅。那石鉴一再发兵，统被树机能击退，日久无功。忮忌如是，怎能有成？到了泰始七年，树机能且与北地叛胡，互相连结，进围金城。凉州刺史牵弘，复为所杀。从前高平公陈骞，尝言："胡烈牵弘，有勇无谋，不堪重任。"武帝以为讳言，及二将先后阵亡，方悔不用骞议，但已是无及了。

于是趁着秋狝时候，再简将帅，特任鲁公兼车骑将军贾充，都督秦凉二州军事。这诏一下，累得贾充日夕徬徨，不知所措。他本来没甚韬略，徒靠着谄媚逢迎伎俩，得列元勋，看官阅过上文，应知他有两大功劳，第一着是与弑魏主，第二着是劝立冢子。嗣是邀殊宠，位上公，蟠踞朝堂，党同伐异。太尉临淮公荀颧，侍中荀勖，越骑校尉冯紞，皆与充友善，朋比为奸，独侍中任颧，中书令庾纯，刚直守正，不肯附充。充长女荃又为齐王攸妃，颧等恐他威焰日加，必为后患，可巧武帝择将西征，遂入内密陈，请命充都督秦凉。武帝竟允所请，骤然颁下诏书，迅雷不及掩耳，几令充莫名其妙。及仔细探听，方知由任颧等所荐举。外示推崇，实是排斥，不由的懊恨异常，但又无法推辞，只好托词募兵，迁延数月；到了寒信迭催，不便再挨，只好硬着头皮，上朝辞行。百僚往饯夕阳亭，盛筵相待，酒至半酣，充离座更衣，荀勖亦起身随入，两人得一处密谈。充皱眉道："我实不愿有此行，公可为我设策否？"勖答道："公为朝廷宰辅，乃受制一夫，煞是可恨。勖为公筹画已久，苦无良策，近得宫中消息，却有一隙可乘，若得成事，公自得免远行了。"充问有何事？勖又道："闻主上为太子议婚，公尚有二女待字，何不乘此营谋，倘蒙俞允，是遣嫁在迩，主上亦不使公行了。"充狞笑道："恐无此福。"勖凑机道："事在人为。"说至此，又与充附耳数语。充喜出望外，向勖再拜，恨不得跪下磕头。*极力形容。*勖慌忙答礼，握手并出，还座畅饮。待至日暮兴阑，彼此方才告别。充徐徐就道，每日不过行了数里，老天有意做人美，竟连宵降雪，变成一个粉妆玉琢的世界，千山皆白，飞鸟不通，何况这远行军士呢？充即遣使飞奏，说是雨雪载涂，难以行道，唯有待晴再往一法。果然皇恩浩荡，曲体军心，便令充折回都门，缓日起程。充喜如所期，匆匆还都。时来福凑，皇太子结婚问题，竟被充运动到手，得将三女许字青宫，这正是一大喜事，差不多似锦上添花。

原来太子衷年已十二，武帝欲为他择配，拟纳卫瓘女为太子妃。充妻郭槐，早思将己女许配太子，暗地里纳赂宫人，托她们向杨后处说合。妇人家耳朵最软，屡经左右提及贾女，说她如何有德，如何有才，不由得艳羡起来，便乘武帝入宫时，劝纳贾女为冢妇。武帝摇首道："不可，不可。"杨后惊问何因？武帝道："我意愿聘卫女，不愿聘贾女。卫氏种贤，并且多子，女貌秀美，身长面白，贾氏种妒，子息不蕃，女貌丑劣，身短面黑，两家相较，优劣不同，难道舍长取短么？"*初意原是不差。*杨后道："闻贾女颇有才德，陛下不应固执成见，坐失佳妇。"武帝仍然不答。杨后又固请武帝访问群臣，证明可否。武帝方略略点首。越宿召群臣入宴，与论太子婚事，荀勖正得列座，力言贾女贤淑，宜配储君。再加荀瓘冯纨，亦极口称赞贾女，说得天花乱坠，娓娓动听。武帝不觉移情，便问："贾充共有几女？"荀勖答道："充前妻生二女，已经出嫁，后妻生二女，尚未字人。"武帝又问："未字二女，年龄几何？"勖又答道："臣闻他季女最美，年方十一，正好入配青宫。"武帝道："十一岁未免太幼。"瓘即接口道："还是贾氏三女，已十有四龄，貌虽未及幼女，才德比幼女为优，女子尚德不尚色，还请圣裁！"*好一个有德女子，请看将来。*武帝道："既如此说，不如叫贾氏三女，入配吾儿。"勖等闻言，便离席拜贺。*媒人做成了，我且当为媒人贺喜。*武帝也有喜色，再令勖等入席，续饮数巡，方撤席而散。是日充正还都，荀勖等一出殿门，便欢天喜地，跑往贾府称贺去了。

小子走笔至此，更不得不将贾充二妻，详叙一番。充本娶魏中书令李丰女为妇，颇有才行，生下二女，长名荃，便是齐王攸妃，次名浚，亦得适名门。李丰前为司马师所杀，充妻李氏，亦坐父罪被戍，与充诀别，自往戍所。充不耐鳏居，更娶城阳太守郭配女，叫做郭槐。槐性妒悍，为充所惮，晋武践阼，颁诏大赦，李氏蒙恩释归，留居母家。武帝方感贾充旧惠，即对司马昭固请立长之功。特别隆宠，命得置左右夫人。充母柳氏，亦嘱充迎还故妇，郭槐攘袂忿争道："佐命荣封，唯我得受，李氏乃一罪奴，怎得与我并等？"充素畏阃威，未便逆命，只好委曲答诏，托言臣无大功，不敢当两夫人盛礼。武帝还道他谦卑自牧。哪知是河东狮吼，从中作梗哩。俗称惧内多富，充之富贵，想即出此。已而长女荃得为齐王攸妃，复欲替母设法，令得迎还。充终畏郭槐，但筑室居李，未尝往来。荃至充前，吁请一往，充仍不许。及充奉命西行，荃复与妹浚同往劝充，求充会母，甚至叩头流血，尚不见允。郭槐却妒上加妒，定欲将己女入配东宫，与荃比势。她有二女，长名南风，幼名午，南风矮胖不文，午虽短小，尚有姣容。此次与太子为配，正是矮而且胖的贾南风。贾充闻武帝俯允婚事，自然笑逐颜开，对着荀勖等人，称谢不置。还有屏后探信的郭槐，得着这个好消息，真个是喜从天降，愉快莫名。自是备办奁具，无日不忙。充亦几无暇晷，把西征事搁在脑后，就是武帝也并不问及。至年暮下诏，仍令充复居原职，两老二小，团圞过年，快意更可知了。

泰始八年二月，为太子衷纳妃佳期。坤宅是相府豪门，纷华靡丽，不消细说，只忙煞了一班官僚，既要两边贺喜，又要双方襄礼，结果是蠢儿丑女，联合成双，也好算是无独有偶，天赐良缘了。调侃得妙。武帝见新妇面目，果如所料，心中不免懊悔，好在两口儿很是亲热，并无忤言，也乐得假痴假聋，随他过去罢了。唯郭槐因女入东宫，非常贵显，因欲往省李氏，自逞威风。充从旁劝阻道："夫人何必自苦，彼有才气，足敌夫人，不如勿往。"郭槐不信，令左右备了全副仪仗，自坐凤舆，呼拥而去。行至李氏新室，李氏不慌不忙，便服出迎。槐见她举止端详，容仪秀雅，不由得竦然起敬，竟至屈膝下拜。李氏亦从容答礼，引入正厅，谈吐间不亢不卑，转令郭槐自惭形秽，局促不堪。多去献丑。勉强坐了片刻，便即告辞。李氏亦不愿挽留，由她自归。她默思李氏多才，果如充言，倘充或一往，必被李氏羁住，因此防闲益密，每遇充出，必使亲人随着，隐为监督。傍晚必迫充使归，充无不如命，比王言还要敬奉，堂堂宰相，受制一妇，乃真是可愧可恨哩。回应荀勖语，悚人心骨。充母柳氏，素尚节义，前闻成济弑主，尚未知充为主使，因屡骂成济不忠，家人俱为窃笑。充益讳莫如深，不敢使母闻知。会柳母老病不起，临危时由充入问："有无遗嘱？"柳母长叹道："我教汝迎李新妇，汝尚未肯听，还要问什么后事哩？"遂瞑目长逝。充料理母丧，仍不许李氏送葬，且终身不复见李氏。长女荃抑郁成瘵，也即病终。**不忠不孝不义不慈，充兼而有之。**还有一件贾府的丑史，小子也连类叙下，免得断断续续，迷眩人目。自贾女得为太子妃，充位兼勋戚，复进官司空尚书令，领兵如故。当时有一南阳人韩寿，为魏司徒韩暨曾孙，系出华胄，年少风流，才如曹子建，貌似郑子都，乘时干进，投谒相门。贾充召令入见，果然是翩翩公子，丰采过人，及考察才学，更觉得应对如流，言皆称意。充大加叹赏，便令他为司空掾，所有相府文牍，多出寿手，果然文成倚马，技擅雕龙。相国重才，格外信任，每宴宾僚，必令寿与席，充作招待员。寿初入幕，尚有三分拘束，后来已得主欢，逐渐放胆，往往借酒鸣才，高谈雄辩，座中佳客，无不倾情。好容易物换星移，大小宴不下数十次，为了他议论风生，遂引出一位绣阁娇娃，前来窃听。一日宾朋满座，寿仍列席，酒酣兴至，又把这饱学少年，倾吐了许多积愫，偏那屏后的锦帷，无风屡动，隐约逗露娇容，好似芍药笼烟，半明半灭。韩寿目光如炬，也觉帷中有人偷视，大约总是相府婢妾，不屑留神。谁知求凰无意，引凤有心，帷间的娇女儿，看这韩寿丰采丽都，几把那一片芳魂，被他勾摄了去。等到酒阑席散，尚是呆呆的站着一旁，经侍婢呼令入室，方才怏怏退回。既入房中，暗想世上有这般美男子，正是目未曾睹，若得与他结为鸳侣，庶不至辜负一生。当下问及侍婢，谓席间少年，姓甚名谁？侍婢答称韩寿姓名，并说是府中掾吏。那娇女儿既是一喜，又是一忧，喜的是萧郎未远，相见非难，忧的是绣闼重扃，欲飞无翼。再加那脉脉春情，不堪外吐，就使高堂宠爱，究竟未便告达，因此长吁短叹，抑郁无聊，镇日里偃息在床，不思饮食，竟害成一种单思病了。**倒还是个娇羞女子。**

　　看官道此女为谁？就是上文说过的少女贾午。午自胞姊出嫁，闺中少了一个伴侣，已觉得无限寂寥，蹉跎蹉跎，过了一两年，已符乃姊出阁年龄，都下的公子王孙，哪个不来求婚，怎奈贾充不察，偏以为只此娇儿，须要多留几年，靠她娱老。俗语说得好："女大不中留。"贾午年虽尚稚，情窦已开，听得老父拒婚，已有一半儿不肯赞成，此次复瞧见韩寿，不由的惹动情魔，恹恹成病。贾充夫妇，怎能知晓？总道她感冒风寒，日日延医调治，医官几番诊视，未始不察出病根，但又不便在贾充面前，唐突出言，只好模模糊糊的拟下药方，使她煎饮。接连饮了数十剂，毫不见效，反觉得娇躯越怯，症候越深。**治相思无药饵。**充当然忧急，郭槐更焦灼万分，往往迁怒婢女，责她们服侍不周，致成此疾。其实婢女等多已窥透贾午病源，不过似哑子吃黄连，无从诉苦，就中有个侍婢，为贾午心腹，便是前日与午问答、代为报名的女奴。她见午为此生病，早想替午设法，好做一个撮合山，但一恐贾午胆怯，未敢遽从，二恐贾充得闻，必加严谴，所以逐日延挨，竟逾旬月。及见午病势日增，精神亦愈觉恍惚，甚至梦中呓语，常唤韩郎，心病必须心药治，不得已冒险一行，潜至幕府中往见韩寿。寿生性聪明，蓦闻有内婢求见，已料她来意蹊跷，当下引入密室，探问情由。来婢即据实相告，寿尚未有室，至此也惊喜交并，忽转念道："此事如何使得？"便向来婢答复，表明爱莫能助的意思。来婢愀然道："君如不肯往就，恐要害死我娇妹了。"寿又觉心动，更问及贾女容色，来婢舌上生莲，说得人间无二，世上少双，寿正当好色，怎能再顾利害，便嘱来婢返报，曲通殷勤。婢当即回语贾午，午也与韩寿情意相同，惊喜参半。婢更为午设谋，想出往来门径，令得两下私会。午为情所迷，——依议，乃嘱婢暗通音好，厚相赠结，即以是夜为约会佳期。彼此已经订定，午始起床晚妆，匀粉脸，刷黛眉，打扮得齐齐整整，静候韩郎。该婢且整理衾褥，熏香添枕，待至安排妥当，已是更鼓相催，便悄悄地踅至后垣，屏息待着。到了柝声二下，尚无足音，禁不住心焦意乱，只眼巴巴地望着墙上，忽听得一声异响，即有一条黑影，自墙而下，仔细一瞧，不是别物，正是日间相约的韩幕宾。婢转忧为喜。私问他如何进来？韩寿低语道："这般短墙，一跃可入，我若无此伎俩，也不敢前来赴约了。"毕竟男儿好手。婢即与握手引入，曲折至贾午房中。午正望眼将穿，隐几欲寐，待至绣户半开，昂头外望，先入的是知心慧婢，后入的便是可意郎君，此时身不由主，几不知如何对付，才觉相宜。至韩寿已趋近面前，方慢慢地立起身来，与他施礼。敛衽甫毕，四目相窥，统是情投意合，那婢女已出户自去，单剩得男女二人，你推我挽，并入欢帏。这一宵的恩爱缠绵，描摹不尽。最奇怪的是被底幽香，非兰非麝，另有一种沁人雅味。寿问明贾午，方知是由西域进贡的奇香，由武帝特赐贾充，午从乃父处乞来，藏至是夕，才取出试用。寿大为称赏，贾午道："这也不难，君若明夕早来，我当赠君若干。"寿即应诺，待晓乃去。俟至黄昏，又从原路入室，再续鸾交。贾午果不食言，已向乃父处窃得奇香，作为赠品。这一段便是贾女偷香的故事，小子有诗咏道：

逾墙钻穴太风流，处子贪欢甘被搂。

莫道偷香原韵事，须知淫贱总包羞。

究竟两人欢会情状，后来被人知晓否，容至下回续详。

　　阅坊间旧小说，言情者不可胜计，多半是说豪府佳人，倾情才子，即如前清时代之袁简斋，亦有"美人毕竟大家多"之句，是皆悬空揣拟，不足取信。试观贾充二女，即可略见一斑，充固权相也，二女为相府娇娃，应该饶有美色，乃南风短而黑，午虽较乃姊为优，史册中究未尝称美，度亦不过一寻常女子耳。所可信者权奸之门，往往无佳子女，如南风之配储君，而其后淫乱不道，卒以乱国，如午之私谐韩寿，而其后嗣子不良，亦致赤族。女子之足以祸人，固不必其尽为尤物也。本回专叙贾充二女，实为后文亡国败家之伏笔，且举其奸丑情状，首先揭出，俾阅者知始谋不正，后患无穷，骗婚不足取，偷香亦岂可效尤乎？

第三回

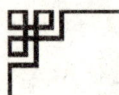

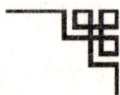

杨皇后枕膝留言
左贵嫔摅才上颂

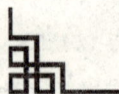

　　却说韩寿得了奇香，怀藏回寓，当然不使人知，暗地收贮。偏此香一着人身，经月不散。寿在相府当差，免不得与人晋接，大众与寿相遇，各觉得异香扑鼻，诧为奇事。当下从旁盘诘，寿满口抵赖，嗣经同僚留心侦察，亦未见有什么香囊，悬挂身上，于是彼此动疑，有几个多嘴多舌的人，互相议论，竟致传入贾充耳中。充私下忖度，莫非就是西域奇香，但此香除六宫外，唯自己得邀宠赉，略略分给妻女，视若奇珍，为什么得入寿手？且近日少女疾病，忽然痊愈，面目上饶有春色，比从前无病时候，且不相同，难道女儿竟生斗胆，与寿私通，所以把奇香相赠么？唯门闱森严，女儿又未尝出外，如何得与寿往来？左思右想，疑窦百出，遂就夜半时候，诈言有盗入室，传集家僮，四处搜查，僮仆等执烛四觅，并无盗踪，只东北墙上，留有足迹，仿佛狐狸行处，因即报达贾充。充愈觉动疑，只外面不便张皇，仍令僮役返寝，自己想了半夜，这东北墙正与内室相近，好通女儿卧房，想韩寿色胆如天，定必从此入彀。*是夕未知韩寿曾否续欢，若溜入女寝，想亦一夜不得安眠。*俄而晨鸡报晓，天色渐明，充即披衣出室，宣召女儿侍婢，秘密查问，一吓二骗，果得实供，慌忙与郭槐商议。槐似信非信，复去探问己女，午知无可讳，和盘说出，且言除寿以外，宁死不嫁。槐视女如掌中珠，不忍加责，且劝充将错便错，索性把女儿嫁与韩寿，身名还得两全。充亦觉此外无法，不如依了妻言，当下约束婢女，不准将丑事外传，一面使门下食客，出来作伐，造化了这个韩幕宾，乘龙相府，一番露水姻缘，变做长久夫妻，诹吉入赘，正式行礼，洞房花烛，喜气融融，从此花好月圆，免得夜来明去，尤妙在翁婿情深，竟蒙充特上荐牍，授官散骑常侍，妻荣夫贵，岂不是旷古奇逢吗？若使断章取义，真是天大幸事。话分两头。

且说安平王司马孚，位尊望重，进拜太宰，武帝又格外宠遇，不以臣礼相待，每当元日会朝，令孚得乘车上殿；由武帝迎入阼阶，赐他旁坐。待朝会既毕，复邀孚入内殿，行家人礼。武帝亲捧觞上寿，拜手致敬。孚下跪答拜，各尽义文。武帝又特给云母辇，青盖车，但孚却自安淡泊，不以为荣；平居反常有忧色，至九十三岁，疾终私第，遗命诸子道："有魏贞士河内司马孚，字叔达，不伊不周，不夷不惠，立身行道，终始若一，当衣以时服，殓用素棺。"诸子颇依孚遗嘱，不敢从奢。凡武帝所给厚赙，概置不用。武帝一再临丧，吊奠尽哀，予谥曰献，配飨太庙。孚虽未尝忘魏，然不能远引，仍在朝柄政，自称有魏贞士，毋乃不伦。孚长子邕袭爵为王，余子亦授官有差，外如博陵公王沈，钜鹿公裴秀，乐陵公石苞，寿光公郑冲，临淮公荀颢等，俱相次告终。又有武帝庶子城阳王宪，东海王祗，亦皆夭逝。武帝屡次哀悼，常有戚容，不意福无双至，祸不单行，那杨皇后做了八九年的国母，已享尽人间富贵，竟致一病不起，也要归天。后与武帝情好甚笃，六宫政令，委后独裁，武帝从未过问。就是后庭妾御，为数无多，也往往敝服损容，不敢当午。自从武帝即位，至泰始八年，除旧有宫妾外，只选了一个左家女，拜为修仪。左女名芬，乃是秘书郎左思女弟。左思字太冲，临淄人氏，家世儒学，夙擅文名，尝作《齐都赋》，一年乃成，妃白俪黄，备极工妙。嗣又续撰《三都赋》，魏吴蜀三都。构思穷年，自苦所见未博，因移家京师，搜采各书，朝夕浏览，每得一句，即便录出，留作词料。菑阳公卫颢及著作郎张载，中书郎刘逵等，闻思好学能文，皆引与交游，且荐为秘书郎。思得了此官，所有天府藏书，任他取阅，左宜右有，始得将《三都赋》制成。屈指年华，正满十稔，后人称他为炼都十年。三赋脱稿，都下争抄，洛阳为之纸贵，就是左太冲三字的价值，也冠绝一时。随笔带入左思炼都，意在重才。左芬得兄教授，刻意讲求，使着她慧质灵心，形诸歌咏，居然能下笔千言，作一个扫眉才子。武帝慕才下聘，左思只好应命，遣芬入宫，更衣承宠，特沐隆恩。可惜她姿貌平常，容不称才，武帝虽然召幸，终嫌未足，因此得陇望蜀，复欲广选绝色女子，充入后庭。

会海内久安，四方无事，遂诏选名门淑质，使公卿以下子女，一律应选，如有隐匿不报，以不敬论。那时豪门贵族，不敢违慢，只好将亲生女儿，盛饰艳妆，送将进去。武帝挈了杨后，临轩亲选，但见得粉白黛绿，齐集殿门，杨后阴怀妒忌，表面上虽无愠色，心计中早已安排，待各选女应名趋入，遇有艳丽夺目，即斥为妖冶不经，未堪中选，唯身材长大，面貌洁白，饶有端庄气象，才称合格。娶媳时何不操定此见？武帝也无可奈何，只好由她拣择。俄有一卞家女冉冉进来，生得一貌如花，格外娇艳，武帝格外神移，掩扇语后道："此女大佳。"后应声道："卞氏为魏室姻亲，三世后族，今若选得此女，怎得屈以卑位？不如割爱为是。"好辩才。武帝窥透后意，只好舍去。卞女退出，复来了一个胡女，却也艳丽过人，唯乃父奋为镇军大将军，女秉有遗传性质，婀娜中有刚直气，后乃不复多说，便许武帝选定。当时中选女子，概用绛纱系臂，胡女笼纱下殿，自思不得还见父母，未免含哀，甚至号泣有声。左右忙摇手示禁道："休哭！休哭！恐被陛下闻知。"胡女反朗声道："死且不怕，怕什么陛下？"倒是一个英雄。武帝颇有所闻，暗暗称奇。嗣复选得司徒李胤女，廷尉诸葛冲女，太仆臧权女，侍中冯荪女等，共数十人，乃退入后宫，是夕不传别人，独宣入胡家女郎，问她闺名，系一芳字。当下叫她侍寝，胡女到了此时，也只好唯命是从。一夜春风，恩周四体，翌晨即有旨传出，着洛阳令司马肇奉册入宫，拜胡芳为贵嫔。复因左芬先入，恐她抱怨，也把贵嫔绿秩，赏给了她。后来复召幸诸女，只有诸葛女最惬心怀，小名叫一婉字，颇足相副，因亦封为夫人，但尚未及胡贵嫔的宠遇，一切服饰，仅亚杨后一等，后宫莫敢与争。独后由妒生悔，由悔生愁，竟致染成一病，要与世长辞了。插入此段，包含无数笔墨。

武帝每日入视，且迭征名医诊治，始终无效，反逐渐加添起来。时已为泰始十年初秋，凉风一霎，吹入中宫，杨后病势加剧，已是临危，武帝亲至榻前，垂涕慰问，后勉强抬头，请武帝坐在榻上，乃垂头枕膝道："妾侍奉无状，死不足悲，但有一语欲达圣聪，陛下如不忘妾，请俯允妾言！"武帝含泪道："卿且说来，朕无不依从。"杨后道："叔父骏有一女，小字男胤，德容兼备，愿陛下选入六宫，补妾遗恨，妾死亦瞑目了。"言讫，呜咽不止。武帝也忍不住泪，挥洒了好几行，并与后握手为誓，决不负约。杨后见武帝已允，才安然闭目。竟在武帝膝上，奄然长逝，享年三十七岁。看官！你道杨后何故有此遗言？她恐胡贵嫔入继后位，太子必不得安，所以欲令从妹为继，既好压制胡氏，复得保全储君，这也是一举两得的良策。谁知后来反害死叔父，害死从妹。武帝也瞧破隐情，但因多年伉俪，不忍相违，所以与后为誓，勉从所请。当下举哀发丧，务从隆备，且令有司卜吉安葬，待至窀穸有期，又命史臣代作哀策，叙述悲怀，随即予谥曰元，奉葬峻阳陵。左贵嫔芬，独献上一篇长诔，追溯后德，诔文不下数千言，由小子节录如下。何必多出风头，难道想做继后不成？

维泰始十年，秋，七月，丙寅，晋元皇后杨氏崩。呜呼哀哉！昔有莘适殷，姜姒归周，宜德中闱，徽音永流。樊卫二姬，匡齐翼楚，马邓两妃，亦毗汉主。元后光嫔晋宇，伉俪圣皇，比踪往古。遗命不永，背阳即阴，六宫号咷，四海恸心。嗟予鄙妾，衔恩特深。这是乏色的好处。追慕三良，甘心自沉。何用存思？不忘德音。何用纪述？托词翰林。乃作诔曰：赫赫元后，出自有杨，奕世朱轮，耀彼华阳。维岳降神，显兹祯祥。笃生英媛，休有烈光。含灵握文，异于庶姜。率由四教，匪怠匪荒。行周六亲，徽音显扬。显扬伊何？京室是臧。乃娉乃纳，聿嫔圣皇。正位闱阃，维德是将。鸣珮有节，发言有章。思媚皇姑，虔恭朝夕。允厘中馈，执事有恪。于礼斯劳，于敬斯勤。虽曰齐圣，迈德日新。亦既青阳，鸣鸠告时。躬执桑曲，率导媵姬。修成蚕簇，分茧理丝。女工是察，祭服是治。祗奉宗庙，永言孝思。于彼六行，靡不蹈之。皇英佐舜，涂山翼禹，唯卫唯樊，二霸是辅。明明我后，异世同轨，内敷阴教，外毗阳化。绸缪庶正，密勿夙夜。恩从风翔，泽随雨播，遐迩咏歌，中外禔福。天祚贞吉，克昌克繁，则百斯庆，育圣育贤。教逾妊姒，训迈姜嫄，堂堂太子，惟国之元。济济南阳，后子东封南阳王。为屏为藩。本支蓍蔼，四海荫焉。积善之堂，五福所并，宜享高年，匪陨匪倾。如彭之齿，如聃之龄，云胡不造？于兹祸殃。寝疾弥留，窈寐不康，巫咸骋术，扁鹊奏方。祈祷无应，尝药无良。形神既离，载昏载荒。奄忽崩殂，湮精灭光。哀哀太子，南阳繁昌。攀援不寐，擗踊摧伤。呜呼哀哉！阖宫号咷，宇内震惊。奔者填衢，赴者塞庭。哀恸雷骇，流涕雨零，唏嘘不已，若丧所生。唯帝与后，契阔在昔。比翼白屋，双飞紫阁。悼后伤后，早即窀穸。言斯既及，涕泗陨落。追唯我后，实聪实哲。通于性命，达于俭节。送终之礼，比素上世。襚无珍宝，唅无明月。恐怕未必。潜辉梓宫，永背昭晰。臣妾哀号，同此断绝。庭宇逾密，幽室增阴。空设帷帐，虚置衣衾。人亦有言，神道难寻。悠悠精爽，岂浮岂沉？丰莫日陈，冀魂之临。孰云元后，不闻其音。乃议景行，景行已溢。乃考龟筮，龟筮袭吉。爰定宅兆，克成玄室。魂之往今，于以今日。仲秋之晨，启明始出。星陈凤驾，灵舆结驷。其舆伊何？金根玉箱。其驷伊何？二骆双黄。习习容车，朱服丹章。隐隐辒轩，弁经缌裳。华毂曜野，素盖被原。方相仡仡，旌旐翻翻，挽童引歌，白骥鸣辕。观者夹涂，士女涕涟。千乘万骑，迄彼峻山。峻山峨峨，层阜重阿。弘高显敞，据洛背河。左瞻皇姑，右睇帝家，唯存揆亡，明神所嘉。诸姑姊妹，娣姒媵御，追送尘轨，号咷衢路。王侯卿士，云会星布。群官庶僚，缟盖无数。中外俱临，同哀并慕。有始有终，天地之经。自非三光，谁能不零？存播令德，没图丹青。先哲之志，以此为荣。温温元后，实宣慈焉。抚育群生，恩惠滋焉。遗爱不已，永见思焉。悬名日月，垂万春焉。呜呼庶妾，感四时焉。言思言慕，涕涟洏焉。

这篇诔文，经武帝览着，看她说得悲切，也出了许多眼泪，并重芬词藻，屡加恩赐。但芬体素弱，多愁多病，终不能特别邀宠，镇日里闷坐深宫，除笔墨消遣外，毫无乐趣。从来造物忌才，左家女有才无色，也是天意特留缺陷，使她无从得志哩。<u>幸亏有此，才得令终。</u>

越年正月朔日，颁诏大赦，改元咸宁，追尊宣帝为高祖，景帝为世宗，文帝为太祖，并录叙开国功臣，已死得配享庙食，未死得铭功天府。帝德如春，盈庭称颂。武帝自杨后殁后，虽然不免悲感，但也有一桩好处，妃嫔媵嫱，尽可随意召幸，不生他虑。无如人主好色，往往喜新厌故，宫中虽有数百个娇娥，几次入御，便觉味同嚼蜡，因此复下诏采选，暂禁天下嫁娶，令中官分驰州郡，专觅娇娃。可怜良家女子，一经中官合意，无论如何势力，不能乞免，只好拜别爹娘，哭哭啼啼，随着中使，趋入宫中，统共计算，差不多有五千人。武帝朝朝抱艳，夜夜采芳，把全副龙马精神，都向虚牝中掷去，究竟娥眉伐性，力不胜欲，徒落得形容憔悴，筋骨衰颓。咸宁二年元日，竟不能视朝，托词疾疫，病倒龙床，接连有数日未起。朝野汹汹，俱言主上不讳，太子不堪嗣立，不如拥戴皇弟齐王攸，河南尹夏侯和，且私语贾充道："公二婿亲疏相等，充长女适齐王，次女适太子，均见前回。立人当立德，不可误机。"<u>和岂不知充有悍妇吗？</u>充默然不答。既而武帝得了良医，病幸渐瘳，仍复出理朝政。荀勖冯纨，阿谀取容，素为齐王攸所嫉，积不相容。勖乃乘间行谗，使纨进说武帝道："陛下洪福如天，病得痊愈。今日为陛下贺，他日尚为陛下忧。"武帝道："何事可忧？"纨嗫嚅道："陛下前立太子，无非为传统起见，但恐将来或有他变，所以可忧。"武帝复问为何因？纨又道："前日陛下不豫，百僚内外，统已归心齐王，陛下试想万岁千秋后，太子尚能嗣立么？"是谓肤受之愬。武帝不觉沉吟。纨见武帝心动，更献计道："臣为陛下画策，莫若使齐王归藩，免滋后虑。"武帝也不多言，唯点首至再。及纨既趋出，复遣左右随处探访，得知夏侯和前日所言，仍徙和为光禄勋，并迁贾充为太尉，罢免兵权。唯见攸守礼如恒，无瑕可指，因暂令任职司空，再作计较。外如何曾得进位太傅，陈骞得迁官大司马，不过挨次升位，并没有什么关系。独汝阴王骏，受职征西大将军，都督雍凉等州军事，专讨树机能，都督荆州军事羊祜，加官征南大将军，专御孙吴。

转瞬间为杨后二周年，遣官往祭峻阳陵，并忆及杨后遗言，拟册杨骏女为继后，先令内使往验女容，果然修短得中，纤秾合度，乃援照古制，具行六礼，择吉初冬，续行册后典仪。届期这一日，龙章丽采，凤辇承恩，当然有一番热闹。礼成以后，下诏大赦，颁赐王公以下及鳏夫寡妇有差。新皇后入宫正位，妃嫔等无不趋贺。左贵嫔也即与列，当由武帝特旨赐宴，并命左贵嫔作颂。左贵嫔略略构思，便令侍女取过纸笔，信手疾书，但见纸上写着：

峨峨华岳，峻极泰清。巨灵导流，河渎是经。唯渎之神，唯渎之灵，钟于杨族，载育盛明。穆穆我后，应期挺生。含聪履哲，岐嶷凤成。如兰之茂，如玉之莹。越在幼冲，休有令名。飞声八极，翕习紫庭。超任邈姒，比德皇英。京室是嘉，备礼致聘，令月吉辰，百僚奉迎。周生归韩，诗人是咏。我后戾止，车服辉映，登位太微，明德日盛。群黎欣戴，函夏同庆。翼翼圣皇，睿哲孔纯。愍兹狂戾，阐惠播仁。蠲衅涤秽，与时唯新。沛然洪赦，恩诏退震。后之践祚，图图虚陈。万国齐欢，六合同欣。坤神抃舞，天人载悦，兴顺降祥，表精日月。和气氤氲，三光朗烈。既获嘉时，寻播甘雪。玄云晻蔼，灵液霏霏。既储既积，待旸而晞。曈昽沾濡，柔润中畿。长享丰年，福禄永绥。

属稿既成，另用彩纸誊真，约有一二个时辰，已将颂词缮就，妃嫔等同声赞美，推为隽才。可巧武帝在外庭毕宴，慢慢的踱入中宫，新皇后以下，一律迎驾。左贵嫔即将颂词呈上，由武帝览阅一周，便称赏道："写作俱佳，足为中宫生色了。"说着，亲举玉卮，赐饮三觞。左贵嫔受饮拜谢，时已昏黄，便各谢宴散去。小子有诗赞左贵嫔道：

> 曹氏大家常续史，左家小妹复能文。
> 从知大造无偏毓，巾帼多才也轶群。

宫中已经散席，帝后两人共入龙床，同去做高唐好梦了。欲知后事，请看下回。

祸晋者贾氏，而成贾氏之祸者，实唯杨皇后。立蠢儿为太子，一误也；纳悍女为子妇，二误也；至临危枕膝，尚以从妹入继为请，死且徇私，可叹可恨。盖妇人心性，往往只知有己，不知有家，家且不知，国乎何有？晋武为开国主，何其沾沾私爱，甘心铸错？甚至误信佞臣，疑忌介弟，试思有子如衷，有媳如南风，尚堪付畀大业乎？左贵嫔一诔一颂，类多粉饰之词，不足取信，但以一巾帼妇人，多才若此，足令须眉汗下。本回两录原文，为女界贡一词采，非漫誉两杨后也。

第四回

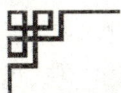

图东吴羊祜定谋
讨西虏马隆奏捷

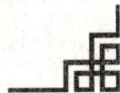

　　却说武帝继后杨氏，名芷，字季兰，小名叫做男胤，年方二九，饶有姿容，并且德性婉顺，能尽妇道。详叙后德，影射下文贾后之悍。自从入继中宫，与武帝情好甚欢，大略与前后相似。后父骏曾为镇军将军，至是进任车骑将军，封临晋侯。骏有弟珧，任职卫将军，独上表陈情道："从古以来，一门二后，每不能保全宗族，况臣家功微德薄，怎堪受此隆恩？乞将臣表留藏宗庙，庶几后日相证，尚可曲邀天赦，免罹祸殃。"似有先见，然看到后文，实是要挟语。武帝准如所请，乃将珧表留藏。唯骏自恃国戚，怙宠生骄，尚书郭奕等，表称骏器量狭小，不宜重任，武帝为后推爱，竟不少省。又是一误。镇军将军胡奋，见骏骄侈，竟直言相规道："公靠着贵女，乃更增豪侈么？历观前朝豪族，与天家结婚，辄至灭门，不过略分迟早呢。"骏瞿然道："君女亦纳入天家，何必责我？"见前回。奋微笑道："我女虽然入宫，只配与公女作婢，怎得相比？我家却无关损益，不如公门显赫，令人侧目，此后还请公三思！"可谓诤友。骏终不以为意，且还疑奋有妒意，怏怏别去。

　　既而卫将军杨珧等，上言"古时封建诸侯，实为屏藩王室起见，今诸王公皆在京师，实与古意未合，应一律遣使出镇，俾就外藩。且异姓诸将，散屯边疆，非皆可恃，亦宜参用亲戚，隐为监制"云云。武帝乃核定国制，就户邑多少为差，分为三等。大国置三军，共五千人，次国二军，共三千人，小国一军，共一千五百人。凡诸王兼督军事，各令出镇，于是徙扶风王亮为汝南王，出为镇南大将军，都督豫州诸军事。琅琊王伦为赵王，兼领邺城守事。渤海王辅司马孚三子。为太原王，监并州诸军事。东莞王伷已莅徐州，徙封琅琊王。汝阴王骏已赴关中，徙封扶风王。又徙太原王颙司马孚孙，为后来八王之一。为河间王，河间王威为章武王。威亦孚孙。尚有疏戚诸王公，悉令就国。大家恋恋都中，不愿远行，奈因王命难违，不得已涕泣辞去。寻又立皇子玮为始平王，允为濮阳王，该为新都王，遐为清河王，数子年尚幼弱，皆留居京师。

　　征南大将军羊祜，久镇襄阳，垦田得八百余顷，足食足兵。襄阳与吴境接壤，吴主孙皓，系吴主孙权长孙，粗暴骄盈，好酒渔色。祜本欲乘隙图吴，因吴左丞相陆凯，公忠体国，制治有方，所以虚与周旋，未敢东犯。及凯已病殁，乃潜请伐吴，适益州兵变，又致迁延。祜有参军王浚，奉调为广汉太守，发兵讨益州乱卒，幸即荡平。浚得任益州刺史，讲信立威，绥服蛮夷。武帝征浚为大司农，祜独密表留浚，谓欲灭东吴，必须凭借上流。浚才可专阃，不宜内用，武帝乃仍令留任，且加浚龙骧将军，监督梁益二州军事。当时吴中有童谣云："阿童复阿童，衔刀浮渡江。不畏岸上兽，但畏水中龙。"浚籍隶弘农，小名正叫做阿童，小具大志，丰姿俊逸。燕人徐邈，有女慧美，及笄未嫁，邈甚是钟爱，令女自择偶，迄未当意。会邈出守河东，浚得选为从事，年少英奇，颇为邈所赏识。邈因大会佐吏，使女在幕内潜窥，女指浚告母，谓此子定非凡器。独具慧鉴。邈闻女言，即将女嫁浚为妻，琴瑟和谐，不消细说。事与贾午相似，但彼为苟合，此实光明。嗣投羊祜麾下，祜亦加优待，每事与商。祜兄子暨尝伺间语祜道："浚好大言，恐滋他患，宜预加裁抑，休使胡行！"祜粲然道："如汝怎能知人？浚有大才，一得逞志，必建奇功，愿勿轻视！"徐女尚垂青眼，何况羊叔子。及浚得监督梁益二州，祜欲借上流势力，顺道伐吴，并因浚名与童谣相符，即表闻晋廷，请饬浚密修舟楫，为东略计。武帝依言诏浚。浚即大作战舰，长百二十步，可容二千余人，舰上用木为城，架起楼橹，四面开门，上可驰马往来，又在各船头上，绘画鹢首怪兽，以惧江神。绘兽惊神，未免近愚。工作连日不休，免不得有木头竹屑，被水漂流，随江东下。吴建平太守吾彦，留心西顾，瞧见江心竹木，料知上流必造舟楫，当即捞取呈报，谓晋必密谋攻吴，宜亟加戍建平，堵塞要冲。吴主皓方盛筑昭明宫，大开苑囿，侈筑楼观，采取将吏子女，入宫纵乐，还有何心顾及外侮？得了吾彦的表章，简直是不遑细览，便即搁过一边。吾彦不得答诏，自命工人冶铁为锁，横断水路，作为江防。

适吴西陵督军步阐，惧罪降晋，吴大司马陆抗，凯从弟。自乐乡督兵讨阐，围攻西陵。祜奉诏往援，自赴江陵，别遣荆州刺史杨肇攻抗。抗分军抵御，击败杨肇。祜闻肇败还，正拟亲往督战，偏西陵已被抗攻入，步阐被诛，屠及三族。祜只好付诸一叹，率兵还镇。武帝罢杨肇官，任祜如旧。祜乃敛威用德，专务怀柔，招徕吴人。有时军行吴境，刈谷为粮，必令给绢偿值，或出猎边境，留止晋地，遇有被伤禽兽，从吴境奔入，亦概令送还。就是吴人入掠，已为晋军所杀，尚且厚加殡殓，送尸还家。如得活擒回来，愿降者听，愿归者亦听，不戮一人。吴人翕然悦服。祜又尝通使陆抗，互有馈遗。抗送祜酒，祜对使取饮，毫不动疑。及抗有小疾，祜合药馈抗，抗亦即取服。部下或从旁谏阻，抗摇首道："羊叔子岂肯鸩人？"叔子即祜表字。抗又遍戒边吏道："彼专行德，我专行暴，是明明为丛驱雀了。今但宜各保分界，毋求细利。"羊祜对吴，无非笼络计策，即陆抗亦为所愚。吴主皓反以为疑，责抗私交羊祜。抗上疏辩驳，并陈守国时宜十二条，均不见行。皓且信术士刁元言，谓："黄旗紫盖，出现东南。荆扬君主，必有天下。"乃大发徒众，杖钺西行，凡后宫数千人，悉数相随。行次华里，正值春雪兼旬，凝寒不解，兵士不堪寒冻，互相私语道："今日遇敌，便当倒戈。"皓颇有所闻，始引兵还都。陆抗忧国情深，抑郁成疾，在镇五年，竟致溘逝。遗表以西陵建平，居国上游，不宜弛防为请。吴主皓因命抗三子分统部军，抗长子名元景，次名元机，又次名云，机云善属文，并负重名，独未谙将略。吴主却令他分将父兵，真所谓用违其长了。

术士尚广，为吴主卜筮，上问休咎。尚广希旨进言，说是岁次庚子，青盖当入洛阳。吴主大喜。已而临平湖忽开，朝臣多称为祯祥。临平湖自汉末湮塞，故老相传："湖塞天下乱，湖开天下平。"吴主皓以为青盖入洛，当在此时，因召问都尉陈顺。顺答说道："臣止能望气，不能知湖的开塞。"皓乃令退去。顺出语密友道："青盖入洛，恐是衔璧的预兆。今临平湖无故忽开，也岂得为佳征么？"嗣复由历阳长官奏报，历阳山石印封发，应兆太平。皓又遣使致祭，封山神为王，改元天纪。东吴方相继称庆，西晋已潜拟兴师，羊祜缮甲训卒，期在必发，因首先上表，力请伐吴，略云：

先帝顺天应时，西平巴蜀，南和吴会，海内得以休息，兆庶有乐安之心，而吴复背信，使边事更兴，夫期运虽天所授，而功业必由人而成。蜀平之时，天下皆谓吴当并亡，蹉跎至今，又越十三年，是谓一周。今不平吴，尚待何日？议者尝谓吴楚有道后服，无礼先强，此乃诸侯之时耳，今当一统，不得与古同论。夫适道之言，未足应权，是故谋之虽多，而决之欲独。凡以险阻得存者，谓所敌者同，力足自固，苟其轻重不齐，强弱异势，则智士不能谋，而险阻不可保也。蜀之为国，非不险也，高山寻云霓，深谷肆无影，束马悬车，然后得济，皆言一夫荷戟，千人莫当，及进兵之日，曾无藩篱之限，新将搴旗，伏尸数万，乘胜席卷，径至成都，汉中诸城，皆鸟栖而不敢出，非皆无战心，力不足以相抗也。至刘禅降服，诸营堡者索然俱散，今江淮之隘，不过剑阁，山川之险，不如岷汉，孙皓之暴，侈于刘禅，吴人之困，甚于巴蜀，而大晋兵众，多于前世，资储器械，盛于往时，今不于此平吴，更阻兵相守，征夫苦役，日寻干戈，经历盛衰，不可长久，宜乘时平定以一四海，今若引梁益之兵，水陆俱下，荆楚之众，进临江陵，平南豫州，直指夏口，徐扬青兖，并会秣陵，鼓旆以疑之，多方以误之，以一隅之吴，当天下之众，势分形散，所备皆急，一处倾坏，上下震荡，虽有智者，不能为谋。况孙皓恣情任意，与下多忌，将疑于朝，士困于野，平常之日，独怀去就，兵临之际，必有应者，终不能齐力致死，已可知也。又其俗急速，不能持久，弓弩戟楯，不如中国，唯有水战，是其所长，但我兵入境，则长江非复彼有，还保城池，去长就短，我军悬进，人有致节之志，吴人战于其内，徒有凭城之心，如此则军不逾时，克可必矣。乞奋神断，毋误事机，臣不胜栗栗待命之至。

这表呈上，武帝很为嘉纳，即召群臣会议进止。贾充荀勖冯纨，力言未可，廷臣多同声附和，且言秦凉未平，不应有事东南。武帝因饬祜且缓进兵。祜复申表固请，大略谓："吴虏一平，胡寇自定，但当速济大功，不必迟疑。"武帝终为廷议所阻，未肯急进。祜长叹道："天下不如意事，常十居八九，当断不断，天与不取，恐将来转无此机会了。"既而有诏封祜为南城郡侯，祜固辞不拜。平时嘉谟入告，必先焚草，所引士类，不令当局得闻，或谓祜慎密太过，祜慨然道："美则归君，古有常训。至若荐贤引能，乃是人臣本务，拜爵公朝，谢恩私室，更为我所不取呢。"又尝与从弟琇书道："待边事既定，当角巾东路，言归故里，不愿以盛满见责。疏广见汉史。便是我师哩。"如此志行，颇足令后人取法。咸宁四年春季，祜患病颇剧，力疾求朝，既至都下，武帝命乘车入视，使卫士扶入殿门，免行拜跪礼，赐令侍坐。祜仍面请伐吴，且言："臣死在朝夕，故特入觐天颜，冀偿初志。"武帝好言慰谕，决从祜谋。祜乃趋退，暂留洛都。武帝不忍多劳，常命中书令张华，衔命访祜。祜语华道："主上自受禅后，功德未著，今吴主不道，正可吊民伐罪，混一六合，上媲唐虞，奈何舍此不图呢？若孙皓不幸早殁，吴人更立令主，虽有众百万，也未能轻越长江，后患反不浅哩。"华连声赞成。祜唏嘘道："我恐不能见平吴盛事，将来得成我志，非汝莫属了。"华唯唯受教，复告武帝。武帝复令华代达己意，欲使祜卧护诸将。祜答道："取吴不必臣行，但取吴以后，当劳圣虑，事若未了，臣当有所付授，但求皇上审择便了。"未几疾笃，乃举杜预自代。预已起任度支尚书，应第二回。至是因祜推荐，即拜预为镇南大将军，都督荆州诸军事。预尚未出都，祜已疾终私第，享年五十八。武帝素服临丧，恸哭甚哀。是时天适严寒，涕泪沾着须鬓，顷刻成冰，及御驾还宫，特赐祜东园秘器，并朝服一袭，钱三十万，布百匹，追赠太傅，予谥曰成。

祜本南城人，九世以清德著名。补述籍贯，以地表人，本书著名人物，概用此例。自祜出镇方面，起居服食，仍守俭素，禄俸所入，皆分赡九族，或散赏军士，家无余财，遗命不得厚殓，并不得以南城侯印入柩。武帝高祜让节，许复本封。原来祜曾受封巨平侯，巨平系是邑名，与南城不同。襄阳百姓，闻祜去世，追忆遗惠，号哭罢市。祜生前在襄阳时，好游岘山，百姓因就山立祠，岁时享祭，祠外建碑，道途相望，相率流涕，后来杜预号此碑为堕泪碑。太傅何曾，同时逝世。曾性颇孝谨，整肃闺门，自少至长，绝意声色，晚年与妻相见，尚各正衣冠，礼待如宾。唯阿附贾充，无所建白，自奉甚厚，一食万钱，尚谓无下箸处。博士秦秀，为曾议谥，慨语同僚道："曾骄侈过度，名被九域，生极恣情，死又无贬，王公大臣，尚复何惮？谨按谥法，名与实异曰缪，怙乱肆行曰丑，可谥为缪丑公。"恰也爽快。武帝忆念勋旧，不欲加疵，仍策谥为孝。比羊叔子何如？正拟举兵伐吴，忽闻凉州兵败，刺史杨欣，又复战死，武帝又未免踌躇，仆射李憙，独举匈奴左部帅刘渊，使讨树机能，侍臣孔恂谏阻道："非我族类，其心必异，刘渊岂可专征？若使他讨平树机能，恐西北边患，从此益深了。"武帝乃不从憙言。

看官听着！刘渊是西晋祸首，小子既经叙及，不得不详为表明。从前南匈奴与汉和亲，自称汉甥，冒姓刘氏。魏祖曹操，曾命南匈奴单于呼厨泉，入居并州境内，分匈奴部众为五部。左部帅刘豹，系呼厨泉兄子，部族最强。后司马师用邓艾计，分左部为二，另立右贤王，使居雁门。豹子名渊，字元海，幼即俊异，师事上党人崔游，博习经史，尝语同学道："我常耻随陆无武，绛灌无文。**随何陆贾绛侯周勃灌婴，皆汉初功臣。**随陆遇汉高祖，不能立业封侯，绛灌遇汉文帝，不能兴教劝学，这岂非一大可惜么？"于是兼学武事，日演骑射，少长已膂力过人，入为侍子，留居洛阳。安东将军王浑父子，屡称渊文武兼长，可为东南统帅，李憙又荐他督领西军，俱被孔恂等谏阻。渊得知消息，密语好友王弥道："王李见知，每相推荐，非徒无益，恐反为我患哩。"因纵酒长啸，唏嘘流涕。当有人告知齐王攸，攸入奏武帝道："陛下不除刘渊，臣恐并州不能久安。"王浑在侧，独替渊解免道，"大晋方以信义怀柔殊俗，奈何无故加疑，杀人侍子呢？"晋主遂释渊不诛，未几豹死，竟授渊为左部帅，出都而去。**纵虎归山。**

已而复闻树机能攻陷凉州，武帝且忧且叹道："何人为我讨平此虏？"道言未毕，左班内闪出一人道："陛下若肯任臣，臣决能平虏。"武帝瞧将过去，乃是司马督马隆，便接口道："卿能平贼，当然委任，但未知卿方略何如？"隆答道："臣愿募勇士三千人，率领西行，陛下不必预问战略，由臣临敌制谋，定能报捷。"武帝大喜道："卿能如是，朕复何忧？"当下命隆为讨虏将军，兼武威太守。廷臣多言隆本小将，妄谈难信，且现兵已多，何必再募勇士？武帝不听，一意委隆。隆设局募兵，悬标为的，须引弓四钧，挽弩九石，方得合选。隆亲自简试，得三千五百人，称为已足。又自至武库选仗，武库令但给敝械，与隆忿争。隆复入白武帝，陈明武库令阻难情形，武帝因传谕武库令，任隆自择。隆始得往取精械，分给勇士，一面入朝辞行。武帝面许给三年军资，隆拜命出都，向西进发。行过温水，树机能等拥众数万，据险拒守。隆见山路崎岖，不易轻进，乃令部下造起扁箱车，载兵徐进，遇着地方辽阔，联车为营，四面排设鹿角，相随并趋，一入狭径，另用木屋覆盖车上，得避弓弩。胡兵虽有埋伏，也觉技无所施，就使出来拦阻，亦被隆逐段杀退。**始终不外持重。**隆且战且前，并令勇士挽弓四射，发无不中。胡兵多应弦倒地，有几个侥幸脱彀，均皆骇散。因此隆冒险进兵，如同平地，转战千里，未尝一挫，反杀伤胡虏数千人，得直抵武威镇所。自从隆领兵西进，音问杳然，好几月不见军报，朝廷颇以为忧。或谓隆已陷没，故无音耗，及隆使到达，始知他已安抵武威。武帝抚掌欢笑，自喜知人，诘朝召语群臣道："朕若误信卿等，是已无秦凉了。"群臣怀惭退去。武帝即降诏奖隆，假节宣威将军，加赤幢曲盖鼓吹，未几，又得隆捷报，已擒降鲜卑部酋数人，得众万余，又未几更闻报大捷，十年以来的巨寇树机能，竟被隆乘胜奋斫，枭首凉州，秦凉各境，一律肃清。小子有诗咏道：

> 用兵最忌是拘牵，良将功成在任专。
> 十载胡氛从此扫，明良相遇自安全。

秦凉既平，武帝拟按功行赏，偏朝上一班奸臣，又复出来阻挠，毕竟隆众能否邀赏，且看下回再表。

《商书》有言："取乱侮亡。"吴主孙皓，淫暴无道，已寓乱亡之兆，羊祜之决议伐吴，亦即取乱侮亡之古义耳。唯前时吴尚有人，内得陆凯之为相，外得陆抗之为将，故羊祜虚与周旋，未敢进逼。"将军欲以巧胜人，盘马弯弓故不发。"羊叔子庶几近之，或谓其刈谷偿绢，送还猎兽，第愚弄吴人之狡术，殊不足道，不知外交以才不以德，必拘拘然绳以仁义，几何而不蹈宋襄之覆辙也。况岘首筑祠，堕泪名碑，三代以下，亦不数觏。本回详为演述，褒扬之义，自在言中。彼如马隆之得平树机能，未始非晋初名将，观晋武之倚重两人，乃知开国之主，必有所长，不得以外此瑕疵，遽掩其知人之明也。

第五回

捣金陵数路并举
俘孙皓二将争功

却说马隆既讨平秦凉，朝议将加赏西征将士，偏有人出来阻挠，谓西征将士，已加显爵，不宜更授。独卫将军杨珧进驳道："前由隆募选骁勇，稍加爵命，不过为鼓励起见，今隆众已荡平西土，未得增赏，将来如何用人，反觉得朝廷失信了。"武帝也以为然，遂颁诏酬勋，赐爵加秩如例。先是西北未平，尚不暇顾及东南，吴主孙皓，还道是四境平安，乐得淫侠。每宴群臣，必令沉醉，又尝置黄门郎十余人，密为监察，群臣醉后忘情，未免失检，那黄门郎立即纠弹，皓即令将失仪诸臣，牵出加罪，或剥面，或凿眼，可怜他无辜遭谴，徒害得不死不活，成为废人。晋益州刺史王浚，察知东吴情事，遂奉表晋廷，略谓："孙皓荒淫凶逆，宜速征伐，臣造船七年，未得出发，反致朽败。且臣年七十，死亡无日，愿陛下无失时机，亟命东征！"武帝复召廷臣会议，贾充荀勖等仍执前说，力阻行军，唯张华忆羊祜言，赞同浚议。适将军王浑，调督扬州，镇守寿阳，与吴人屡有战争，遂上言："孙皓不道，意欲北上，应速筹战守为宜。"朝议以天已严寒，未便出师，决待来春大举，武帝亦乐得休暇。一日，正召入张华弈棋，忽由襄阳递入急奏，武帝不知何因，忙即展览，奏中署名，是荆州都督杜预，大略说是：

故太傅羊祜，与朝臣异见，不先博谋，独与陛下密议伐吴，故朝臣益致龃龉。凡事当以利害相较，今此举之利，十有八九，而其害止于无功耳。近闻朝廷事无大小，异议蜂起，虽人心不同，亦由恃恩不虑后难，故轻相同异也。昔汉宣帝议赵充国所上事，获效之后，召责前时异议诸臣，始皆叩头而谢，此正所以塞异端，杜众枉耳。今自秋以来，讨贼之形颇露，若又中止，孙皓怖而生计。或徙都武昌，更完修江南诸城，远其居民，城不可攻，野无所掠，则明年之计，亦得无及矣。时哉勿可失，惟陛下察之！

武帝览毕，顺手递视张华。华看了一周，便推枰敛手道："陛下圣明神武，国富兵强，号令如一。吴主荒淫骄虐，诛杀贤能，及今往讨，可不劳而定，幸勿再疑！"武帝毅然道："朕意已决，明日发兵便了。"华乃趋出。翌晨由武帝临朝，面谕群臣，大举伐吴，即命张华为度支尚书，量计运漕，接济军饷。贾充闻命，忙上前谏阻，荀勖冯紞，亦附和随声。武帝不禁动怒，瞋目视充道："卿乃国家勋戚，为何屡次挠我军谋？今已决计东征，成败不干卿事，休得多言！"充碰了一鼻子灰，又见武帝变色，且惊且骇，忙即免冠拜谢。荀冯二人，亦随着磕头。丑态毕露。武帝方才霁颜，命镇军将军琅琊王伷出涂中，安东将军王浑出江西，建威将军王戎出武昌，平南将军胡奋出夏口，镇南大将军杜预出江陵，龙骧将军王浚与广武将军唐彬，率巴蜀士卒，浮江东下，东西并进，共二十余万人；并授太尉贾充为大都督，行冠军将军杨济骏弟。为副，总统各军。分派既定，武帝才辍朝还宫。

吏部尚书山涛，素以公正著名，尝甄拔人物，各为题奏，时称为山公启事。他见武帝决意伐吴，不便多嘴，至退朝后，但私语同僚道："自非圣人，外宁必有内忧。今若释吴以为外惧，未始非策，何必定要出兵呢？"山公语亦似是而非，彼时祸根已伏，即不伐吴，亦岂能免乱？及东征军陆续出发，西方捷报又至，武帝益锐意东略，督促进军。龙骧将军王浚，筹备已久，一经奉命，率舟东下，长驱至丹阳。丹阳监盛纪，出兵迎战，怎禁得浚军一股锐气，横冲直撞，无坚不破。纪不及奔还，立被浚军擒去。浚顺流直进，探得江碛要害，统有铁锁截住，江心又埋着铁锥，逆距战船，乃作大筏数十，方百余步，缚草为人，被甲持仗，令善泅诸水手，在水中牵筏先行，筏遇铁锥，辄被引去，再用火炬长十余丈，大数十围，灌渍麻油，爇着猛火，乘风烧毁铁锁，锁被火熔，当即断绝，于是船无所碍，鼓棹直前。时已为咸宁六年仲春，和风嘘拂，春水绿波，浚与广武将军唐彬，驱兵至西陵，西陵为吴要塞，吴遣镇南将军留宪、征南将军成璩及西陵监郑广，宜都太守虞忠，并力扼守。不防浚军甚是厉害，一鼓作势，四面攀登，吴兵统皆骄惰，毫无斗志，蓦见敌军乘城，顿时骇散，留宪成璩等，还想巷战，奈手下已皆遁去，单剩得主将数人，孤立无助，眼见得束手成擒了。浚又乘胜攻克荆门夷道二城，擒住吴监军陆晏，再下乐乡，擒住吴水军统领陆景，江东大震。吴平西将军施洪等望风投降。

晋安东将军王浑，出发横江，得破寻阳，击走吴将孔忠，俘得周兴等数人，收降吴厉武将军陈代，平虏将军朱明；又镇南大将军杜预，进向江陵，密遣牙将管定周旨等，泛舟夜渡，袭据巴山，张旗举火，作为疑兵。吴都督孙歆，望见大骇，不禁咋舌道："北来诸军，怕不是飞渡长江么？"当下派兵出拒，被管定周旨等预先埋伏，突起交锋，杀得吴军大败奔还。歆尚未得知，安坐帐中，至敌军冲入，方惊起欲遁，不防前后左右，已是敌人环绕，就使力大如牛，也无从摆脱，被他活捉了去。管周二将，向预报功，预即亲抵江陵，督兵攻城。吴将伍延佯请出降，暗中却部署兵士，登陴抵御。预已先料着，趁他行列未整，即命部众缘梯登城。守兵措手不及，城即被陷，伍延战死。江陵既下，沅湘以南各州郡，望风归命，奉送印绶。预仗节称诏，一一抚慰，令各就原官，远近肃然。平南将军胡奋，亦得克江安，会奉晋廷诏命，令胡奋与王浚王戎，合攻夏口武昌，杜预但当静镇零桂，零陵桂阳。怀辑衡阳，且待江汉肃清，直指吴都未迟。预乃分兵益浚，奋与戎亦互助浚军，一战破夏口，再战平武昌，更泛舟东下，所向无前。

可巧春雨水涨，谣诼纷纭，贾充首先倡议，表请罢兵，略谓："百年逋寇，未可悉定，况春夏交际，江淮卑湿，一旦疫疠交作，反为敌乘，宜急召还各军，置作后图。且此次行军，虽似顺手，所损实多，虽腰斩张华，未足以谢天下！"等语。充屡次阻兵，究未知所操何见，想无非是妒功忌能耳。幸武帝不为少动，把充表留中不报。杜预闻充议辍兵，急忙抗表固争，一面征集各军，会议进取，有人从旁梗议，大旨与贾充相似。预奋然道："昔乐毅战国时燕人。借济西一战，几并强齐；今兵威已振，譬如破竹，数节以后，迎刃而解，还要费什么大力呢？"遂指授群帅，径进秣陵。

吴遣丞相张悌及督军沈莹诸葛靓等，率众三万，渡江逆战，行次牛渚，莹语悌道："上流诸军，素无戒备，晋水师顺流前来，势必至此，不如整兵待着，以逸制劳。今若渡江与战，不幸失败，大事去了。"悌慨然道："吴国将亡，贤愚共知，及今渡江，尚可决一死战，不幸丧败，同死社稷，可无遗恨。若坐待敌至，士众尽散，除君臣迎降以外，还有什么良策？名为江东大国，却无一人死难，岂不可耻？我已决计效死了。"到此已无良策，如悌为国而死，还算是江东好汉。言讫，遂麾众渡江。到了板桥，与晋扬州刺史周浚军相值。悌便即迎击，两下相交，晋军甚是骁悍，吴兵尽管退却。约阅一二小时，但见吴人弃甲抛戈，纷纷遁去。诸葛靓料难支持，劝悌逃生，悌洒泪道："今日是我死日了。我忝居宰相，常恐不得死所，今以身死国，死也值得，尚复何言。"靓垂涕自去。悌尚执佩刀，左拦右阻，格杀晋军数名。既而晋军围裹过来，你一枪，我一槊，竟将悌刺死了事。沈莹见悌死节，也不顾性命，力战多时，至身受重创，倒地而亡。吴人视此军为孤注，一经覆没，当然心惊胆落，风鹤皆兵。晋将军王浚，闻板桥得胜，便自武昌拥舟东下，直指建业。即吴都。扬州别驾何恽，得悉王浚东来，进白刺史周浚道："公已战胜吴军，乐得进捣吴都，首建奇功，难道还要让人么？"浚使恽走告王浑，浑摇首道："受诏但屯江北，不使轻进，且令龙骧受我节度，彼若前来，我叫他同时并进便了。"恽答道："龙骧自巴蜀东下，所向皆克，功在垂成，尚肯来受节度么？况明公身为上将，见可即进，何必事事受诏呢？"浑终未肯信，遣恽使还。

　　原来浚初下建平，奉诏受杜预节制，至直趋建业，又奉诏归王浑节制。浚至西陵，杜预遗浚书道："足下既摧吴西藩，便当进取秣陵，平累世逋寇，救江左生灵，自江入淮，肃清泗汴，然后泝河而上，振旅还都，才好算得一时盛举呢！"浚得书大悦，表呈预书，随即顺流鼓棹，再达三山。吴游击将军张象，带领舟军万人，前来抵御，望见浚军甚盛，旌旗蔽空，舳舻盈江，不由的魂凄魄散，慌忙请降。浚收纳张象，即举帆直指建业。王浑飞使邀浚，召与议事，浚答说道："风利不得泊，只好改日受教罢。"来使自去报浑。浚直赴建业。吴主孙皓，连接警报，吓得无法可施。将军陶浚，自武昌逃归，入语皓道："蜀船皆小，若得二万兵驾着大船，与敌军交锋，或尚足破敌呢。"皓已惶急得很，忙授浚节钺，令他募兵退敌。偏都人已相率溃散，只剩得一班游手，前来应募，吃了好几日饱饭。待陶浚驱令出发，又复溃去。陶浚也无可奈何，复报孙皓。皓越加焦灼，并闻晋王浚已逼都下，还有晋琅邪王司马伷，亦自涂中进兵，径压近郊，眼见得朝不保暮，无可图存。光禄勋薛莹，中书令胡冲，劝皓向晋军乞降。皓不得已令草降书，分投王浚王浑，并向司马伷处送交玺绶。王浚接了降书，仍驱舰大进，鼓噪入石头城。吴主孙皓，肉袒面缚，衔璧牵羊，并令军士舆榇及亲属数人，至王浚垒门，流涕乞降。浚亲解皓缚，受璧焚榇，延入营中，以礼相待。随即驰入吴都，收图籍，封府库，严止军士侵掠，丝毫不入私囊，一面露布告捷。

晋廷得着好音，群臣入贺，捧觞上寿。武帝执爵流涕道："这是羊太傅的功劳呢！"唯骠骑将军孙秀，系吴大帝孙权侄孙，前为吴镇守夏口，因孙皓见疑，惧罪奔晋，得列显官，他却未曾与贺，且南面垂涕道："先人创业，何等辛勤，今后主不道，一旦把江南轻弃，悠悠苍天，伤如之何？"前已甘心降敌，此时却来作此语，欺人乎？欺己乎？武帝以浚为首功，拟下诏褒赏，忽接到王浑表文，内称浚违诏擅命，不受自己节度，应照例论罪。武帝未以为然，举表出示群臣。群臣多趋炎附势，不直王浚，请用槛车征浚入朝。武帝不纳，但下书责浚，说他"不从浑命，有违诏旨，功虽可嘉，道终未尽"等语。看官！你想这平吴一役，全亏王浚顺流直下，得入吴都，偏王浑出来作梗，竟要把王浚加罪，可见天下事不论公理，但尚私争。武帝还算英明，究未免私徇众议，所以古今来功臣志士，终落得事后牢骚，无穷感慨呢。一声何满子，双泪落君前。原来王浑闻浚入吴都，方率兵渡江，自思功落人后，很是愧忿，意欲率兵攻浚。浚部下参军何攀，料浑必来争功，因劝浚送皓与浑。浑得皓后，虽勒兵罢攻，意终未惬，乃表浚罪状，浚既奉到朝廷责言，因上书自讼，略云：

臣前受诏书，谓："军人乘胜，猛气益壮，便当顺流长骛，直造秣陵。"奉命以后，即便东下。途次复被诏书谓："太尉贾充，总统诸方，自镇东大将军伷及浑浚彬等，皆受充节度。"无令臣别受浑节度之文。及臣至三山，见浑军在北岸，遗书与臣，但云暂来过议，亦不语"臣当受节度"之意。臣水军风发，乘势造贼，行有次第，不便于长流之中，回船过浑，令首尾断绝。既而伪主孙皓，遣使归命，臣即报浑书，并录皓降笺，具以示浑，使速会师石头。臣军以日中至秣陵，暮乃得浑所下当受节度之符，欲令臣还围石头，备皓越逸。臣以为皓已出降，无待空围，故驰入吴都，封库待命。今诏旨谓臣忽弃明制，专擅自由，伏读以下，不胜战栗。臣受国恩，任重事大，常恐托付不效，辜负圣明，用敢投身死地，转战万里，凭赖威灵，幸而能济。

臣以十五日至秣陵，而诏书于十二日发洛阳，其间悬阔，不相赴接，则臣之罪责，宜蒙察恕。假令孙皓犹有螳螂举斧之势，而臣轻军单入，有所亏丧，罪之可也。臣所统八万余人，乘胜席卷，皓以众叛亲离，无复羽翼，匹夫独立，不能庇其妻子，雀鼠贪生，苟乞一活耳。而江北诸军，不知其虚实，不早缚取，自为小误。臣至便得，更见怨恚，并云守贼百日，而令他人得之，言语嘈沓，不可听闻。案春秋之义，大夫出疆，有利专之，臣虽愚蠢，以为事君之道，唯当竭力尽忠，奋不顾身，苟利社稷，死生以之。若其顾护嫌疑，以避咎责，此是人臣不忠之利，实非明主社稷之福也。夫佞邪害国，自古已然，故无极破楚，宰嚭灭吴，及至石显倾乱汉朝，皆载在典籍，为世所戒。昔乐毅伐齐，下城七十，而卒被谗间，脱身出奔。乐羊战国时魏人。既返，谤书盈箧，况臣疏顽，安能免谗慝之口？所望全其首领者，实赖陛下圣哲钦明，使浸润之谮，不得行焉。然臣孤根独立，久弃遐外，交游断绝，而结恨强宗，取怨豪族，以累卵之身，处雷霆之冲，茧栗之质，当豺狼之路，易见吞噬，难抗唇齿。夫犯上干主，罪犹可救。乖忤贵臣，祸常不测。故朱云折槛，婴逆鳞之怒，望之周堪，违忤石显，虽阖朝嗟叹，而死不旋踵，俱见汉史。此臣之所大怖也。今王浑表奏陷臣，其支党姻族，又皆根据磐牙，并处世位，闻遣人在洛中，专共交构，盗言孔甘，疑惑亲听。臣无曾参之贤，而罹三至之谤，敢不悚栗。本年平吴，诚为大庆，于臣之身，独受咎累，恶直丑正，实繁有徒。欲构南箕，成此贝锦。但当陛下圣明之世，而令济济之朝，有谗邪之人，亏穆穆之风，损皇代之美，是实由臣疏顽，使至于此。拜表流汗，言不识次，伏乞陛下矜鉴！

武帝得书，也知浚为王浑所忌，不免有媒蘖等情，因下诏各军，班师回朝，待亲讯功过，核定赏罚云云。王浑既得絷皓，乃与琅琊王伷会衔，送皓入洛，皓至都门，泥首面缚。由朝旨遣使释免，给皓衣服车乘，赐爵归命侯，拜孙氏子弟为郎。所有东吴旧望，量才擢叙。从前王浚东下，吴城戍将，望风归降；唯建平太守吾彦，婴城固守，及孙皓被俘，方才投诚。武帝调彦为金城太守。诸葛靓姊，为琅琊王妃，靓自板桥败后，即窜入姊家，武帝素与靓相识，亲往搜寻。靓为魏扬州都督诸葛诞子。诞在魏主髦四年，讨司马昭不克，被杀，故靓奔吴，事见《三国演义》。靓复避匿厕中，被武帝左右牵出，始跪拜流涕道："臣不能漆身毁面，使得复见圣颜，不胜惭愧。"武帝慰谕至再，面授靓为侍中。靓固辞不受，情愿放归乡里。武帝不得已依议，听他自去，终身起坐，不向晋廷，后幸善终。观于晋有君父大仇，乃不能与张悌同死，徒为是小节欺人，亦何足道。

武帝复颁诏大赦，改元太康。会值诸将陆续还都，因临轩召集，并引见孙皓，赐令侍坐，且顾语皓道："朕设此座待卿，已好几年了。"皓指帝座道："臣在南方，亦设此座待陛下。"史家记载皓言，未及指帝座三字，遂启后人疑窦，经著书人添入，方合口吻。贾充已回朝复命，时亦在侧，向皓冷笑道："闻君在南方，凿人目，剥人面，此刑施于何人？"皓答说道："人臣有敢为弑逆，及奸邪不忠，方加此刑。"充听了此言，不由的面目发赧，掉头趋退。自取其辱，但皓只御人口给，不能自保宗社，究有何益？王浑王浚，相继入朝，彼此尚争功不已。武帝命廷尉刘颂，叙次战绩。颂不免袒浑，列浑为首功，浚为次功。武帝因颂考绩徇私，左迁京兆太守。怎奈王浑私党，充斥朝廷，浑子济又尚公主，气焰逼人，大家统为浑帮护，累得武帝不便专制，也只好委曲通融，乃增浑食邑八千户，进爵为公。授浚为辅国大将军，与杜预王戎等，并封县侯。以下诸将，赏赐有差。遣使祭告羊祜庙，封祜夫人夏侯氏为万岁乡君，食邑五千户。一番东征事迹，至此结局。王浚以功大赏轻，始终不服，免不得怨忿交并，小子有诗叹道：

> 楼船直下扫东吴，功业初成已被诬。
> 何若当时范少伯，一舸载美去游湖。

欲知王浚后来情事，且至下回叙明。

蜀亡在晋武开国之先，故本编首回，略略叙及，并不加详。至大举灭吴，则晋武即位，已十有余年矣。此固当列诸晋史，不得以吴列三国，应属诸《三国演义》，可以删繁就简也。唯晋之伐吴，倡议为羊祜，立功为王浚，而从中怂恿者为张华，余子碌碌，皆因人成事而已。武帝非不明察，辛因朝臣右袒王浑，独封浑为公，而浚以下不过封侯，无怪浚之愤悒不平也。然功成者退，知足不辱，浚乃为小丈夫之悻悻，始终未释，其后来之得全首领者，尚其幸耳。韩彭菹醢，晁错受戮，非炎盛开国时耶？史家谓浑既害善，浚亦矜功，诚足为一时定评云。

第六回

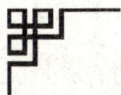

纳群娃羊车恣幸
继外孙螟子乱宗

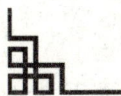

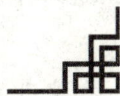

　　却说王浚因功高赏轻，时怀不平，每在朝右自陈战绩及诸多枉屈情形，武帝虽有所闻，亦如聋瞽一般，绝不与谈。浚不胜愤懑，往往不别而行。武帝念他有功，始终含忍过去。益州护军范通，为浚外亲，尝入语浚道："公有平吴大功，今乃不能居守，未免可惜。"浚惊问何因？通答道："公返旆后，何不急流勇退，角巾私第，口不言功，如有人问及，可答称圣主宏谟，群帅戮力，若老夫实无功可言。从前蔺相如屈服廉颇，便得此意。见战国时代。公能行此，也足令王浑自愧了。"浚瞿然道："我亦尝惩邓艾覆辙，邓艾事在前。自恐遭祸，不能无言。及今已隔多日，胸中尚不免介介，这原是我器量太小呢。"通即起贺道："公能自知小过，便足保全。"说毕乃退。浚自是稍稍敛抑，不欲争功。博士秦秀，太子洗马孟康等，却代为浚诉陈枉抑，武帝乃迁浚为镇军大将军，加散骑常侍，领后军将军。时都中竞尚奢侈，浚本俭约，至此恐功高遭嫌，乐得随风张帆，玉食锦衣，优游自适。后又受调为抚军大将军，开府仪同三司，延至太康六年病终。年已八十，得谥为武。浚得令终，幸有范通数语。看官听说！在晋武未曾受禅以前，本来是三国分峙，各据一方，自西蜀入魏，降王刘禅，受封为安乐公，三国中已少了一国。及魏变为晋，吴又并入晋室，晋得奄有中原，规复秦汉旧土，遂划全国为十九州，分置郡国百五十余。小子特将十九州的名目，析述如下：

司 兖 豫 冀 并 青 徐 荆 扬 凉 雍 秦 益 梁 宁 幽 平 交 广

小子还有数语交代，那安乐公刘禅的死期，是在晋泰始七年间，归命侯孙皓的死期，是在晋太康二年间，两降主俱病死洛阳，已无后患。就是废居邺城的魏曹奂，无拳无勇，好似鸟入笼中，受人豢养，得能饱暖终身，还算是新朝厚惠。他最后死，直到晋惠帝泰安元年，方病殁邺城。叙结三主生死，是揭晋武厚道处，即见晋武骄盈处。武帝既混一宇内，遂思偃武修文，下诏罢州郡兵，诏云：

自汉末四海分崩，刺史内亲民事，外领兵马，今天下为一，当韬戢干戈，刺史分职，皆如汉时故事。悉去州郡兵，大郡但置武吏百人，小郡五十人，以示朕与民安乐，共享太平之意。

这诏颁下，交州牧陶璜，便即上书，略谓："州兵不宜减损，自示空虚。"武帝不纳。右仆射山涛，因病告假，闻朝廷下诏罢兵，亦不以为然。会武帝亲至讲武场，搜阅士卒，涛力疾入朝，随驾讲武，当下乘间进言，谓不宜去州郡武备，语意甚是剀切。武帝也为动容，但自思天下已平，不必过虑，既已颁诏四方，也未便朝令暮改，因此将错便错，延误过去。俗语说得好："饱暖思淫欲。"武帝不脱凡俗，一经安乐，便勾起那淫欲心肠。他闻得南朝金粉，格外鲜妍，乘此政躬清泰，正好选入若干充作妾婢，借娱晨夕。可巧吴宫伎妾，多半被将士掠归，洛阳都下，凑娶吴娃，但教一道命令，传下都门，将士怎敢违旨？便将所得吴女，一股脑儿送入宫中。武帝仔细点验，差不多有五千名，个个是雪肤花貌，玉骨冰肌，不由得龙心大喜，一齐收纳，分派至各宫居住。自是掖廷里面，新旧相间，约不下万余人。武帝每日退朝，即改乘羊车，游历宫苑，既没有一定去处，也没有一定栖止，但逢羊车停住，即有无数美人儿，前来谒驾。武帝约略端详，见有可意人物，当即下车径入，设宴赏花。前后左右，莫非丽姝，待至酒下欢肠，惹起淫兴，便随手牵了数名，同入罗帏。这班妖淫善媚的吴女，巴不得有此幸遇，挨次进供，曲承雨露。武帝亦乐不忘疲，今朝到东，

羊车游宴

明朝到西，好似花间蝴蝶，任意徘徊。只是粉黛万余，唯望一宠，就使龙马精神，也不能处处顾及，有几个侥幸承恩，大多数向隅叹泣，于是狡黠的宫女，想出一法，各用竹叶插户，盐汁洒地，引逗羊车。羊性嗜竹叶，又喜食盐，见有二物，往往停足。宫女遂出迎御驾，好把武帝拥至居室，奉献一脔。武帝乐得随缘，就便临幸。待至户户插竹，处处洒盐，羊亦刁猾起来，随意行止，不为所诱。宫女因旧法无效，只好自悲命薄，静待机缘罢了。何必定要望幸？唯武帝逐日宣淫，免不得昏昏沉沉，无心国事。后父车骑将军杨骏及弟卫将军珧，太子太傅济，乘势擅权，势倾中外，时人号为三杨。所有佐命功臣，多被疏斥。仆射山涛，屡有规讽，武帝亦嘉他忠直，怎奈理不胜欲，一遇美人在前，立把忠言撇诸脑后，还管什么兴衰成败呢？一日，由侍臣捧入奏章，呈上御览，武帝顺手披阅，乃是侍御史郭钦所奏，大略说是：

> 戎狄强犷，历古为患，魏初民少，西北诸郡，皆为戎居，内及京兆魏郡弘农，往往有之。今虽服从，若百年之后，有风尘之警，胡骑自平阳上党，飙忽南来，不三日可至孟津，恐北地西河太原冯翊安定上郡，尽为狄庭矣。宜及平吴之威，谋臣猛将之略，渐徙内郡杂胡于边地，峻四夷出入之防，明先王荒服之制，此万世之长策也。

武帝看了数行，哂然笑道："古云杞人忧天，大约如此。"遂置诸高阁，不复批答。仍乘着羊车，寻欢取乐去了。女色蛊人，一至于此。后来得着昌黎军报，乃是鲜卑部酋慕容涉归，导众入寇。幸安北将军严询，守备颇严，把他击退。慕容氏始此，详见后文。武帝越加放心，更见得郭钦奏疏，不值一览。未几又有吴人作乱，亦由扬州刺史周浚，剿抚兼施，得归平靖。南北一乱即平，君臣上下，统说是幺么小丑，何损盛明？于是权臣贵戚，藻饰承平，你夸多，我斗靡，直把那一座洛阳城，铺设得似花花世界，荡荡乾坤。

当时除三杨外，尚有中护军羊琇，后将军王恺，统仗着椒房戚谊，备极骄奢。琇是晋景帝即司马师。见第一回。继室羊后从弟，恺是武帝亲舅，乃姊就是故太后王氏，亦见第一回中。两家是帝室懿亲，安富尊荣，还在人意料中，不意散骑常侍石崇，却比两家还要豪雄，羊琇自知不敌，倒也不敢与较，只王恺心中不服，时常与崇比富。崇字季伦，系前司徒石苞幼子，颇有智谋，苞临终分财，派给诸子，独不及崇，谓崇将来自能致富，不劳分授，果然崇年逾冠，即得为修武令，嗣迁城阳太守，帮同伐吴，因功封安阳乡侯。旋复受调为荆州刺史，领南蛮校尉，加鹰扬将军。平居孳孳为利，在荆州时，暗属亲吏扮作盗状，往劫豪贾巨商，遂成暴富。入拜卫尉，筑室宏丽，后房百数，皆曳纨绣，珥珠翠，且暮不绝丝竹，庖膳务极珍馐。王恺，家用粕糖也，与饴通。沃釜，崇独用蜡代薪；王恺作紫丝布步障四十里，崇作锦布障五十里以敌恺。恺涂屋用椒，崇用赤石脂相代。恺屡斗屡败，因入语武帝，欲假珊瑚树为赛珍品，武帝即赐与一株，高约二尺许。恺扬扬自得，取出示崇，总道崇家必无此珍奇，定要认输了事。那知崇并不称美，反提起铁如意一柄，把珊瑚树击成数段。看官！你想王恺到此，怎得不怒气直冲，欲与石崇拼命？崇反从容笑语道："区区薄物，值得什么？"遂命家僮取出家藏珊瑚树，约数十株，最高大的约三四尺，次约二三尺，如恺所示的珊瑚树，要算是最次的，便指示恺道："君欲取偿，任君自择。"恺不禁咋舌，赧然无言，连击碎的珊瑚树，也不愿求偿，一溜烟的避去。崇因此名冠洛阳。多利厚亡，请看将来。车骑司马傅咸，目击奢风，有心矫正，特上书崇俭道：

> 臣以为谷帛虽生，而用之不节，无缘不匮，故先王之化天下，食肉衣帛，皆有其制。窃谓奢侈之费，甚于天灾。古者尧有茅茨，今之百姓，竞丰其屋；古者臣无玉食，今之贾竖，皆厌粱肉；古者后妃，乃有殊饰，今之婢妾，被服绫罗；古者大夫，乃不徒行，今之贱隶，乘轻驱肥；古者人稠地狭，而有储蓄，由于节也，今者土广人稀，而患不足，由于奢也。欲时之俭，当诘其奢，奢不见诘，转相夸尚，弊将胡底？昔毛玠为吏部尚书时，无敢好衣美食者，魏武帝叹曰："孤之法不如毛尚书，今使诸部用心，各如毛玠，则风俗之移，在所不难矣。"臣言虽鄙，所关实大，幸乞垂察！

书入不报。司隶校尉刘毅，鲠直敢言，尝劾羊琇纳赂违法，罪应处死，亦好几日不见复诏。毅令都官从事程衡，驰入琇营，收逮琇属吏拷问，事皆确凿，赃证显然，乃再上弹章，据实陈明。武帝不得已罢免琇官。暂过旬月，又使琇白衣领职。贪夫得志，正士灰心，一班蝇营狗苟的吏胥，当然暮夜辇金，贿托当道，苞苴夕进，朱紫晨颁，大家庆贺弹冠，管什么廉耻名节？到了太康三年的元旦，武帝亲至南郊祭天，百官相率扈从，祭礼已毕，还朝受谒。校尉刘毅，随班侍侧，武帝顾问道："朕可比汉朝何帝？"毅应声道："可比桓灵。"这语说出，满朝骇愕。毅却神色自若，武帝不禁失容道："朕虽不德，何至以桓灵相比？"毅又答道："桓灵卖官，钱入官库，陛下卖官，钱入私门，两相比较，恐陛下还不及桓灵呢！"*再加数语，也可谓一身是胆。*武帝忽然大笑道："桓灵时不闻有此言，今朕得直臣，终究是高出桓灵了。"*受责不怒，权谲可知。*说毕，乃抽身入内，百官联翩趋出，尚互相惊叹。刘毅仍不慌不忙，从容自去。

尚书张华，甚得主宠，独贾充荀勖冯紞等，因伐吴时未与同谋，常相嫉忌。适武帝问及张华，何人可托后事？华朗声道："明德至亲，莫如齐王。"武帝闻言，半晌不出一语。华也自知忤旨，不再渎陈。原来齐王攸为武帝所忌，前文中已略述端倪，*见第三回。*此次由张华突然推荐，更不觉触起旧情，且把那疑忌齐王的私心，移到张华身上，渐渐地冷淡下来。荀勖冯紞，乘间抵隙，遂将捕风捉影的蜚语，诬蔑张华。华竟被外调，出督幽州军事兼安北将军。他本足智多谋，一经莅任，专意怀柔，戎夏诸民，无不悦服。凡东夷各国，历代未附，至是也慕华威名，并遣使朝贡。武帝又器重华才，欲征使还朝，付以相位。议尚未定，已被冯紞窥透隐情，趁着入侍时间，与武帝论及魏晋故事。紞怃然道："臣窃谓钟会构衅，实由太祖。"*即司马昭，见第三回。*武帝变色道："卿说什么？"紞免冠叩谢道："臣愚蠢妄言，罪该万死，但惩前毖后，不敢不直陈所见。钟会才智有限，太祖乃夸奖太过，纵使骄盈，自谓算无遗策，功高不赏，因致构逆。假使太祖录彼小能，节以大防，会自不敢生乱了。"说至此，见武帝徐徐点首，且说出一个"是"字，便又叩首道："陛下既俯采臣言，当思履霜坚冰，由来有渐，无再使钟会复生。"武帝道："当今岂尚有如会么？"紞又答道："谈何容易！且臣不密即失身，臣亦何敢多渎？"武帝乃屏去左右，令他极言。紞乃说道："近来为陛下谋议，著有大功，名闻海内，现在出踞方镇，统领戎马，最烦陛下圣虑，不可不防。"*谗口可畏。*武帝叹息道："朕知道了。"于是不复召华，仍倚任荀冯等一班佞臣。

既而贾充病死，议立嗣子，又发生一种离奇的问题。先是充尝生一子，名叫黎民，年甫三龄，由乳母抱儿嬉戏，当阁立着，可巧充自朝退食，为儿所见，向充憨笑。充当然爱抚，摩弄儿顶，约有片时，不料充妻郭槐，从户内瞧着，疑充与乳母有私，竟乘充次日上朝，活活将乳母鞭死。可怜三岁婴孩，恋念乳母，终日啼哭，变成了一个慢惊症，便即夭殇。未几复生一男，另外雇一乳母，才阅期年，乳母抱儿见父，充又摩抚如初，冤冤相凑，仍被郭槐窥见，取出老法儿处死乳母，儿亦随逝，此后竟致绝嗣。**充为逆臣，应该有此妒妇。**充死年已六十六，尚有弟混子数人，可以入继。偏郭槐想入非非，独欲将外孙韩谧，过继黎民，为贾氏后。看官！试想三岁的亡儿，如何得有继男？况韩谧为韩寿子，明明是贾充外孙，如何得冒充为孙？当时郎中令韩咸与中尉曹轸，俱面谏郭槐道："古礼大宗无后，即以小宗支子入嗣，从没有异姓为后的故例，此举决不可行。"郭槐不听，竟上书陈请，托称贾充遗意，愿立韩谧为世孙。可笑武帝糊涂得很，随即下诏依议，诏云：

> 太宰鲁公贾充，崇德立勋，勤劳佐命，背世殂陨，每用悼心。又胤子早终，世嗣未立，古者列国无嗣，取始封支庶以绍其统，而近代更除其国。至于周之公旦，汉之萧何，或豫建元子，或封爵元妃，盖尊显勋劳，不同常例。太宰素取外孙韩谧为世子黎民后，朕思外孙骨肉至近，推恩计情，合于人心，其以谧为鲁公世孙，以嗣其国，自非功如太宰，始封无后，不得援以为例。特此谕知！

看官阅过第二回，应知贾午偷香，是贾门中一场风流佳话。此次又将贾午所生的儿子，还继与贾充为孙，益觉得闻所未闻。风流佳话中，又添一种继承趣事了。那韩谧接奉诏旨，即改姓为贾，入主丧务，一切仪制，格外丰备。武帝厚加赗赐，自棺殓至丧葬费，钱约二千万缗，且有诏令礼官拟谧。博士秦秀道："充悖礼违情，首乱大伦，从前春秋时代，鄷养外孙莒公子为后，麟经大书莒人灭鄷，今充亦如此，是绝祖父血食，开朝廷乱端，岂足为训？谥法昏乱纪度曰荒，请谥为荒公。"武帝怎肯依议，再经博士段畅，拟上一个武字，方才依从，这且待后再表。

且说齐王攸德望日隆，中外属望，独荀勖冯紞，日思排挤，并加了一个卫将军杨珧，也与攸未协，巴不得将他摔去。三人互加谗间，尚未见效，冯紞是谗夫中的好手，竟入内面请道："陛下遣诸侯至国，成五等遗制，应该从懿亲为始。懿亲莫若齐王，奈何勿遣？"武帝乃命攸为大司马，都督青州军事。命令一下，朝议哗然。尚书左仆射王浑，首先谏阻，略言："攸至亲盛德，宜赞朝政，不应出就外藩。"武帝不省。嗣由光禄大夫李憙，中护军羊琇，侍中王济甄德，皆上书切谏，又不见从。王济曾尚帝女常山公主，甄德且尚帝妹京兆长公主，两人因谏阻无效，不得已乞求帷筵，浼两公主联袂入宫，吁请留攸。两公主受夫嘱托力劝武帝，不意也碰了一鼻子灰。小子有诗叹道：

> 上书谏阻已无功，欲借蛾眉启主聪。
> 谁料妇言同不用，徒教杏靥并增红。

欲知两公主被斥情形，且至下回再详。

山涛之谏阻罢兵，郭钦之疏请徙戎，未始非当时名论，但徒务外攘，未及内治，终非知本之言。武帝平吴，才及半年，即选吴伎妾五千人入宫，此何事也？乃不闻力谏，坐使若干粉黛，蛊惑君心，一褒姒妲已足亡天下，况多至五千人乎？不此之察，徒断断于兵之遽罢，戎之未徙，试思君荒臣奢，淫侈无度，即增兵徙戎，宁能不乱？后之论者，辄谓山涛之言不听，郭钦之疏不行，致有他日之祸乱，是所谓知二五不知一十者也。贾充妻郭槐，以韩谧为继孙，妇人之徇私蔑礼，尚不足怪，独怪武帝之竟从所请，清明之气，已被无数娇娃，斫丧殆尽。志已昏而死将随之矣，更何惑乎齐王攸之被遣哉！

第七回

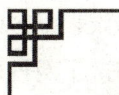

指御座讽谏无功

侍帝榻权豪擅政

　　却说武帝决意遣攸，不愿从谏。蓦见两公主入宫，至御座前敛衽下拜，力请留攸。武帝道："汝等妇女，怎知国事？不必来此纠缠！"两公主跪不肯起，甚至叩头涕泣，惹得武帝怒起，拂衣外出，趋往别殿。两公主见他自去，无从再求，没奈何起身归家。那武帝怒尚未息，至别殿间，正值侍中王戎值日，便顾语道："兄弟至亲，今出齐王，乃是朕家事，甄德王济，横来干涉，今且遣妻入宫，向朕哭泣，朕不死，何劳彼哭？齐王亦未尝死，更何劳彼哭呢！"妇人两行珠泪，最能动人，不意此次却用不着。王戎听了，也不敢多言。武帝即令戎草诏，黜济为国子祭酒，德为大鸿胪。济与德因公主归来，复述武帝拒谏情形，更觉得自寻没趣，及左迁命下，越加扫兴，唯与公主相对涕洟罢了。独羊琇以杨珧排攸，运动最力，意欲与珧面论是非，怀刃寻衅。偏杨珧预先防备，托疾不出，暗嘱有司劾琇。降官太仆，恚愤而死。得死为幸。光禄大夫李憙，亦因年老辞职，罢死家中。是时已值年暮，齐王攸奉诏未行，暂留京都守岁。越年仲春，诏命太常议定典礼，崇锡齐王，促令就道。博士庾旉秦秀等，再上章挽留，仍不见报。祭酒曹志叹道："亲如齐王，才如齐王，不令他树本助化，反欲远徙海隅，晋室恐不能久盛了。"乃复上书极谏，谓当从博士等言。武帝览书大怒道："曹志尚不明朕心，何论他人！"遂黜免志官，并庾旉等七人除名。

原来中书监荀勖，曾在武帝前进谗，谓百僚已归心齐王，试诏令就国，必致朝议沸腾。武帝先入为主，且见群臣陆续留攸，果如勖言，免不得忮心愈甚，所以奏牍上陈，无一见信，反加严谴。齐王攸亦不愿莅镇，奏乞守先后陵，仍被驳斥。满腔孤愤，无处上伸，累得攸郁郁成疾，竟至呕血。这也何必。武帝遣御医诊视，御医希旨承颜，复称齐王无疾。武帝遂连番下诏，催促起程。攸素好容仪，犹力自整肃，入阙辞行。武帝见他举止如恒，益疑他居心多诈，哪知过了两日，即由攸子冏呈入讣音，称攸呕血不止，竟尔逝世。武帝以变生意外，不禁大恸，冯紞在旁劝解道："齐王名不副实，盗誉有年，今自薨逝，未始非社稷幸福，陛下何必过哀。"武帝乃收泪而止。诏为齐王发丧，礼仪如安平王孚故事，见第三回。并亲自往吊。攸子冏对帝悲号，诉称为御医所诬，武帝也觉不忍，令即收诛御医。但知希旨，不知有此一着。命冏承袭父爵，冏亦八王之一。谥攸为献。攸为晋室贤王，享年只三十有六。扶风王骏，闻武帝遣攸出镇，也曾上书力阻，嗣因武帝不从，忧愤成疾，与攸同时告终。骏遗爱及民，西人多树碑志德，悲泣盈途，晋廷追赠为大司马，予谥曰武。叙攸及骏，不没贤王。乃进汝南王亮为太尉，录尚书事，光禄大夫山涛为司徒，尚书令卫瓘为司空。

涛年垂八十，老病侵寻，因固辞不许，力疾入谢，途中又感冒风寒，归卧不起，旋即去世。武帝优加赙给，赐谥曰康。涛字巨源，河内人氏，早年丧父，食贫居贱，尝向妻韩氏道："勉耐饥寒，我将来当位至三公，但未知卿堪做夫人否？"及年已四十，始为郡曹，从祖姑为宣穆皇后生母，宣穆皇后见首回。瓜葛相连，得与武帝为中表亲，乃累迁至尚书仆射，兼领吏部铨衡。有知人鉴，平居贞顺节俭，家无妾媵，禄赐俸秩，分赡亲故，殁后只遗旧屋十间，子孙不敷居住。左长史范晷，为白朝廷，武帝乃令有司拨款，代为营室，总算是酬答勋亲的惠意；另简右仆射魏舒为司徒。

舒籍隶任城，幼即失怙，寄食外家宁氏。宁氏尝增筑居宅，有堪舆家相宅道："此宅应出贵甥。"舒闻言自负，欣然语人道："当为外家成此宅相。"已而与宁氏别居，身长八尺二寸，仪容秀伟，不修小节，专喜骑射，以渔猎为生涯，尝投宿野王逆旅，闻有车马声隐隐前来，约至门外，即有人互相问答。问语为是男是女？答语称是男子。接连又有人应声道："是男至十五岁，当死兵刃。"过了片刻，复问为何人借宿？答称为魏公舒。言讫遂去。舒卧至天明，起询寓主，始知主人妻夜产一男，乃记忆而行。蹉跎蹉跎，已过了十五年，贫困如故，往探野王主人，问及生男所在？主人黯然答述，谓："伐桑伤斧，创重身亡。"舒觉前闻已验，唯年登强仕，故我依然，又似前兆未符，转思平时不学，何从上达？不如发愤攻书，借博功名。由是月习一经，期月有成，出与郡试，得升上第，除渑池长，迁浚仪令，入为尚书郎，不数年位至尚书，晋职司徒。舒处事明决，持躬清俭，散财好施，与山涛相同，所以德望亦与涛相亚。舒亦晋初名臣，故随笔插叙。司空卫瓘，向与舒友善，至此更同心来辅，整饬纪纲，故太康年间，虽经武帝荒淫，三杨用事，尚赖两老臣极力维持，幸得少安。

瓘世居安邑，父颛曾仕魏为尚书，中年去世，瓘得袭父荫，弱冠已仕尚书郎，后来佐晋立功，受封菑阳公。第四子宣，得尚帝女繁昌公主，瓘得邀宠眷，遇事摅忠，尝虑储贰非人，欲密请废立，屡次入见，且吐且茹，始终未敢直陈。会武帝幸凌云台，召集百僚，各赐盛宴。瓘饮至数觥，佯为醉状，起身至御座前，下跪道："臣有言上陈，未知圣意肯容纳否？"武帝许令直陈。瓘欲言又止，如是三次，乃用手抚床道："此座可惜。"武帝已悟瓘意，权词相答道："公真大醉么？"瓘亦知武帝托词，叩头而退。及宴毕还宫，过了数日，武帝想出一法，特召东宫官属，悉数入殿，概令侍宴。暗中却封着尚书疑案，遣内侍赍付东宫，令太子判决，当即复命。太子衷呆笨得很，骤接来文，晓得什么裁答，慌忙召问僚属，急切不见一人，那时仓皇失措，只好入问床头夜叉，与她商议。贾妃南风虽然读过好几年诗书，略通文墨，但欲代为答复，亦觉自愧未能，急来抱佛脚，忙遣侍婢趋问外臣，当有人代为拟草，引古证今，备具典博，传婢持报贾妃，妃恐忙中有错，再召入给事张泓，使决可否。泓摇首道："太子不学，为圣上所深知，今答诏多引古义，明明是情人代拟，一或查究，水落石出，属稿吏当然被谴，恐太子亦不能安位了。"贾妃大惊道："这却如何是好？"泓答道："不如直率陈词，免得陛下动疑。"贾妃乃转惊为喜，温言与语道："烦公为我善复，他日当与共富贵。"泓因为具草，令太子自写。太子衷勉强录成，再由泓复阅，方交内使持去。武帝接视复文，词句虽多鄙俚，意见却是明通，不由得放下忧怀，既欲考验太子，何妨召入面试，乃仍辗转迟回，堕入狡吏计中，何其不明若是？便又召入卫瓘，持示答草。瓘才阅数行，即逡巡谢过，左右始知瓘有毁言，齐称陛下圣明，不受谗间，说得瓘满面怀惭，容身无地，还是武帝替他调解，方使瓘徐徐引退，尚得盖愆。

是时贾充尚在，得此消息，使人语贾妃道："卫瓘老奴，几破汝家。"妃因此恨瓘，尝思设计报复，只因武帝知瓘忠诚，宠遇日隆，一时无可下手，不得不容忍过去。及瓘为司空，遇有军国大事，武帝辄令会商，瓘亦有所献替，补益颇多。会日蚀过半，瓘与太尉汝南王亮，司徒魏舒，联名上表，固请避位，有诏不许，至太康五年正月，龙现武库井中，武帝亲自往观，颇有喜色。百官将提议庆贺，瓘独无言。边有一人闪出道："昔龙降夏庭，终为周祸，寻案旧典，并无贺龙故例，怎得创行？"瓘闻言急视，乃是尚书左仆射刘毅，是由司隶校尉新升，便随口接下道："刘仆射所言甚当，何必贺龙。"百官才打消贺议。武帝亦命驾驰归。先是魏尚书陈群，因吏部不能相士，特命郡国各置中正，州置大中正，令取本地人士，甄别才德，列为九品，吏部得援格补授。相沿日久，奸弊丛生，往往中正非人，徇私去取。刘毅不忍缄默，因力请更张，期清宿敝，奏疏有云：

臣闻立政者以官才为本，官才有三难，而国家兴替之所由也。人物难知，一也；爱憎难防，二也；情伪难明，三也。今立中正，定九品，高下任意，荣辱在手，操人主之威福，夺天朝之权势，爱憎决于心，情伪由于己，公无考校之负，私无告讦之忌，用心百态，求者万端，廉让之风灭，苟且之俗成，窃为圣朝耻之。臣尝谓中正之设，未获一益，反得八损，高下逐强弱，是非随兴衰，一人之身，旬日异状，或以货赂自通，或以亲私登进，是以上品无寒门，下品无势族，慢主罔时，实为乱源，所损一也；重其任而轻其人，所立品格，徒凭一人之意见，未经众望之所归，卒使驳违之论，横于州里，嫌仇之陈，结于大臣，所损二也；推立格之意，以为才德有优劣，伦辈有首尾，序列高下，若贯鱼之成次，秩然不乱，乃法立而弊生，名是而实非，公以为格，坐成其私，徒使上欺明主，下乱人伦，优劣易地，首尾倒错，所损三也；国家赏罚，自王公以至庶人，无不如法，今置中正，委以重柄，无赏罚之防，遂至清平者寡，怨讼者众，听之则告讦无已，禁绝则侵枉无极，上明不下照，下情不上闻，所损四也；一国之士，多者千数，或流徙异地，或取给殊方，面犹不识，追问才力，而中正无论知否，但采誉于台府，纳毁于流言，任己则有不识之蔽，听受则有彼此之偏，所损五也；职有大小，事有剧易，稽功叙绩，庶足鼓舞人才，今则反是，当官著效者，或附卑品，在官无绩者，转得高叙，抑功实而隆虚名，长浮华而废考绩，所损六也；官不同事，人不同能，得其能则成，失其能则败，今不状才能之所宜，而徒第为九品，以品取人，或非才能之所长，以状取人，则为本品之所限，即使鉴衡得实，犹虑品状相仿，况意为取舍，黑白混淆，所损七也；前时铨次九品，朝廷犹诏令善恶必书，以为褒贬，故当时犹有所忌，今之九品，所下不彰其恶，所上不列其善，废褒贬之义，任爱憎之断，清浊同流，惩劝不明，天下人焉得不骛行而骜名，所损八也。由此论之，职名中正，实为奸府，事名九品，实有八损。古今之失，无逾于此。臣以为宜罢中正，除九品，弃魏氏之弊法，立一代之美制，则铨政清而人才出矣。事关重要，恳切上闻！

这疏上后，武帝虽尝优容，仍然不见施行。司空卫瓘，更与太尉汝南王亮等，申请尽除中正，规复乡举里选的古制。乡举里选，可行于上古，不可行于后世。试看今日选举，便可知晓。武帝但务因循，终不能改。未几刘毅疾殁，魏舒又以老疾辞官，旋亦谢世。朝议征令镇南大将军杜预，还都辅政。预已六十三岁，自荆州奉诏启行，行次邓县，一病不起，告终驿馆。自武帝罢撤兵备，吏惰民嬉。独预镇襄阳，常言天下虽安，忘战必危，所以文武并重，内立泮宫，外严堡寨，又引滍淯诸水以溉原田，疏通扬夏诸水以达漕运，公私同利，兵民永赖，时人称为杜父，又号为杜武库。平居无事，辄流览经籍，自撰《春秋经传集解》，又参考众家谱弟，著成释例，再作盟会图春秋长历。再四斟酌，至老乃竣。当时侍中王济善相马，和峤善聚财，预谓济有马癖，峤有钱癖，唯自己有《左传》癖，迄今杜氏《集解》，流传不替。预殁后归葬京兆，追赠开府，得谥为成。天不慭遗，老成凋谢，只剩了一个卫司空，孤立无援，内为贾妃所忌，外为杨氏所嫌，免不得表里相倾，不安于位。卫宣曾尚帝女，见上文。复好作狭邪游，伉俪间不甚和协。杨骏等乘间设谋，谓宣若离婚，瓘必逊位，因嘱黄门侍郎等劾瓘父子，讽武帝夺宣公主。瓘当然惭惧，告老乞休。武帝准如所请，听令原爵休致，并命繁昌公主入宫居住，示与卫氏绝婚。有司又奏宣所为不法，应付廷尉治罪，武帝总算不问。后来知宣被诬，拟令公主仍归卫家，哪知缘分已断，不能再续，宣已病瘵亡身，徒使那金枝玉叶，坐守空帏，岂不可叹！

杨骏既排去卫瓘，复忌及汝南王亮，多方媒孽，不由武帝不从，竟命亮为大司马，出督豫州诸军事，使镇许昌。又徙封皇子南阳王柬为秦王，使出督关中，始平王玮为楚王，使出督荆州，濮阳王允为淮南王，使出督扬江二州军事。**玮允三王，已见前文。**更立诸子义为长沙王，颖为成都王，**义颖与玮，并列八王中。**晏为吴王，炽为豫章王，演为代王，皇孙遹为广陵王，遹为太子冢嗣，但不由嫡出，乃是宫妾谢玖所生。谢玖本系武帝宫中的才人，**才人系女官名。**秀外慧中，颇邀睿赏，特给赐东宫，使充妾媵，才阅年余，便生一男，取名为遹。遹年五岁，颖悟绝伦。一夕，侍武帝侧，蓦闻宫外失火，左右惊惶，武帝欲登楼觇视，遹牵住武帝衣裾，不使上楼。武帝问为何意？遹答说道："昏夜仓猝，宜备非常，不可使火光照见人主。"武帝不禁点首。至火已救熄，内外安静，益称遹为奇儿。**小时了了，大未必佳。**且谓遹酷肖宣帝，将来必能纂承大统，所以太子不才，武帝未尝不晓，只因遹生性敏慧，有恃无恐，所以不愿废储，照旧过去。贾妃南风，甚是妒悍，不悦皇孙，自遹得生长，更恐他妾再复生男，严加防检。适有一妾怀妊，腹大便便，为妃所觉，便用戟掷刺孕妾，随刃仆地，且责宫女防闲不密，自持刀杀死数人。武帝闻报大怒，命修金墉城冷宫，将妃废锢。**充华赵粲，见首回。**为妃缓颊，从容入白道："贾妃年少，未能免妒，待至长成以后，自当知改，愿陛下三思！"就是杨后亦替她劝解，再加杨珧亦为进言，谓："贾充有功社稷，不应遽忘，毋致废及亲女。"**此时力为悍妃帮忙，宁知后来反噬耶？**武帝乃寝议不行。**当断不断，反受其乱。**

转瞬间已是太康十一年，改元太熙，进王浑为司徒，起卫瓘为太保，加光禄大夫石鉴为司空。三人虽同心秉政，权力终不敌三杨。更因武帝晚年，渔色成疾，常不视朝。杨后居中用事，屡召入乃父杨骏，商榷要政。至太熙元年孟夏，武帝病剧，索性将杨骏留侍禁中，一切诏令，俱出骏手，诸王大臣，无一与谋。骏得擅易公卿，私树心腹。武帝连日昏沉，不省人事，既而回光返照，偶觉清明，居然能起阅案牍，省视黜陟，适见骏所拟诏书，用人非才，因正色语骏道："怎得便尔？"骏惶恐谢罪。武帝又道："汝南王亮，已启程否？"骏答言尚未。武帝又道："快令中书草诏，留他立朝辅政。"骏不得已传命出去。武帝卧倒床上，又昏昏睡着。骏慌忙趋出，直至中书处索阅草诏，持还禁中，越宿尚未缴出。中书监华廙入叩宫门，向骏乞还原稿，骏不肯与。到了傍晚，复传入华廙及中书令何劭，由杨后口宣帝旨，令作遗诏，授骏为太尉，兼太子太傅，都督中外诸军，录尚书事。廙与劭不敢违慢，当即草就，呈与杨后。杨后却故意引入两人，使就帝榻前作证。两人跪请帝安，然后由杨后递过草诏，使武帝自视。但见武帝睁着两眼，看了许多时候，方才掷下，一些儿不加可否。及齐与勖叩辞出宫，武帝已经弥留，临危时忽问左右道："汝南王来否？"左右答言："未来。"武帝不能再言，长叹一声，呜呼崩逝。在位二十五年，享寿五十五岁。小子有诗叹道：

欲垂燕翼贵诒谋，悍媳蚕儿已兆忧。
况复托孤无硕彦，帷牖怎得免戈矛？

欲知武帝死后，宫中如何行动，待至下回叙明。

齐王攸忧死而晋无贤王，山涛魏舒，相继谢世而晋无贤臣。司空卫瓘，似尚为庸中佼佼者流，然不能直言无隐，徒假此座可惜之言，为讽谏计，已觉胆小如鼷！至阅及太子答草，又未敢发奸摘伏，皇然谢过，以视刘毅诸人，尚有愧焉。武帝既知太子不聪，复恨贾妃之奇悍，废之锢之，何必多疑，乃被欺于狡吏而不之知，牵情于皇孙而不之断，受朦于宫帝而不之觉，卒至一误再误，身死而天下乱，名为开国，实是覆宗，王之不明，宁足福哉？阅此已为之一叹焉！

第八回

怙势招殃杨氏赤族
逞凶灭纪贾后废姑

　　却说杨骏见武帝已崩，即入居太极殿，主持国政，引太子衷即位柩前，颁诏大赦，骤改太熙元年为永熙元年，*何其匆促乃尔？* 尊皇后杨氏为皇太后，立贾妃南风为皇后。会梓宫将殡，六宫出辞，骏并不下殿，反用虎贲百人，环卫殿门，一面促令汝南王亮即日赴镇。亮不敢临丧，但在大司马门外，北向举哀，又表求送葬山陵，然后启行。骏哪里肯依，并恐亮有别图，因即告知太后，诬亮谋变，且迫令嗣主手诏遣兵，声罪讨亮。还亏司空石鉴，从中劝阻，不致遽发。亮已微闻消息，商诸廷尉何勖。勖笑说道："今朝野皆唯公是望，公不能讨人，乃怕人讨么？"亮素胆小，但知趋避，竟奁夜出都，驰赴许昌，方得免难。骏弟杨济及骏甥李斌，皆劝骏留亮，骏终不从。济语尚书左丞傅咸道："家兄若召还大司马，令主朝政，自己洁身退避，门户尚可保全。"*济与珧非无一隙之明，乃不能自拔，相与沦胥，亦何足道？* 咸答道："但当召还大司马，秉公夹辅，便致太平，何必故意趋避呢？况宗室外戚，谊关唇齿，唇亡齿寒，恐非吉征。"济闻言益惧。又问诸侍中石崇，崇答如咸言。济乃托崇谏骏，骏方自幸得志，怎能改过不吝，从谏如流？而且前此一班老臣，多已雕谢，就是荀勖冯𬘬等，亦相继病终，*荀冯二人之死，亦随笔带过。* 宫廷内外，没人敢与骏相抗。骏乐得作威作福，任意横行。越月即奉梓宫出葬峻阳陵，庙号世祖，尊谥武帝。

骏自知平时威望，未满人意，因欲大加封爵，笼络众心。左军将军傅只，向骏贻书，谓："从古以来，未有帝王始崩，臣下得论功加封，请即辍议！"骏又不听从，竟劝嗣主下诏，凡中外群臣，皆增位一等，预丧各官，得增二等，二千石以上，统封关内侯，复租调一年。散骑侍郎何攀，又奏言："班赏行爵，超过开国功臣及平吴诸将帅，他日将何以善后？务请收回成命！"奏入不报。未几又有诏传下，授骏为太傅大都督，假黄钺，录朝政，百官总己以听。尚书左丞傅咸，入朝语骏道："谅暗本是古制，近世久不见行，今主上谦冲，委政明公，天下乃不以为是，试问公能当此重任么？周公大圣，尚致流言，况嗣主已非冲幼，公又地居贵戚，与周公不同，何不乘山陵事毕，慎图行止？可退即退，毋拂众情！"骏忿然作色，不答一词。咸乃告退。未几又复入谏，骏恨他多嘴，将出咸为郡守，骏甥李斌，谓斥逐正士，恐失人望，骏乃罢议。杨济密遗咸书，略云："生子痴，了官事，今日官事恐未易了呢。虑君撄祸，故敢直告。"咸复称："矫枉过正，卖直市名，或不免遭祸杀身。若控控愚忠，反致见怨，咸所未闻。"济得书付诸一叹，不复再白。咸亦不再谏骏，因得无恙。看官记着！这晋主衷嗣位以后，蠢顽如故，外事悉委杨骏，内政全出贾南风，自己同木偶一般，毫无守文气象。不过史家沿称庙号，叫作惠帝，所以小子也不得不援例相呼。特笔提明。

杨骏虽得专政柄，也恐贾后阴险多谋，时加防备。特令甥段广为散骑常侍，执掌机密，私党张劭为中护军，督领禁兵，所有诏命，先示惠帝，继白杨太后，始付颁行，其实统由骏一人主裁，太后与帝，无非唯唯承诺，从未尝有一异言。中外臣僚，因骏独断独行，专擅严愎，啧有烦言。冯翊太守孙楚，直言规骏，终不见纳，弘训官名。少府蒯钦，为骏姑子，亦屡进箴规，不嫌烦渎。他人多为钦惧祸，钦慨然道："杨文长系骏表字。虽暗，尚能知人无罪，不可妄杀，我言不见听，不过为彼所疏，我得疏乃可免患，否则将与彼俱族了。"骏不杀谏士，还是一些小善，钦借此解嘲，未免狡狯。既而骏选匈奴东部人王彰为司马，彰逃避不受，有彰友从旁怪问，彰答语道："古来一姓二后，少有不败。况杨太傅昵近小人，疏远君子，专权自恣，终必败亡。我逾海出塞，远避千里，尚恐及祸，奈何应他辟召，自投罗网呢？且武帝不思择嗣，负荷大业，受遗又不得人，天下大乱，翘足可待，还想什么功名？我所以见机远行了。"友人方佩服彰言。

先是侍中和峤，尝启奏武帝，谓："太子朴诚，颇有古风，但末世多伪，质朴如太子，恐不能了陛下家事。"武帝默然。嗣峤复与荀勖入传，武帝顾语道："太子近日，颇有进境，卿等可往觇虚实。"峤与勖奉旨往验，及复命时，勖满口贡谀，独峤直说道："圣质如初。"武帝愀然变色，拂座竟入。峤当然返归。这语传入贾南风耳中，未免记在心里，隐含恨意。要你倒什么醋罐。及惠帝嗣位，经过半年，立广陵王通为太子，进中书监何劭为太子太师，吏部尚书王戎为太子太傅，卫将军杨济为太子太保，还有少师一职，任用了卫尉裴楷，少傅一职，因幽州都督张华入朝，留任太常卿，因即迁授。和峤得厕职少保，六大臣辅遹入宫，谒见贾后，后见峤在列，触起前憾，一张半青半黑的脸上，不由的露出嗔容。摹写得妙。峤神色夷然，佯若未见，俟太子谒毕，贾后入室，少顷见惠帝出来，顾问和峤道："卿常谓我不了家事，今果何如？"明明是受意贾后。峤从容答道："臣昔事先帝，曾有此言，如臣言无效，便是国家幸福了。"惠帝被峤一说，反弄得哑口无言。峤与众大臣徐徐引退，太子通亦辞赴青宫，不消细表。

唯贾后生性阴鸷，素来是个不安本分的泼妇，此时统领六宫，内权在手，又想出预外政，偏上有太后，下有杨骏，每事受他牵掣，不能任所欲为，因此积怨成仇，恨不得速除二人。再加武帝在日，杨太后阴为调停，阳申劝诫，贾后未知太后暗护，反因太后责言，疑她播弄是非，所以处心积虑，徐图报复。自正位中宫后，日夕思逞，可巧殿中中郎孟观李肇，为骏所憎，屡遭诟斥，平时衔骏切骨，愿做中宫耳目，为后效劳，甚且构造蜚言，谓骏将危社稷，不可不防。从中牵合的叫做董猛，向为东宫给使，超列黄门，贾后倚为腹心，辄遣他通使观肇，密谋除骏，并废太后。又令肇往唆汝南王亮，使亮入清君侧，亮怯不敢承，肇因转告楚王玮。玮少年气锐，性又狠戾，便满口应允，表请入朝。杨骏本已忌玮，尝欲征召，只因玮勇悍难制，坐此迁延，及闻他自请入朝，喜如所愿，遂劝惠帝诏从所请。时已为永熙二年，诏复改元，号为永平，春光和煦，最便行人。玮与淮南王允，联袂入朝，贾后闻玮已入都，便即发难，嘱令孟观李肇，夜启惠帝，称骏谋反。惠帝晓得什么真假，遽付手书，降黜骏官，令以列侯就第。观与肇以为未足，便请发兵讨骏。惠帝复命东安公繇，履历详后。率殿中兵四百人，往围骏第。楚王玮亦带领随兵，驻扎司马门，且令淮南相刘颂为三公尚书，入卫殿中。

散骑常侍段广闻变，急驰入见帝，跪伏座前，且泣且语道："杨骏受恩先帝，竭忠辅政，且年老无子，岂有反理？愿陛下审慎后行！"惠帝不答。广知无可言，因即趋出，报知杨骏。骏已得内变音耗，忙召众官入商，主簿朱振献议道："今内变猝起，定由阉竖为贾后设谋，不利公家。公宜亟率家甲，往烧云龙门，索交乱首，一面引东宫及外营兵，拥皇太子入宫，迫取奸人，殿内震惧，当将首犯斩送出来，否则不能免祸了。"骏平居很是骄愎，至此反狐疑不决，且嗫嚅道："云龙门为魏明帝所造，工费甚大，怎好烧去？"侍中傅祇，见骏多疑，料知不能成事，便起座语骏道："祇愿入宫观察事势，就便转圜。"复掉头语群僚道："宫中亦不可无人。徒在此聚议，亦属无益。"大众听了，起身皆走。独尚书武茂，还是坐着，祇瞋目顾茂道："公非朝廷大臣么？今内外隔绝，不知天子所在，怎得安坐？"茂乃惊起，随众同出。傅祇劝众同行，无非为避患起见，可见杨骏当日，已是众叛亲离。骏党左军将军刘豫，陈兵万春门，遇右军将军裴颁，问及太傅所在，颁随口设诳道："我曾在西掖门遇着太傅，见他乘着素车，带了二人，向西出走了。"豫惊诧道："我将何往？"颁答道："可至廷尉处自陈。"豫为颁所绐，匆匆径去。颁即接诏代豫，领左军将军，扼守万春门。

贾后恐太后救父，作为内应，即派心腹密往监守，果然得太后帛书，自宫中射出城外，上面写着"救太傅者有赏"六字。因扬言："太后与骏同反，大众不得妄从！"太后造反，自古罕闻。东安公繇，已率殿中兵围烧骏第，又令兵弩手等，分登阁上，环射骏门。骏与家属，俱不得出走。繇麾众掩入，四面搜寻，随手捕戮，约不下百余人，独不见有杨骏。再往马厩中缉捕，始觉有人蜷伏厩隅，群呼不应，各用戟攒刺进去，但听得几声惨号，已是溅血成红，死于非命。兵士拖尸出认，不是别人，正是前日赫声濯灵的杨太傅。争权夺利者其视诸。孟观李肇，又分收杨珧、杨济、张劭、李斌、段广、刘豫、武茂及散骑常侍杨邈、中书令蒋骏、东夷校尉文鸯等，俱至市曹斩首，各夷三族，共死数千人。杨珧临刑时，呼东安公繇，恸声与语道："表在石函，可问张华。"回应第四回。繇置诸不睬。贾氏族党，又促使行刑，珧尚号叫不止，蓦闻砉然一声，头破脑裂，方倒地而死。狡黠无益。

汲郡有高士孙登，营窟北山。夏时编草为裳，冬季用发自复，好读《易》抚琴，见人辄笑。杨骏在日，尝闻登名，遣使征召。登不肯就征，已而自至骏第，骏给以金帛，俱辞谢不受，又改赠布被，登携被出门外，随手乱劈，大呼道："斫斫刺刺。"及被皆扯碎，又奄卧道旁，作已死状。自骏以下，俱目登为疯人，听他僵毙，越宿出视，竟不知去向。既而温县又有一狂徒，自造四语，歌诸市上云："光光文长，大戟为墙，毒药虽行，戟还自伤。"当时俱莫名其妙。至骏居内府，用戟为卫，死时又被戟攒刺，始知狂徒也是高人。就是孙登举动，统有先觉，不过未曾道破，转令人索解无从呢。骏既诛死，遗骸委弃，无人敢收，唯太傅舍人阎纂，不忘故主，挺身独出，替他棺殓，却也未尝遭诛。是夕刑赏大权，统出自东安公繇。繇为琅琊王伷第三子，伷平吴后，恭俭自处，病殁青州。长子觐承袭父爵，又不永年。觐子睿嗣，就是将来的东晋元帝。预伏后文。繇得受封东安公，曾官散骑常侍，此次应诏除骏，威振内外，太子太傅王戎与语道："大事已成，此后当谢权远势，毋蹈覆辙。"繇不能从。越宿乃奉诏大赦，复改永平元年为元康元年。贾后矫制，使后将军荀恺，徙杨太后至永宁宫。特全太后母庞氏生命，许与太后同居，暗中复唆使群臣，纠弹太后。群臣趋炎附势，不敢逆命，遂联衔上奏道：

皇太后阴渐奸谋，图危社稷，飞箭系书，要募将士，同恶相济，自绝于天。鲁侯绝文姜，《春秋》所许，盖以奉承祖宗，任至公于天下，陛下虽怀无已之情，臣下不敢奉诏，可宣敕王公于朝堂，会议进止。

当下有诏答复，说是："事关重大，当妥议后行。"有司又复申奏，大略说是：

逆臣杨骏，借外戚之资，居冢宰之任，陛下既居谅暗，委以重权，至乃阴图凶逆，布树私党。皇太后内为唇齿，协同逆谋，祸衅既彰，背捍诏命，阻兵负众，血刃宫省，而复流书募众，以奖凶党，上背祖宗之灵，下绝亿兆之望。昔文姜与乱，《春秋》所贬，吕宗畔戾，高后降配，宜废皇太后为峻阳庶人，以为大逆不道者戒！

牝鸡司晨，灭伦害理，盈廷僚佐，一大半党恶助虐，附和同声。只有太子少傅张华，新任中书监，还抱定一折衷主义，敷奏上去，略谓："太后非得罪先帝，不过与父同恶，有悖母仪，宜依汉废赵太后为孝成后故事，号为武帝皇后，徙居离宫，以全终始。"此说已是牵强，但于群言庞杂，尚有可取。偏偏张议甫上，又有一个下邳王晃，系司马孚第四子。串同左仆射荀恺等，定要贬太后尊号，废锢金墉城。晃等是否有母，奈何贪昧至此？再加各王公大臣，接连奏请，应从晃等所言。那时诏书随下，竟废杨太后为庶人，出锢金墉城中。谁知贾南风心如蛇蝎，已把皇太后废去，还想把太后母庞氏，结果性命。一不做，二不休，再唆动狐群狗党，狂吠朝堂，无非说是："杨骏造反，家属同坐，怎得曲赦庞氏？"有诏尚伴称不忍，难从所请。至奏牍迭呈，援引"大义灭亲"四字，作为铁证，可怜白发皤皤的庞太君，竟奉到诏旨，枭首宫门。肚子太不争气，何故生一皇后？废太后怎忍母死，抱持悲号，且截发稽颡，上表贾后，自称为妾，乞全母命。一死便罢，何必如此倒霉？看官！试想这都是穷凶极恶的贾南风，唆使出来，怎肯出尔反尔，放下屠刀？废太后拚命哀求，悍皇后反加催促，刀光闪闪，绝不留情，霎时间庞氏陨首，并将废太后杨氏，硬送入金墉城，幽禁了事。贾氏党羽，还是你一奏，我一疏，请尽诛杨骏官属，幸亏侍中傅祗，出为谏阻，方许赦免，不再滥刑。随即征汝南王亮为太宰，与太保卫瓘并录尚书事，进秦王柬为大将军，柬封秦王，见前回。东平王楙为抚军大将军，楙系司马孚庶孙。楚王玮为卫将军，下邳王晃为尚书令，东安公繇为尚书左仆射，晋爵为王，加封董猛为武安侯，孟观李肇等，皆拜爵有差。

汝南王亮入都辅政，又追论诛杨骏功，普加爵赏，封拜至千余人。傅咸已迁任御史中丞，一再致书谏亮，第一次是咎亮滥赏，第二次是劝亮让权，亮皆不愿听受，渐渐的自用自专。不知鉴及前车，真是愚愦。贾后族兄贾模，从舅郭彰，及贾充嗣孙贾谧，又俱得梯荣邀宠，蟠踞朝纲。楚王玮与东安公繇，也乘势干政。宗室外戚，双方分峙，又不免彼此生嫌。繇见贾后暴悍，恐不免害及己身，因与徒党密谋，拟设法废去悍后。既有今日，何必当初。计尚未定，偏遇那同胞兄弟，先加倾轧，暗肆谗言，竟把繇排挤出去。原来繇次兄澹，曾受封东武公，向与繇不相和协，屡次至太宰亮处进谗，说他专行诛赏，欲擅朝政。亮信为真言，奏免繇官。繇与东平王楙，常相往来，至是失官生怨，与楙谈及，有诋亮语，复为亮所闻知，遂遣楙赴镇，并谪繇至带方。繇既远去，又少一个著名的宗亲，贾谧郭彰，权焰益隆，眼见得宗室日弱，敌不过外戚威权。小子有诗讥汝南王亮道：

危厦何堪一木支，材庸器小更难持。

蟠根未固先戕叶，怎奈南风再折枝。

毕竟宗室外戚，有无冲突，容至下回再表。

读此回，令人愤又令人叹，悍哉！贾南风，何凶恶至此？自来称悍后者，莫如吕武，然吕雉有相夫开国之才，故渐得预政；武曌有蛊主倾城之色，故渐得弄权。何物贾氏才不足以驭众，色不足以动人，乃一为皇后，便置杨骏于死地！骏虽有自取之咎，然其罪不过专擅而止，诬以大逆，戮及亲党，宁非罪轻罚重乎？杨太后深居宫中，本无罪恶，飞箭示赏，志在全父，焉有父女之亲，而坐视不救者？贾南风乃借此构陷，唆动群臣，妇可废姑，伦常扫地。骏妻庞氏，为太后生母，又复为悍后所戮。古人谓貌美者心毒，不意丑黑如南风，其毒亦若是其甚也！至若满廷王公，不能与丑妇相争，反从而助其虐，是更不值一唾也已！

第九回

遭反噬楚王受戮
失后援周处捐躯

却说贾氏私党，权焰日盛，太宰亮未曾加防，反因楚王玮刚愎好杀，拟撤他兵权，遣令归镇，另用临海侯裴楷代任。太保卫瓘，亦赞成亮议。玮自恃有功，怎肯俯首听命？裴楷亦不敢受职。玮长史公孙宏及舍人岐盛，素行无赖，为玮所昵，因替玮设法，劝他与贾后结欢。贾后本恐玮难制，密怀猜忌，只因他自来迁就，也乐得曲为周旋，留作心膂，遂命玮领太子少傅。亮与瓘所谋未遂，不免加忧，瓘又因岐盛，向附杨骏，后来反噬杨氏，居心反复，不可不除，因欲请诏诛盛。盛微有所闻，竟驰往积弩将军李肇宅中，诈称玮命，报告亮瓘有废立意。肇已为贾后功狗，深得后宠，便把盛言转达贾后。后前曾怨瓘，又因瓘与亮同掌朝政，自己仍不能专恣，索性乘势摔去，可以逞志横行，乃自草密书，胁令惠帝照写。书中略云：“太宰太保，欲行伊霍故事，王宜宣诏调兵，分屯宫门，并免二公官爵。”惠帝唯后是从，匆匆写就，遂由贾后交付黄门，叫他乘夜授玮。

玮得惠帝手书，也不禁踌躇，谓当入内复奏。黄门驳说道：“事宜急行，若辗转需时，一或漏泄，转非密诏本意。”玮亦知谋出贾后，为争权计，但自思亮瓘二人，与己有隙，此时正好借端报复，一快私忿；况二人得除，将来亦可进揽朝纲，自逞大欲。你会逞刁，那知别人比你更刁。遂慨然应允，令黄门返报，一面部勒本军，再矫诏

59

召入三十六军，手令晓谕道："太宰太保，密图不轨，我受密诏，都督中外诸军，汝等皆应听我节制，助顺讨逆！"诸军闻令，相率惊顾，但亦不敢不唯命是从。玮又矫诏传示亮瓘僚属，教他们预先散归，概不连坐；若不奉诏，便军法从事。于是遣李肇与公孙宏，领兵讨亮。侍中清河王遐，武帝子，见第四回。率吏收瓘。亮尚未得确音，由帐下督李龙跄踉入报，请即严拒外交。亮尚疑为讹传，不肯照行。俄而府第被围，外兵登墙哗噪，亮始出问道："我并无二心，何故得罪？"公孙宏答道："奉诏讨逆，不知有他。"亮又谓："既有诏书，何不见示？"呆极。宏全然不理，但麾众攻入。亮乃返身入内，适遇长史刘准，向他泣涕。准忿然道："这必是宫中奸谋，公府内俊义如林，尚可并力一战。"亮仍然不决。实是庸徒。未几，由李肇趋入，指麾兵士，把亮缚住。亮仰首长叹道："似我忠心，可披示天下，如何无道，枉杀不辜？"肇既执亮，使坐车下。时当六月，夜间犹热，人皆挥汗，亮被缚着，汗出如沈。有几个监守军人，悯他无罪，替他搧凉。肇从旁觑着，竟下令军中道："有人斩亮，赏布千匹！"乱兵闻利动心，一齐下手，或割鼻，或劈耳，或截手足，霎时间将亮送命，投尸北门。亮子矩亦为所杀，唯少子羕等，年尚幼稚，由婢仆等窃负逃出，避匿临海侯裴楷家。楷与亮有姻谊，密为保护，一夕八迁，始得免害。

那清河王遐趋至瓘第，宣诏逮瓘，瓘左右亦疑遐矫诏，劝瓘上表自讼，俟得报后，就戮未迟。瓘不欲抗旨，坦然趋出，接受诏书。正拟束手就缚，不防遐背后闪出一人，拔出利刃，手起刀落，把瓘挥作两段，并趁势闯入，捕得瓘三子恒岳裔及瓘孙六人，一并杀死。这人为谁？乃是被瓘所逐的帐下督荣晦。晦又屠戮瓘门，得报宿怨，复因瓘尚有二孙，未得搜获，还想率众严索，幸二孙璪玠，有病就诊，适寓医家，无从捕戮。清河王遐，已恨晦专杀，叱令返报。晦乃随遐白玮，公孙宏李肇等，亦皆至玮前缴令。岐盛又入语玮道："亮瓘虽诛，贾谧郭彰未除，宜一并翦灭，方可正王室，安天下。"计议甚是，但不容汝奈何？玮接口道："这……这事恐不可再行呢。"盛叹息而出。

时已天明，太子少傅张华，使董猛往说贾后道："楚王既诛二公，威权在手，试问帝后如何得安？何勿责玮擅杀大臣，摒除后患！"贾后喜道："我正虑此，卿等与我同见，幸速转告张公，事在速行。"悍妇好杀，过于暴男。猛驰白张华，华即入内启帝，立遣殿中将军王宫赍驺虞幡，出麾玮众道："楚王矫诏杀人，汝等如何盲从？"

言甫毕，众皆骇走。玮左右不留一人，窘迫不知所为，亟驾着牛车，将赴秦王柬第。途遇卫士追来，立把玮拖落车下，押交廷尉，一道诏书，接连颁下，说玮擅杀二公父子，又欲诛灭朝臣，谋图不轨，罪大恶极，应速正大典，特遣尚书刘颂监刑，颂奉诏后，当命将玮推出市曹，玮从怀中取出青纸，就是前次惠帝手书，令诛亮瓘，当下递示刘颂，且泣语道："受诏行事，怎得为擅？自谓托体先帝，谋安社稷，乃反被见诬，幸为申奏！"迟了。颂亦唏嘘涕下，不能仰视。无如朝旨迫促，未便稽留，只得强作威容，喝令斩玮。玮既斩讫，复有诏命诛公孙宏岐盛，并夷三族，一股冤气，冲上九霄，顿时大风骤雨，卷入刑场，再加那电光似火，雷声如鼓，吓得刘颂以下，慌忙逃回。天非怜玮，实是恨后。唯玮既受诛，亮与瓘应该昭雪，偏偏过了数日，未见明文。瓘女向廷臣上书，为父讼冤，又有太保主簿刘繇等，亦各执黄幡，挝登闻鼓，请追申枉屈，兼惩余凶。大致说是：

前矫诏者至太保第，太保承诏当免，重敕出第，子身从命，如矫诏之文，唯免太保官，右军以下，即承诈伪。违基本文，辄戮宰辅，不复表上，横收太保子孙，辄皆行刑。贼害大臣父子九人，伏见诏书，为楚王所诳误，非本同谋者皆弛遣。如书之旨，第谓吏卒被驱，逼贵白杖者耳。律称受教杀人，不得免死，况乎手害功臣，贼杀忠良，虽云非谋，理所不赦。今元恶虽诛，凶竖犹存，臣惧有司未详事实，或有纵漏，不加详尽，使太保仇贼不灭，冤魂永恨，诉于穹苍，酷痛之臣，悲于明世。臣等身被创痍，殡殓始迄，谨陈瓘在司空时，帐下给使荣晦，有罪被黜，转投右军麾下，不自知过，反思修怨。此次变起，晦在门外，即扬声丑诋，及入门，宣毕诪诏，即敢加刃，彼又素知太保家属，按次收捕，悉加斩斫，屠戮全门，实由于晦。劫盗府库，亦皆晦所为。考晦一人，众奸毕集，乞验尽情伪，加以族诛。庶已死者犹可瞑目，而未死者尚得逃生。雪冤情，戢凶焰，臣等不胜哀吁之至！

自经繇等吁请，廷议乃归罪荣晦。执晦枭首，并诛晦族，且追复亮瓘爵位。谥亮曰文成，谥瓘曰成。嗣是贾后得志专政，委任亲党，用贾模为散骑常侍，兼加侍中。贾谧亦得任散骑常侍，并领后军将军。谧为后谋画，谓："张华系出庶姓，不致逼上，且儒雅有识，素孚众望，宜以朝政相委。"贾后转问裴颜，颜很是赞成，乃命华为侍中，兼中书监，颀为侍中，颀从叔楷即临海侯。为中书令，加侍中，与左仆射王戎，并掌机要。华尽忠帝室，弥缝衮阙，朝野倚为柱石。后虽凶险，亦加敬礼。华常作女史箴，呈入宫中，明明为讽后起见，后虽不肯改，却也未尝恨华。贾模裴颀，并服华才略，遇有大议，皆推华主张，故元康年间，主德虽昏，犹得安然无事。郭彰亦稍自敛抑，未敢横行，独贾谧少年好事，恃宠增奢，室宇崇闳，器服珍丽，歌僮舞女，选极一时。唯好延宾客，往往开阁相迎，凡贵游豪戚及海内文士，陆续趋附，尝与谧饮酒论文，相得甚欢，当时号为二十四友。小子特将各友姓名，编次如下：

郭彰太原人，见前。石崇渤海人。欧阳建同上。潘岳荥阳人。陆机、陆云吴人，见第四回。缪征兰陵人。杜斌京兆人。挚虞同上。诸葛诠琅琊人。王粹弘农人。杜育襄城人。邹捷南阳人。左思齐人，见第三回。崔基清河人。刘瑰沛人。和郁汝南人，即和峤弟。周恢籍贯同上。牵秀安平人。陈眕颍川人。许猛高阳人。刘讷彭城人。刘舆、刘琨中山人。

这二十四友，不是豪家，就是名士。此外奔走谧门，伺候颜色，就使多方谄媚，谧只以泛交相待，未尝许为知己。谧本有文名，更得二十四人，竞为标榜，声誉益隆。贾后得谧之助，更觉似虎添翼，或需文字煽惑，皆令谧草，别人怀宝剑，我有笔如刀，可为贾后写照。贾后越无忌惮，任性妄行，故太后杨氏，出居金墉城，尚有侍女十余人，充当役使，嗣复为贾后所夺，甚至无人进膳，一代母后，竟至绝粒八日，奄奄饿死，年才三十有四。虽是武帝害她，但前此何必阴护贾氏，养虎自噬，夫复谁尤？贾后贼胆心虚，尝怨冤魂未泯，棺殓时用物覆面，又用许多符书药物，作为镇压，才得放怀。这是元康二年间事。越年，弘农雨雹，深约三尺，又越年，淮南寿春大水，山崩地陷。上谷居庸上庸，亦遭水灾，伤及禾稼，人民大饥。未始非阴气太盛所致。又越年，荆扬兖豫青徐六州，又复大水，接连是武库火灾，所有累代藏宝，如孔子履及汉高斩蛇剑等，悉数被焚。他如军械遭毁，不可胜计。宗亲如秦王柬，下邳王晃等，相继亡故，耆旧如石鉴傅咸等，亦病殁数人。中书监张华，得进位司空，陇西王泰，系宣帝司马懿弟，早膺封爵，至是入为尚书令。梁王肜已为卫将军，复加官太子太保、循资迁授，毋庸细表。

唯匈奴部落，出没朔方，渐有蠢动状态。悍目郝散，纠众万人，进攻上党，戕杀长官，当由邻近州郡，发兵往援，击退郝散。散兵败乞降，冯翊都尉，防他反复，诱散入语，把他处斩。散弟度元，率兄余部，逃出境外，好容易招兵买马，卷土重来，誓为乃兄复仇，且勾结马兰山中的羌人，卢水附近的胡骑，一同作乱，闯入北地。太守张损，督兵堵御，反杀得大败亏输，死于非命。冯翊太守欧阳建，前往协剿，也被他数路夹攻，丧失许多人马，狼狈奔回。**徒能凑奉贾谧，焉足抵制郝度元？**晋廷正授赵王伦**见首回及第四回**为征西大将军，都督雍梁二州军事。此次逆虏犯境，应由伦运筹决胜，制服叛徒，怎奈伦未谙韬略，徒靠那皇家势力，得握兵权，并有一个嬖人孙秀，**此孙秀系琅邪人，与五回之孙秀人异名同**。从中揽柄，贻误戎机。所以羌胡蜂起，无术荡平。雍州刺史解系，献议伦前，愿分兵御寇，独当一面。孙秀谓系有异志，断不可从，且促系出讨羌胡。系督兵出战，果遭羌胡夹击，失利而还。伦因此劾系，系亦劾伦，彼此各执一词。司空张华，直系曲伦，请召伦还朝，另简军帅，乃改授梁王肜出镇雍梁，领征西将军。调还赵王伦，不加谴责，反授他为车骑将军。秦雍二州的氐羌，见晋廷赏罚不明，索性乘机抗命，聚众造反，推戴了一个氐帅，叫作齐万年，僭称帝号，围攻泾阳。梁王肜甫经莅镇，因氐羌猖獗，飞使奏闻，请即济师。晋廷特派安西将军夏侯骏为统帅，率同建威将军周处，振威将军卢播，往讨齐万年。中书令陈准入谏道："骏与梁王，俱系贵戚，**司马师尝纳夏侯尚女为妃，武帝追尊为后。骏系尚后裔，故云贵戚。**非将帅才，进不求名，退不畏罪。周处，吴人，忠勇果敢，有怨无援，必致丧身。宜诏积弩将军孟观，带领精兵万人，为处先驱，庶足殄寇，否则梁王必使处前行，迫陷绝地，寇不可灭，徒亡一国家良将，岂不可惜？"偏廷议说他过虑，不肯照行。

　　或劝处道："君有老母，何不以终养为名，辞去此任？"处慨然道："忠孝不能两全，既已辞亲事君，不能顾全私义。今日是处死日了。"遂率军西去。看官道周处何故誓死？就是陈准等人，又何故知处必死？说来又是话长，待小子将周处履历，从头叙来。处系义兴人氏，父名鲂，曾仕吴为鄱阳太守。处早年丧父，不修细行，弱冠时膂力过人，好勇斗狠，为乡里患。处自知不满人口，颇思改过。一日游里社间，见乡父老愁眉不展，各有忧色，便开口问道："现今时和年丰，何为不乐？"父老答道："三害未除，何乐可言？"处又问三害底细，父老道："南山白额虎，长桥下蛟，还有一害，且不必说了。"处定要问明，父老始直言为汝。处笑答道："这有何

周处长桥搏蛟

患？凭诸我手，一并除尽，可好么？"父老道："汝若果能除尽，乃是一郡的大幸了。"处欣然辞出，即往家中取了弓箭，径赴南山，静候谷中。傍晚，果见猛虎奔来，由处连发二矢，俱中要害，虎竟倒毙。又复投水搏蛟，蛟或沈或浮，行数十里，处相随不舍，仗剑与争，约斗了三日三夜，方得斩蛟首，还里报命。里人因处往除蛟，三日不返，疑他已死，互相庆贺。蓦见处斩蛟归来，又不免喜中带忧。处窥透里人隐情，便慨语道："二害已除，处亦从此改行。如再怙恶，定遭天殛。"里人见他语出真诚，才欢然道谢。叙周处改过事，不脱劝善宗旨。处乃入吴，往访陆机，机适他出，与机弟陆云相遇，具陈悔过情状，且唏嘘道："本欲自修，恐年已蹉跎，学亦无及。"云答道："古人贵朝闻夕改，况君方在壮年，但患志不立，何忧名不彰？"却是名言。处唯唯受教。嗣是励志好学，克己复礼。言必信，行必果。期年州府交辟，仕吴为东观左丞。吴亡入洛，迭任新平广汉太守，皆有政声，寻拜散骑常侍，复迁御史中丞，守正不阿，所有纠弹，不避宠戚。梁王肜尝犯法为非，廷臣因他位兼亲贵，无一敢言，独处执法相绳，登诸白简。肜坐是怨处，权贵也恨处鲠直，遂乘那氏帅僭逆，梁王西征，把处遣发出去，好使梁王借刀杀人，互泄私忿，所以处自知必死。与处交好的士大夫，也无一不为处耽忧，就是氐帅齐万年，探得处奉命从军，亦顾语部众道："周府君尝为新平太守，我知他才兼文武，不可轻敌，若专断而来，只有退避一法。今闻受他人节制，必遭牵掣，来此亦要成擒了。"乃率众七万人，分屯梁山，据险待着。

处与夏侯骏等，同见梁王，梁王肜果然挟嫌，佯称处忠勇过人，足为前驱，令领骁骑五千人，前攻梁山寇垒。处宣言道："军无后继，必至覆败。处死不足惜，但为国取羞，岂非大误？"肜冷笑道："将军平日毫不畏人，今乃临敌生畏吗？"处尚欲自辩，夏侯骏在座，遽接入道："将军放心前往，我当令卢将军解刺史等，同为后应便了。"骏设词诳处，比肜尤奸。处怏怏前进，行至六陌，距陇营不过里许，乃整阵以待，守候卢播解系两军。才越一宵，那梁王肜的催战令，已到过两次。翌日黎明，军尚未食，又是一道催命符，立促进战。处待卢解二军，并未见到，料知梁王肜有意逗刁，自分必死，乃上马长吟道："去去世事已，策马观西戎。藜藿甘粱黍，期之克令终。"吟毕，便麾军急进。齐万年亦驱众前来，两下交锋，各拚死决斗。自旦至暮，战到数百回合，番奴死伤甚多，但番众聚至七万，处兵只有五千，一方面逐渐加添，一方面逐渐减少，并且腹馁肠鸣，弦绝矢尽，回望后援，一些儿没有影响。处左右劝处速退，处按剑瞋目道："这是我效节授命的时日，怎得言退？况诸军负约，令我独战，明明是置我死地，我死便罢！"说至此，拍马向前，力杀番众数十名。番奴重重环绕，竟把这位周将军，搠死阵中。小子有诗叹道：

> 知过非难改过难，一行传吏便胪欢。
> 如何正直招人忌，枉使沙场暴骨寒。

周处殉国，余军尽死，欲知晋廷如何处置，试看下回便知。

史称元康元年，皇后杀太宰亮，太保瓘及楚王玮，不书诛而书杀，且冠以皇后二字，嫉贯后也。但亮与瓘非无致死之咎，而玮之致死，更不足惜。亮既远谪东安公繇，复欲遣玮还镇，是明明自戕宗室，授贾氏以可乘之隙。瓘知惠帝之不足为君，何不预先告老，高蹈远祸，乃与亮同入漩涡，共为悍后所杀。嗜权利者必致丧身，亮与瓘其前鉴也。玮为后除骏，复为后杀高瓘，甘心作伥，仍为虎噬，党恶之报，莫逾于此。若夫梁王肜之挟怨陷人，自坏长城，误处之罪尚小，误晋之罪实大，晋室诸王，除琅琊扶风及齐王攸外，类多失德，此所以相与沦胥也。

第十回

讽大廷徙戎著论
诱小吏侍宴肆淫

　　却说晋廷闻周处战死，明知为梁王所陷，所有权臣贵戚，反私相庆幸，没一人为处呼冤，就是张华陈准等人，亦不敢纠劾梁王，不过奏陈周处忠勇，应该优恤。有诏赠处为平西将军，赐钱百万，葬地一顷，又拨给王家近田，赡养处母，便算了事。转眼间又是一年，已至元康八年。梁王肜与夏侯骏等，逗留关中，毫无战绩。张华陈准，因复保荐积弩将军孟观，出讨齐万年。观奉命出发，所领宿卫兵士，类皆趫捷勇悍，一往无前。既至关中，梁王肜等知观为宫府宠臣，不敢与较，索性将关中士卒，尽付调遣。观得专戎事，不虑牵制，遂努力进讨，大小数十战，俱由观亲当矢石，无坚不摧。齐万年穷蹙失势，窜入中亭，观穷加搜剿，竟得把万年擒住，就地枭首，悬示番奴。氐羌遗众，望风奔角，不敢再贰。观乘胜转剿郝度元，度元遁去，窜死沙漠。于是马兰羌及卢水胡，相继乞降。秦雍梁三州，一律廓清。晋廷命观为东羌校尉，暂镇西陲，征梁王肜还朝，录尚书事，<u>明明有罪，反畀以重权，可愤孰甚！</u>独将雍州刺史解系免官，勒归私第。

　　原来赵王伦奉召还都，解系复上书劾伦，并请诛孙秀以谢氐羌。张华亦知孙秀不法，曾密托梁王肜令他收诛，偏被孙秀闻知，暗赂梁王参军傅仁，替他解免，方得随伦入京。秀见贾氏势盛，劝伦厚贿贾郭，为侥宠计，伦遂如秀议。果然钱可通神，非但贾郭与他交欢，就是恣肆中宫的悍后，亦渐加亲信。遇伦上奏，往往曲从，*此番亦着了道儿，看下文便知。*伦因得劾免解系，且复求录尚书事，后亦意动。偏张华裴頠固言不可，伦又求为尚书令，又被张裴二人阻挠，自是伦深恨二人，要与他势不两立了。*伏笔。*太子洗马江统，因羌胡初平，未足惩后，特著《徙戎论》以儆朝廷，论文不下数千言，由小子节录如下：

　　夫夷蛮戎狄，地在要荒，禹平水土，而西戎即叙。然其性气贪婪，凶悍不仁，四夷之中，未有甚于戎狄者。弱则畏服，强则侵叛。当其强也，以汉之高祖，尚困于白登，及其弱也，以元成之微，而单于入朝。是以有道之君，待之有备，御之有常，虽稽颡执贽，而边城不弛固守，强暴为寇，而兵甲不加远征，期令境内获安，疆场不侵而已。汉建武中，*光武帝时。*马援领陇西太守，讨平叛羌，徙其余种于关中，居冯翊河东空地。数岁之后，族类蕃息，既恃其肥强，且苦汉人侵之。永初*汉安帝年号。*之元，群羌叛乱，覆没将守，屠破城邑，邓骘败北，侵及河内，十年之中，夷夏俱敝，任尚马贤，仅乃克之。自此之后，余烬不尽，小有际会，辄复侵叛。魏兴之初，与蜀分隔，疆场之戎，一彼一此。魏武帝徙武都氐于秦川，欲以弱寇强国，捍御蜀虏，此实权宜之计，非万世之利也。今者当之，已受其敝矣。夫关中土沃物饶，帝王所居，未闻戎狄宜在此土也。非我族类，其心必异，而因其衰敝，迁居畿服，士庶玩习，侮其轻弱，使其怨恨之气，冲入骨髓。至于蕃育众盛，则坐生其心，以贪悍之性，挟愤怒之情，候隙乘便，辄为横逆，此必然之势，已验之事也。当今之宜，须及兵威方盛，徙冯翊北地新平安定诸羌，使居先零罕并析支诸地，徙扶风始平京兆诸氐，出还陇右，仍居阴平武都之界，各附本种，反其旧土，使属国抚夷，就安集之，则华戎不杂，并得其所，纵有猾夏之心，而绝远中国，隔间山河，为害亦不广矣。至若并州之胡，昔为匈奴，桀恶之寇也。建安中*汉献帝时。*使右贤王古卑，诱质呼厨泉，听其部落，散居六郡，分为五部。咸熙*魏主曹奂年号。*之际，一部太强，分为三率，泰始见前。之初，又增为四。今五部之众，户达数万，人口之盛，过于西戎，其天性骁勇，弓马便利，倍于氐羌，若有不虞，风尘猝警，则并州之域，可为寒心，郝散之变，其近证也。魏正始中，*魏主曹芳时。*毌丘俭讨高句骊，徙其余种于荥阳，始徙之时，户落百数，子孙孳息，今以千计。数世之后，亦必殷炽，夫百姓失职，犹或叛亡，犬马肥充，且有噬啮，况于戎狄能不为变乎？自古为邦者忧不在寡而在不安，以四海之广，士民之富，岂须夷虏在内，然后取足哉？此等皆可申谕发遣，还其本域，慰彼羁旅怀土之思，释我华夏纤介之忧，惠此中国，以绥四方，德施永世，于计为长也。

晋廷终不能用，眼见得外族日盛，侵逼中原。时匈奴左部帅刘渊，已进任五部大都督，号建威将军，封汉光乡侯，威振朔方。**回应第四回。**又有慕容涉归子廆，遣使降晋，亦受封为鲜卑都督。相传慕容氏世居塞外，号称东胡，后为匈奴所逐，走保鲜卑山，因以为名。魏初有莫护跋入居辽西，纠集部众，建牙棘城，见燕人多戴步摇冠，因亦敛发仿效，令部众尽冠步摇，番音讹称步摇为慕容，遂以为氏或云慕二仪之德，继三光之容，因号慕容。究竟孰是孰非，无从考明。莫护跋生木延，木延生涉归，迁邑辽东，世附中国，得拜为鲜卑大单于。武帝时，涉归始入寇昌黎，为安北将军严询所败，遁归本帐。**见第六回。**已而涉归病死，弟删篡立，将杀涉归子廆，廆亡命避难，国人不服，群起杀删，迎廆入嗣。廆姿容秀伟，身长八尺，雄健有大度，从前张华为安北将军，得见廆貌，许为大器，赠给簪帻。及廆既嗣位，因与邻近宇文部，素有嫌隙，特向晋廷上表，请讨宇文氏。晋廷不许，廆怒寇辽西，不得逞志，乃复奉书乞降，受诏为鲜卑都督。廆以辽东僻远，复徙居大棘城，事大并小，渐见强盛。

此外尚有略阳氐杨茂搜，亦据住仇池，自号辅国将军右贤王。仇池在清水县中，约得百顷，旁绕平地，计二十余里，四面斗绝，高凌九霄，中有羊肠蟠道，须经过三十六回，方登绝顶。氐人杨驹，始居此地，驹孙千万附魏，封百顷王，千万孙飞龙，徙居略阳，飞龙无嗣，以外孙令狐茂搜为子，茂搜遂冒姓杨氏。自齐万年扰乱关中，茂搜率部落四千家，由略阳退保仇池。关中人士，亦避乱往归，因此部众渐盛，也得称霸一方。杨氏以外，更有巴氐李氏，从前秦始皇并吞中国，在巴地设黔中郡，薄赋人口，令每岁出钱四千，巴人呼赋为賨，故号为賨人。东汉季年，张鲁据汉中，賨人李氏，挈族依鲁，鲁为魏武所灭，徙李氏全族五百家，至略阳北上，名曰巴氐。**李氏本巴西蛮种，强名为氐。**后来出了兄弟三人，皆有勇略，长名特，次名庠，又次名流，至齐万年作乱，关中荐饥，略阳天水等六郡人民，迁移就食，流入汉川，多至数万家。沿路饥民累累，辄至病仆。特兄弟仗义疏财，倾囊赈救，因得众心。流民至汉中上书，乞寄食巴蜀，朝议不许，但遣侍御史李苾，持节往抚。苾受流民赂遗，表称流民十万余口，非汉中一郡所能赈赡，应从流民所请，听往巴蜀。朝廷乃许令就食蜀中，李特乘机入剑阁，遍览形势，不禁叹息道："刘禅有如此要险，乃面缚降人，岂非庸才么？"遂与二弟并居蜀地，渐思谋蜀。事见后文。匈奴鲜卑及氐并列五胡，故从详叙。

晋廷的王公大臣，但顺眼前富贵，不顾日后利害。就中如张华裴頠，稍称明达，但防御内讧，恐尚不及，如何能抵制外患？他若左仆射王戎，进位司徒，旋进旋退，毫无建树，性复贪吝，田园遍诸州，尚自执牙筹，昼夜会计，家有好李，得价便沽，又恐人得种，先将李核钻空，然后卖去。一女为裴頠妇，贷钱数万，日久未偿。女归宁时，戎有愠色，且多烦言，女立即偿清，始改为欢颜。从子将婚，尝给一单衣，婚讫仍向他索还，时人讥为膏肓宿疾。守财奴怎得为相？唯素好游散，自诩风流，尝与嵇康阮籍等，作竹林游，号竹林七贤。这七贤中，谯人嵇康，善弹琴，能操广陵散，声调绝伦，终因放荡不羁，得罪当道，为司马昭所杀，第一人先不得令终。阮籍嗜酒善啸，不循礼法，平居尝为青白眼，与人莫逆，方觉垂青，否即反白，自作《咏怀诗》八十余篇，以适性为本旨，又著《达庄论》专尚无为，作《大人先生传》痛诋正士，总算得幸全首领，老死陈留。从子名咸，亦旷达不拘，与籍相契，历任散骑侍郎。武帝说他耽酒蔑礼。出为始平太守，亦得寿终。河内向秀，与嵇康论养生诀，往复数万言，世称康善锻，秀为佐，后仕至散骑常侍而卒。尚有沛人刘伶，嗜酒如命，出入必以酒自随，伶妻捐酒毁器，涕泣劝戒，伶托言至神前宣誓，令具酒肉，及酒肉具陈，乃向天跪祝道："天生刘伶，以酒为名，一饮一斛，五斗解酲，妇女之言，慎不可听。"语足解颐。说毕即起，仍引酒食肉，颓然复醉。伶妻无法，只好付诸一叹。伶醉后或与人相忤，争论不休，粗暴之徒，奋拳相向，伶却徐徐道："鸡肋岂足当尊拳？"这语说出，令人自然气平，一笑而去。犯而不校，却可为负气者鉴。晋初开国，文士对策，昌言无为盛治，皆得高第，独伶以无用被斥，未几遂殁，只有一篇《酒德颂》传诵后世。尚书仆射山涛，涛籍贯，见第七回。亦列入竹林七贤中，闻望最隆。涛以后要推王戎，通籍临沂，属琅琊郡。素称望族，独惜他与世浮沉，徒尚虚骛，有所赏拔，也统是名实未符。阮咸子瞻，尝投刺谒戎，戎传见后，顾问瞻道："圣人贵名教，老庄明自然，有无异同？"瞻答了"将毋同"三字。戎叹为知言，遂辟为掾属，时人呼他为三语掾。

戎有从弟名衍，神情朗秀，风度安详。总角时往见山涛，涛也为叹赏，及衍别去，目送良久道："何物老妪，生这宁馨儿？但误天下苍生，必属是人。"不愧真鉴。衍年十四，诣仆射羊祜第，申陈事状，侃侃敢言，左右目为奇童。杨骏欲以女妻衍，衍佯狂自免。武帝闻衍名，尝问戎道："夷甫衍表字。当世何人可比？"戎答道："世无衍匹，当从古人中搜求。"无非标榜。武帝乃加意录用，累迁至尚书郎，出补元城令，终日清谈，不理政务。寻复入为黄门侍郎，高谈如故。每当宾朋满座时，自执玉柄麈尾，与手同色，娓娓陈词，无非宗尚老庄，偏重虚无，遇有义理未足，即随口变更，无人敢驳，但赠他一个雅号，叫作信口雌黄。衍不以为愧，且自比子贡，到处鼓吹，风靡一时。娶妻郭氏，系贾后中表亲，杨家女不可娶，郭家女乃可娶么？郭氏恃势作威，贪鄙无厌，衍以妻为非，口不言钱。郭氏令婢用钱绕床，使不得行，至衍晨起见钱，召婢与语道："快将阿堵物搬去。"终不道及钱字。幽州刺史李阳，与衍同乡，时称大侠，颇为郭氏所惮。衍尝语郭氏道："如卿所为，非但我言不可，李阳亦尝谓不可。"郭氏方才稍敛，唯衍终得因妻取荣，超擢至尚书令。衍弟名澄，聪悟似衍，每有品评，衍不复置议，举世推为定论。

河南尹乐广，亦好清谈，与衍兄弟为莫逆交。更有僚史阮修胡母辅之谢鲲王尼毕卓等，皆与澄友善，谑浪笑傲，穷欢极娱。辅之尝酣饮，子谦之大呼父字道："彦国年老，怎复如是？"辅之毫不动怒，反笑呼谦之，引与共饮。此亦与孺子牛相类。毕卓亦素来好酒，闻邻有佳酿，很是垂涎。夜半悄起，往邻盗饮，醉卧瓮旁，黎明为邻人所缚，取烛审视，乃是毕吏部。毕曾为吏部郎。因释毕缚，毕尝谓右手持酒杯，左手持蟹螯，便足了过一生。乐广虽然放达，却与胡母辅之毕卓等，不甚赞成，尝笑语道："名教中自有乐地，何必乃尔？"侍中裴頠，且作了一篇《崇有论》评驳时弊。无如敝俗已成，积重难返，徒靠着一二人正言指导，怎能挽救人心？眼见是礼教沦亡，祸不旋踵了。误尽苍生，古今同慨。贾谧郭彰等，却另是一派举止，穷奢极欲，骄恣无比。晋廷只是两派人物，一尚虚无，一尚奢侈。郭彰年老病死，贾谧恃才傲物，目空一切，尝与太子通博弈争道，不肯少让，甚至谩语相侵。成都王颖，见第七回。方官散骑常侍，旁坐观博，不由的厉声呵斥道："皇太子为一国储君，贾谧怎得无礼？"谧闻颖言，辍局遽起，悻悻而出，往诉贾后。后当然袒谧，竟出颖为平北将军，镇守邺城。又因无故调颖，太露形迹，可巧梁王肜还朝，遂将河间王颙，同时简放，使镇关中。颙见第四回。

先是武帝遗制，藏诸石函，非至亲不得守关中。颙系疏族，因他轻才爱士，夙孚舆论，特故畀重镇，且与颖一同外调，免滋物议，这也是贾后的苦心。惠帝好同傀儡，事事受教宫闱，或行或止，唯后所命。会值年年水灾，四方饥馑，惠帝闻报，随口语道："何不食肉糜？"左右并皆失笑。又尝游华林园，得闻虾蟆声，便问左右道："虾蟆乱鸣，为官呢？为私呢？"左右又笑不可仰。有一人答道："在官地为官，在私地为私。"惠帝尚一再点头。昏騃如此，所以军国重权，全在贾后掌握，甚且龙床里面，亦有人替惠帝效劳。惠帝也全然未觉，任凭贾后择人侍寝，一些儿不加防闲。可谓慷慨。太医令程据，状貌颀晰，为后所爱，后借医病为名，一再召诊，竟要他值宿宫中，连宵侍奉。定然是神针法灸，难道是燕侣莺俦？据惮后淫威，不得已勉承后命，疗治相思。偏后得陇望蜀，多多益善，除程据外，又尝令心腹婢媪，在都下招寻美少年，入宫交欢，稍稍厌忤，便即处死，省得他溜出宫门，传播秽事。唯洛南有盗尉部小吏，面目韶秀，仿佛好女。失踪数日，又复出现，身上穿着相衣，乃是宫锦制成，不同常服，偶为同人所见，问从何来？小吏不肯实对，同人遂疑为窃取，互相私议。适贾后有疏亲被盗，向尉求缉，遂致小吏为嫌疑犯，不得不当堂对簿。小吏始实供云："日前在途，遇一老妪。谓家中人有疾病，问诸师卜，宜得城南少年，入家厌禳，今欲相烦，必当重报。于是随主登车，车有重帷，帷内有簏箱，由老妪令居簏箱中，遂饬车夫御行。约十余里，跨过六七门限，方将簏箱开启，呼令下车。说也奇怪，下车四望，统是楼阙好屋，与宫殿无二。当下问为何地？老妪答称天上，即替我香汤沐浴，易以锦衣，饲以美食。到了傍晚，复随老妪入一复室，见一贵妇人上坐，年约三十五六，身短且胖，面色青黑，眉后有疵，她竟下座挽留，同席共饮，同床共寝。如是数日，方许告归，临别时赠此袙衣，并嘱言切勿外泄，如或转告外人，必遭天谴。今被疑作贼，不能再默，只好直供"云云。说至此，那原告人不禁面赤，但言小吏既非盗犯，不必再问，因即辞去。尉亦解意，令此后毋得妄言，一笑退堂去了。看官！试想这小吏所遇的贵妇，不是贾后，还有何人？小吏为后所爱，乃得幸全，这也是命不该绝，方有此造化呢。俗语说得好："欲要不知，除非莫为。"为了贾后淫凶，有几个稍知忧国的大臣，秘密商议，欲将贾后废去。小子有诗叹道：

不是冶容也肆淫，矧兼怨毒入人深。

由来女宠多倾国，如此凶横绝古今。

究竟何人欲废贾后，下回再当叙明。

读江统《徙戎论》，未始不叹为要言，但终非探本之策。古人谓天子有道，守在四夷，四夷尚为之守，何必沾沾过虑，坚请外徙耶？若暗主尸于上，牝后横于内，王公大臣，苟且偷安，恣肆如贾郭，空谈如戎衍，内乱已成，即无五胡之祸，亦宁能长治久安？况贾后凶暴未足，继以淫黩，中冓丑声，播闻中外，古今有如是之浊秽，而不至乱且亡者，未之闻也。小吏入宫一节，本诸《贾后列传》中，特录述之以为左证，非第志宫闱之失德，且以作后世之炯戒云。

第十一回

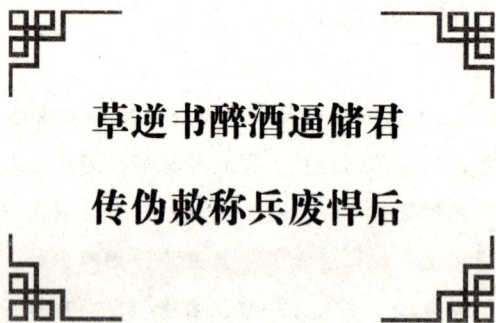

草逆书醉酒逼储君
传伪敕称兵废悍后

　　却说贾后淫虐日甚，秽闻中外。侍中裴頠等，引以为忧，就是后党贾模，亦恐祸生不测，累及身家，因未免心下不安。裴頠已窥透模意，乃至模私第，商议秘密，可巧张华亦至，一同晤谈。頠与华本来莫逆，不必避嫌，因质直相告，拟把贾后废去，更立太子遹生母谢淑媛。谢淑媛就是谢玖，见第七回。自遹为太子，母以子贵，得封淑媛。贾后很是妒忌，不令太子见母，但使淑媛静处别宫，仿佛与禁锢相似。此次裴頠倡议废后，当然欲将谢淑媛抬举起来，偏模与华齐声说道："主上并无废后意见，我等乃欲擅行，倘主上不以为然，如何是好？且诸王方强，各分党派，一旦祸起，身死国危，非徒无益，反致有损了。"*贾模不足道，张华号称多才，何以如此胆怯？*頠半晌才道："公等所虑亦是，但中宫如此昏虐，乱可立待，我等岂果能置身事外么？"华便接口道："如公等两人，与中宫皆关亲戚，何勿进陈祸福，预为劝诫？言或见信，当可改过迁善，易危为安，天下不致大乱，我等方得优游卒岁了。"*淫虐如贾南风，岂肯从谏？张华此言更是痴想。*原来模为贾后族兄，頠母为贾充妻郭槐姊妹，两人与贾后互有关系，故华言如此。模颇赞同华议，頠亦不便拘执己见，姑依华言进行，当下趋诣贾第，入白姨母郭槐，托她戒谕贾后，勉盖前愆，并宜亲爱太子。模亦屡入中宫，为后指陈利害。看官！试想这凶残淫暴的贾南风，习与性成，岂尚肯采纳良言，去邪归正么？郭槐是贾后生母，向后进规，虽然不肯见从，尚无他恨，至模一再渎陈，反以为模有异心，敢加毁谤，索性嘱令宫竖，拒模入谒。模且忧且恨，竟生了一种绝症，便登鬼箓。**不幸中之大幸。**有诏进裴頠为尚书仆射，頠上表固辞，略谓："贾模新亡，将臣超擢，偏重外戚，未免示人不公，恳即收回成命。"复诏不许，或向頠进言道："公为中宫亲属，可言即当尽言，言不见听，不若托病辞官。若二说不行，虽有十表，恐终未能免祸了。"頠颇为感动。但初念欲见机而作，转念又且住为佳，因此日误一日，仍复在位。**这是常人的通病，怎知祸足杀身！**那贾郭二门的子弟，恃权借势，卖爵鬻官，贿赂公行，门庭如市，南阳人鲁褒，尝作《钱神论》讥讽时事，谓："钱字孔方，相亲如兄，无德反尊，无势偏热，排金门，入紫闼，危可使安，死可使活，贵可使贱，生可使杀，无论何事，非钱不行。洛中朱衣，当涂人士，爱我家兄，皆无已已"云云。时人俱为传诵，互相倾倒。平阳名士韦忠，为裴頠所器重，荐诸张华，华即遣属吏征聘，忠辞疾不至。有人问忠何不就征？忠慨然道："张茂先**华字茂先。**华而不实，裴逸民**頠字逸民。**欲而无厌，弃典礼，附贼后，这岂大丈夫所为？逸民每有心托我，我常恐他蹈溺深渊，余波及我，怎尚可褰裳往就呢？"关内侯索靖，亦知天下将乱，过洛阳宫门，指着铜驼，咨嗟太息道："铜驼铜驼，将见汝在荆棘中了。"**国家兴亡，匹夫有责，徒付慨叹亦觉无谓。**

太子遹储养东宫，少小时本来颖悟，偏到了成童以后，不务正业，但好狎游，就是左师右保，亦不加敬礼，唯与宦官宫妾，嬉嬲度日。**无端变坏，想是司马氏家运。**贾后素忌太子，正要他污名败行，可以借端废立，因此密嘱黄门阉宦，导令为非，尝向太子前怂恿道："殿下正可及时行乐，何必常自拘束？"及见太子拂意时，怒诋役吏，又复从旁凑奉道："殿下太觉宽仁，若辈小竖，不加威刑，怎能使他畏服呢？"古人有言："一傅众咻。"又说是："习善则善，习恶则恶。"东宫中虽有三五师傅，怎禁得这班宵小，朝夕鼓煽？就是生性聪慧，也被他陷入恶途，成为习惯了。太子生母谢淑媛，幼时微贱，家世业屠。太子偏秉遗传，辄令宫中为市，使人屠酤，能手揣斤两，轻重不差。又令西园发卖葵菜篮子鸡面等类，估本牟利，**倒是一个经济家。**逐日收入，随手散给，却又毫不吝惜。东宫旧制，按月请钱五十万缗，作为费用，太子因月费不足，尝索取两月俸钱，供给嬖宠。平居雕题刻楮，役使不已，若要修墙缮壁，偏好听阴阳家言，动多顾忌。洗马江统，上陈五事，规谏太子，一是请随时朝省，二是请尊敬师保，三是请减省杂役，四是请撤销市酤，五是请破除迷信，太子无一依从。舍人杜锡，也常劝太子修德进善，毋招谗谤。太子反恨他多言，俟锡入见时，先使人至锡座毡中，插针数枚，锡怎能预料，一经坐下，被针刺臀，血满裤裆，真似哑子吃黄连，说不出的苦楚。散骑常侍贾谧，与太子年龄相仿，更为中表弟兄，免不得时往过从。太子喜怒无常，有时与谧相狎，有时与谧相谤，或令谧自坐，径往后庭嬉戏，不再顾谧，谧屡遭白眼，当然挟嫌。詹事裴权进谏道：“贾谧为中宫宠侄，一旦交构，大事去了，愿殿下屈尊相待，免滋他变。”太子勃然变色，连称可恨，说得权不敢再言，俯首辞去。其实，太子并非恨权，不过因权数语，触起旧忿，致有恨声。先是贾后母郭槐，欲令韩寿女为太子妃，太子亦欲结婚韩氏，自固地位。寿妻贾午，却不愿意。贾后更不乐赞成，另为太子聘王衍女。衍女有二，长女貌美，少女貌陋。太子既不得韩女，乃转思纳衍长女为妃。偏贾谧又来作梗，垂涎彼美，乞后作主。后方宠谧，便为谧娶衍长女，但使太子与衍少女为婚。太子得了丑妇，自然恨后及谧，此时听着权言，怎能不感愤交并，流露言表？嗣被谧探知消息，也惹动前日弈棋的恶感，向贾后处进谗，<small>弈棋事见前回。</small>还亏后母郭槐，从中保持，不使贾后得害太子，故太子尚得无恙。<small>此非郭槐好处，还是裴颜功劳。</small>

　　未几，郭槐病重。由后过省，槐握住后手，嘱以二语：一语是保全太子，一语是赵粲贾午，必害汝家。<small>这却可谓先见。</small>贾后虽然应诺，心中总未以为然。至郭槐死后，谧虽守丧，仍然出入中宫，一夕，踉跄入白道：“太子蓄私财，结小人，无非欲害我贾氏，若宫车晏驾，彼得入立，不特臣等遭诛，恐皇后亦坐废金墉了。”贾后不禁骇愕，便与赵粲贾午，谋废太子。可巧午生一儿，遂嘱令送入宫中，佯称自己有娠，预备产具，一面嘱令内史，暴扬太子过恶，将为李代桃僵的诡计。宫廷内外，多已瞧透阴谋。中护军赵俊，密请太子举兵废后，太子不敢照行。左卫军刘卞私白张华，且替华设策道：“东宫俊义如林，卫兵不下万人，若得公命，请太子入录尚书事，废锢贾后，徙居金墉城，但教两黄门费力，便足办到此事。”华蘧然道：“今天子当阳，太子乃是人子。我又未得阿衡重任，乃胆敢与太子行此大事，是变做无父无君的贼子了，就使有成，尚难免罪。况权戚满朝，威柄不一，怎见得果能成事呢？”<small>可与适道未可与权。</small>卞太息而去。不意过了一宵，即有诏出，卞为雍州刺史。卞疑有人泄谋，因有此诏，遂服药自尽。<small>胆小如此，如何为华设谋？</small>

元康九年十二月，太子长男彪音彬。有疾，太子为儿祷祀求福，忽由内廷颁到密诏，乃是皇上不豫，令太子立即入朝。太子只好前往，趋入宫中，不意有内侍出来，引太子暂憩别室，静待后命。太子莫名其妙，但入别室休息，甫经坐定，即由宫婢陈舞，左手持枣一盘，右手执酒一壶，行至太子座前，传诏令饮。太子酒量素浅，饮了一半，已是醉意醺醺，便摇手道："我不能再饮了。"陈舞瞋目道："天子赐殿下酒，乃不肯饮尽，难道酒中有恶物么？"太子无可奈何，把余酒一吸而尽，遂至大醉。既而又来宫婢承福，持给纸笔，并原稿二纸，逼令太子录写。太子辞不能书，复由承福矫诏逼迫。太子醉眼模糊，也不辨为何语，但看原稿中为何字，依次照录，字迹多歪歪斜斜，残缺不全，好容易录就二纸，交与承福持去。太子酒尚未醒，当由内侍拥掖出宫，扶上寝舆，使他自返。翌晨，由惠帝御式乾殿，召令王公大臣，使黄门令董猛，赍出二纸，遍示群僚，且对众宣谕道："这是不肖子遹所书，如此悖逆，只好把他赐死罢。"百官听了，多半惊心，张华裴颜，更觉诧异，便接阅二纸，第一纸写着：

陛下宜自了，不自了，吾当入了之；中宫又宜速自了，不自了，吾当手了之。

大众看这数语，都为咋舌。还有一纸，文字越觉离奇，有云：

吾母宜刻期两发，勿疑犹豫致后患。茹毛饮血于三辰之下，皇天许当扫除患害，立道文为王，蒋氏为内主，愿成当以三牲祠北君，大赦天下。要疏如律令。

看这语意，似内达谢淑媛，与约同日发难。文中所叙的道文，便是太子长男彪表字，蒋氏乃是太子所宠的美人。大众瞧罢，彼此面面相觑，不发一言。都是饭桶。独张华忍耐不住，竟向座前启奏道："这是国家的大不幸事，唯从古到今，往往因废黜正嫡，遂致丧乱，愿陛下核实乃行。"裴颜亦续奏道："东宫果有此书，究由何人传入？且安知非他人伪造，诬陷太子？请验明真伪，方可立议。"惠帝接连闻奏，好似痴聋一般，噤不复言。那殿后却趋出内侍，奉贾后命，取了太子平日手启十余笺，令群臣对核笔迹，张华裴颜等，即互相比视，笔迹大略相符，唯一是恭缮，笔画端正，一是急书，姿势潦草，一时也辨不出真假，无从指驳。原来贾后使太子录书，原稿系嘱黄门侍郎潘岳草成，及太子录就进呈，字画缺漏，仍由岳补添成字。岳善模仿笔迹，一经改写，与遹子手书无殊，故足使人迷乱心目。*潘岳何为者？*唯裴頠定要查究传书的姓名，张华谓须召太子对质，此外一班大臣，依违两可，聚讼不决。贾后暗坐屏后，听着张裴两人的议论，大拂己意，那惠帝又一言不发，任令絮聒，恨不得走将出去，喝住众口，倒好独断独行，只是大庭广众，未便越礼，勉强容忍了半天。看看日影西斜，还是没有结果，不由得怒气上冲，便召董猛入内，嘱使传语道："事宜速决。为何议了半日，尚未定夺？如群臣不肯传诏，应该军法从事。"猛奉命出宣，道言甫毕，张华即驳斥道："国家大政，应由皇上主裁，汝系何人？妄传内旨，淆乱圣听。"裴頠亦喝道："董猛休得多言，圣上明明御殿，难道我等未奉明诏，反依内旨不成？"猛且惭且愤，返报贾后。贾后恐事情中变，因即令侍臣草表，请免太子为庶人。这表传出，惠帝便即依议，拂袖退朝。于是使尚书和郁等，速诣东宫，废太子遹为庶人。遹方游玄圃，闻使节持至，改服受诏，步出承华门，乘粗犊车，往居金墉城，遹妃王氏，及三子虨臧尚，同时随徙。独虨母蒋氏，坐蛊惑太子罪名，生生杖毙，甚且归咎谢淑媛，一并赐死。王衍闻变，自恐株连及祸，急忙表请离婚，*你有大女婿作靠，此时何必作忙？*有诏准议。于是遹妃王氏，与遹永诀，恸哭一场，辞归母家。*王女却是多情。*

越年，改元永康，西戎校尉司马阎缵，舆棺诣阙，上书切谏，略言："汉戾太子称兵拒命，尚有人主从轻减，说是罪不过笞，今遹罪不如戾太子，理应重选师傅，先加严诲，若不悛改，废弃未迟。"这书呈入，当然不报。*缵不见谴，还是皇恩广大。*贾后因异议沸腾，终究未妙，不如下一辣手，致死太子，方绝后患，乃再行设计，嘱使黄门自首，诡言与遹谋逆。有诏将黄门自首表文，颁示公卿，遂命卫士押徙太子，往锢许昌宫，不许官僚送行。洗马江统潘滔，舍人王敦杜蕤鲁瑶等，冒禁往钱，至伊水旁涕泣拜辞，不意司隶校尉满奋，已奉诏驰至，把江统等一并拘去，分系河南洛阳两狱中。河南尹乐广，不待赦书，已悉数放归。洛阳令曹摅，未敢遽释罪囚，经都官从事孙琰，向贾谧处说情，方得一律释出。右卫督司马雅，系是晋室疏亲，平时常给事东宫，得遹宠爱，每思为遹效力，设法复位，乃与从督许超，殿中郎士猗等，日夕营谋，彼此互议，统说张华裴頠，贪恋禄位，未足与图大事，不如右军将军赵王伦，手握兵权，素性贪冒，尚可假彼行权。*冒昧图逞，亦非良策。*因往说孙秀道："中宫凶妒，与贾谧等诬废太子，无道已甚。今国无嫡嗣，社稷垂危，大臣将起行大事，公乃素奉中宫，与贾郭亲善，外人皆谓公实预内谋，一朝变起，祸必相及，何勿先事预防呢？"秀被他一说，也觉寒心，当即转告赵王伦，拟废去贾后，迎还太子。伦惟言是从，密结通事令史张林及省事张衡等，使为内应，待期举发。偏孙秀又变了一计，再与伦语道："太子聪明刚猛，若得还东宫，必图报复。明公素党贾后，道路共知，今虽为太子建立大功，太子且未必见德，一有衅隙，仍然加罪，不若迁延缓期，俟贾后害死太子，然后为太子报仇，入废贾后，名正言顺，更无他患，岂不是一举两得么？"*这是卞庄刺二虎之计，我亦佩服。*伦拍手赞成，连称好计。秀复散布谣言，谓殿中人欲废皇后，迎太子，一面往见贾谧，劝他早除太子，杜绝众望。谧立白贾后，后正得外间谣传，阴启杀心，一闻谧语，便召入太医令程据，使合毒药。据即用巴豆杏仁，研末为丸，交与贾后。后复令黄门孙虑，假传上命，赴许昌毒死太子。

太子至许昌后，常恐见鸩，所有饮食，必令宫人当面煮熟，方敢取尝。孙虑到了许昌，先与监守官刘振说明，振即徙太子至小坊中，绝不与食。宫人得太子厚恩，尚从墙上递给食物，俾得充饥。那孙虑急欲复命，径持入毒药，逼令太子吞下。太子不肯照服，托词如厕。虑袖出药杵，从太子背后，掷击过去，太子中杵倒地，再由虑拾起药杵，用力猛捶，太子大声哀呼，声彻户外，及要害受伤，一声惨号，气绝而逝。年才二十三岁。*孙虑如此凶横，难道能长寿不成？*虑回都复命，有司请用庶人礼葬遹，贾后即假托慈悲，上表帝前，略云：

遹不幸丧亡，伤其迷悖，又早短折，不能自已。妾常冀其刻肌刻骨，更思孝道，使得复正名号，此志不遂，重以酸恨。遹虽罪大，犹是王者子孙，便以匹庶送终，情实可悯，特乞天恩，赐以王礼。妾诚暗浅，未识礼义，不胜至情，冒昧陈闻。*录入此表，以见贾后之狡诈。*

惠帝得贾后表，方命用广陵王礼，厚葬太子。会天象告警，尉氏雨血，妖星现西方，太白昼现，中台星坼，中外诧为怪象。张华少子名韪，劝华即速辞职，为避祸计。华踌躇多时，方答说道："天道幽远，未尽可凭，不如修德禳灾，静俟天命。"

利令智昏。既而，孙秀使司马雅见华，屏人与语道："赵王欲与公共匡社稷，为天下除害，使雅以实情告公，请公勿疑！"华摇首不答。雅不禁怒起，掉头趋出，且行且语道："刃将加颈，尚作此态么？"当下诣赵王伦府第中，敦促起事。伦遂矫称诏敕，遍谕三部司马晋左右二卫，有前驱由基强弩三部司马。道："中宫与贾谧等杀我太子，为此命车骑将军兼领右军将军赵王伦，入废中宫，汝等皆当从命！事成当赐爵关内侯。如或不从，罪及三族。"三部司马，接了此敕，那有不从之理？齐王冏见前文。方任翊军校尉，亦与伦通谋，遂与三部司马，突入宫中，排闼趋进。华林令骆休为内应，引冏至惠帝住室，迫帝出御东堂，一面召入贾谧。谧无从趋避，应召而至，及见甲杖如林，复走至西钟下面，大呼阿后救我！声尚未绝，已有人追至背后，拔刀砍去，首随刀落。贾后闻谧呼救声，慌忙出视。正与齐王冏相遇，便惊问道："卿来此做什么？"冏答道："有诏收后。"后复道："诏当从我发出，这是何处诏旨？"一面说，一面返身入内，趋上阁中，凭槛遥呼道："陛下有妇，乃使人废去，恐陛下亦将被废了。"冏复带兵入阁，胁后徙居。后复问起事为谁？冏答称梁赵二王。原来尚书令梁王肜，曾预闻伦事，也愿赞成，故冏有是言。贾后长叹道："系狗当系颈，今反系尾，怎得不尔？"乃出居建始殿中，由冏派兵监守。随即收捕赵粲贾午，驱入暴室，一顿杖责，把两个如花似玉、貌美心毒的妇人送归冥府，往销阎王簿据去了。就是韩寿兄弟子侄，也共同连坐，诛黜有差。偷香结果，一至于此，可见天道恶淫。伦复召入中书监侍中黄门侍郎等，赍夜入殿，趁势拿下司空张华，及仆射裴頠。华顾通事张林道："汝等欲害我忠臣么？"林矫诏诘责道："卿为宰相，不能保全太子，及太子废死，又复不能死节，怎得称忠？"华驳说道："式乾殿中的争议，臣尝力谏，尽可复按。"见上。林不待说毕，便接口道："力谏不从，何不去位？"中肯语。华听到此语，无言可驳，只好俯首就刑，遂与裴頠一同受戮，并至夷族。华是日昼寝，梦见屋坏，入夜即验。死时年六十九。著有《博物志》十篇及文章等并传后世。华长子散骑常侍祎及少子散骑侍郎韪，同时遇害。頠死时才三十四岁。二子嵩该，由梁王肜代为保护，谓："頠父裴秀，有功王室，不应殄绝后嗣。"因得免死，流徙带方。校尉阎缵，时尚在都，入抚张华尸首，且泣且语道："我曾劝君逊位，君乃不从，今果见戮，莫非是命中注定么？"小子有诗讥张华道：

蹉跎已届古稀年，何事名缰尚被牵？

老且受诛儿并戮，如斯结局也堪怜！

华颙既死，赵王伦未肯罢手，还要杀死数人。欲知何人被杀，待看下回报明。

典午得国，始自贾充之弑曹髦，厥后贾女入宫，种种淫恣，即酿成八王之乱，而西晋即因是覆亡。天道好还，亶其然乎？张华裴颙位登台辅，不能拨乱反正，虽由二人之才识不足，亦天意之未许建功耳。况太子遹幼即聪明，一变而为淫僻昏顽之豚犬，置酒别室，醉草逆书，是何莫非大造之巧为播弄，假手悍后，有以斫其根而戕其本欤？及后恶贯满盈，不使张华裴颙之从权废立，而反令贪鄙阴狡之伦秀二人，乘隙图功，一祸才了，一祸复起，天之不欲安晋也明矣。此外已尽见细评，姑不赘述云。

第十二回

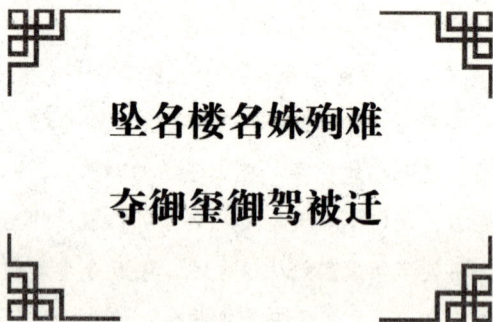

坠名楼名姝殉难

夺御玺御驾被迁

却说赵王伦杀死裴张二人，本意是报复旧怨，不论罪状。事见前文。还有前雍州刺史解系，前时已为伦所谮，免官居京，伦余恨未泄，也将他拘至，并将系弟结一并下狱。梁王肜复出来救解，伦怫然道："我在水中见蟹，犹谓可恨，况解系兄弟，素来轻我，此而可忍，孰不可忍？"系为西征事招怨，亦见前文。肜苦争不得。系结皆为伦所杀，并戮及妻孥。结尝为御史中丞，有一女许字裴氏，择定嫁期，正在解家被祸的第二日，裴氏欲上书营救。女泣叹道："全家若此，我生何为？"遂亦坐死罪。后来晋廷怜女无辜，始改革旧制，女不从坐，惠帝全无主意，一任伦滥杀无辜。伦又恃孙秀为耳目，秀言可杀即杀，秀言不可杀即不杀。伦也是个傀儡。秀复为伦决计，废贾后为庶人，迁往金墉城。后党刘振、董猛、孙虑、程据等一体捕诛。刘振等死有余辜。司徒王戎，系裴𫖯妇翁，坐是罢职。此外文武百官，与贾、郭、张、裴四家，素关亲戚，不是被诛，便是被黜，简直是不胜枚举了。

于是赵王伦托称诏制，大赦天下，自为都督中外诸军事兼相国侍中，一依宣文宣帝文帝。辅魏故事。置左右长史司马及从事中郎四人，参军十人，掾属二十人，府兵万人。使长子荂音敷。领冗从仆射，次子馥为前将军，封济阳王，三子虔为黄门郎，封汝阴王，幼子诩为散骑侍郎，封霸城侯，长子未曾封王，是欲为将来袭封起见。孙秀为中书令，受封大郡。司马雅张林等，并皆封侯，得握兵权。百官总己，听伦指挥。孙秀从中主政，威振朝廷。有诏追复故太子遹位号，使尚书和郁，率领东宫旧僚，赴许昌迎太子丧。太子长男虨，已经夭逝，亦得追封南阳王，虨弟臧为临淮王，臧弟尚为襄阳王。有司奏称尚书令王衍，备位大臣，当太子被诬时，志在苟免，不思营救，应禁锢终身，诏从所请。衍既免官还第，尚恐遇害，佯狂自免。**任你如何刁滑，到头总难免横死。**前平阳太守李重，素有令名，由伦辟为长史。重知伦有异志，托疾不就，偏经伦再三催逼，硬令人扶曳入府，胁令就官。重满腔忧愤，无处可伸，归家后果然成疾，不愿医治，未几遂亡。淮南王允，前曾随楚王玮入朝，**见前第九回。**玮被戮后，允仍然莅镇。至太子被废，朝议将立允为太弟，复密促还朝，留住都中。太弟议尚未定夺，赵王伦已经发难，允两不袒护，置身事外，至此乃受诏为骠骑将军，开府仪同三司，兼领中护军。允性沉毅，为宿卫将士所畏服，他见伦不怀好意，便豫养死士，密谋诛伦。伦毫无闻知，唯孙秀瞧料三分，劝伦防允。伦方才加防，且恐贾后与允勾结，或致死灰复燃，因与秀密商，想出两条计策：一是鸩死贾后，一是册立皇太孙。当下遣尚书刘弘，赍金屑酒至金墉城，赐贾后死。贾后无可奈何，只得一吸而尽，一代悍后，至此乃终。**晋室江山，已被她一半收拾了。**弘既复旨，即立临淮王臧为皇太孙，召还故太子妃王氏，令她抚养。所有太子旧僚，就作为太孙官属。赵王伦兼为太孙太傅，追谥故太子曰愍怀，改葬显平陵。

中书令孙秀，既得逞志，计无不遂，便逐渐骄淫，闻石崇家有美妾绿珠，妖冶善歌，兼长吹笛，遂使人向崇乞请，谓肯以绿珠见赠，当起复崇官。看官阅过前文，应知崇为贾谧好友，贾氏得祸，崇已坐谧党褫职，唯家产未遭籍没，崇仍得席丰履厚，护艳藏娇。且崇有别馆，在河阳金谷中，号为金谷园。自崇罢职后，常居园中休养，登高台，瞰清流，日与数十婢妾，饮酒赋诗，逍遥自在，反比那供职庙堂，更加快活。**恐不能安享此福。**及孙秀使至，崇含糊对付，遣使返报。秀竟再令人带着绣舆，往迓绿珠。崇尽出婢妾数十人，由来使自择。来使左眄右盼，个个是飘长裾，翳轻袖，绮罗斗艳，兰麝熏香，端的是金谷丽姝，不同凡艳。便问崇道："孙公命迓绿珠，未识孰是？"崇勃然道："绿珠是我爱妾，怎得相赠？"**为一美妾而覆家，也不值得。**来使道："公博古通今，察远照迩，愿加三思，免贻后悔。"崇仍然不允。来使既去复返，再为劝导。崇始终固执，叱退来使。秀得来使归报，当然大怒，便拟设计害崇。

绿珠坠楼

崇亦自知惹祸，与甥欧阳建及旧友黄门郎潘岳，私下商酌，为除秀计。秀前为岳家小吏，岳恨他狡黠，辄加鞭挞，及秀为中书令，岳时与相值，尝问秀道："孙令公，尚记得前日周旋否？"秀引古语相答道："中心藏之，何日忘之。"见《诗经·小雅》。岳知他怀恨未忘，很加忧惧，与崇建等议及除秀，谓不如交结淮南王，劝令起事，捽去伦秀二人。淮南王允，正思讨灭伦秀，既得潘岳等相劝，筹备益急。伦与秀探察得实，遂迁允为太尉，阳示优礼，实夺兵权。允称疾不拜，秀遣御史刘机逼允，收允官属，并矫诏责允拒命，大逆不敬。允取诏审视，系秀手书，便怒叱道："孙秀何人，敢传伪诏！"说至此，返身取剑，欲杀刘机。机狂奔出门，幸逃性命。允追机不及，便顾语左右道："赵王欲破我家。"随即召集部兵七百人，出门大呼道："赵王造反，我将讨逆，如肯从我，速即左袒！"兵吏常仇怨赵王，多左袒趋附。允率众赴宫，适尚书左丞王舆，闻变先入，闭住掖门。允不得趋入，乃转围相府。伦与秀仓猝调兵，与允相持，屡战屡败，死伤约千余人。太子左率陈徽，勒东宫兵，鼓噪宫内，作为内应。允列阵承华门前，令部众各持强弩，迭射伦兵。伦正督众死战，矢及身前，主书司马眭秘，挺出翼伦，可巧一箭射来，向胸穿入，立即倒毙。伦不禁着忙，旁顾门右，幸有大树数株，便挈领官属，趋至树后，借树为蔽。树上矢如猬集，伦幸得免。自辰至未，尚是喊杀连天，未曾罢斗。

中书令陈准，系陈徽胞兄，入值宫中，意欲助允，便请诸帝前，谓宜遣使持白虎幡，出解战事。乃使司马督护伏胤，率骑兵四百，持幡从宫中出来。胤藏着空板，古时书书录板，板以桐木为之，长约尺许。诈称有诏，径至允阵前，取板遥示。允还道他是前来帮助，又见他持着诏书，定有他命，便令军士开阵纳胤，自己下马受诏。不防胤突至允前，拔出利刃，竟将允挥为两段。允众相顾错愕，胤复对众宣诏，略言"允擅自称兵，罪在不赦，除允家外，胁从罔治"等语。于是大众骇散。允子秦王郁汉王迪等，均被胤追捕，相继杀死。看官道是何因？原来白虎幡是借以麾军，并非解斗，陈准因惠帝昏愚，托言解斗，实欲麾动允军，威吓伦兵，使知允众攻伦，实出帝命，偏遣了一个贪利怀诈的伏胤，受命出宫，行过门下省，与伦子汝阴王虔相值。虔邀入与语，誓同富贵，嘱令变计图允。胤坐此生心，便去诳允。允见他持着白虎幡，又是赍奉诏敕，明明是得着内援，怎得不为胤所绐？哪知一场好事，竟成恶果，这也是晋朝的气数。无可归咎，又只好归之于天。

允既被害，赵王伦越加威风，复饬令严索允党，一体同罪。孙秀遂指称石崇欧阳建潘岳等，奉允为逆，应该伏诛。崇正在楼上高坐，与绿珠等欢宴，蓦闻缇骑到门，料知有变，便旁顾绿珠道："我今为汝得罪了，奈何奈何？"绿珠涕泣道："妾当效死公前，不令公独受罪。"遂叩头谢别，抢步临轩，一跃下楼。崇慌忙起座，欲揽衣裾，已是不及，但见下面倒着娇躯，已是头破血流，死于非命。**绿珠本贻祸石家，幸有坠楼殉主，尚可自解。**崇不禁垂泪道："可惜！可惜！我罪亦不过流徙交广，卿何必至此！"**你既钟爱绿珠，何不随同坠楼，且还想活命，真是痴人说梦。**遂驾车诣狱。未到狱门，已有人传到敕书，令赴东市就刑。崇至东市，方长叹道："奴辈利我家财。"旁有押吏应声道："早知财足害身，何不散给乡里？"崇不能答，仰首就戮。崇甥欧阳建，亦同时被杀，绝命时尚口占诗章，词甚凄楚。崇母兄及妻子等十五人，骈戮无遗，家产籍没。有司按录簿籍，得水碓三十余区，苍头八百余人，田宅货财，不可胜数。**多藏厚亡，视崇益信。**黄门郎潘岳，并为所害。岳字安仁，少美丰姿，尤工词藻。弱冠以前，尝挟弹出洛阳，妇女皆掷果相赠，满载以归。嗣为河阳令，遍植桃树，时人号为一县花。妻殁作悼亡词，哀艳绝伦，唯躁急干进，不安恬淡。岳母尝责岳道："汝当知足，奈何奔竞不休？"岳不能从。及被收时，始入与母诀道："负阿母！"出至东市，见崇亦在列，相顾唏嘘。崇呼岳道："安仁亦遭此祸么？"岳泣答道："可谓白首同所归。"这一语，乃是岳寄金谷园诗，不料竟成谶语。岳死，家属亦多毙刀下，唯兄子伯武，在逃得免。

赵王伦又收捕淮南王弟吴王晏，拟即加刑，经光禄大夫傅祗力争，始得贷死，贬为宾徒县王。齐王冏与伦相结，迁任游击将军，冏尚未满意，颇有恨色。秀即白伦，将冏外调，令出为平东将军，使镇许昌，免得在内生变，伦趾高气扬，拟自加九锡殊礼。吏部尚书刘颂道："从前汉锡魏武，魏锡晋宣，俱系一时异数，并非古礼。周勃霍光，立功甚大，并不闻有九锡的宠命呢。"**权词讽谏，可算苦心。**伦党张林，斥颂为张华余党，因有异议，将加颂死刑。还是孙秀进言道："杀张裴已乖物望，不宜再杀刘颂。"伦乃罢议。秀为伦嘱使群僚，均至相府称道功德，应用九锡典命，伦佯为谦让，再由朝使持诏敦勉，方才拜受。进秀为侍中兼辅国将军，仍领相国司马，相府增兵至二万人，与禁中宿卫相同。秀子会为校尉，年已二十，形短貌丑，少时尝在城西，为富家贩马，此时骤得贵显，居然欲与帝子结婚。惠帝已同虚设，但教伦秀二人，如何裁决，便即允行，伦遂为秀子作伐，使尚帝女河东公主。秀即把将军孙旗外孙女羊氏，为帝说合，请为继后。旗与秀同族，旗婿为尚书郎羊玄之，生有一女，名叫献容，姿容秀媚，倾国倾城，与前时贾南风相比，判若天渊。永康元年仲冬，羊女得册为后，好算是非常遭际，喜从天来。吉期已届，盛妆启行，不料衣上忽然起火，几吓得魂胆飞扬，还亏左右侍女，急忙扑救，才得将火光灭熄，但一袭翟衣，半成焦黑，已觉得预兆不祥。**为后文伏案。**慌忙将原衣脱去，再从宫中乞取后服，重复穿上，方好登舆入宫。礼成以后，见惠帝年逾四十，面目粗蠢，知识愚钝，不由得大失所望，只得自悲命薄，蹉跎度日罢了。**河东公主下嫁蠢子，羊女献容上配愚君，彼此不偶，岂非天命！**唯后父羊玄之，却得超拜光禄大夫，特进散骑常侍，加封兴晋侯，自夸奇遇，深感秀德。谁料到腊尽春来，竟出了一桩篡国奇闻，好好一位新皇后，竟随了一个老皇帝，同徙金墉城，这真是祸福无常，福为祸倚了。

看官！不必细猜，便可知那篡国的贼臣，就是相国赵王伦。伦迷信神鬼，好听巫言。孙秀欲迫伦篡位，自为首功，乃密使牙门赵奉，诈为宣帝神语，命伦早入西宫。又言宣帝在北邙山，阴为伦助。伦乃在邙山立宣帝庙，私自祷祝，潜构逆谋，令太子詹事裴劭，左军将军卞粹等，充当相府从事中郎，作为帮手。更使义阳王威，**司马孚曾孙。**与黄门郎骆休，闯入内廷，逼夺玺绶，伪作禅诏。诏既草就，即付尚书令满奋，及仆射崔随，令并玺绶送往相府，禅位与伦。伦又假作谦恭，固让不受，一班寡廉鲜耻的王大臣，早已由孙秀运动，一齐趋至，满口是功德巍巍，天与人归的套话，趋奉伦前，再三劝进。伦遂直任不辞，于是遣左卫将军王舆，前军将军司马雅等，率甲士入殿，晓谕三部司马，示以威赏。三部莫敢抗议，唯唯听命。伦乃备卤簿，乘法驾，昂然入宫，登太极殿，受百官朝谒，大赦天下，改元建始。一面徙惠帝及羊后，出居金墉城，阳尊惠帝为太上皇，改称金墉城为永昌宫。废皇太孙臧为濮阳王，立长子荂为皇太子，封次子馥为京兆王，三子虔为广平王，幼子诩为霸城王，皆兼官侍中，分握兵权；又用梁王肜为宰衡，何劭为太宰，孙秀为侍中中书监，兼骠骑将军，仪同三司。义阳王威为中书令，张林为卫将军，余党皆为卿将，越次超迁；下至奴卒，亦加爵位。每遇朝会，貂蝉盈座，都下竞相传语道："貂不足，狗尾续。"**真是一班摇尾狗。**伦既据大位，亲祠太庙，还遇大风，吹折麾盖。伦也觉不安，因密使人害死濮阳王臧，省却后患。**越要逞凶，越不久长。**且恃孙秀为长城，每有号令，必先示秀。秀得意为窜改，或自书青纸，充作诏书。朝令夕更，百官常转易如流。孙旗子弼及弟子髦辅琰四人，因与秀同族，旬月三迁，皆得为将军，受封郡侯，并加旗为车骑将军，使得开府。旗正出镇襄阳，闻子侄辈受伦官爵，恐为家祸，因遣幼子回入都消让，迫令辞职。弼等方致位通显，履坚策肥，怎肯勒马悬崖，幡然谢去？仍令回返报乃父，极称平安。旗不能遥制，唯有自悲自痛罢了。自己何不远引？

卫将军张林，与孙秀积有夙嫌，并怨不得开府，因私与荂笺，具言秀专权擅政，未协众心，应速诛为是。荂持书白伦，伦又复示秀，气得秀咆哮不已，急请诛林，伦怎敢不从？当即往华林园，佯言会宴，召林入侍，立即拘住，赏他一刀，并夷三族。林原该死，但为伦所杀，怎得瞑目？秀复虑齐王冏、成都王颖、河间王颙等，各据方面，拥强兵，无从控制，乃悉遣亲党，往为三王参佐，且加冏为镇东大将军，颖为征北大将军，皆开府仪同三司，隐示羁縻。偏齐王冏不受笼络，首先发难，传檄讨伦，一面遣使四出，联结诸王。成都王颖，接冏来使，便召邺令卢志入商，志答说道："赵王篡逆，神人同愤，殿下能助顺讨逆，何患不克？"颖乃命志为谘议参军兼左长史，即日调发兖州刺史王彦，冀州刺史李毅，督护赵骧石超等为前驱，自率部兵为后继。行抵朝歌，远近响应，得众二十万，声势大振。常山王乂，本来是受封长沙，因与楚王玮为同母兄弟，连坐被贬，徙封常山，既得冏书，即与太原内史刘暾，率众应冏。还有新野公歆，扶风王骏子。闻冏起事，未知所从，嬖人王绥道："赵亲而强，齐疏而弱，公宜从赵。"参军孙洵在座，厉声叱道："赵王凶逆，人人得诛，有什么亲疏强弱呢？"洵与卢志，俱不失为义士。歆乃与冏连兵，愿作声援。前安西将军夏侯奭，在始平纠合党羽，得数千人，与冏相应。并致书河间王颙，约同赴义。颙初用长史李含谋，遣振武将军张方，率兵诱奭，擒至长安市，把奭腰斩。及冏使驰至，复将他拘住，使张方押使入都，并为伦助。方至华阴，颙得二王兵盛消息，忙着人将方追还，更附二王。颙本心已不可靠。

各种警报，次第传入洛阳。伦与秀始相顾惊惶，不能安枕，忙遣上军将军孙辅，折冲将军李严，率兵七千，出延寿关；征虏将军张泓，左军将军蔡璜，前军将军闾和，率兵九千，出崿阪关；镇军将军司马雅，扬威将军莫原，率兵八千，出成皋关；这三路兵马，统往拒齐王冏。再令孙秀子会，督率将军士猗许超，领宿卫兵三万名，出敌成都王颖。更召东平王楙见前文。为卫将军，都督军事。再命次子京兆王馥，三子广平王虓，领兵八千，为三军继援。分拨已定，尚觉心绪不宁。伦秀两人，日夜祈祷宣帝庙，拜道士胡沃为太平将军，替他求福禳灾，并使巫祝选择战日。秀又潜令亲党往嵩山，身服羽衣，诈称仙人王乔，贻书与伦，说他福祚灵长。伦将伪书宣告大众，为欺人计。哪知此次变起，曲直昭然，一切欺饰手段，全然用不着了，小子有诗咏道：

> 情同鬼蜮太离奇，一举敢将帝座移。
> 待到楚歌传四面，欺人诡计究谁欺？

毕竟后来胜败如何，且看下回续叙。

绿珠坠楼，古今传为美谈，良以绿珠身为妓妾，犹知报主，石家虽破，名节尚存，略迹原心，不能不为之称叹也！本回前半篇，本叙淮南王允事，绿珠坠楼，第连类及之，而标目偏以绿珠为主脑，亦非无因，石崇却孙秀之求，乃与潘岳、欧阳建等密谋，怂恿淮南王起事，是淮南王之发难，未始不由于绿珠，故谓石崇之被覆于绿珠可也；谓淮南王之被覆于绿珠，亦无不可。何物娇娃？招此祸水，其所由舍瑕录瑜者，幸有此坠楼之殉节耳！若赵王伦实一庸徒耳，见欺孙秀，潜构异图；名除贾郭，实害裴张，甚且夺玺绶于深宫，受朝谒于前殿，此而欲逆取顺守，宁可得耶？三王联兵，二凶丧气，犹欲托诸神鬼，诳惑人民，可笑可恨，无逾于此。彼附伦为逆者，诚绿珠之不若矣。

第十三回

迎惠帝反正除奸
杀王豹擅权拒谏

　　却说齐王冏兵至颍阴，正与张泓军相遇，彼此交锋，冏军失利，死亡至数千人，辎重亦半为所夺。冏收集败卒，再图一战，乃分军渡颍，复为张泓所遏，不能前进。泓遂于颍上列阵，日夜防守。孙辅等亦陆续相会，与泓分地屯兵。冏乘夜掩击，泓军不动，独孙辅骇退，遁还洛阳，诣阙入报道："齐王兵盛，势不可当，张泓等已战没了。"赵王伦不禁战栗，飞召三子虔及许超入卫。超匆匆驰归，虔亦继至，会接到张泓捷报，谓已击退冏军，乃复遣许超出赴军前。看官！试想出兵打仗，全靠纪律，忽而召还，忽而遣去，怎得不令人生疑，自挫锐气？*伦之愚騃，于此益见。*不过齐王冏非将帅才，尚在颍上相持，一时未能攻入。张泓且麾军渡颍，直攻冏营，冏几乎被乘，幸部众猛力截杀，得破泓部将孙髦司马谭，泓始退去。孙髦司马谭部下败兵，散归洛阳。孙秀还诈称得胜，宣示都下，谓已破灭冏营，朝臣皆贺。已而孙会败报又至，瞒无可瞒，吓得伪皇帝瞠目结舌，不知所为。*如此没用，也想为帝，一何可笑？*原来孙会与士猗许超，出拒颍军，行抵黄桥，一鼓作气，得破颍前锋军士，俘斩至万余人。颍欲退保朝歌，参军卢志进谏道："今我军失利，敌新得志，势必轻我，我若退缩，士气沮丧，不可复用。况胜负乃兵家常事，不若更选精兵，出奇制胜，方可得志。"颍乃汰弱留强，涕泣宣誓，激动众心，鼓勇再进。孙会等果然轻颍，不复设备，及颍军已到营前，方驱兵出战。这番接仗，与前次大不相同，颖军俱蓄怒前来，好似江上秋潮，一发莫御。会与士猗许超，见来军如此利害，不由得胆战心惊，步步倒退。战了两三个时辰，但见头颅乱滚，血肉纷飞，部下士卒，除战死外，多半逃亡，会料知不妙，拨马先奔，士猗许超相继骇走，都一口气跑回洛阳。所有宿卫兵三万人，任他自生自灭，无暇再问下落了。

孙秀见会等奔还，也急得无法可施，只好集众会议：或谓应收集余众，背城一战；或谓且毁去宫室，诛锄异党，挟伦南就孙旗孟观，再图后举。孙旗已见前文。孟观自擒灭齐万年后，由东羌校尉任内调入为右将军，赵王伦篡位，令观出监泜北诸军事，齐王冏檄观讨伦，观粗知天文，仰望紫宫帝座，并无他变，还道伦得应天象，不至速败，因仍为伦固守，不愿应冏。*失之毫厘，谬以千里。*孙秀恐旗观二人，未必可恃，所以迟疑不决，那外边的警报，杂沓传来，不是说颖军渡颖，就是说冏军逾河。都下将吏，汹汹思变。左卫将军王舆，与尚书广陵公灌琅琊王伷第四子。乘风转舵，号召营兵七百余人，自南掖门入宫，倡言反正。三部司马也乐得依声附和，联同一气。舆令三部兵分卫宫门，自率部曲至中书省，拿捉孙秀，秀忙将省门闭住，不使舆入。舆纵兵登墙，掷入火具，毁及房屋，霎时烟焰满室，不可向迩。秀与士猗许超冒烟出走，正遇左部将军麾下赵泉，舞刀过来，顺手劈去，巧巧剁落三个头颅。又搜杀秀子孙会与前将军谢俶，黄门令骆休，司马督王潜，尚书左丞孙弼。*即孙旗长子。*

舆还屯云龙门，使人入白赵王伦，速即迎还惠帝。伦不得已，宣令道："我为孙秀所误，激怒二王，今已诛秀，可迎太上皇复位，我当归老农亩，不问朝事。"*也想做太上皇么？*令既发出，复使亲校执骆虞幡，至宫门外麾示罢兵，一面挈领家属，出华林东门，退归私第。舆乃使甲士数千人，赴金墉城，迎还惠帝。帝与羊后并驾入宫，道旁百姓，咸称万岁，当下由惠帝亲自登殿，召集百官，群臣皆顿首谢罪。*犹记得向伦劝进否？*诏送伦父子至金墉城，派兵监守，改元永宁，大酺五日，且分遣使臣慰劳冏、颖、颙三王。梁王肜首先上表，请诛伦父子以谢天下。有诏令百官会议，百官皆如肜旨，共请诛伦。*总算善变。*乃使尚书袁敞持节责伦，赐饮金屑酒。*请君亦尝此美味。*伦取酒饮毕，用巾覆面，且泣且呼道："孙秀误我！孙秀误我！"未几即毒发而毙。*做了一百日的皇帝，也算威风，不应徒怨孙秀。*伦子荂馥虔诩，一并捕诛。此外如伦秀私党，并皆斥免，台省府卫，所存无几。成都王颖，驰入都中，使部将赵骧石超，往助齐王冏，讨张泓等。泓等闻都中复辟，伦已受戮，没奈何向冏乞降。自兵兴六十余日，两下战死，差不多有十万人。闾和孙髦张衡伏胤等，自成所还洛，均因情罪较重，斩首东市。蔡璜畏罪自杀。义阳王威，尝入宫夺玺，惠帝记在心中，至是语廷臣道："阿皮可恨！夺我玺绶，致掭我指，不可不杀。"阿皮为威小字，因即遭诛。东平王楙免官。河间王颙与齐王冏先后入都，冏部众约数十万，威震京师，复传檄襄沘，令诛孙旗孟观。襄阳太守宗岱，承檄斩旗，饶冶令空桐机，承檄斩观，皆传首洛阳，并夷三族。那时孙辅孙恢，为旗犹子，当然骈首市曹。不必细表。

惠帝封赏功臣，授齐王冏为大司马，加九锡殊礼，备物典策，如宣景文武并见前文。辅政故事。成都王颖为大将军，都督中外诸军事，并假黄钺，录尚书事，亦加九锡。河间王颙为传侍太尉，常山王乂为抚军大将军，兼领左军。进广陵公漼爵为王，领尚书，加侍中。新野公歆，亦进爵为王，都督荆州诸军事。授梁王肜为太宰，领司徒。起前司徒王戎为尚书令，王衍为河南尹，立襄阳王尚为皇太孙，复宾徒县王晏故封，仍为吴王。大司马齐王冏，表请呈复张华裴颋及解结兄弟原官，有诏令廷臣会议，积久未决。越年，始得如冏所请，为张裴二解昭雪，复还官阶，拨归原产，且遣使吊祭。海内想望太平，总道是拨乱反正，除逆申冤，好从此重见天日了。哪知天不祚晋，内乱未已，东莱王蕤与左卫将军王舆，共谋害冏，骤欲生变。事前被发，始致败谋。蕤系齐王冏庶兄，素性强暴，使酒凌人，冏生平常为所侮，只因谊关手足，格外包容。及冏起兵讨伦，伦收蕤下狱，尚未加刑。惠帝反正，蕤得释出，闻冏至洛阳，往迎路旁。冏但颔以首，未尝下马与谈。蕤愤詈道："我为尔几罹死罪，何太无友于情？"既而冏入辅政，蕤只得为散骑常侍，益觉怏怏，因向冏乞求开府。冏答说道："武帝子吴王晏，尚未得开府，兄且少待。"蕤闻冏言，恨上加恨，遂密劾冏专权不道，将为管蔡。惠帝当然不报。左卫将军王舆，自谓有复辟大功，未得厚赏，因与蕤表示同情，拟伏兵阙下，俟冏入朝时，把他刺死。偏被冏得悉阴谋，立即奏闻，捕舆斩首，诛及三族，废蕤为庶人，徙居上庸。上庸内史陈钟，私伺冏意，将蕤谋毙，冏亦不复过问。冏虽寡情，蕤却自取其死。为了兄弟相戕，遂致诸王疑议，又复生出无数乱端。新野王歆，将赴荆州，与冏同出谒陵，因密语冏道："成都王系是至亲，同建大勋，当留与辅政，否则宜撤彼兵权，毋令生祸！"冏点首会意，不再答言。常山王乂，亦与成都王谒陵，乘间语颖道："天下系先帝的天下，王宜好为维持，毋使齐王逞志！" 颖与乂同系武帝庶子，故有是言。颖也以为然，还语参军卢志。志进言道："齐王众号百万，与张泓等相持颍水，日久未决，大王直前渡河，首先入都，功无与比，朝野共知。今齐王欲与大王共辅朝政，志闻两雄不并立，何不因太妃微疾，求还定省，委重齐王，得收物望？这乃是今日的上策呢。" 颖为武帝才人程氏所生，太妃即指程才人。颖素信志言，便即依议。越日入朝，由惠帝引至东堂，面加褒奖，颖拜谢道："这都是大司马冏的功劳，臣怎能掠美呢？"言毕趋出，即上表称冏功德，宜委以万机，自陈母疾，愿即归藩，为终养计。一面匆匆治装，不待复诏，便告辞太庙，径乘车出东阳门，西向归邺。相随只卢志等数人，不令营中与闻。就是齐王冏府第中，也只遣人贻书告，别外无他语。冏得书大惊，急驾马往追，驰至七里涧，方得见颖。颖停车叙别，涕泣滂沱，但言太妃疾苦，引为深忧，故无暇面辞。言毕，即驱车别去，毫不谈及时政。冏也即还都，尚自称为咄咄怪事。

颖既还邺，诏遣使臣再申前命，颖但受大将军职衔，辞九锡礼，且表称："兴义功臣，应并封公侯。前时大司马屯兵颍上，日久民困，乞运河北米十五万斛，赈给饥民"云云。又自制棺木八千余口，即移成都国俸为衣服，殓祭黄桥死士，并各抚家属，比普通战死为优。又命温县瘗埋赵王伦部卒，得万四千余人。看官听着！成都王颖这种行为，统是卢志替他划策，教他笼络人心，收集时誉。果然，两河南北，交口称颂，就是都城内外，也没一个不号为贤王。若能长此过去，虽属矫情，亦必终誉。还有中书郎陆机，从前为赵王府中的参军，齐王冏入都后，得伦受禅诏书，疑是陆机所为，即欲加诛，亏得颖力为解救，方得免罪。颖爱机才，后表请为平原内史，机弟云为清河内史，晋廷自然允准，立遣二人赴任。机友人顾荣戴渊，为言中国多难，劝机还吴。机感颖厚惠，且谓颖有时望，可与立功，乃逗留不去。谁知兄弟二人后来皆死颖手。

颖方惠民礼士，刻意求名。冏却植党营私，但务纵欲，所有立功将佐，如葛旟路秀卫毅刘真韩泰五人，皆封为县公，号曰五公。委以心膂，并就乃父齐王攸故第，增筑广厦，所有邻近庐舍，不问公私，统被拆毁，使大匠刻意经营，规制与西宫相等。又凿通千秋门墙，得达西阁，后房遍设钟悬，前庭屡舞八佾，沉湎酒色。常不入朝，长子冰得封乐安王，次子英得封济阳王，三子超得封淮南王。好容易过了一年，太孙尚又复夭逝，梁王肜相继去世，诏复封常山王乂为长沙王，领骠骑将军，起东平王楙为平东将军，都督徐州军事，使镇下邳。召还东安王繇给复官爵，繇被废徙带方事，见前文。且拜为宗正卿，再迁至尚书左仆射。齐王冏欲久专国政，见皇孙俱已死亡，成都王颖为众望所归，倘立为皇太弟，于自己大有不利，因表请立清河王覃为太子。覃系惠帝弟遐长男，年才八岁，当即择日册立，入居东宫，使冏为太子太师。是时，尚有东海王越，为八王之殿。为宣帝从子，父泰曾受封高密王。泰死后越得袭爵，改封东海。越少有令名，不慕富贵，恂恂如布衣。永康初，始入为中书令，冏思联为臂助，进拜越为侍中，寻复授职司空，领中书监，越乃渐得预闻政事。侍中嵇绍，见惠帝昏庸如故，内权属齐王冏，外望归成都王颖，将来必启争端，乃上疏防变，大略说是：

臣闻改前辙者车不倾，革往弊者政不爽，故存不忘亡，安不忘危，为大易之至训。今愿陛下无忘金墉，大司马无忘颍上，大将军无忘黄桥，则祸乱之萌，无由而兆矣。

绍既上疏，又致冏书，援引唐虞茅茨，夏禹卑宫的美迹，作为规讽。冏虽异言答复，终不少改。那惠帝是个糊涂人物，不识好歹，就使嵇侍中上书万言，也似不见不闻，徒然置诸高阁罢了。冏坐拜百官，符敕三台，选举不公，嬖佞用事。殿中御史桓豹，因事上奏，未曾先报冏府，即被谴斥。南阳处士郑方，露书谏冏，且陈五失，冏亦不省。主簿王豹抗直敢言，向冏上笺，请冏谢政归藩。去了一豹，又来一豹，俱可称为豹变之君子，可惜遇着顽豚。辞云：

豹闻王臣蹇蹇，匪躬之故，将以安主定时，保存社稷者也。是以为人臣而欺其君者，刑罚不足以为诛，为人主而逆其谏者，灵厉不足以为谥。伏惟明公虚心下士，开怀纳善，而逆耳之言，未入于听。豹思晋政渐阙，始自元康以来，宰相在位，皆不获善终。今公克平祸乱，安国定家，若复因前日倾败之法，寻中国覆车之轨，欲冀长存，非所敢闻。今河间树根于关右，成都盘桓于旧魏，新野大封于江汉，三面贵王，各以方刚强盛，并典戎马，处险害之地，明公兴义讨逆，功盖天下，以难赏之功，挟震主之威，独据京都，专执大权，进则亢龙有悔，退则蒺藜生庭，冀此求安，未知其福，敢以浅见陈写愚情。昔武王伐纣，封建诸侯为二伯：自陕以东，周公主之，自陕以西，召公主之。及至其末，四海强兵，不敢遽阙九鼎，所以然者，天下习于所奉故也。今诚能遵用周法，以成都为北州伯，统河北之王侯，明公为南州伯，摄南土之官长，各因本职，出居其方，树德于外，尽忠于内，岁终率所领而贡于朝，简良才，命贤隽，以为天子百官，则四海长宁，万国幸甚，明公之德，当与周召并美矣。唯明公实图利之！

这笺上后，王豹待了十余日，并无答语，因再上一笺云：

豹上笺以来，十有二日，而盛德高远，未垂采察，不赐一字之令，不敕可否之宜，豹窃疑之！伏思明公挟大功，抱大名，怀大德，执大权：此四大者，域中所不能容，贤圣所以战战兢兢，日昃不暇食，虽休勿休者也。昔周公以武王为兄，成王为君，伐纣有功，以亲辅政，执德弘深，圣思博远，至忠至仁，至孝至敬，而摄政之日，四国流言，离主出奔，居东三年，赖风雨之变，成王感悟，若不遭皇天之应，神人之察，恐公旦之祸，未知所限也。至于执政，犹与召公分陕为伯，今明公自视功德，孰如周公旦？元康以来，宰相之患，危机窃发，不及营思，密祸潜起，辄在呼吸，岂复晏然得全生计？前鉴不远，公所亲见也。君子不有远虑，必有近忧，忧至乃悟，悔无所及。今若从豹此策，皆遣王侯之国，北与成都分河为伯，成都在邺，明公都宛，宽方千里，以与圻内侯伯子男，小大相率，结好要盟，同奖王家，贡御之法，一如周典。若合尊旨，可先与成都共议，虽以小才，愿备行人。百里奚秦楚之商人也，一开其说，两国以宁。况豹虽陋，犹大州之纲纪，与明公起事险难之主簿也，身虽轻而言未必否，倚装以待，伫听明命！

冏连接二笺，方有明令批答道："得前后白事，具见悃诚，当深思后行。"掾属孙惠，亦上笺谏冏，略言："大名不可久荷，大功不可久任，大权不可久执，大威不可久居，宜思功成身退之义，崇亲推近，委重长沙成都二王，长揖归藩，方足保全身名"等语。冏不能用，惠辞疾竟去。却是见机。冏问记室曹摅道："或劝我委权还国，汝以为何如？"摅答道："大王能居高思危，褰裳早去，原为上计。"冏始终不决。适长沙王乂过访冏第，见案上列着书牍，便顺手展阅，看到王豹二笺，不由的发怒道："小子敢离间骨肉，何不拖他至铜驼下，打杀了事？"冏听着此言，也不禁愤急起来，再经乂添入数语，好似火上加油，愈不可遏，便奏请诛豹，略云：

臣忿奸凶肆逆，皇祚颠坠，与成都长沙新野三王，共兴义兵，安复社稷，唯欲戮力皇家，与懿亲宗室，腹心从事。不意主簿王豹，妄造异言，谓臣忝备宰相，必构危害，虑在旦夕，欲臣与成都分陕为伯，尽出蕃王，上诬圣朝鉴御之威，下启骨肉乖离之渐，讪上谤下，谗内间外，构恶导奸，莫此为甚。昔孔丘匡鲁，乃诛少正，子产相郑，先戮邓析，诚以交乱名实，若赵高诡怪之类也。豹为臣不忠不顺不义，应敕赴都街，正国法以明邪正，谨此奏闻！

奏入，便奉诏依议，当下将豹推出东市，用鞭挞死。豹将死时，顾监刑官道："可将我头悬大司马门，使得见外兵攻齐哩。"小子有诗叹道：

逆耳忠言反受诛，臣心原可告无辜。
临刑尚订悬头约，犹是当年伍大夫。

豹既冤死，同僚多恐遭祸，随即告退。容至下回报明。

齐冏为名父之子，倡义勤王，足为功首。成都次之，长沙又次之，河间又次之。惠帝复辟，伦秀就戮，叙功论赏，固无出齐王右者。为齐王计，能与诸王同心戮力，夹辅惠帝，则如周公之弼成王，诸葛孔明之相刘禅，谁曰不宜？否则急流勇退，委政而去，亦不失为明哲士。乃逞心纵欲，居安忘危，有良言而不见纳，有嘉谟而不肯从，甚至冤戮王豹，杜塞众口，孔圣谓言莫予违，必致丧邦，况冏为人臣乎？本回于郑方孙惠诸谏牍，俱皆从略，而独录豹二笺，并及同奏，所以表豹之忠义，且嫉冏之暴鸷云。

第十四回

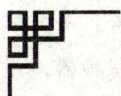

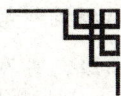

操同室戈齐王毕命
中诈降计李特败亡

却说王豹受戮，中外称冤，与豹同事的官僚，各有戒心。掾属张翰，见秋风徐来，忆及江南家景，有菰菜莼羹鲈鱼脍诸风味，便慨然自叹道："人生贵适意，何必恋情富贵呢？"遂上笺辞官，飘然引去。僚友顾荣，故意酣饮，不省府事。囧长史葛旟，说他嗜酒废职，被徙为中书侍郎。颍川处士庾衮，闻囧期年不朝，亦不禁唏嘘道："晋室将从此衰微了。看来祸乱不远，我不便在此久居。"乃挈妻子逃入林虑山中。囧溺志宴安，终不自悟，且因河间王颙，前曾依附赵王伦，很不满意，任令还镇，并加意设防。颙长史李含，尝被征为翊军校尉，与梁州刺史皇甫商有嫌，商得参翊军事。含以此不安，囧右司马赵骧，又与含有积忿，含益恐罹祸，竟匹马出都，奔还关中。颙见含回来，当然惊问。含诈称传达密诏，令颙诛囧，颙将信将疑，含遂说颙道："成都王为皇室至亲，且有大功，今委政归藩，甚得众心。齐王囧越亲专政，朝野侧目，为大王计，可檄长沙王讨齐，齐王必诛长沙王，我得借此兴师，归罪齐王，师出有名，不患不胜。若除去齐王，使成都王辅政，除逼建亲，永安社稷，岂不是一番大功劳么？"播弄是非，图害二王，如此刁滑，最堪痛恨。颙贪立大功，居然依议，便抗表陈请道：

王室多故，祸难罔已。大司马同虽曾倡义，有兴复皇位之功，而安定都邑，克宁社稷，皆成都王之勋力也，而同不能固守臣节，实乖众望。自京城大定，篡逆诛夷，乃率百万之众，来绕洛城，阻兵经年，不一朝觐，百官拜伏，晏然南面，坏乐官市署，用自增广，取武库秘仗，严列不解。故东莱王蕤，知其逆节，表陈事状，横遭诬陷，加罪黜徙。彼益树植私党，僭立官属，辛妻嬖妾，名号比之中宫，宠竖顽僮，官爵侔同勋戚，密署心腹，实为货谋，斥罪忠良，窥窃神器，逆伦始谋，固犹是也。臣受重任，藩卫方岳，见同所行，实怀激愤。即日翊军校尉李含，乘驲密来，宣腾诏书，臣伏读感切，五情若灼，《春秋》之义，君亲无将。同拥强兵，置党羽，权宜要职，莫非私人，虽加重责之诛，恐不义服。今特勒精卒十万，与州郡并协忠义，共会洛阳。骠骑将军长沙王义，同奋忠诚，废同还第，成都王颖，明德茂亲，功高勋重，往岁去就，允合众望，宜为宰辅，代同阿衡之任。臣志安社稷，未敢营私，为此拜表摅诚，急切上闻！

颙既上表，即令李含为都督，出次阴盘，张方为前锋，进逼新安，距洛阳百二十里，一面遣使邀结成都王颖，新野王歆，并范阳王虓。音哮。虓系宣帝从孙，父绥尝封范阳王。绥死由虓袭封，拜安南将军，都督豫州军事，就镇许昌。诸王接到颙使，尚各按兵不动，坐观成败。也是中立政策。那齐王冏得了颙表，事出意外，不免惊惶，忙召百官，会议府中。冏首先开口道："孤首倡义兵，扫除元恶，区区臣心，可质神明。今二王听信谗言，忽构大难，究应如何对待，方保万全？"尚书令王戎应声道："如公勋业，原足盖世，但赏不及劳，故人怀贰心。今二王相结，恐不可当，公何不委权崇让，洁身就第？使二王无从借口，自然得安。"司空东海王越，也如戎议。忽有一人趋入，怒目厉声道："赵庶人听任孙秀，移天易日，当时衮衮诸公，无一倡义，赖我王犯矢石，贯甲胄，攻围陷阵，事乃得济。今日计功行封，未遍三台，这是赏报稽迟，责不在府。今谗言肆逆，理应一致同心，共图诛讨，乃虚承伪书，令王就第，试想汉魏以来，王侯就第有能保全妻子否？谁主此议，实可斩首！"你想讨灭二王，果可保全妻子么？王戎闻言，大吃一惊，慌忙审视，乃是冏门下中郎将葛旟。再顾齐王冏面色，也觉有异，更惶恐得了不得。眉头一皱，计上心来，托言腹胀如厕，装出龙钟状态，才至厕所，跌了一交，弄得满身粪秽，臭不可闻，乃踉跄逃去。

亏他装做得出。百官莫敢置议，也陆续溜了出来。

　　冏恐长沙王乂为内应，忙遣心腹将董艾，引兵袭乂。偏乂已走了先著，率左右百余人，驰入中宫，阖住诸门，挟了惠帝，号召卫士，出攻大司马府。董艾陈兵宫西，纵火焚千秋神武诸门，乂亦遣部将宋洪，往烧冏第。两下里喊声大震，火光烛天。冏使黄门令王湖盗出驺虞幡，麾示大众，宣言长沙王矫诏为乱。乂却拥惠帝至上东门，御楼传旨，说是大司马谋反。董艾不顾利害，望见天子麾盖，竟令部众仰射，矢集御前，侍驾诸臣，多被射伤，或即倒毙。都下各军，见董艾如此无礼，遂疑冏谋反是实，于是相率攻冏，接连战了三日三夜，冏众大败。大司马长史赵渊，执冏请降，当由乂牵冏上殿，面见惠帝。冏自陈枉屈情形，伏地涕泣。惠帝不觉心动，意欲赦冏。乂亟叱左右推冏出外，一刀杀死，枭示六军。同党如董艾葛旟等，皆夷三族，戮至二千余人。冏子冰英超，一并褫爵，幽禁金墉城。冏弟北海王寔，连坐被废，乃复请惠帝登殿，下诏大赦，改元太安。进长沙王乂为太尉，都督中外诸军事。封废王蕤子炤为齐王，奉齐献王攸遗祀，且遥谕河间王颙等罢兵。颙乃召还李含张方，含怏怏退归。原来含为颙计，檄乂讨冏，本意是借乂为饵，总道乂非冏敌，必为所杀，待冏杀乂后，势必具敝，正好乘衅入都，除冏废帝，迎立成都王颖，由颙为相，自己好佐颙预政，偏偏不如所料，乂得一举杀冏，反把朝廷大权，平白地为乂取去，真是替人作嫁，毫无益处。含因此失望，又想设法挑衅，劝颙除乂。适值巴氐李特，倡乱成都，颙有西顾忧，遣督护衙博出屯梓潼，与特相持，不得不将内政问题，暂且搁起。小子也只好将李特乱事，随笔叙明。

　　自从李特兄弟，与流民西行入都，见前文。益州刺史赵廞，见特材武，引为己用。特弟庠流，当然同处。特恃势掠民，为蜀人患。成都内史耿滕，密奏晋廷，略言"流民剽悍，蜀民懦弱，喧宾夺主，必为乱阶。刺史赵廞，不能控驭，反假权宠，应如何防患未然，酌量调遣"云云。晋廷遂征还赵廞，用滕为益州刺史。廞本贾后姻亲，接到朝旨，愈觉悚惶，自思晋廷衰乱，不如抗命据蜀，独霸一方。乃大发仓廪，遍赈流民，更厚待李特兄弟，倚作爪牙。待耿滕入州，竟发兵出攻，把滕击死。又诱杀西夷校尉陈总，自称大都督大将军益州牧，建置僚属，改易守令，分遣李特兄弟，屯守要害。庠招集各郡壮勇，得万余人，堵塞北道，受廞封为威寇将军。廞长史杜淑张粲，谓廞倒戈授人，恐为庠噬，廞从此忌庠。庠未曾闻知，反入劝廞速称尊号，语尚未毕，即被淑粲两人，左右突出，把庠拿下，责他大逆不道，推出斩首。特与流在外握兵，乃骤斩一庠，岂非冒昧？一面遣人慰抚特流，但言庠罪应死，兄弟不相连坐，尽可安心戍守。特与流那里肯从？便引众趋归绵竹。厥恐二人报怨，拟遣将加防，适牙门将许弇，求为巴东监军，杜淑张粲，固执不许。弇怒杀淑粲，淑粲左右复杀弇。三人皆厥心腹，同时毙命，厥如失左右手，不得已遣长史费远，蜀郡太守李苾，督护常俊，率领万余人，往成绵竹附近的石亭。李特欲为弟报仇，潜募徒众，得七千余人，夜袭费远等军营。远等骇走，奔还成都。特乘胜进攻，日夜不休。远苾与军祭酒张微，复斩关夜遁，文武尽散。厥孤立无助，只好带了妻孥，混出城门，驾着扁舟，走向广都。手下亲丁数名，见厥失势，顿时图变杀厥，函首送特。特已趋入成都，大掠三日。既得厥首，悬示城门，且遣使入都，表陈厥罪，伫待朝命。先是梁州刺史罗尚，闻厥逆命，曾上言厥非雄才，不久必毙，已而果如尚言。晋廷以尚为能，即授尚平西将军，领益州刺史。尚率牙门将王敦，广汉太守辛冉，及新任蜀郡太守徐俭等入蜀。特闻尚来，且忧且惧，使季弟骧绕道出迎，赂贻珍玩，统是五光六色，价值连城。尚不禁大喜，见利即喜，贪鄙可知，乌足济事？立命骧为骑督，特与弟流复率部众牵牛担酒，驰至绵竹，为尚接风。王敦辛冉语尚道："特等统是盗贼，可乘他来会，拿住斩首，方免后患。"尚不肯依议。厚抚特流，偕入成都，更保举特为宣威将军，流为奋武将军。会秦雍二州，接奉朝旨，令召还入蜀流民。又由御史冯该，往蜀督遣，流民多不愿行。特尚有兄辅，留居略阳，此时赴蜀，语特谓中国方乱，不宜遣还流民。特乃再赂罗尚，并及冯该，请展缓流民归期。两人得了货赂，许令宽限半年。

时方春季，转瞬间即到新秋，流民多为人佣工，无资可行，且因水潦方盛，五谷未登，更不便就道，复乞特再为缓颊。特因申禀罗尚，更请延期。尚颇欲允许，广汉太守辛冉，向尚力阻，坚持前约。就中还有一段隐情，乃是冉暗中舞弊，只手瞒天，当特流二人受官时，诏书送下，令冉等调查流民，果与特等同讨赵厥，亦应按功加赏等语，冉昧下朝命，并未照办，且欲杀流民首领，劫取资财。流民相率怨冉，复相率感特。特欲收结众心，便在绵竹连置大营，安处流民，并移文至冉，请他法外施仁，毋使流民失所。冉阅特文，勃然大怒，索性悬赏通衢，募李特兄弟头颅。特闻冉悬赏购已，令人潜往揭榜，令弟骧添写数语，谓能斩送流民首级，每一头赏布百匹，于是流民大愤，奔投特营，旬日间至二万余人。冉复立栅冲要，谋掩流民，且遣广汉都尉曾元，牙门张显率步骑三万人，夜袭特营。罗尚亦遣督护田佐为助。特正分部众为二垒，自居东营，令弟流居西营，缮甲厉兵，设伏以待。曾元张显田佐等，到了特营，见营中灯火无光，寂无声响，总道特未曾防备，放胆直入。不料号炮一声，伏兵四出，特自营内杀出，流从营外杀入，一阵乱剁，把曾元张显田佐三人，一股脑儿了结性命，余众多死，逃脱的不过数千人。流民喜跃异常，共推特行镇北大将军，承制封拜。流行镇东大将军，兼号东督护。辅与骧亦俱为将军，进兵攻冉。冉督兵出战，屡为所败，遂溃围出走德阳。**既不能战，又不能守，还想什么大富贵？**特入据广汉，令李超为太守，再率众往攻成都。沿途晓示蜀民，与他约法三章，施舍赈贷，礼贤拔滞，军律肃然，秋毫无犯，蜀民大悦。**是谓强盗发善心。**罗尚出兵拒特，统被击退，不得已在城外筑垒，连营自固，一面贻书梁州，及南夷校尉等处，乞请援师。河间王颙，得成都被困消息，乃遣衙博带领兵士，往援成都。晋廷亦授张微为广汉太守，进军德阳，罗尚又遣督护张龟，出次繁城。三路人马，遥相呼应，为夹攻计。特使次子荡引兵袭博，自统部众击破张龟，再至德阳堵御张微。博引兵至梓潼，列营阳沠，突闻李荡掩至，仓猝出战，被他杀败，退保葭萌。梓潼太守张演，弃城遁去。巴西丞毛植迎降荡军。荡再攻衙博，博又怯走，麾下兵悉数降荡。荡向特报捷，特遂自称大将军益州牧，都督梁益二州军事。改年建初，大发兵攻张微。微依高据险，与特相持，连日不决。待至特众惰弛，乃遣步兵循出而下，突入特营。特抵挡不住，且战且走。途中七高八低，险些儿为微所乘，几至全军覆没。忽见一少年将军，身穿重铠，手持长矛，大呼直前，让到李特，竟向微军中杀入，左挑右拨，无人敢当，接连刺死数十人，方将微军杀退。特瞧将过去，那少年不是别人，正是次子李荡，不由得喜出望外，复驱众返追微军。微见特追至，整阵再战，不料荡余勇可贾，仗着一杆蛇矛，摧锋陷阵，辟易千人。微军已胆弱气衰，不敢与斗，微只得逃回德阳。特既得胜仗，便欲引还，荡进言道："微已战败，士卒伤残，智勇俱竭。我军正可乘他劳敝，一鼓擒微，若失此机会，待微休养疮痍，再得振奋，恐未易图谋了。"特乃令荡进围德阳。微溃围出走，由荡驱众追杀，竟得将微刺死，并生擒微子存，旋师报特。特召存入见，存跪伏乞命。特乐得施恩释存使归，发还微尸。**也知权诈。**遣部将骞硕为德阳太守，正拟再攻成都。

忽闻河间王颙，又遣梁州刺史许雄，率兵前来，乃留众守候。俟雄军一到，便杀将过去。雄军远来困乏，怎敌得李特的生力军？战不数合，便即败退。越宿又战，雄军复败，遁回梁州。特乃得移兵西进，复攻罗尚。尚自特东去后，曾在郫水岸上，增成加防，且因李流李骧，未曾随特他去，仍然分驻毗桥，因此不敢远出，但遣兵出扰骧营。骧再战再胜，三战失利，奔入流营，与流并力回攻，又大破尚军。尚军真不耐战。尚急得没法，偏李特又潜军渡江，击退郫水戍卒，会集流骧两营，直逼城下，声震山谷，直使尚叫苦不迭，寝食难安。尚尝谓庲无雄才，试问自己有雄才否？成都尚有内外二城，内城叫做太城，外城叫做少城，蜀郡太守徐俭，见李特势盛，竟将少城降特，尚只孤守太城，越觉汹惧，不得已向特求和。特未肯遽许，入据少城。是时，蜀人危惧，皆结坞自保，特遣使安抚，众皆听命。唯特尝申行禁令，不准侵掠，部下流民，趋集如蚁，免不得人多粮少，乃分遣流民，自向诸坞就食。李流入告道："诸坞新附，人心未固，宜令大姓子弟，入城为质，方保无虞。"特怒答道："大事已定，但当安民，奈何迫令入质，使他离叛呢？"徒知小惠，亦属不合。既而晋廷遣荆州刺史宗岱，建平太守孙阜，带领水军三万人，西援成都。岱令阜为前锋，进逼德阳。特亟遣李荡等往御阜军，一战失利，入守德阳。益州从事任睿，向尚献议道："特散众就食，骄怠无备，朝廷援军大至，将入德阳，这正是天意诛逆的时候了。乘此密结诸坞，约期同发，内外夹击，定可破贼。"尚乃令睿夜缒出城，往告诸坞。诸坞人民，正得阜军入境消息，便即从命，愿如睿约。睿还城报尚，又自请往特诈降。尚悉依睿计，睿又出城诣特。特问及城中虚实，睿答道："粮储将尽，只有货帛，不久便可破灭了。鄙意不甘同尽，故来投降。"特信为真言，留诸麾下。睿在特营二日，备悉特军情状，乃求还省家，特仍不以为疑，听令自去。睿复入内城，部署兵马，如期出发，直薄特营。诸坞亦遵约四应，表里合击，杀得特众走投无路，东倒西歪。睿领着锐卒，冲至特前，特见睿到来，还疑他纠众来援，当拍马相迎，不防睿劈面一刀，立即送命，倒毙马下。李辅急上前相救，又被睿顺手杀死。唯李流李骧，及特少子李雄，挈领家属及所有残众，拼命杀出，遁往赤祖去了。罗尚出城安民，把李特李辅尸身，一并焚骨扬灰，唯先时将两首枭下，遣使传送洛阳。小子因有诗叹道：

> 挺身百战逞强梁，一败偏遭马上亡。
> 莫笑当年刘后主，兴衰得丧本无常。

特既败死，荡在德阳，闻报即还，欲知后来情形，待至下回再表。

长沙王乂，随同起兵，未尝亲临一战，而因人成事，得复故封，此未始非一时之幸遇，为乂计，亦可以知足矣。乃与颖谒陵，即有乘间挑拨之言，小人得志，为鬼为蜮，诚哉其靡所底止也。李含之为颙设谋，比乂尤狡，乂欲借颖以除同，含且借颙以除同乂。假令当日者，同乂果得并除，含计得逞，安知含之不再除颖颙也？然木必朽而后虫生，堤必裂而后蚁入，同颖乂颙，能知同族之不宜相戕，推诚相与，虽有百含，何能为哉？彼李特兄弟与流民同入成都，得良吏以驾驭之，未始不可收为爪牙，乃前有赵廞，后有罗尚，贪欲无艺，反使李特等乘怨行私，挟众为乱，至特诛而乱似可止矣，然罗尚犹存，民怨未已，蜀岂能有宁日乎？此贪夫之所以终为国祸也。

第十五回

讨逆蛮力平荆土
拒君命冤杀陆机

　　却说李流遁至赤祖，收集残众，尚不下数万人。李荡亦自德阳奔还，助流拒守。流与荡雄各为一营，流居北，荡雄居西。部众以军中无主，无所适从，因复推流为大将军，领益州牧，秣马厉兵，再图一战。是时，德阳已为孙阜所破，守将骞硕等被擒，阜退屯涪陵，罗尚却遣督护何冲常深等，分道攻流。还有涪陵民药绅，亦起兵相助。流与李骧拒深，使荡与雄拒绅，何冲却乘虚攻北营。流已外出，只留部将符成隗伯等，居守营中，两将忽生变志，与冲为应，冲趁势杀入，不意营内出来一个女将军，擐甲执矛，麾动部众，拼命抵住。**女将为谁，请看官摅卷一猜**。冲不禁诧异，但令军士困住女将，与她厮杀。那女将毫不畏惧，反抖擞精神，当先冲突，好几次被她荡决，直使冲无可下手，目眙心惊。忽从刺斜里闪出一人，手执利刃，直奔女将，女将连忙闪避，那刀锋已到眉尖，伤及左目，顿时血泪交迸，点滴不休，冲总道这女将受伤，必致败遁，偏女将仍复酣战，反觉得裂眦扬眉，拼个你死我活。看官欲知女将来历，乃是特妻罗氏。刃伤罗氏左目，便是隗伯。罗氏已有死志，始终不肯退去，那营内却已被搅乱，眼见得危巢将覆，猛听得营门外面一声呼啸，有两大头目，率众杀到，一是李流，一是李荡。原来流往拒常深，得破深垒，深已遁去；荡往拒药绅，绅闻深败，不战自退，所以流与荡得收兵驰还，来救北营。何冲只一支孤军，怎禁得两路来攻。只好冲开一条血路，没命似的乱跑。符成隗伯，也溃围突出，随冲同诣成都。流与荡尚不肯舍，在后力追。荡自恃勇力，持矛先驱，将到成都城下，不防符成隗伯翻身猛斗，符执矛，隗执刀，双战李荡。荡格过了矛，又要防刀，格过了刀，又要防矛，略略一个失手，被符成刺中腰胁，坠落马下。是亦与养由基之死艺相类。符成正要枭取荡首，适值李流驰到，部众甚盛，料知不遑下手，亟与隗伯掉头入城。何冲已在城闉守候，见二人得入，立将城门阖住，阻遏外兵。流抢得荡尸，涕泪并下，再拟鼓众攻城，忽有急足驰到，报称孙阜将至，没奈何长叹一声，载尸引还。既返北营，检点营中士卒，也被何冲一战，伤毙多人。自思兄侄俱亡，孙阜又至，不由的悲惧交并。姊夫李含，曾由特任为西夷校尉。此李含与颙长史同姓同名，但不同人，唯含与特同姓结婚，究不脱蛮俗。至是劝流乞降阜军。流无可奈何，因遣子世及含子胡，至阜军为质，壹意求和。李骧李雄，交谏不从，胡兄离为梓潼太守，闻信驰还，欲谏不及，退与雄谋袭阜军。雄很是赞成，但虑流不肯发兵。离答道："事若得济，何妨擅行。"雄大喜过望，便语部众道："我等前已残虐蜀民，今一旦束手，便为鱼肉，为今日计，唯有同心袭阜，尚可死中求生。"众皆踊跃从命。雄与离遂不复白流，率众径袭阜军。阜因流已求和，不复设备，竟被雄等捣入营垒，杀得一个落花流水。阜但率数骑遁去。宗岱驻军垫江，得病身亡，荆州军遂退。雄始向流报捷，流不禁愧服，嗣是一切军事，委雄主持。雄更出兵攻杀汶山太守陈图，夺踞郫城。相传雄为罗氏所生，与荡同出一母，罗氏尝梦见大蛇绕身，方致怀妊，阅十四月乃生。罗氏知非常人，告诸李特。特因取名为雄，表字仲俊。术士刘化，见雄有奇姿，尝语人道："关陇士人，皆当南移，李氏子中，唯仲俊有奇表，将来终为人主呢。"后果如刘化言，这且慢表。为下文李雄僭号张本。

且说晋廷闻蜀乱未平，再遣侍中刘沈，出统罗尚许雄等军，申讨李流。沈行过长安，河间王颙慕沈才学，留为军司，表请易人。颙已有无君之心，故得截留军师。诏授沈为雍州刺史，使得与颙相处。另由颙派出一人，叫作席薳，也是有名无实，不闻西行。廷议欲再简良帅，蓦由新野王歆，递入急奏，乃是义阳蛮酋张昌，聚众为逆，锋不可当，请朝廷急速发兵，分道进援。又起一波。当时荆州东南，蛮民伏处，尚知归服王化，自歆出镇荆州，政尚严急，失蛮人心。义阳蛮张昌，聚众数千人，乘隙思乱，适晋廷征发荆州丁壮，往讨李流，大众俱不愿远行，诏书一再督促，并责令地方官随地查察，不准役夫逗留。郡县有司，依诏办理，不敢违慢。被役兵民，急不暇择，索性相聚为盗。还有饥民趋集，约数千口。于是张昌四处煽诱，即就安陆县石岩山中，作为巢穴，自已移名改姓，叫作李辰，诸戍役及众饥民，多往趋附，众至万余。江夏太守弓钦，遣兵往讨，反为所败。昌遂出巢攻江夏郡，钦督众迎战，又复失利，竟与部将朱伺奔往武昌。昌得入据江夏，又造出一种妖言，谓当有圣人出世，为万民主。已而得山都县吏邱沈，使改姓名曰刘尼，诈称汉后，奉为天子，且向众诳言道："这便是圣人呢。"昌自为相国，指野鸟为凤凰，充作符瑞，居然拥着丘沈，郊天祭地，号为神凤元年，徽章服色，一依汉朝故事，如有人民不肯应募，便即族诛。并捏称"江淮以南，统已造反，官军大起，悉加诛戮，唯得真主保护，方可免难"等语。为此种种讹传，煽动远近，遂致乱徒四起，与昌相应，旬月间多至三万人，皆首著绛帽，用马尾作髯，几与戏子演剧，仿佛相同。**天下事莫非幻戏，何怪张昌。**

新野王歆，闻江夏失守，乃遣骑督靳满往剿。满至江夏，与昌交锋，不到半日，杀得大败亏输，慌忙奔还。歆因乞请济师，诏遣监军华宏往讨，又不是张昌的对手，败绩障山。廷议乃如歆所请，发兵三道：一是命屯骑校尉刘乔为豫州刺史，攻昌东面；一是命宁朔将军刘弘为荆州刺史，攻昌西面；一是诏河间王颙，使遣雍州刺史刘沈，率州兵万人，并征西府五千人，出蓝田关，攻昌北面。哪知颙不肯奉诏，止沈不遣。**叛形已露。**沈自领州兵至蓝田，又被颙遣使追还，北路兵完全无效。唯刘乔出屯汝南，刘弘及前将军赵骧，平南将军羊伊，出屯宛城。昌遣党羽黄林，率二万人向豫州，自统众攻樊城。新野王歆，因乱党逼近，不得已亲自出马，督兵往御。两下相值，彼此列阵，歆方麾兵接仗，不防部下一声哗噪，竟尔四散。那乱党竟摇旗呐喊，好似狂风猛雨，一齐扑来。歆心慌意乱，正思拍马逃奔，偏乱党已突至马前，把他围裹，你刀我槊，四面杀入，霎时间把一位晋室藩王，收拾性命，送往冥途。**还算是为国而死，死尚值得。**

败报传到洛阳，一道急诏，令刘弘代歆为镇南将军，都督荆州诸军事。弘，相州人，颇有才略，御下有律，宽严相济，昌党黄林，进薄弘营，被弘一鼓击退。及接朝廷诏敕，星夜就道，即向荆州进发。昌意图南扰，别遣悍党石冰，东寇扬州，击败刺史陈徽，诸郡尽被陷没。又攻破江州，连陷武陵、零陵、豫章、武昌、长沙诸州郡，沿江大震。临淮人封云，复起应石冰，骚扰徐州，遂致荆江扬豫徐五州境地，多为贼据。官吏或逃或降，由张昌另易牧守，专用部下一班盗贼。萑蒲小丑，何知抚字，一味的恃强行凶，到处掠夺，人民不堪暴虐，才思把盗贼驱除，蓄谋待变；再加刘弘御寇有方，一入荆州境内，便将司马歆的苛政，尽行蠲除，然后遣南蛮长史陶侃为大都护，牙门将皮初为都战帅，进据襄阳，扼守要害。昌屡攻不克，退处竟陵。侃留皮初居守，自率兵攻竟陵城，与昌前后数十战，尽得胜仗，斩贼首至数万级，昌弃城遁去。侃号令贼中，降者免死，贼党遂弃戈抛甲，悉数投诚。刘乔亦遣部将李杨等进取江夏，诛死刘尼，荆土遂平。

　　弘至荆州城下，望见城门四闭，城上遍列官军，似与弘相仇敌。弘很是诧异，便呼城上人答话，叫他开门。守卒答道："我等奉范阳王令，到此守城。无论何人，概不放入。"弘答道："我受诏前来，督辖此土，岂范阳王尚未闻知么？究竟由何将监守，请出来相会，说个明白。"言毕停辔相待，好一歇才见开城，一将带兵出门，跃马当先，势甚凶猛。弘料他不怀好意，扬起马鞭，向后一招，将士等已一齐向前，截住来将，来将无从突入，始自报姓名职衔，说是长水校尉张奕，由范阳王虓差遣到此。弘出诏相示，奕仍不服，舞刀欲斗，经弘一声喝令，将士即将奕围住，好似群虎攒羊，不到半时，已把奕斫死了事。奕真该死。弘乃得入城安众，并将奕首送入阙廷，说奕兴兵拒诏，所以枭首，且自请擅杀的处分。有诏慰抚刘弘，不复问罪。倒还明白。弘因再发陶侃等剿捕张昌，昌窜入下俊山，由侃军入山搜缉，连斗数次，昌众尽死，只剩昌一人一骑，逃往清水，嗣被侃军追及，眼见是不能脱逃，身首两分。侃军回城报命，弘起座迎侃，欢颜与语道："我昔为羊公参军，蒙羊公器重，谓我他日必镇此地，今果得验。我看卿亦非凡器，他日亦必继老夫了。"羊公指羊祜。录入弘语，为陶侃都督荆州伏案。侃当然逊谢，不消细叙。侃字士行，鄱阳人氏，少孤身贫，及长乃为县吏。鄱阳孝廉范逵，尝过访侃家，侃母湛氏，截发为双髻，假发。易钱市酒肴，款待范逵，畅饮尽欢。叙截发事，以表陶母。及逵别去，侃送逵至百里外，逵知侃微意，便语侃道："君是否欲为郡曹？"侃答道："正苦无人荐引，公能为我吹嘘否？"逵满口答应，方与侃握别。逵至庐江，见太守张夔，极称侃才，夔因召侃为督邮，领枞阳令，始有能名。夔又举侃为孝廉，侃乃得入为郎中，寻调吏部令史。弘受命出镇，辟侃为南蛮长史，令他从军，果然一战成功，更由弘叙劳上奏，封东乡侯，授江夏太守。又举皮初为襄阳太守，晋廷以襄阳名郡，恐皮初未能胜任，改令前东

侃母截发

平太守夏侯涉补授。涉系弘婿，弘又表称涉系姻亲，例须避嫌，皮初有功，宜见酬报，诏乃从弘。弘复语人道："为政须秉大公，若必用亲戚，试想荆州十郡，莫非有十女婿不成？"知此方可致治。当下劝课农桑，宽刑省赋，公私交济，万姓腾欢。

　　唯叛党石冰，与临淮乱徒封云相结，攻陷临淮，寇焰尚盛。议郎周玘等，起兵江东，推前吴兴太守顾秘，都督扬州军事，传檄州郡，仗义讨贼。周玘系故将军周处子，颇有闻望，一经起义，四处响应。前侍御史贺循，起自会稽，庐江内史华谭及丹阳人葛洪甘卓，均集众应玘。玘得连破石冰，斩首万级。冰自临淮退趋寿春，征东将军刘准，方戍广陵，闻冰将至，不禁惶骇，独度支陈敏，愿出击石冰，乃成军前往，与冰屡战屡胜。冰众十倍陈敏，统是乌合，故敏能用少胜多。冰奔往建康，敏再与周玘合师进击，冰复败走。冰党封云正留扰徐州，冰乃北窜就云，云部下张统，料二人不能成事，杀冰及云，献首军前，扬徐二州乃平。玘与贺循，散众还家，不求封赏，惟陈敏得为广陵相，敏自是恃勇生骄，渐渐地发生出异志来了。比诸周玘贺循，相去何如。是时，洛阳都中，已闹得一塌糊涂，不可收拾，庸愚无识的晋惠帝，任人播弄，忽东忽西，几至身家不保，颠危得很，说来不但可恨，也觉可怜。河间王颙，不服朝命，日夕思逞，再加长史李含，从旁挑拨，越觉跋扈不臣。应第十四回。还有成都王颖，恃功骄弛，差不多与颙相似。长沙王乂，在都专政，虽事事就颖函商，颖尚未餍所欲，因此与颙交通，共图除乂。适皇甫商复为乂参军，商兄重出任秦州刺史，李含怀有宿怨，闻商兄弟俱得邀宠，不得不设计驱除，亦回应十四回。乃向颙进言道："商为乂所任重，重又出刺秦州，二人为乂爪牙，必为我患，今可表迁重为内职，诱令还过长安，顺便拘戮，也得除却一患了。"颙如言上表，晋廷亦准如所议。偏重已猜透含计，露檄上闻，竟发陇上兵讨含。乂因兵患方纾，决意和解，既征含为河南尹，又敕重罢兵息争。含喜得美缺，即日就征，重却不肯奉诏。颙遣金城太守游楷，陇西太守韩稚等，合兵攻重，复密遣人授意李含，使与侍中冯荪，中书令卞粹，共谋杀乂。偏又被皇甫商料着，向乂报闻，乂即捕杀李含，害人适以自害，何苦为此鬼蜮。便将冯荪卞粹，也即收戮。含党骠骑从事诸葛玫等，恐遭连坐，都逃赴长安，往报河间王颙。颙不闻犹可，既已闻知，哪得不怒气直冲？便飞使邺城，约颖会师讨乂。颖即欲如约，左司马卢志入谏道："公前有大功，乃委权谢宠，甘心就藩，所以物望同归，交口称美。今因辅政非人，欲加整顿，何必带兵入阙，但教文服入朝，从容论治，自足服人。志料长沙王必未敢反抗呢。"颖本来深信卢志，及骄心一起，前后判若两人，所以良言进规，拒绝勿纳。又有参军邵续，亦谓兄弟如左右手，不应自去一臂，颖亦不从，遂许从颙约，与颙联名上表。劾"乂论功不平，且与右仆射羊玄之，左将军皇甫商，共擅朝政，杀戮忠良，请诛玄之皇甫商，遣乂还镇"云云。不意朝廷下诏，亲出征颙，特命乂为太尉，都督中外诸军事。于是颙令张方为都督，统率精兵七万，自函谷东趋洛阳，颖亦出屯朝歌，令平原内史陆机，为前将军都督，统率北中郎将王粹，冠军将军牵秀，中护军石超等，领兵二十万，南向洛阳。

惠帝出都至十三里桥，由乂下令，遣皇甫商督兵万人，往拒张方。商至宜阳，被方掩击一阵，竟至败还。惠帝返驻芒山，转往缑氏，羊玄之忧惧成疾，数日告终。还是死得便宜。成都王颖进屯河南，使石超进逼缑氏，惠帝又走归洛阳。陆机等直薄都下，乂陈兵东阳门，击退机军。颖复遣将军马咸，为机臂助，机本文士，未娴军旅，且骤握重任，不能服人，王粹等多有异言，遂致全军生贰。为颖逼君，乂亦未安。机名为读书，奈何不明此义。乂奉惠帝御建春门，麾兵再战。司马王瑚，率数千骑为前驱，马上各系大戟，冲突机军。机军前队，由马咸督领，骤为王瑚所乘，顿时溃乱，咸马扑被擒，当即枭斩。牵秀石超，率部曲先遁，王粹亦去，机军大败，各赴七里涧逃生，多半溺死，涧水为之不流。偏将贾崇等十六人，悉遭陷没。尚有小督孟超，同时败死。孟超兄叫做孟玖，系是成都王宠奴，尝乞简乃父为邯郸令，为机所阻，遂与机有隙。超虽随机出行，不受节制，自领万人为一队，到处大掠。机收逮超麾下将弁，超立率骑士百余名，入机帐中，竟把部将夺去，且悍然语机道："看你蛮奴能作督否？"机司马孙拯，劝机杀超，机不能决。便是没有将才。超且出语大众道："陆机将反。"又寄书与玖，诬机阴持两端。玖早欲进谗，会闻弟又败没，便诉诸颖前道："机已私通长沙王，不可不除。"牵秀素来媚玖，又恐败还见责，便将失败情由，统委诸陆机身上，证成机罪。颖当即大怒，使秀率兵收机，参军王彰谏道："今日战事，强弱异势，愚人犹知必胜，今乃反是，实因机为吴人，北土旧将，不肯服从，所以有此挫失呢。还乞殿下赦机！"颖不肯听，促秀使去。机闻秀至，释戎服，著白袷，与秀相见，并作笺辞颖，随即长叹道："华亭鹤唳，可再闻否？"谁叫你不听忠告。秀竟杀机。又收机弟清河内史云，平东祭酒耽及司马孙拯，一并下狱。记室江统蔡克等，先后营救，统被孟玖阻住，且催令速杀云耽，夷及三族。狱吏拷掠孙拯，甚至两髁露骨，仍言机冤。吏知拯义烈，乃语拯道："二陆沉冤，人已尽知，君奈何不自爱身呢？"拯仰天叹道："陆君兄弟，为当世奇才，我既蒙知遇，不能相救，难道还好忍心相诬么？"拯有门人费慈宰意，诣狱省拯。拯与语道："我不负二陆，死亦甘心，汝等何必来此？"二人答道："先生不负二陆，我等怎敢负先生？"遂为拯上书，谓拯无罪。孟玖已令狱吏诈为拯供，亦夷三族，并将费慈宰意二人，一律处斩。小子有诗叹道：

> 才高班马露英华，一跌丧身并复家。
>
> 何若当年先引去，好随云鹤隐天涯。

究竟战事如何结局，待至下回叙明。

新野王歆，亦一狡诈徒，前随齐王同起义，冒功受爵，谒陵时，即有离间成都之言，假使无张昌之乱，速死战场，则后此颙颖为逆，彼必不肯袖手，其与颙颖辈并受恶名，同归死绝，亦势所必至者耳。故歆之得死于张昌，议者咎歆之无能，吾谓歆固无能，死于寇，视死于逆者犹较胜也。刘弘代歆，选陶侃为大都督，便得平逆，得人之效，固如此其彰著哉。河间王颙，跋扈不臣，原不足道。颖顾负时望，乃亦一变至此，甚至信用嬖人，枉杀机云，宜其终遭人噬，死且不容也。夫陆机附逆逼君，死本自取，但不死于朝廷之大法，而独死于逆党之谗言，则不得不为之呼冤，实则亦非真冤也。良禽择木而栖，良臣择主而事，谁令彼甘心事逆，自蹈死地？冤乎否乎，读史者自能辨之。

111

第十六回

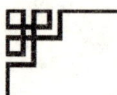

刘刺史抗忠尽节
皇太弟挟驾还都

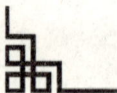

却说长沙王乂，既击败颖军，复转攻颙军，惠帝仍亲出督战。颙军都督张方，率众近城，众见乘舆麾盖，不禁气沮，便即退走。方亦禁遏不住，只好却还。乂竟驱兵杀来，把方军前队的兵士，多半杀毙，共约五千余人。方退屯十三里桥，众心未定，尚拟夜遁。方下令道："胜败乃兵家常事，古来良将用兵，往往能因败为胜，今我更向前营垒，出其不意，也是一兵家奇策呢。"遂乘夜前进数里，筑垒数重，为持久计。乂得战胜方军，总道是方不足忧。到了翌晨，接得侦报，才悉方又复进逼，连忙引兵往攻，那方已倚垒为固，无隙可乘。乂军上前挑战，方按兵不发，及见乂军欲退，乃开垒出战，一盈一竭，眼见是方军得势，乂军失利了。

乂败回都城，未免心慌，因与群臣集议军情，大众多面面相觑，你推我诿，结果是想出一个调停法子，拟先与颖和，然后并力拒颙。乂与颖本是兄弟，总望他顾及本支，罢兵息怨，乃使中书令王衍，光禄勋石陋等，同往说颖，令与乂分陕而居，颖竟不从。<small>越亲越勿亲。</small>衍等归报，乂再致书与颖，为陈利害，劝使还镇。颖复书请斩皇甫商等，方可退兵，乂亦不纳。颖又进兵薄京师，两镇兵士，齐逼都下，皇命所行，仅及一城，米石万钱，公私俱困。骠骑主簿祖逖，为乂设策道："雍州刺史刘沈，忠勇果毅，足制河间，今宜奏请遣沈，使袭颙后，颙欲顾全根本，必召还张方，一路退去，颖亦无能为了。"计非不善，奈肘腋间尚有一患，奈何？乂当然称善，便即奏闻。惠帝无不依从，颁诏去讫。乂又申请一敕，令皇甫商赍敕西行，饬金城太守游楷等罢兵，且使皇甫重进军讨颙。这又是一大失着，徒断送皇甫兄弟性命。商行至新平，与从甥相遇，述及密计，从甥与商有隙，驰往告颙。颙遣众往追，将商擒归，当即杀死，并遥令游楷等速攻秦州。幸皇甫重坚壁固守，部下亦愿为死战。好容易又过一年，长沙王乂，鼓众誓师，出与颖军决战，屡得胜仗，斩俘至六七万人，颖军大沮。张方见颖军失败，亦欲退还，唯探得都城乏食，或有内乱可乘，所以留兵待变。果然不到数日，左卫将军朱默，与东海王越通谋，竟勾通殿中将士，把乂拿下，入启惠帝，且免乂官，锢置金墉城中，一面大赦天下，改元永安，开城与颖颙二军议和。颖颙二军，无词可驳，勉强从命，独乂在金墉城上表道：

　　陛下笃睦，委臣朝事，臣小心忠孝，神祇所鉴，诸王承谬，率众见责，朝臣无正，各虑私困，收臣别省，幽臣私宫，臣不惜躯命。但念大晋衰微，枝党将尽，陛下孤危，若臣死国，宁亦家之利，但恐快凶人之心，无益于陛下耳。幸陛下察之！

　　原来乂居围城，侍奉惠帝，未尝失礼。城中粮食日窘，乂与士卒同食粗粝，甘苦共尝，所以出御两军，胜多败少。偏出了一个东海王越，忌乂成功，潜下毒手。越罪更甚于乂，故语带抑扬。将士等初为所诳，因致盲从，及见外兵不盛，乂表可哀，乃隐起悔心，复欲迎乂拒越。越察得众情，不禁着忙，便召黄门侍郎潘滔入议道："众心将变，看来只有杀乂一法，省得人心悬悬。"滔应声道："不可，不可！杀乂终负恶名，何勿让与别人。"滔更凶狡。越已会意，乃使滔密告张方。方系杀人不眨眼的魔星，得滔通报，立即派兵至金墉城，取乂入营，锁诸柱上，剥去衣服，四围用炭火焙着，好像烧烤一般。可怜乂身被火炙，号声震地，到了乌焦巴弓，才见毕命。方营中大小将士，睹此惨状，俱为流涕。唯方狰狞上坐，反露笑容。毒愈虎狼。乂死时只二十八岁，遗尸由故掾刘佑收埋，步持丧车，悲恸行路。方却目为义士，不复过问。这却如何晓得？先时洛下有谣言云："草木萌芽杀长沙。"乂死时适当正月二十七日，谣言果验。

　　成都王颖，得入京师，使部将石超等，率兵五万，分屯十二城门。殿中宿卫，平时为颖所忌，概皆处死。颖自为丞相，增封二十郡，加东海王越为尚书令，乃出都返镇，表卢志为中书监，参署丞相府事。雍州刺史刘沈，尚未闻都中情事，自得密诏后，即纠合七郡兵旅，径向长安进发。河间王颙，尚屯兵关外，为方声援，暮闻刘沈起兵到来，慌忙退守渭城，并遣人飞召张方。方大掠洛中，掳得官私奴婢万余人，向西驰去，未及入关，颙已与沈军交战，败还长安。沈使安定太守衙博，功曹皇甫淡领着精甲五千，掩入长安城门，直逼颙帐。不意旁面杀出一彪人马，锐厉无前，把衙博等军，冲作两段。博等专望沈军来援，偏偏沈军迟至，致博等孤军失继，相率战死。这一路援颙的兵马，乃是冯翊太守张辅带来，他见博军无继，便来横击一阵，及刘沈驰至，前军已经覆没，只好收拾败卒，渐渐退去。适值张方西归，亟遣部将敦伟夜袭沈营，沈军惊溃，沈与麾下南走，被伟追及，射沈落马，活捉回来。当下押沈见颙，颙责他负德，沈朗声道："知己恩轻，君臣义重，沈奉天子诏命，不敢苟免，明知强弱异形，乃投袂起兵，期在致死，虽遭菹醢，甘亦如荠。"声可裂地。颙顿时怒起，鞭沈至百，方令腰斩，一道忠魂，上升天界去了。

颖与颙既相连接，颙上书称颖有大功，宜为储副。又言羊玄之怙宠为非，该女不宜为后，颖亦表称玄之已殁，未降明罚，宜废后以暴父罪。惠帝虽然愚钝，但对着如花似玉的羊皇后，却也不忍相离，因将两王表文，出示廷臣，商决可否。朝右百官，个个是贪生怕死，哪里还敢冲撞二王？再加东海王越，是与二王表里为奸，当然赞同二议。惠帝没法，乃将羊后废为庶人，徙居金墉城。皇太子覃，仍黜为清河王，立颖为皇太弟，都督中外诸军事，兼职丞相。乘舆服御，皆迁往邺中，进颙为太宰大都督，领雍州牧，起前太傅刘寔为太尉，寔自称老疾，固辞不拜。高尚可风。看官阅过前文，如汝南王亮，如楚王玮，如赵王伦，如齐王冏，如长沙王乂，没一个不是争权夺利，丛怨亡身。偏颖颙越三王，不思借鉴前车，也想挟权求逞，结果是凶终隙末，同室操戈，终落得蚌鹬相持，渔人得利，这岂不是司马家儿的大病么？标明八王乱本，且为后世大声疾呼，苦衷如揭。

成都王颖，既得为皇太弟，越加骄恣，不知有君。嬖人孟玖等，倚势横行，大失众望。右卫将军陈眕，殿中中郎逯媵成辅及长沙王故将上官已等，怂恿东海王越，谋共讨颖。越乐得转风，借着众怒为名，好夺朝柄，便与陈眕勒兵入云龙门，称制召三公百僚，相率戒严，收捕颖将石超。超突出都门，奔往邺城，随即迎还庶人羊氏，仍立为后，就是清河王覃，亦复入东宫，再为太子。越奉惠帝北征，自为大都督，召前侍中嵇绍，扈跸同行。侍中秦准语绍道："今日随驾出征，安危难料，君可有佳马否？"绍正色道："臣子扈卫乘舆，遑计生死，要什么佳马呢？"准叹息而退。绍从惠帝出抵安阳，沿途由大都督越檄召兵士，陆续趋集，得十万余人。邺中震恐。颖召群僚问计，议论不一，东安王繇，新遭母丧，留居邺中，独入帐宣言道："天子亲征，臣下宣释甲缟素，出迎请罪。"颖闻言动怒道："莫非自去寻死么？"折冲将军乔智明，亦劝颖奉迎乘舆，颖复怒说道："卿名为晓事，投身事孤，今主上为群小所逼，勉强北来，卿奈何亦为此说，使孤束手就刑哩？"遂叱退繇乔二人，立遣石超率兵五万，前往迎战。

越驻军荡阴，探得邺中人心不固，以为无患，竟不加严备，哪知石超驱兵杀来，势甚汹涌，立将越营攻破。越仓皇逃命，不暇顾及惠帝，一溜烟地走往东海。**以惠帝作孤注，真好良心。**惠帝猝不及避，被超军飞矢射来，颊中三箭，痛苦得了不得。百官侍御，有几个也遭射伤，纷纷窜去。独侍中嵇绍，朝服下马，登辇卫帝，超军一拥上前，将绍拖落，惠帝忙牵住绍裾，惶遽大呼道："这是忠臣嵇侍中，杀不得！杀不得！"但听超军回答道："奉太弟命，但不犯陛下一人。"两语才毕，已将绍一刀斫死，碧血狂喷，溅及帝衣，吓得惠帝浑身乱颤，兀坐不稳，一个倒栽葱，堕落车下，僵卧草中。随身所带的六玺，悉数抛脱，尽被超军拾去。还算超有些天良，见帝堕下，喝令部众不得侵犯，自己下马相救，叫醒惠帝，扶他上车，拥入本营，且问惠帝有无痛楚。惠帝道："痛楚尚可忍耐，只腹已久馁了。"超乃亲自进水，令左右奉上秋桃。惠帝吃了数枚，聊充饥渴。超向颖报捷，并言奉帝留营。颖乃遣卢志迎驾，同入邺城。颖率群僚迎谒道左，惠帝下车慰劳，涕泣交并。及入城以后，复下诏大赦，改永安元年为建武元年。**一年两纪元，有何益处？**皇弟豫章王炽，司徒王戎，仆射荀藩，相继至邺，见惠帝衣上有血，请令洗浣。惠帝黯然道："这是嵇侍中血，何必浣去。"戎等亦皆叹息。唯颖却请帝召越，颁诏东海，越怎肯赴邺？却还诏使。前奋威将军孙惠，诣越上书，劝越邀结藩方，同奖王室。越遂令惠为记室参军，与参谋议。北军中侯荀晞，往投范阳王虓，虓令为兖州刺史。陈眕上官已等，走还洛阳，奉太子清河王覃，保守都城，偏又来了一个魔贼张方，仗着一般蛮力，擅将都城占住。原来越出讨颖，颙曾遣张方救邺，及越已败走，惠帝被颖劫去，颙即令方折回中道，往踞洛阳。方至洛阳城下，上官已与别将苗愿，出担方军，为方所败，便即遁去，方遂入洛都。太子覃至广阳门，迎方下拜，方下马扶住，偕覃入阙，派兵分戍城门。才越两日，复把羊皇后太子覃废去，居然皇帝无二，自作威福，独断独行，这真叫作天下无道，政及陪臣呢。

先是安北将军王浚，即故尚书令王沈子。都督幽州。颖颛义三王，入讨赵王伦时，曾檄令起兵为助，浚不应命。颖常欲讨浚，迁延未果。嗣令右司马和演为幽州刺史，密使杀浚，演与乌桓单于审登连谋，邀浚同游蓟城南泉清，为刺浚计。会天雨骤下，兵器沾湿，苦不得行。审登胡人，最迷信鬼神，疑浚阴得天助，因将演谋告浚。浚即与审登连兵杀演，自领幽州营兵。颖既劫入惠帝，欲为和演报仇，乃传诏征浚入朝。浚料颖不怀好意，索性纠合外兵，驰檄讨颖。乌桓单于遣部酋大飘滑弟羯朱，引兵助浚，还有浚婿段务勿尘，系是鲜卑支部头目，也率众相从。浚既得两部番兵，势焰已盛，复约同并州刺史东嬴公腾，联兵攻邺。腾系东海王越亲弟，正接越书，令他联络幽州，攻颖后路。凑巧浚使亦到，自然答书如约。于是幽并二州的将士及乌桓鲜卑的胡骑，合得十万人，直向邺城杀来。纲目予浚讨颖，故本编亦写出声势。颖遣北中郎将王斌及石超等出兵往御，复因东安王繇，前有迎驾请罪的议论，恐他密应外兵，立即拿斩了事。繇兄子琅琊王睿，惧祸出奔，自邺还镇。颖先敕关津严行检察，毋得轻放贵人。睿奔至河阳，适被津吏阻住，可巧有从吏宋典，自后继至，用鞭拂睿，佯作笑语道："舍长官，禁贵人，汝何故亦被拘住呢？"津吏与睿，不甚相识，蓦闻典言，疑是误拘，便向典问个明白。典又伪称睿是小吏，并非贵人，更兼睿微服出奔，容易混过，当由津吏放睿渡河。睿潜至洛阳，迎了太妃夏侯氏，匆匆归国去了。是为元帝中兴张本，故特叙明。

颖因外兵压境，也无心追问，但与僚属日议军事。王戎等谓胡骑势盛，不如与和。颖却欲挟帝还洛，暂避敌锋。忽有一相貌堂堂、威风凛凛的大元戎，趋入会议厅中，与大众行过了军礼，就座语颖道："今二镇跋扈，有众十余万，恐非宿卫将士及近郡兵马，所能抵制呢！愚意却有一计，可为殿下解忧。"颖见是冠军将军刘渊，便问他有何妙策？渊答道："渊曾奉诏为五部都督，今愿为殿下还说五部，同赴国难。"颖半晌才答道："五部果可调发么？就使发遣前来，亦未必能御鲜卑乌桓。我欲奉乘舆还洛阳，再传檄天下，以顺制逆，未知将军意见如何？"渊驳说道："殿下为武皇帝亲子，有功皇室，恩威远著，四海以内，何人不愿为殿下效死？况匈奴五部，受抚已久，一经调发，无患不来，王浚竖子，东嬴疏属，怎能与殿下争衡？若殿下一出邺城，向人示弱，恐洛阳亦不能到了。就使得到洛阳，威权亦被人夺去，未必再如今日。不如抚勉士众，静镇此城，待渊为殿下召入五部，驱除外寇，二部摧东嬴，三部枭王浚，二竖头颅，指日可致，有什么可虑呢？"刘渊此言，虽为归国自主起见，但劝颖镇邺，未始非策。颖听了渊言，不禁心喜，遂拜渊为北单于，参丞相军事，即令刻日就道。纵虎归巢。

渊辞颖出发，行至左国城，匈奴右贤王刘宣等，早欲推渊为大单于，至是与部众联名，奉书致渊，愿上大单于位号。渊先让后受，旬日间得众五万，定都离石，封子聪为鹿蠡王。遣部将刘宏率铁骑五千，往援邺城。是时王浚与东嬴公腾，已击败颖将王斌，长驱直进。颖将石超，收兵堵御，平棘一战，又为浚先锋祁弘所败，退还邺城，邺中大骇，百僚奔走，士卒离散。中书监卢志，劝颖速奉惠帝还洛阳，颖乃令志部署军士，翌日出发。军士尚有万五千人，均仓猝备装，忙乱一宵，越宿待命启行，守候半日，并无音响。大众当然动疑，及探悉情由，方知颖母程太妃，不愿离邺，因此延宕不决。俄而警报迭至，哗传外兵将到，大众由疑生贰，霎时溃散。颖惊愕失措，只得带同帐下数十骑，与卢志同奉惠帝，南走洛阳。惠帝乘一犊车，仓皇出城，途中不及赍粮，且无财物，只有中黄门被囊中，藏着私蓄三千文，当由惠帝面谕，暂时告贷，向道旁购买饭食，供给从人。夜间留宿旅舍，有宫人持升余糠米饭及燥蒜盐豉，进供御前。惠帝连忙啖食，才得一饱。庸主之苦，一至于此。睡时无被，即将中黄门被囊展开，席地而卧。越日又复登程，市上购得粗米饭，盛以瓦盆，惠帝啖得两盂，有老叟献上蒸鸡，由惠帝顺手取尝，比那御厨珍馐，鲜美十倍。自愧无物可酬，乃谕令免赋一年，作为酬赏。老叟拜谢而去。行至温县，过武帝陵，下车拜谒，右足已失去一履，幸有从吏脱履奉上，方得纳履趋谒。拜了数拜，不由得悲感交集，潸然泪下。儿女子态，不配为帝。左右亦相率唏嘘。及渡过了河，始由张方子熊，带着骑士三千，前来奉迎。熊乘的青盖车，让与惠帝，自己易马相从。至芒山下，张方自领万余骑迎帝，见了御驾，欲行拜跪礼仪。惠帝下车挽扶，方不复谦逊，便即上马，引帝还都。散众陆续踵至，百官粗备，乃升殿受朝，颁赏从臣，并下赦书。旋闻邺城探报，已被王浚各军，掳掠一空。乌桓部长羯朱，追颖不及，已与王浚等一同北归。唯鲜卑部掠得妇女，约八千人，因浚不许带归，均推入易水中，向河伯处当差去了。河伯何幸，得此众妇。小子有诗叹道：

> 无端军阀起纷争，祸国殃民罪不轻。
> 更恨狼心招外寇，八千妇女断残生。

邺中已经残破，刘渊所遣部将王宏，驰援不及，也即引归，报达刘渊。究竟刘渊能否践约，且至下回再详。

刘沈发兵讨颙，虽为乂所遣，然所奉之诏敕，固明明皇言也。况颙固有可讨之罪乎？乂为张方所杀，死状甚惨，纲目不称其死义，而独予沈以死节，诚以乂受颙使，甘为乱首，当其杀齐王颙时，侥幸得志，代握大权，彼方欣欣然感颙之惠，不知助己者颙，杀己者亦颙，方为颙将，方杀乂，犹颙杀乂也。我杀人，人亦杀我，互相杀而国愈乱，乂死不得为枉，唯如刘沈之见危授命，不屑乞怜，乃真所谓气节士耳。本回以刘沈尽节为标目，良有以也。惠帝昏愚，听人播弄，忽西忽东，狼狈万状，愚夫不可与治家，遑言治国？读《晋书》者，所由不能无憾于武帝欤。

第十七回

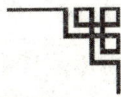

刘渊拥众称汉王
张方恃强劫惠帝

却说刘渊得王宏归报，慨然语道："颖不用我言，弃邺南奔，真是奴才，但我尝受他知遇，保荐为冠军将军，寓邺以来，他总算待我不薄，我既与约相援，不可不救。"颖保荐刘渊，从渊口中叙出，笔不渗漏。说毕，即命右于陆王刘景，左独鹿王刘延年，率步骑兵二万，将讨鲜卑。刘宣等入阻道："晋人不道，待我如奴隶，我正恨无力报复，今彼骨肉相残，自相鱼肉，乃是天厌晋德，授我重兴的机会。鲜卑乌桓，与我同类，可倚以为援，奈何反发兵攻击？况大单于威德方隆，名震远迩，诚使怀柔外部，控制中原，就是呼韩邪基业，也好从此恢复了。"渊笑答道："卿言亦颇有见识，但尚是器小，未足喻大。试想禹出西戎，文王生东夷，帝王有何常种？今我众已至十余万，人人矫健，若鼓行而南，与晋争锋，一可当十，势若摧枯，上为汉高，下亦不失为魏武，呼韩邪亦何足道哩？"确是枭雄。刘宣等皆叩首道："大单于英武过人，明见万里，原非庸众所能企及，请即乘势称尊，慰我众望。"渊徐徐答道："众志果已从同，我亦何必援颖，且迁居左国城，再作计较。"宣等遵令起身，各整行装，随渊徙至左国城。远近依次归附，又达数万人，正拟拥众称尊，雄长北方，不料西方巴蜀，已有人先他称王，遂令野心勃勃的刘元海，急不暇待，便树起大汉的旗帜来了。

小子按时叙事，不得不先将蜀事表明，再述刘渊开国情形。李雄称成都王，比刘渊略早，本回虽以渊为主，但称王实始于雄，且正可就此带叙，故随笔插入。自李雄得取成都，遂奉叔父李流，一同居住。应十五回。蜀民相率避乱，或南入宁州，或东下荆州，城邑皆空，野无烟火。唯涪陵人范长生，挈千余家依青城山，依险自固。流无从掠食，部众饥困。平西参军徐轝，求为汶山太守，特向益州刺史罗尚献谋，谓"流已乏食，正好进讨，且可邀范长生为犄角，并力合攻"云云。偏尚不肯依议，惹动轝怒，反出城附流，并为流往说长生，运粮济困，尚固失策，轝亦不忠。流军复振。既而流病将死，嘱部将等协力事雄，部将共愿遵嘱，俟流死后，即推雄为益州牧。雄使将校朴泰，通书罗尚，伪言愿为内应。尚遽令降氏隗伯攻郫城，陷伏被擒。雄赦免隗伯，使李骧带领降卒，夜至成都，诈称已得郫城，还兵报捷。守卒不知有诈，开门纳入。骧即杀死守吏，据住外城。唯内城还是关着，未曾失手。罗尚急登陴抵御，堵住外兵，骧留兵攻扑，自往截尚粮道，适值犍为太守袭恢，运粮前来，被骧縻兵掩击，将恢杀死，尽把粮车夺去。尚困守孤城，无粮可食，再经骧还军攻击，更由雄添兵相助，眼见得朝不保暮，危如累卵，三十六策，走为上策，乃留牙将张罗居守，自率左右开门夜遁。张罗以尚为镇将，还且弃城逃生，自己位居偏裨，何苦为国殉难，便即插起降旗，纳入骧军。骧迎雄入成都，兵不血刃，坐得了西蜀雄藩。梁州刺史许雄，坐视不救，由晋廷召还治罪。罗尚逃至江阳，遣使表闻，适晋廷大乱，无暇加谴，但令他权统巴东巴郡涪陵诸郡，收取军赋。尚又遣别驾李兴，赴荆州乞粮，镇南将军刘弘，拨给粮米三万斛，尚乃得自存，但苦兵力衰残，不能再复成都。

李雄占据成都数月，因范长生素有德望，见重蜀民，乃欲迎立为君，自愿臣事长生。长生不肯应命，雄乃自即成都王位，大赦境内，号为建兴元年。除晋弊制，约法七章，令叔父骧为太傅，兄始为太保，折冲将军李离为太尉，建威将军李云为司徒，翊军将军李璜为司空，材官李国为太宰，尊母罗氏为王太后，追号父特为景王，又遣使往迎范长生。长生自青城山登舆，布衣应征，及抵成都，甫入城阃，即见雄下马相迎，握手引进，延他上坐，称为范贤，详询政治。长生约略对答，甚惬雄心。雄即亲递板册，拜为丞相。长生也乐得受命，坐享安荣，嗣复劝雄称帝，便是这位范贤人了。句中有刺。看官！试想李雄是个流民子弟，还能据地称雄，何况五部大都督刘渊，才兼文武，识迈华夷，怎尚肯蛰伏一隅，不思自主呢？当下由刘宣等奉书劝进，请他筑坛即位，立国纪元。渊笑语道："昔汉有天下，历世久长，恩结人心，所以昭烈帝仅据益州，尚能与吴魏抗衡，相持至数十年。我本汉甥，约为兄弟，兄亡弟继，有何不可？我就称为汉王便了。"乃命就南郊筑坛，也是告天祭地，仿行汉制。登坛这一日，五部胡人，统来谒贺。刘渊令竖起大汉旗帜，居然祖述汉朝，下令谕众道：

昔我太祖高皇帝，以神武应期，廓开大业，太宗孝文皇帝，重以明德，升平汉道，世宗孝武皇帝，拓土攘夷，威倾中外，中宗孝宣皇帝，搜扬俊义，多士盈朝，是我祖宗道迈三王，功高五帝，故卜年倍于夏商，卜世过于姬氏。而元成多僻，哀平短祚，贼臣王莽，滔天篡逆。我世祖光武皇帝，诞资圣武，恢复鸿基，祀汉配天，不失旧物。显宗孝明皇帝，肃宗孝章皇帝，累叶重辉，炎光再阐。自和安以后，皇嗣渐颓，天步艰难，国统濒绝。黄巾海沸于九州，群阉毒流于四海，董卓因之，肆其猖獗，曹操父子，凶逆相寻，故孝愍委弃万国，昭烈播越岷蜀，冀否终有泰，旋轸旧京，何图天未悔祸，后帝窘辱？自社稷沦丧，宗庙之不血食，四十年于兹矣。今天诱其衷，悔祸星汉，使司马氏父子兄弟，迭相残灭，黎庶涂炭，靡所控告。孤今猥为群公所推，绍修三祖之业，顾兹尪暗，战惶靡厝。但以大耻未雪，社稷无主，衔胆栖冰，勉从群议，特此令知。录入此文，见得张冠李戴，可发一噱。

此令下后，即改易正朔，称为元熙元年。国仍号汉，立汉高祖以下三祖五宗神主，筑庙祭祀，汉祖汉宗，不意有此贤子孙。追尊安乐公刘禅为孝怀皇帝。禅若有知，更乐不思蜀了。一切开国制度，皆依两汉故例。立妻呼延氏为王后，长子和为世子，鹿蠡王聪守职如故。族子曜生有白眉，目炯炯有赤光，两手过膝，身长九尺三寸，少时失怙，由渊抚养，成人后既长骑射，尤工文字，渊尝称为千里驹，因亦授为建武将军。命刘宣为丞相，召上党人崔游为御史大夫，后部人陈元达为黄门侍郎，崔游为上党耆硕。渊曾从受业，至是固辞不受。不愧醇儒。陈元达亦尝躬耕读书，渊为左贤王时，曾招为僚属，元达不答，此次驿书往征，却欣然就道，愿为渊臣。见利忘义，怎得善终。他如刘宏、刘景、刘延年等，皆渊族人，并授要职，不消细说。渊僭号旬日，即率众往攻东嬴公腾。腾遣将军聂玄率兵出拒，行次大陵，与渊军相值。两下交锋，勇怯悬殊，才及数合，玄军大败，狼狈遁归。腾闻败大惧，亟领并州二万余户，避往山东，渊乃四处寇掠，入居蒲子。是为五胡乱华之首。复遣曜进寇太原。曜兵锋甚锐，连陷泫氏屯留长子诸县。别将乔晞，往攻介休。介休县令贾浑，登城死守，约历旬日，内无粮草，外无救兵，斗大孤城，怎能支持得住，便被乔晞陷入。浑尚率兵巷战，力竭被擒，晞勒令投降，浑正色道："我为大晋守令，不能保全城池，已失臣道，若再苟且求活，屈事贼虏，还有什么面目，得见人民？要杀便杀，断不降汝！"晞听着贼虏两字，当然发怒，即喝令推出斩首。裨将尹崧进谏道："将军何不舍浑，也好劝人尽忠。"晞怒答道："他为晋尽节，与我大汉何涉？"遂不从崧言，促使牵出。忽有一青年妇人，号哭来前，与浑诀别。晞闻声喝问道："何人敢来恸哭？快与我拿来！"左右奉令，便出帐拘住妇人，牵至晞前，且报明妇人来历，乃是贾浑妻宗氏。晞见她散发垂青，泪眦变赤，颦眉似锁，娇喘如丝，不由得怜惜起来，便易怒为喜道："汝何必多哭，我正少一佳人呢。"语犹未了，外面已将浑首呈入，宗氏瞧着，越觉狂号。晞尚狞笑道："休得如此，好好至帐后休息，我当替你压惊。"宗氏听了，反停住了哭，戟指骂晞道："胡狗！天下有害死人夫，还想污辱人妇么？我首可断，我身不可辱，快快杀我，不必妄想！"斩钉截铁之语，得诸巾帼，尤属可敬。晞尚不忍加害，再经宗氏詈骂不休，激动野性，竟自拔佩刀，起身下手。宗氏引颈就戮，渺渺贞魂，随夫俱逝，年才二十余岁。叙入此段，特为忠臣义妇写照。当有消息传报刘渊，渊不禁大怒道："乔晞敢杀忠臣，并害义妇，假使天道有知，他还望有遗种么？"遂命厚葬贾浑夫妇，且将乔晞追还镌秩四等。已而东嬴公腾，又遣部将司马瑜周良石鲜等，分统部曲，往攻离石，与渊将刘钦交锋，四战皆败，一并逃归。渊更得横行北方，无人敢撄。晋廷又内乱未休，还顾着什么边防？就是一座洛阳城中，也弄得乱七八糟，迄无宁日。张方迎帝入都，专制朝政，不但公卿百僚，无权无势，连太弟颖亦削尽权力。都下人士，统悼方凶威，莫敢发言。唯豫州都督范阳王虓，徐州都督东平王楙，从外上表道：

自愍怀被害，皇储不建，委重前相，辄失臣节，是以前年太宰颙与臣永维社稷之贰，不可久虚，特共启成都王颖，以为国副。受重之后，弗克负荷，小人勿用而以为心腹，骨肉宜敦而猜嫌荐至，险诐宜远而谮说殄行，此皆臣等不聪不明，失所宗赖，遂令陛下谬于降授，虽戮臣等，不足以谢天下。今大驾还宫，文武空旷，制度荒废，靡有孑遗。臣等虽劣，足匡王室，而道路流言，谓张方与臣等不同，悠悠之口，非尽可凭。臣等以为太宰惇德元元，著于具瞻，每当义节，辄为社稷宗盟之先。张方受其指教，为国效劳，此即太宰之良将，陛下之忠臣；但以秉性强毅，未达变通，且虑事翻之后，为天下所罪，故不即西还耳。臣闻先代明主，未尝不全护功臣，令福流子孙。自中叶以来，陛下功臣，初无全者，非必人才皆劣，实由朝廷驾驭失宜，不相容恕，以一旦之咎，丧其积年之勋，既违周礼议亲之典，且使天下人臣，莫敢复为陛下致节者。臣等此言，岂独为一张方？实为社稷远计，欲令功臣身守富贵。臣愚以为宜委太宰以关右之任，自州郡以下，选举受任，一皆仰成，若朝之大事，废兴损益，每辄畴咨，此则二伯述职，周召分陕之义，陛下复行于今时。遣方还郡，令群后申志，时定王室，所加方官，请悉如旧，则忠臣义士有劝，功臣必全矣。司徒戎异姓之贤，司空越公族之望，并忠国爱主，小心翼翼，宜干机事，委以朝政。安北将军王浚，率身履道，远近所推，如今日之大举，实有定社稷之勋，此臣等所以叹息归功也。浚宜特崇重之以副众望，使抚幽朔，长为北藩。臣等竭力捍城，屏藩皇家，则陛下垂拱，而四海自正矣。乞垂三思，察臣所言。

　　未几，又再上一疏，略言："成都王弗克负荷，实为奸邪所误，不足深责，可降封一邑，保全生命"云云，张方得见二表，不禁忿恚道："我奉迎车驾，保全都城，明明是自守臣节，乃反讥我未识变通，促我西还。王戎庸驽，怎得称贤？东海专擅，怎能惬望？王浚称兵犯驾还，说他有功社稷，这等妄谈，不值一辩。我亦无意留此，就变通一着，免致小觑，看他如何对付呢？"原来方久留洛阳，部兵逐日剽掠，十室九空，群情扰扰，俱有归志。方正思拥帝西去，适为二表所激，乃决意一行，但恐帝及百官，未肯照从，只得借谒庙为名，诱帝出宫，才好劫驾登程。当下使人白帝，请出主庙祀，偏惠帝不肯亲出，答言须遣派诸王。*惠帝未必有是聪明，当是有人教导。*方顿时盛怒道："他不出谒庙，难道我不能使他西迁么？"当下传令部兵，齐集殿门，自率亲卒数百人，跨马入宫，胁迫乘舆。惠帝闻变，慌忙趋避，驰匿后园的竹林中。方令士卒搜寻，当即觅着，硬将惠帝拥出。惠帝面色如土，托称乘舆未备，须备就乃行。士卒哗声道："张将军已驾好坐车，来迎陛下，陛下不必多虑。"惠帝无奈，垂涕出殿，由士卒扶掖登车。*又要蒙尘，何命苦至此？*方在宫门前候着，见惠帝驾车出

123

来，才在马上叩首道："今寇贼纵横，宿卫单少，愿陛下亲幸臣垒，臣当竭尽死力，备御不虞。"何必要你这般费心？惠帝无词可答，四顾左右，也没有一个公卿，只中书监卢志在侧，恐是张方党羽，欲言不言。志启奏道："陛下今日，当概从张将军。"惠帝乃驰入方营，令方多具车辆，装载宫人宝物。方即令部卒入宫载运。部卒贪馋得很，遇着这个美差，正是意外飞来，当下拥入宫中，见有姿色的宫人，便任情调笑，逼令为妻，所有库中的宝藏，值钱的都藏入私囊，单剩那破败杂物，搬置车上，甚至你抢我夺，分配不匀，好好一顶流苏宝帐，被割至数十百块，取作马帐。经此一番劫掠，把魏晋以来百余年积蓄，荡涤无遗。

穷凶极恶的张方，还想将宗庙宫室，一概毁去，免得使人返顾。卢志亟向方谏阻道："董卓不道，焚烧洛阳，怨毒至今，尚未有已，将军奈何效此凶人？"方乃罢议。过了三日，方遂拥帝及太弟颖豫章王炽等，西往长安。时适仲冬，天降大雪，途次非常寒冷，行到新安，惠帝忍冻欲僵，手足麻木，突然间堕落车下，伤及右足。尚书高光，正在帝后，忙下马搀扶，仍令登辇。惠帝始知足痛，扪伤垂泪。光自裂衣襟，代为裹创。惠帝且泣且语道："朕实不聪，累卿至此。"不经此苦，何能自觉？光亦为泣下。好容易到了霸上，遥见有一簇人马，站住道旁。惠帝似惊弓之鸟，又吓得冷汗淋漓。张方下马启奏道："太宰来迎车驾了。"惠帝才稍稍放心。已而太宰颙趋至驾前，拱手拜谒。惠帝依着老例，下车止拜，遂由颙导入长安，就借征西府为行宫，休息数日，再议大政。那时仆射荀藩，司隶刘暾，太常郑球，河南尹周馥等，尚在洛阳，号为留台，承制行事，复称年号为永安。羊皇后为张方所废，仍居金墉城，未尝随驾。见前回。留台诸官，仍复迎她入宫，奉为皇后。于是关洛各设政府，时成，颙已立定主意，决计废颖立炽。惠帝有兄弟二十五人，相继死亡，唯颖炽及吴王晏尚存。晏材质庸下，炽却早年好学，故颙推立为皇太弟，且因四方分裂，祸难未已，并请下诏调停，期得少安。小子有诗叹道：

　　扰扰江山已半倾，如何翻欲作干城？
　　狂澜一决难重挽，大错由谁误铸成。

欲知诏命如何，且看下回录叙。

　　刘渊为乱华之首，故本回叙述，特别加详。至插入李雄一段，因五胡十六国中，雄首先僭号，比刘渊尚早旬月。叙刘渊，不得不夹叙李雄，志祸始也。贾浑夫妇，忠烈绝伦，浑入《忠义传》，浑妻宗氏，入《列女传》，本回叙述无遗，意寓褒扬，为忠臣义妇作一榜样。典午之季，纲常坠地，得此二人以激励之，宁非一发千钧之所系耶？张方之恶，较诸王为尤甚，后可废，太子可黜，而车驾何不可西迁？独怪满朝文武，行尸走肉，毫无生气，一任恶人之肆行无忌，播弄朝纲。哀莫大于心死，而身死次之，晋臣固皆心死者也，何怪五胡之乘间乱华乎？而惠帝更不足责焉。

第十八回

作盟主东海起兵
诛恶贼河间失势

却说惠帝到了长安，政权为太宰颙所把持，颙议立豫章王炽为太弟，并及一切调停的法度，入白惠帝，当然依议颁诏。诏云：

天祸晋邦，冢嗣莫继，成都王颖，自在储贰，政绩亏损，四海失望，不可承重，其以王还第！豫章王炽，先帝爱子，令闻日新，四海注意，今以为皇太弟，以隆我晋邦。司空越可进任太傅，与太宰颙夹辅朕躬，司徒王戎，参录朝政，光禄大夫王衍为尚书左仆射，安南将军虓，即范阳王。平东将军楙，即东平王。平北将军腾，即东嬴公。各守本镇。高密王略为镇南将军，领司隶校尉，权镇洛阳。东中郎将模，为宁北将军，都督冀州，镇于邺。略模皆司空越弟。镇南大将军刘弘，领荆州以镇南土。其余百官，皆复旧职。齐王同前应还第，长沙王乂轻陷重刑，可封其子绍为乐平县王，以奉其祀。自顷戎车屡征，劳费人力，供御之物，三分减二，户调田租，三分减一，蠲除苛政，爱人务本，清通之后，当还东京。此诏。

诏书既下，又大赦天下，改元永兴。命太宰颙都督中外诸军事，张方为中领军，录尚书事，领京兆太守，一切军国要政，颙为主，方为副。无论如何和解，要想辑睦宗室，慎固封疆，哪里有这般容易呢？东海王越，先表辞太傅职任，不愿入关，高密王略，拟奉诏赴洛，偏被东莱乱民，相聚攻略，连临淄都不能守，走保聊城。司徒王戎，当张方劫驾时，已潜奔郏县，避地安身，且年逾七十，怎肯再出冒险？当下称疾辞官，不到数月，果然病死。王衍素来狡猾，名为受职，未尝西行。只北中郎将模，往镇邺中，收拾余烬，募兵保守。越年为永兴二年，张方又逼令惠帝，颁诏洛阳，仍饬废去羊皇后，幽居金墉城。不知彼与后何仇？留台各官，不得已依诏奉行。会秦州刺史皇甫重，累年被困，遣养子昌驰赴东海，向越乞援。越因东西遥隔，不愿出兵，昌径诣洛阳。诈传越命，迎还羊后入宫，即用后令，发兵讨张方，奉迎大驾。事起仓猝，百官不暇考察，相率依议。俄而察悉诈谋，便即杀昌，传首关中。颙方主和平行事，不欲久劳兵戎，因请遣御史赍诏宣重，敕令入朝行在。重又不肯奉命。秦州自遭围以后，内外隔绝，音信不通，即如长沙王遇害，皇甫商被杀等情，亦全未闻知。重问诸御史骑人，谓我弟早欲来援，如何至今未到？骑人答道："汝弟早为河间王所杀，怎得再生？"重闻言失色，也将骑人杀死。城中守卒，始知外援已断，群起杀重，函首乞降。颙调冯翊太守张辅为秦州刺史。辅莅任后，与金城太守游楷，陇西太守韩稚等有隙，互起战争，终至败死。了结皇甫重，并了结张辅，无非找足前文。这且搁过不提。

且说东海王越，既不愿入关受职，当然与太宰颙有隙，中尉刘洽，劝越往讨张方，为迎驾计。越已补卒蒐乘，整缮戎行，遂从刘洽言，传檄山东各州郡，谓当纠率义旅，西向讨罪，奉迎天子，还复旧都。东平王楙，先举徐州让越，自为兖州都督。范阳王虓与幽州都督王浚，亦与越相应，推为盟主，联兵勤王。越二弟腾模。并任方镇，均归乃兄节度。越托名承制，改选各州郡刺史，朝士多赴东海，乘便梯荣。如此乱世，何必定要做官？偏赵魏交界，又出了一个公师藩，独树一帜，往攻邺郡。师藩系成都王颖故将，闻颖被废，心甚不平，遂自称将军，声言为颖报怨，纠众至数万人，无论悍贼黠胡，并皆收用。当时有个羯人石勒，原名为𪟝，音佩。先世为匈奴别部小帅，因号为羯。羯亦五胡之一。勒寄居上党，年方十四，随邑人行贩洛阳，倚啸上东门，适为王衍所见，不禁诧异。嗣复顾语左右道："小小胡雏，便有这般长啸，将来必有异图，为天下患，不如早除为是。"乃遣人捕勒，勒已先机逃归，无从追获。过了数年，勒强壮绝伦，好骑善射，相士尝称他状貌奇异，不可限量。邑人嗤为妄言。

　　会并州大饥，刺史东嬴公腾，用建威将军阎粹计议，掠卖胡人，充作军费。勒亦为所掠，卖与茌平人师欢为奴。欢令他耕作，身旁尝有鼓角声，并耕诸人，屡有所闻，归告师欢。欢颇以为奇，别加优待，听令自由。牧师汲桑，与欢家毗邻，勒得往来过从，互相投契，且纠合壮士，作为朋侣，闻师藩起兵，竟与汲桑挈领牧人，并党与数百骑，投入师藩部下。桑始令他以石为姓，以勒为名。勒骁勇敢战，愿作前驱，连破阳平汲郡，杀害太守李志张延，转战至邺。邺中都督司马模，见上。亟遣将军赵骧出御，并向邻郡乞援。广平太守丁邵，引兵救模。范阳王嫚，亦命兖州刺史苟晞往救。两路兵到了邺城，与赵骧合军御寇，师藩自然怯退，就是胆豪力大的石勒，也只得随众引归。*石勒为晋后患，即十六国中之一寇，故详叙来历。*

　　模为越弟，向越告捷。越因邺中无恙，使发兵西行，授刘洽为司马，尚书曹馥为军司，督军前进。留琅琊王睿屯守下邳，接济军需。睿请留东海参军王导为司马，越亦许诺。导字茂弘，系前光禄大夫王览孙，少有风鉴，识量清远，素与睿相亲善，故睿引入帷幄，使参军谋。导亦倾心推奉，知无不言。*后来为中兴名相，此处乃是伏笔。*越留此二人，放心西向，出次萧县，麾下约三万余人。范阳王虓，亦自许昌出屯荥阳，为越声援。越命虓领豫州刺史，调原任豫州刺史刘乔，移刺冀州，并使刘蕃为淮北护军，刘舆为颍川太守。虓亦令舆弟琨为司马，独刘乔不受越命，发兵拒虓，且上书行在，历陈刘舆兄弟罪恶，并说他协虓为逆，应加讨伐等语。究竟刘舆兄弟，是何等人物？小子尚未曾叙及，应该就此说明。看官阅过前文，当知贾谧二十四友中，舆琨亦尝列入。舆字庆孙，琨字越石，乃父就是刘蕃，系汉朝中山静王胜后裔。世居中山，兄弟并有才名，京都曾相传云："洛中奕奕，庆孙越石。"两人相继为尚书郎，只因他党附贾谧，已受时讥。舆妹又适赵王伦世子荂，伦篡位时，舆为散骑侍郎，琨为从事中郎，父蕃为光禄大夫，一门皆受伪职，益致失名。及伦被诛，齐王冏辅政，器重二人，特从宥免，仍授舆为中书郎，琨为尚书左丞，转司徒左长史。*琨后来颇有奇节，叙及前行，隐为改过者劝。*至此由越派遣，不足服乔。乔因归罪二人，借以动众。太宰河间王颙，正虑师藩为乱，越又起兵，中夜彷徨。筹出二策，一面起成都王颖为镇军大将军，都督河北军事，给兵千人，授卢志为魏郡太守，随颖镇邺，抚慰师藩。一面请惠帝下诏，令东海王越等，各皆还国，不得构兵。其实乃是弄巧成拙，毫无益处。颖为颙所废，未免怨颙，怎肯再为颙尽力？越既出兵，自然不从诏命，仍使颙无法可施。

会接到刘乔书，喜得一助，便令乔讨虓，分越兵势，且使镇南大将军刘弘，征东大将军刘准等，助乔进攻。又遣张方为大都督，率领建威将军吕朗，北地太守刁默，集兵十万，讨舆兄弟，同会许昌。还要成都王颖，邀同故将石超，出屯河桥，为乔继援。范阳王虓，得知消息，忙向越告急。越即移师灵璧，援虓拒乔。乔令长子祐率兵御越，自引轻骑进击许昌。最可怪的是东平王楙，据住兖州，不发一兵，专事括赋，累得州县奔命。兖州刺史苟晞，前由虓遣往援邺，此时引军还镇，又为楙所拒。虓使楙徙镇青州，楙不愿移节，索性变易初志，与嫚为敌，负了越约，竟同刘乔联盟去了。一班反复小人，那得不乱。独镇南大将军刘弘，志在息争，不欲偏袒，特分缮两书，一书寄乔，一书寄越，无非劝他们释怨罢兵，同扶王室。越与乔已势不两立，哪里还肯听从？弘因无法，乃驰表行在，申述意见，略云：

范阳王虓，欲代豫州刺史刘乔，乔举兵逐虓，司空东海王越，以乔不从命，讨之。臣以为乔忝受殊恩，显居州司，自欲立功于时，以殉国难，无他罪阙，而范阳代之，代之为非，然乔亦不得以虓之非，专威辄讨，诚应显戮，以惩不恪。自顷兵戈纷乱，猜祸锋生，疑隙构于群王，灾难延于宗子，今夕为忠，明日为逆，翩其反而，互为戎首，载籍以来，骨肉之祸，未有甚于今日者也，臣窃悲之。今边陲无预备之储，中华有杼轴之困，而股肱之臣，不维国体，职竞寻常，自相楚剥，为害转深。万一四夷乘虚为变，此亦猛兽交斗，自效于卞庄者矣。臣以为宜速发明诏，令越等两释猜疑，各保分局。自今以后，其有不被诏书，擅兴兵马者，天下共伐之。诗云："谁能执热，逝不以濯。"若诚濯之，必无灼烂之患，永有泰山之固矣。谨陈鄙悃，伏乞采行！

颙得弘书，意亦少动，但自思山东连兵，方为己患，赖有刘乔为助，如何反加罪名？因此拒绝不纳。那刘乔已倍道前进，径至许昌城下，乘夜登城。虓不及备御，夺门出奔，渡河北去。司马刘琨，方往说汝南太守杜育，引兵还救，见许昌已为乔所夺，也与兄舆俱奔河北。唯琨父蕃为乔所执，琨思亲念重，恋主情深，由急生智，凭着那三寸妙舌，往说冀州刺史温羡，劝他让位与嫚。羡却也慷慨得很，竟将刺史的印信，付琨带回，挂冠去职。乐得离开险路。虓得入冀州，再遣琨至幽州乞师，幽州都督王浚，见琨词气忠愤，涕泪交并，也慨然顾念同袍，特选突骑八百人，随琨返报。琨又招募冀州健卒，得数千人，鼓行南下，到了河上，见有数营扎住，便即攻入。营中守将，叫做王阐，是由石超遣来，防戍河滨。他在河上逍遥自在，并不防有战事，哪知琨引兵掩至，一时不及措手，立被琨突破营寨，欲逃无路，断命送终。虓闻琨得胜，也倾巢出来，为琨后应，相继渡河。

时成都王颖，因洛阳有变，乘隙进都，不在河桥，事见后文。只留石超把守。超见琨兵杀到，仓猝逆战，两下里杀了半日，未分胜负，不防虓又驱兵继至，以众临寡，顿时支持不住，奔往西南。虓与琨如何肯舍，策骑穷追，超众逃命要紧，沿途四散。单剩亲卒百余骑，保超飞奔。偏偏幽州突骑，赶得甚快，与风驰电掣相似，不多时被他追及，便将超围住，再加琨从后驰到，一声喊杀，千手并举，即将超砍死了事。砍得好。琨志在救父，不遑休息，复领健骑五千人，乘夜攻乔。乔正囚住琨父，进据考城，夜间阖城安睡。蓦被喊声惊醒，起视城上，已是火炬齐明，外兵猝上，乔料不可敌，慌忙遁去。琨父蕃囚住槛车，无人舁取，幸得留下，琨一入城，当然将蕃释出，父子重逢，不胜欢忻。越宿，虓亦趋到，开宴相贺，酒后议及军情，琨进议道：“刘乔败去，必往灵璧，与伊子合兵，我军正宜往迎东海，夹击刘乔父子。乔如可灭，便好乘胜入关了。”虓鼓掌称善。正拟拨兵迎越，忽有探卒入帐，报称东平王楙，已出屯廪邱，嬎勃然道：“楙乃反复小人，此来必接应刘乔，我当自去击他。”琨起身道：“不劳大王亲往，琨愿当此任。”虓答道：“卿去甚佳，再令田督护助卿，可好么？”琨应声如命。虓即令督护田徽，与琨同行，步骑兵各数千人，将到廪邱，已接侦骑走报，楙怯战东归，仍还兖州去了。贪夫怎禁一战。

琨乃遣使报虓，自与田徽径趋灵璧。一日，行至灵璧附近，又由侦骑报明，刘乔父子，合兵杀败东海军，追往谯州。琨即顾语田徽道：“果不出我所料，我等快往救东海王。”说毕，麾兵急进。到了谯州，正值刘乔父子，耀武扬威，驱杀越军。琨大喝一声，当先杀去。乔子祐见有来兵，持刀返斗，琨仗剑相迎，约有数十回合，未见胜败。田徽挥众上前，突入乔军，那东海王越，听得后面有战斗声，回头一顾，见有刘字旗号，料知刘琨等来援，也即返兵来战。两路军夹攻刘乔，乔拦阻不住，正在着忙，祐恐乃父有失，舍了刘琨，回马保父，忽斜刺里戳入一槊，适中祐胁，祐负痛伏鞍，兜头又劈下一剑，削去脑袋，坠死马下。这一槊是被田徽从旁刺入，一剑是由刘琨顺手劈下，两人结果祐命，越觉精神焕发，同往杀乔。乔哪里还敢招架，夺路飞跑。部众或死或溃，单剩得五百骑兵，奔投平氏县中，才得幸免。**不听弘言，枉送长子性命。**

刘琨田徽，与越相会，越慰劳备至，遂进屯阳武，直指关中。幽州都督王浚，复遣部将祁弘，率领鲜卑乌桓骑卒，前来助越，愿为先驱。于是兵威大盛，浩浩荡荡，杀奔长安。张方屯兵霸上，但遣吕郎往据荥阳，自己逗留不进。刘弘以张方残暴，料颙必败，因通书与越，愿归节制。刘准也按兵不动，眼见得关中大震，风鹤皆兵。颙闻刘乔败还，还想成都王颖，由洛拒越，阻他西行。颖既入洛都，当然不受颙命，究竟颖如何入洛，待小子表明原因。当时留洛诸官，尚与关中传达消息，所有诏旨，多半遵行。忽有玄节将军周权，诈称被诏，复立羊后，自称平西将军，意图讨颙。洛阳令何乔，探悉诈谋，引兵杀权，又将羊后废锢，报告行在。颙因羊后忽废忽立，终为后患，索性遣尚书田淑，持了一道伪敕，赐后自尽。留台校尉刘暾等，不肯照行，即使田淑奉还表章，力保羊后，大致说是：

奉被诏书，伏读惶悚，臣按古今书籍，亡国破家，毁丧宗祊，皆由犯众违人之所致也。自陛下迁幸，旧京廓然，众庶悠悠，罔所依倚。家有跋踵之心，人想銮舆之声，思望大德，释兵归农，而兵缠不解，处处互起，岂非善者不至，人情猜隔故耶？今宫阙摧颓，百姓喧骇，正宜镇之以静，而大使忽至，赫然执药，当诣金墉，内外震动，谓非圣意。羊庶人门户残破，废放空宫，门禁峻密，若绝天地，无缘得与奸人构乱。众无智愚，皆谓不然，刑书猥至，罪不值辜。人心一愤，易致兴动。夫杀一人而天下喜悦者，宗庙社稷之福也。今杀一枯穷之人，而令天下伤惨，臣虑凶竖乘间，妄生变故。臣忝司京辇，观察众心，实已忧深，宜当含忍。谨密奏闻，愿陛下更深与太宰参详，勿令远近疑惑，取谤天下，国家幸甚！臣民幸甚！

颙览表大怒，命吕郎自荥阳带兵，入洛收暾。暾自恐得祸，已先机遁往青州。成都王颖，适至河桥，趁着这个机会，径入洛阳，闭城拒郎。郎只好退去，羊后才得免死。**不如死得干净，省得后来出丑。**颙不能遏志，又因越军逼近，屡次传诏，促颖击越，颖终不报。颙急得没法，没奈何想出一策，欲与越议和。颙有妻舅缪胤，尝为太子右卫军，胤从兄播，又为中庶子，当东海起兵时，两人拟为颖调停，诣越进言令颙奉帝还洛，约与越分陕为伯。越素重二人才望，倒也屈志相从，使二人报颙立约。颙亦欲依议，偏张方硬加阻挠，厉声语颙道："关中为形胜地，国富兵强。王挟天子以令诸侯，谁敢不从？奈何拱手让人，甘为人制呢？"颙因此中止。

颙有参军毕垣，常为方所侮，衔恨不休，屡思设法害方，至越军相迫，得乘间语颙道："张方久屯霸上，盘桓不进，必有异谋。闻他帐下督郅辅，屡与密议，何不召入讯明，首先除患？"缪播缪胤，尚留关中，时亦在侧，也凑机插入道："山东起兵，无非为了张方一人，王诚斩方首以谢山东，东军自然退去了。"颙不禁耳软，便令人往召郅辅。辅本长安富人，方微时尝得辅资助，故引为心腹，此次应召入帐，毕垣在帐外候着，即握住辅手，引至密室，附耳与语道："张方欲反，有人谓君实知谋，所以王特召问，君来见王，将如何对答？"辅愕然道："我实不闻方有反谋，如何是好？"垣又佯惊道："休得欺我！"辅指天誓日，自明无欺。垣说道："平素知君真诚，故特相告，方谋反是实，君果不闻，倒也罢了，但王今问君，君但当应声称是，休得取祸。"辅点首入帐，向颙谒见。颙便启问道："张方谋反，卿可知否？"辅答了一个"是"字。颙又说道："即遣卿取方首级，卿可能行否？"辅又答了一个"是"字。颙乃付一手书，使辅送达张方，顺手取方首级。辅连答三个"是"字，退出见垣。垣复道："君欲取大富贵，便在此举，莫再误事。"辅匆匆还入方营，时已黄昏，辅佩刀入帐，帐下守卒，因辅是张方心腹，毫不动疑。方见辅回来，问为何事？辅递过颙书，方在灯下启函，正要详阅，不图辅拔刀砍方，砉然一声，方首落地。辅拾起方首，抢步趋出，竟向颙复命去了。小子有诗咏道：

> 挟众横行已有年，刀光一闪首离肩。
> 从知天道无私枉，恶报到头不再延。

颙得方首，进辅为安定太守，并将方首传送越军，与越议和。毕竟越肯否允议，待至下回表明。

　　本回事实，最为繁杂，要之不外乎颙越争权，张方煽乱，遂致生出许多纠缠。公师藩之起兵，名为助颖，实拒颙越，虓与模之起兵，助越而拒颙也，刘乔之起兵，助颙而拒越也，东平王楙，忽而助越拒颙，忽而助颙拒越，尤为离奇。刘弘本不助越，亦不助颙，厥后复转而助越拒颙者，非嫉颙，实嫉张方耳。凶恶如方，人人以为可杀，而颙独信之，故越之讨方，实为正理，与颙相较，固有彼善于此者在耳。及颙杀方求和，为时已晚，况又非出自本心乎？平心论之，颙之恶实不亚于方云。

第十九回

伪都督败回江左
呆皇帝暴毙宫中

却说太宰河间王颙，把张方首送与越军，总道是越肯允和，兵可立解，偏越将方首收下，不允和议，叱还去使，即遣幽州将领祁弘为前锋，西迎车驾，一面令部将宋胄往徇洛阳，刘琨往取荥阳。琨持方首，径至荥阳城下，揭示守将吕朗，朗即开城迎降，胄行至中途，又遇邺中军将冯嵩，奉遣来助，遂偕往洛都。成都王颖，兵单势寡，料不能守，便由洛阳出奔，西赴长安。到了华阴，闻颙已与越议和，且前次不受颙命，恐颙挟嫌谋害，不敢西进。颙因越军未退，复悔杀张方，穷诘郐辅，才察出虚情，把辅斩首。不及二缪，究是妻舅。遂遣弘农太守彭随与刁默等，统兵拒越，更令他将马瞻郭伟为后应。随与默行至关外，正与祁弘相遇，弘麾下多鲜卑兵，纵横驰突，锐厉无前，一阵冲击，把随默所领的部众，裂作数段。随不能顾默，默不能顾随，便即骇散，被弘杀退数里，伤毙多人。弘进至霸水，又遇颖将马瞻郭伟，一边是转战直前，势如潮涌，一边是临敌先怯，隐兆土崩。战不多时，马郭两将，又逃得不知去向，只晦气了许多士卒，冤冤枉枉，做了胡马脚下的垫底泥。造语新颖。败报连达关中，吓得颙魂驰魄散，不知所为。俄又有人入报道：“敌军已经入关，猖獗得了不得，大王须亟自为计。”颙至此也顾不得别人，忙自上马，扬鞭急走。侥幸逃出城外，旁顾并无随兵，只有坐骑还算亲昵，负他飞奔，自思孤身只影，不能远避，还是

134

窜入山谷，免得露眼，遂向太白山中，策骑驰去。*军阀失势，如此如此。*

祁弘杀入长安，无人敢当，一任鲜卑兵淫杀掳掠，伤亡至二万余人。百官都奔往山间，无处觅食，亏得橡实盈山，大家采拾若干，充作口粮。惠帝尚在行宫，无人保护，只好生死由命。幸司空越随后踵至，禁住淫掠，入宫谒见，又召集百官，即日东归，命太弟太保梁柳为镇西将军，留戍关中，自率各军奉帝还都，仓猝中不及备辇，便用牛车载着惠帝，及左右宫人，趋还洛阳，*何必这般急急。*途中还算安稳。及入洛城，由惠帝登御旧殿，朝见官僚，但觉得两阶积秽，四壁生尘，所有一切仪仗，统是七零八落，不由得悲感丛生，唏嘘下涕。*愚夫亦解此苦楚。*越率扈驾诸臣，草草拜谒，便算礼毕，转谒太庙，也是蟏蛸在户，庙貌不华，及返至宫中，虚若无人，不过有三五个老宫婢及六七个穷太监，充当服役。惠帝寂寞得很，忙草了一道诏书，使宫监持至金墉城，迎还故后羊氏。羊皇后又惊又喜，略略梳裹，便与来使乘车入宫，桃花无恙，人面重逢，惠帝好生喜欢，自然令她仍主中宫，颁诏内外。看官听着！这羊皇后也算命薄，一为继后，便遇着赵王伦的乱祸，后来五废五复，真是死里逃生，哪知磨劫重重，还是未了，请看官续阅下去，便见分晓哩。

是年为永兴三年六月，复改为光熙元年，诏赏迎驾诸臣，进司空越为太傅，录尚书事，范阳王虓为司空，仍令镇邺，宁北将军模为镇东大将军，守平昌公封爵，*模前时已封平昌公。*仍镇许昌，幽州都督王浚为骠骑大将军，都督东夷河北诸军事兼领幽州刺史。此外如皇太弟以下，各仍旧职。唯颖与颙不复提叙，但下了一道赦书罢了。

说也奇怪，当惠帝在长安时，江东却出了一个假皇太弟，居然承制封官，占踞一方。这假皇太弟，究是何人？原来是丹阳人甘卓。卓本为吴王常侍，曾与陈敏等同讨石冰，冰被陈敏穷追，为下所杀，*事见十五回。*卓亦得叙功受封，列爵都亭侯。嗣由东海王越引为参军，出补离狐令，因见天下大乱，弃官东归。行抵历阳，巧与陈敏相遇，数年阔别，一旦相逢，当然有一番叙谈。但敏却有特别秘谋，急切不便明说。惟与卓格外欢昵，愿订婚姻。卓有一女，正与敏子景年貌相当，敏求卓女为子妇，卓亦便即允从，不消数旬，男婚女嫁，当即成礼。不料敏与卓密议，竟要他假充皇太弟，立帜江东。*然是奇闻。*原来敏攻克石冰，自谓无敌，便想占据江左，敏父屡次呵阻，谓此子必灭我门，旋即忧死，敏丁艰去职。及东海起兵，越起敏为右将军前锋都督，乃易服从戎。灵璧一战，敏先败挫，得刘琨等助攻，方转败为胜。见前回。敏遂请东归，还次历阳，召集将士，意在图乱。适遇甘卓回来，想他作一帮手，于是先缔婚约，继与密谋。卓已中敏计，没奈何将错便错，就把皇太弟三字，作为头衔，拜敏为扬州刺史。敏因遣次弟恢及部将钱端等，南略江州，季弟斌东略诸郡，江州刺史应邈，扬州刺史刘机，丹阳太守王旷，俱闻风遁去。敏得据有江东，遍征名士，召顾荣为右将军，贺循为丹阳内史，周圮为安丰太守。顾荣见第四回，贺循周圮见十五回。循佯狂自免。圮亦称疾，不肯赴郡。荣前为中书侍郎，避乱家居，恐不从敏召，反触彼怒，乃从容前往，单骑见敏。敏正恨江东名士，多半却聘，拟尽加捕戮，闻荣肯来应召，怒气却消了一半，当即迎入。寒暄已毕，便与荣谈及恨事。荣答说道："中国丧乱，胡夷内侮，司马氏恐难复振，百姓不得安全，江南半壁，虽被石冰扰乱，人物尚称无恙，荣正虑无孙刘诸王，保抚人民，今得将军神武盖世，带甲数万，连下各州，先声已振，诚使委任君子，推诚相与，不记小忿，不听谗言。将见名流趋集，大事可图，上流各州郡，便传檄可定了。否则刑罚一加，人皆裹足，怎能济事？"幸有顾荣数语，方得保全江东名士。敏不禁心喜，起座谢教。遂使荣领丹阳内史，事辄与商。又复大会僚佐，嘱令大众推为楚公，都督江东诸军事，兼大司马，加九锡礼。伪言密授中诏，令自己溯江入汉，奉迎车驾。当下率兵出发，鼓棹前行。

镇南将军刘弘，丞遣江夏太守陶侃，与武陵太守苗亮，出堵夏口，又令南平太守应詹，调集水师，策应陶侃等军。是时，太宰颙尚在关中，亦命顺阳太守张光，带着步骑五千，至荆州协助刘弘，弘即使他前往复口，与侃合兵，侃与陈敏同郡，又与敏同年举吏。随郡内史扈怀，恐侃与敏相结，为荆州患，乃密白刘弘道："侃居大郡，握强兵，倘有异图，荆州便无东门了。"以小人腹，度君子心。弘笑答道："忠勤如侃，必无他虑，尽可放心。"怀乃退去。当有人传入侃耳，侃即令子洪及兄子臻，往荆为质，自明无贰。弘引为参军，且给资遣臻归省，临行与语道："贤叔出外御寇，君祖母年高，应该前去侍奉，匹夫交友，尚不负心，况身为大丈夫呢？"及臻归去，又加侃为督护，使他安心拒敏。驭将者固当如是。侃自然感激，整军待敌。适敏弟恢受乃兄伪命，挂了荆州刺史的头衔，充作前驱，进逼武昌。侃用运船为战舰，载兵击恢。或谓运船不便行军，侃怡然道："用官船击官贼，有何不便？但教统兵得人，无可无不可呢。"遂与恢交锋，连战皆捷。敏遣钱端继进，侃邀同张光苗亮二军，共击钱端。端又败却，荆州兵威，震响江淮。敏只好收兵回去，不敢再窥江汉。

刘弘乃遣张光西归，且表叙诸将战功，列光为首。南阳太守卫展语弘道："张光系太宰腹心，公既与东海连盟，何不把光斩首，自明向背？"弘摇首道："宰辅得失，与光无涉，危人自安，岂是君子所为？"说着，竟遣光西去。及光入关，东海军亦至长安，弘遣参军刘盘为督护，往会越兵。越奉驾东归，加弘车骑将军，余官如故。弘积劳成疾，年亦寖衰，方拟申请辞职，草表未上，病势遽剧，竟在任所告终。弘专督江汉，威行南服，事成尝归功他人，事败辄归咎自己，遇有兴废，致书守相，必叮咛款密，所以人皆感悦，无不效命。僚属私相语道："得刘公一纸书，远胜十部从事。"弘殁后统皆下泪。就是荆州士女，亦相率悲恸，若丧所亲，这可见刘公之惠泽及民了。朝议谥弘为元，追赠新城郡公。乱世有弘，可称一鹗。独弘司马郭劢，因弘已病殁，欲奉成都王颖入襄阳，奉为镇帅。弘子璠追述弘志，墨绖从戎，率府兵斩劢首，襄沔复安。太傅越手书致璠，甚加赞美，一面调高密王略代镇荆州。璠俟略莅任，奔丧还里。略行政未能如弘，寇盗又盛，有诏起璠为顺阳内史，使为略助。璠再出受职，江汉间翕然畏服，仍然安堵，父子济美，作述重光，却是晋史上的美谈。

还有南方的宁州，得了李氏兄妹二人，易危为安，也是出类拔萃的人材。宁州频年饥疫，边疆有一种五苓夷，逐渐强横，乘饥大掠，甚至围逼州城，刺史李毅，正患重病，又闻夷人进攻，急上加急，遽致气绝，州民大恐。忽有一位年甫及笄的女英雄，满身缟素，趋至府舍，号召兵民，涕泣宣誓，无非说是"父殁身存，当与全城共同生死，力拒夷虏"等语。大众瞧着，乃是刺史的爱女，芳名是一秀字，郑重出名，极写李女。不由的肃然起敬，齐声应命。李秀复说道："我是一女子身，恐难制虏，还仗诸位举一主帅，专司军政，方保万全。"大众见她气概不凡，声容并壮，料知不是个弱女子，竟同心一德，愿推李秀权领州事。秀又朗声道："诸位推我暂为州主，试想全城责任，何等重大？敢问大众肯听我号令么？"众又齐声道："愿听指挥！"秀乃部署兵士，分队守城，并手定赏罚数条，揭示城门。条文皆井井不乱，令人畏服。夷人围攻兼旬，昼夜不休。秀身穿银铠，足踏蛮靴，左持宝剑，右执令旗，镇日里登城巡阅，未尝少辍；每伺夷人懈弛，即出兵掩击，屡有斩获。夷人却也中馁，只一时不肯解围。既而城中粮尽，无米可炊，不得已熏鼠拔草，聊充口食。秀坚忍如故，士卒亦皆感奋，誓死不贰。可巧毅子钊自洛中驰至，手下却带有数百兵马，来救州城，秀亦从城中杀出，内外合攻，竟把夷虏杀退，得将州城保全。原来钊在洛阳就官，未曾随侍，此次毅得病身亡，当然由李秀报丧，并将夷人猖獗情形，一并告达，所以钊招募勇士，星夜南行，得与秀并力退敌。兄妹相见，如同隔世，秀即将州事让与乃兄，众亦愿奉钊为主。钊暂允维持，一面遣使入都，乞简刺史。晋廷选王逊为南夷校尉，兼刺宁州。逊既莅任，抚辑饥民，击平叛夷，那李钊兄妹，却早已扶榇回籍，居家守制去了。《晋书》不载此事，《列女传》亦不列李秀，唯《通鉴》于光熙元年三月，略叙其事，特表出之，以志女豪。

且说成都王颖，自洛阳奔至华阴，逗留数日，闻关中已破，车驾还洛，乃复折回南行，竟至新野。荆州司马郭劢，与颖勾通，为刘璠所杀，见上。颖知栖身无所，复渡河北向，欲走依公师藩。偏被顿邱太守冯嵩，要截途中，执颖送邺。范阳王虓，遂把颖拘禁起来，公师藩自白马渡河，前来寇邺。虓飞檄兖州刺史苟晞，统兵迎击，一战败师藩，再战斩师藩，独汲桑石勒等遁去，为后文伏线。晞仍还原镇，虓旋病死邺中。长史刘舆，恐邺人释颖图乱，因令人假充朝使，逼颖自尽，然后为虓发丧，上报朝廷。颖二子皆被杀死。旧有僚属，统已散尽，唯卢志自洛随奔，始终不离，并收殓颖尸，购棺暂厝。贵为皇太弟乃如此收场，争权利者其鉴诸！太傅越得知底细，嘉志信义，特召为军谘祭酒。又因刘舆防变未然，亦有殊劳，并征令入洛。越左右却先入白道："舆犹腻物，近即害人。"越即记入胸中，待舆到来，即淡漠相遇，不甚加礼。舆密视天下兵簿及仓库牛马器械等，一一详记，至会议时，他人不能猝答，舆独应对如流。越不禁倾倒，叹为奇才，立命为左长史，宠任无比，并与商及镇邺事宜。舆请调东嬴公腾镇邺中，所有并州刺史遗缺，荐了一个胞弟刘琨，谓可委镇北方。荐人之弟，亦荐己之弟，可谓两面顾到。越无不依议，便表琨为并州刺史，且进东嬴公腾为东燕王，领车骑将军，移督邺城诸军事。双方交代，事见后文。

唯河间王颙，逃入太白山中，匿居多日，不敢出头。会故将马瞻等，收集散卒，混入长安，杀毙关中留守梁柳，更偕始平太守梁迈，至太白山迎颙入城。偏弘农太守裴廙，秦国内史贾龛，安定太守贾疋等，疋即古文雅字。复起兵击颙。马瞻梁迈，为颙效力，立即率兵三千，前往拦阻。终因寡不敌众，一同战死。颙惶急无措，还幸有平北将军牵秀，镇守冯翊，特来援颙，得将三镇兵击退。太傅越闻颙又入关，忙遣督护麋晃，引兵西讨，途次接得三军败耗，惮不敢进。怎料到颙复内变，长史杨腾，欲叛颙归越，诈传颙命，至秀军前，饬秀罢兵。秀出营相迎，兜头遇着一刀，竟尔毙命。这一刀不必细猜，便可知是杨腾下手了。秀本为颖将，随颖入关，乃为颙用，前时曾枉杀陆机，此次也遭人枉杀，天道好还，毕竟不爽。应十五回。腾既斩牟秀，又诳秀军，但说是奉令而行。兵士以秀无辜遭诛，益不服颙，相率散去。腾持秀首送入晃营，晃正拟进关，适都中传出急诏，乃是惠帝暴崩，太弟登基，循例大赦，眼见得是不必讨罪，乐得守候中途，静俟后命。

　　看官道惠帝何故暴亡？相传为被太傅越鸩死，惠帝并无疾病，一夕在显阳殿中，食饼数枚，才逾片刻，腹中忽然搅痛，不可名状，但卧倒床上，辗转呼号，当由内侍飞召御医。至御医入宫，见惠帝眼白口开，已不省人事，诊视六脉，已如散丝，便接连摇首道："罢了！罢了！不可救药了！"宫人问他是何病症，他尚未敢说明，及穷诘底细，方轻轻说出"中毒"二字，一溜烟似的出宫去了。究竟毒为何人所置，也无从查考，不过太傅越身秉国政，眼睁睁的视主暴崩，一些儿不加追究，便遣侍中华混等，急召太弟炽嗣位，显见得无私有弊呢。尚有一层可疑的情由，皇后羊氏，恐太弟得立，自己只做了一个皇嫂，不得为太后，已密召清河王覃，入尚书阁，有推立意。偏太弟炽同时进来，又由太傅越从旁拥护，一时情见势绌，没奈何闭口无言，任炽即位。照此看来，内外早生暗斗，后欲立覃，越欲立炽，呆皇帝做了磨心，平白地被人毒死，十有其九，是越进毒，羊后恐无此胆量呢。若使羊后进毒，应该先召清河王入宫了。统计惠帝在位十六年，改元七次，享年四十八岁。

　　太弟炽系武帝幼子，入承兄祚，大赦天下，是谓怀帝。尊谥先帝为孝惠皇帝，即号羊后为惠皇后，移居弘训宫，追尊所生太妃王氏为皇太后，立妃梁氏为皇后，命太傅越辅政。越请出诏书，征河间王颙为司徒。明明有诈。颙但困守长安一城，长安以外，统是附越，自知不能孤立，不如应诏赴洛，还可自解。这叫做挤死吃河豚。当下挈眷登车，出关东行，路过新安，忽来了一班起起武夫，手持利刃，拦住去路，且大声喝道："快留下头颅，放你过去！"头颅留下，怎能过去，这是作者调侃语，并非不通。颙出一大惊，但至此已逃无可逃，不得不硬着头皮，颤声问道："你等从何处差来，敢阻我车？"那来人反唇相诘，颙答道："我是河间王，现奉诏入洛，受职司徒，你等是大晋臣民，应该拜谒，怎得无礼？"来人一齐哗笑道："你死在眼前，还要称王说帝，岂不可笑？"说至此，便有数人跃登车上，把颙揪倒，扼住颙喉。颙有三子，都上前相救，怎禁得这班悍党，拳打足踢，把三子陆续击死。颙被扼多时，气不能达，两手一抖，双足一伸，呜呼哀哉！小子有诗叹道：

> 豆釜相煎何太急？瓜台屡摘自然稀。
> 试看骨肉摧残尽，典午从兹慨式微。

究竟是何人杀颙，且至下回再表。

帝室相残，内讧四起，即如江东陈敏，不度德，不量力，妄思占踞半壁，称雄南方，意者其亦张昌邱沈之流亚欤？父怒灭门，竟致忧死，不忠不孝，安能有成？观其劫持甘卓，使充太弟，指鹿为马，掩耳盗铃，尤觉可笑。及溯江西上，有刘弘以坐镇之，有陶侃以出御之，两战皆败，奔还扬州，非不幸也，宜也。弘父子以保境成名，尚有李氏兄妹，亦力捍宁州，乱世未尝无人，在朝廷之用与不用耳。但李秀一女子身，竟能誓众御夷，食尽不变，七尺须眉，能无愧死，此本回之所以大书特书也。至若颖颙之死，皆由自取，而惠帝遇毒，戚亦自诒，以天下之大愚，致天下之大乱，其得在位十余年者，犹幸事耳，与东海何尤哉？然东海之敢行鸩主，罪固不可逭矣。

第二十回

战阳平苟晞破贼垒
佐琅琊王导集名流

　　却说新安杀颙的武夫，似盗非盗，实是由许昌将军梁臣，领着健卒数百名，扮做强盗模样，截路杀颙。许昌镇帅，是太傅越弟模，梁臣为许昌将，当然为模所遣。模杀颙后，就加封南阳王，可知主动力出越一人，自无疑义。前冀州刺史温羡，已起为中书监，得进官司徒，尚书仆射王衍，升授司空。*羡与衍均见十八回。*待惠帝安葬太阳陵，已是腊残春至，元日由怀帝御殿受朝，改元永嘉，颁诏大赦，除三族刑。族诛本是虐政，但怀帝诏令革除，亦特别施仁，乃是太傅越所陈请，就中也有一段原因。自从清河王覃，不得入嗣，仍然退居外邸，覃舅吏部郎周穆与妹夫御史中丞诸葛玫，尚欲立覃，共向越进言道："今上得为太弟，全出张方私意，不洽众情。清河王本为太子，无端见废，先帝暴崩，多疑太弟，公何不效伊霍盛事，安宁社稷呢？"语尚未终，越不禁瞋目道："大位已定，汝等尚敢乱言？罪当斩首！"两人吓得魂不附体，还想哀词辩诉，偏越毫不容情，即命左右驱出两人，赏他两刀。*穆与玫贸然进言，真是该死，但越未尝拷问，便即处斩，隐情亦可知了。*穆为越姑子，本应援大逆不道的故例，罪及三族，越总算法外行仁，表称玫穆世家，身外不应连坐，且因此请除三族旧刑。于是怀帝得下此诏，名为仁政，仍然由太傅越暗中营私呢。

　　越又请追复废太后杨氏尊号，依礼改葬，谥为武悼。怀帝年二十四，尚无子嗣，越因清河王未绝众望，不能无虑，乃倡议建立储君，即以清河王弟诠为太子。诠曾受封豫章王，尚在髫龄，越主张立诠，也是一番调停的苦心。怀帝践阼未久，不得不勉从越议，但因立储一事，免不得心下怏怏，乃援武帝旧制，听政东堂，每日朝见百官，辄留意庶政，勤谘不倦。黄门侍郎傅宣，叹为复见武帝盛事。怎晓得怀帝隐衷，是欲亲揽万机，免得军国大权，常落越手，越亦暗中窥透，自愿就藩。一再奉表，得邀俞允，许以原官出镇许昌，即调南阳王模为征西大将军，都督秦雍梁益四州军事，镇守长安。改封东燕王腾为新蔡王，都督司冀二州军事，乃居邺中。腾前镇并州，屡遇饥年，又尝为汉刘渊部众所掠，自刘琨出刺并州，移腾镇邺。腾喜出望外，不待琨至，便即东下。吏民万余人，统随腾就食冀州，号为乞活，所遗人口，不满二万家，寇贼纵横，道路梗塞。**腾移镇邺中，琨出刺并州，均见前回。**琨至上党，探得前途多阻，乃募兵得五百人，且斗且前，得至晋阳。晋阳境内，也是萧条不堪，经琨抚循劳徕，流民渐集，才得粗安。腾至邺城，总道是出险入夷，可以无恐，那知汲桑石勒，复来相扰，好好一条性命，被两寇催索了去。**人有旦夕祸福。**

桑自公师藩败没，乃逃入牧马苑中，勒亦相随未散，**回应前回。**两人乃纠集亡命，劫掠郡县，桑自称大将军，署勒为讨虏将军，又声言为成都王报仇，转战至邺。腾仓猝闻警，亟调顿丘太守冯嵩，移守魏郡，堵御寇盗。嵩出兵迎击，禁不住寇势凶横，竟至败绩。石勒为桑前锋，长驱至邺，腾素来悭吝，更因邺中府库空虚，格外鄙啬，待遇军士，务从克扣，部下皆有怨言。至石勒兵至城下，不得已犒赐将士，促令守城。但每人不过给米数升，帛数尺，将士未惬所望，当然不愿尽力，一哄而散。**死不放松，亦何愚蠢。**腾支撑不住，轻骑出奔。桑将李丰，窥悉腾踪，从后追蹑，约至数十里外，与腾相及。腾无可逃生，只得拔出佩刀，拨马交战，才经数合，被李丰刺中要害，跌落马下。从吏或死或逃，一个不留。丰斩了腾首，返报汲桑。桑与石勒已入邺城，放火杀人，无恶不作。邺宫室尽被毁去，烟焰蔽霄，旬日不灭。复发出成都王颖棺木，载诸车上，呼啸而去。再从南津渡河，将击兖州。太傅越得知消息，飞调兖州刺史苟晞，及将军王赞等，往讨桑勒。两下里相遇阳平，却是旗鼓相当，大小三十余战，互有杀伤，历久未决。太傅越乃出屯官渡，为晞声援，晞颇善用兵，见桑与勒锐气未衰，连战不下，索性不与交锋，固垒自守，以逸待劳。流寇最怕此策，既不得进，又不得退，坐至粮尽卒疲，各有散志。晞连日坐守，任令挑战，不发一兵，及见寇垒懈弛，始督军杀出，连破桑营，毁去八垒，毙贼万余。桑与勒收拾余众，渡河北走，又被冀州刺史丁绍，邀击赤桥，杀死无数。桑奔还马牧，勒逃往乐平。桑与勒从此分途。太傅越连接捷报，方还屯许昌，加丁绍为宁北将军，监督冀州军事，仍檄苟晞还镇兖州，加官抚军将军，都督青兖军事。王赞亦从优加赏，不消细述。唯东平王楙，前经刘琨田徽等出兵，怯走还镇，不敢与苟晞相抗，又经越调还洛阳，在京就第，怀帝即位，改封为竟陵王，拜光禄大夫，也不过循例议叙，不假事机，所以晞久镇兖州，训练士卒，累战不疲，威名称盛。叙入东平王，找足十八回文字。汲桑逃回牧苑后，乞活于田甄、田兰等，聚众同仇，为腾报怨，入攻马牧。桑不能拒，窜往乐陵，被甄兰等追上杀死，且将成都王颖遗棺，投入眢井中。枯骨尚遭此劫，生前何可不仁？嗣经颖旧日僚佐，再为收瘗及东莱王蕤子遵，奉怀帝诏，继承颖祀，乃得迁葬洛阳。东莱王蕤，系齐王攸子。

独石勒自乐平还乡，正值胡部大张背督等，入据上党，胡人呼部长为部大，姓张名背督。遂趋往求见。背督本无智略，徒靠着一身蛮力，做了头目，勒能言善辩，见了背督，说出一番绝大的议论，顿使背督心服，唯命是从。原来勒欲往投刘渊，因恐孑身奔往，转为所轻，乃特向背督游说，劝令归汉。见面时先恭维数语，引起背督欢心，旋即迎机引入道："刘单于举兵击晋，所向无敌，独部大拒绝不从，如果得长久独立，原是最佳，但究竟有此能力否？"背督沉吟道："这却不能。"勒又道："部大自思，不能独立，何不早附刘单于？倘迟延不决，部下或受单于赏募，叛了部大，自往趋附，反恐不妙。"背督瞿然道："当如君言。"说着，即令部众守候上党，自与勒谒刘渊。渊正招致枭桀，当然延纳，授勒为辅汉军，封平晋王，命背督为亲汉王，使勒至上党召入胡人，即归勒统带，作为亲军。乌桓长伏利度，有众二千，出没乐平。渊尝遣人招徕，屡为所拒。勒却为渊设策，佯与渊忤，出奔伏利度。伏利度大喜，与勒结为弟兄，使勒率众回掠，勇敢绝伦，众皆畏服。勒复买动众心，益得众欢，遂返报伏利度。伏利度出帐迎勒，被勒握住两手，呼令部众将他缚住，且遍语众人道："今欲起大事，我与伏利度，何人配做主帅？"大众愿推勒为主。勒即笑顾伏利度道："众愿奉我，我尚不能自立，只好往从刘大单于，试问兄究有何恃，能反抗刘单于呢？"伏利度已被勒缚住，且思自己果不及勒，乃愿从勒教。勒遂亲为释缚，并为道歉，使伏利度死心塌地，始从勒归汉。勒弄伏利度如小儿，确是有些智术。刘渊大喜，复加勒都督山东征讨诸军事，并将伏利度旧有部众，统付勒节制调遣。勒遂得如虎生翼，不可复制了。

话分两头，且说伪楚公陈敏，占据江左，已历年余，刑政无章，民不堪命，又纵令子弟行凶，不加督责。顾荣等引以为忧，常欲图敏。适庐江内史华谭，遗荣等密书，且讽且嘲，略云：

> 陈敏盗据吴会，命危朝露，诸君或剖符名郡，或列为近臣，而更辱身奸人之朝，降节叛逆之党，不亦羞乎？吴武烈孙坚。父子，皆以英杰之才，继承大业，今以陈敏凶狡，七弟顽穴，欲蹑桓王孙策。之高踪，蹈大皇之绝轨，远度诸贤，犹当未许也。皇舆东返，俊彦盈朝，将举六师以清建业，即金陵。诸贤何颜复见中州之士耶？幸诸贤图之！

荣得书，且愧且奋，因即密遣使人，往约征东大将军刘准，使发兵临江，自为内应，剪发明信。准乃遣扬州刺史刘机，出向历阳，领兵讨敏。敏亟召荣入议，荣答道：“公弟广武将军昶，历阳太守宏，均有智力，若使昶出屯乌江，宏出屯牛渚，据守要害，虽有强敌十万，也不敢入窥了。”敏即依荣议，分兵与二弟昶宏，令他去讫。尚有弟处在敏侧，待荣退出，便密语敏道：“弟恐荣不怀好意，欲遣开我等兄弟，使彼得居中行事，一或生变，患且不测，不如先杀荣等为是。”敏瞋目道：“荣系江东名士，相从年余，并未闻有异志，今遣我二弟，正恐别人未必可恃，故有此议，汝奈何叫我杀荣？荣一冤死，士皆离心，我兄弟尚得生活么？”杀荣原未必能生，不杀荣，愈觉速死。昶司马钱广与周玘同为安丰人民，玘因递与密缄，劝令杀昶，协图反正。广复称如命，待昶至中途安营，熟睡帐中，即持刀突入，把昶刺死，即将昶首持示大众，谓已受密诏诛逆，如敢抗旨，夷及三族。众唯唯从命，遂由广勒兵回来，驻扎朱雀桥南，传檄讨敏。

敏闻广杀昶为变，惊惶得很，便遣甘卓拒广，所有坚甲精兵，尽付卓带去。顾荣恐敏动疑，忙驰入白敏道：“广为大逆，义当速讨，但恐城内或有广党，意外构变，所以荣特来卫公。”敏愕然道：“卿当四出镇卫，怎得就我？”荣乃辞出，竟往说甘卓道：“江东事如果有成，我等理应努力，但看今日情势，可得望成功否？敏本庸才，政令反复，计划不一，子弟又各极骄矜，不败何待？我等尚安然受他伪命，与彼同尽？使江西诸军，函首送洛，指为逆贼顾荣甘卓首级，这岂非万世奇辱么？请君三思后行！”卓踌躇道：“我本意原不愿出此，只因女为敏媳，堕入诡计，勉强相从，今若背敏，未始不是正理，只我女不免惨死了。”荣慨然道：“以一女害三族，智士不为，且今日何尝不可救女呢？”卓造膝问计，荣与附耳数言，卓乃转忧为喜，俟荣退去，即出至朱雀桥，与广对垒，诘旦伪称有疾，高卧不起，亟遣使报敏，令女出视。敏尚不知有诈，竟遣卓女往省。卓得见爱女，麾兵渡桥，将桥拆断，与广合兵，并把北岸船只，一股脑儿撑至南岸。于是顾荣、周圯及丹阳太守纪瞻等，统与甘卓钱广，联合一气，同声讨敏。

敏闻报大惧，没奈何召集亲兵，得万五千人，出城御卓。两军隔水列阵，卓遥语敏军道：“本欲与汝等同事陈公，奈顾丹阳周安丰等名士，已皆变志，我亦不能支持，汝等亦宜早思变计。”敏众闻言，尚是狐疑未决，俄见顾荣跃马而出，揽辔遥语道：“陈敏为逆，上干天怒，今新主当朝，派兵来讨，早晚将至，我等亦受密诏讨逆，汝等何尝不去，难道自甘灭族么？”说着，将手中所执的白羽扇，向敌一麾，敌众哗散，只剩下陈处一人，余皆溃去。一扇贤于十万军。敏亦只好回头北走，处随后同奔。顾荣复把白羽扇向后一招，部众即下舟渡江，登岸追敏。行不数里，便将敏兄弟擒住，解回建业。荣与甘卓等人，已尽入建业城，当即将敏兄弟处斩。敏长叹道："诸人误我，致有今日！"还要怨人。又顾弟处道："我负卿，卿不负我。"就使听了弟言，亦未必不致死。霎时间双首尽落，昆季归阴，所有敏弟及子，一并捕诛。只卓女不免守孀。

是时，征东大将军刘准，已经调任，继任为平东将军周馥。建业诸军，函着敏首，送交馥处，馥又传敏首至京师。有诏叙讨逆功，征顾荣为侍中，纪瞻为尚书郎太傅，太傅越辟周圯为参军。荣等奉命北行，到了徐州，闻北方未靖，仍复折回，朝廷特派琅琊王睿为安东将军，都督扬州诸军事，使镇建业。睿由下邳启行，仍用王导为司马，同至江东，每事必向导咨谋，非常亲信。导劝睿优礼名贤，收揽豪俊，睿当然依从。但睿尚无重望，为吴人所轻，所以睿虽加意旁求，总觉乏人应命。导为睿设策，从睿临江观禊，睿但乘肩舆，导与掾属，皆跨着骏马，安辔徐行。吴中人士，望见仪从雍容，始知睿真心爱士，相率称扬。可巧顾荣纪瞻等，亦在江乘修禊，得睹丰采，也觉倾心，不由得望尘下拜。睿下舆答礼，毫无骄容，益令荣等悦服。及睿已回城，导因语睿道："吴中物望，莫如顾荣贺循，宜首先汲引，维系人心，二人肯来，外此无虑不至了。"睿乃使导往聘循荣。循荣各欢喜应命，随导见睿。睿起座相迎，殷勤款接，立授循为吴国内史，荣为军司，兼散骑常侍，所有军府政事，无不与谋。荣与循转相荐引，名流踵至。纪瞻入为军祭酒，周玘进为仓曹属，外如济阴人卞壶，为从事中郎，琅琊人刘超为舍人，吴人张闿及鲁人孔衍，并为参军，端的是英才济济，会聚一堂。吴中幕府，于斯为盛。为政在人，观此益信。睿颇好酒，或致废事。导婉言进规，睿即引觞覆地，不复再饮。导又尝语睿道："谦以接士，俭以足用，清静为政，抚绥新旧，这便是创成大业的根本呢。"睿一一依议，见诸施行。果然吴会风靡，一体归诚。相传睿初生时，神光满室，户牖尽明，及年渐长成，日角上忽生长毫，皑白有光，隆准龙颜，目有精采，顾盼烨然。十五岁嗣父觐遗封，得为琅琊王，侍中嵇绍，见睿状貌，便语人道："琅琊王毛骨非常，前途难量，当不至终身为臣，就是天子仪表，亦不过如是罢了。"既而太妃夏侯氏，病殁琅琊，睿表请奔丧，葬毕还镇，加封镇东大将军，开府仪同三司。

唯尚有一条异闻，载诸稗史，流传今古，当非尽诬。睿名为觐子，实为小吏牛金所生。觐妃夏侯氏，貌赛王嫱，性同夏姬，因小吏牛金入值，见是美貌少年，就与他眉挑目逗，竟成苟合，未几即身怀六甲，产下一男，觐颇有所疑，因爱妃貌美，生子又有异征，遂含忍不发，认为己子。从前司马懿执政时候，闻玄石图记中，有牛继马后的谶文，尝隐忌牛氏，把将校牛金鸩死。哪知后来复出一牛金与他孙妇勾引成奸，居然生下一睿，为司马氏后继，保住江东半壁，即位称帝，号为中兴，这大约是天数已定，人事难逃，凭你司马懿足智多谋，也不能顾及子孙，防闲终古呢。我说还是司马氏幸运，别人替他生子，多传了百余年。小子有诗咏道：

中冓遗闻不可详，但留一脉保残疆。

若非当日牛金力，怀愍沉沦晋已亡。

江东得睿镇守，差幸少安，惟江东以外，乱势方炽，不可收拾，欲知详情，试看下回接叙。

　　东嬴公腾，借兄之力，晋受王封，且调镇邺中，得避胡寇，可谓踌躇满志，不意有汲桑石勒之乘其后，攻邺而追戕之。塞翁得马，安知非祸？腾亦犹是耳。苟晞用深沟固垒之谋，卒败桑勒，桑窜死而勒北走，奔降刘渊，天不祚晋，欲留一痈以为晋患，此勒之所以终得逃生也。彼陈敏之盗据江东，智不若勒，乃欲收揽名士，而卒为名士所倾，夫岂名士之无良？正以见名士之有识耳。况琅琊王睿，移镇建业，得王导之忠告，招名士而礼用之。卒以成中兴之业，名士之有益于国，岂浅鲜哉？本回于琅琊王事，特别从详，正为后来中兴写照，不用贤则亡，削何可得，子舆氏固不我欺也。

第二十一回

北宫纯力破群盗
太傅越擅杀诸臣

　　却说江南既平，河北一带，尚是未靖，太傅越虽出镇许昌，朝政一切，仍然由他主持，怀帝统未得专行。越以邺中空虚，特请简尚书右仆射和郁为征北将军，往守邺城，且令王衍为司徒，怀帝自然准议。衍因往说越道："朝廷危乱，当赖方伯，须得文武兼全的人材，方可任用。"越问何人可使？衍却援举不避亲的古例，即将二弟面荐，一是亲弟王澄，一是族弟王敦。越便允诺，奏请授澄为荆州刺史，敦为青州刺史。有诏令二人任职，二人当然不辞。衍喜语二弟道："荆州内江外汉，形势雄固，青州面负东海，亦踞险要，二弟在外，我在都中，正好算作三窟了。"*老天不由你料奈何？看官记着！*荆州自高密王略出镇，亏得刘璠出为内史，才得安堵，*见十九回。*略未几即死，后任为山涛子山简，因璠得众心，未免加忌，特奏请迁调。*不及乃父远识。*晋廷徙璠为越骑校尉，荆湘遂从此多事。澄虽有虚名，无非是王夷甫一流人物，*衍字夷甫。*徒尚空谈，不务实践，要他去镇守荆州，眼见是不能胜任呢。王敦眉目疏朗，神情洒脱，少时即号称奇童，得尚武帝女襄城公主，拜驸马都尉，兼太子舍人，声名尤盛。但素性残忍，不惜人死，从弟王导，曾说他不能令终，太子洗马潘滔，亦尝讥他豺声未振，蜂目已露，人不噬彼，彼将噬人。如此刚暴不仁，衍却替他荐引，恃作护符，这也是知人不明，徒增妄想罢了。*为澄敦二人后来伏案。*

敦甫经莅镇，即由太傅越征令还朝，授中书监，敦不免失望，但也只好奉召入都。青州刺史一缺，由兖州刺史苟晞调任，晞屡破巨寇，为越所重，常引晞升堂，结为异姓兄弟。此时潘滔为越长史，屏人语越道："兖州为东方冲要，魏武尝借此创业，现由苟晞居守有年，若晞有大志，便非纯臣，今不若移镇青州，厚加名号，晞必欣然徙去，公乃自牧兖州，经纬诸夏，藩卫本朝，这才叫做防患未然哩。"越颇以为然，自为丞相，领兖州牧，都督兖豫司冀幽并诸州军事，加苟晞为征东大将军，都督青州诸军事，领青州刺史，封东平郡公。晞虽奉调东去，却已是猜透越意，暗暗生嫌。他本来严刑好杀，不肯少宽，在兖州时，迎养从母，颇加敬礼。从母为子求将，晞摇首道："王法无亲，若一犯法，我不能顾及从弟了，不如不做为妙。"从母固请如初，晞乃说道："不要后悔。"因令为督护。后来果然犯法，晞即令处斩。从母叩头吁请，乞贷一死，晞终不从。及斩讫返报，乃素服临哀，且哭且语道："斩卿是兖州刺史，哭弟是苟道将。"<small>晞字道将。</small>部下见他情法兼尽，很是惮服。<small>实是一种权诈手段。</small>至移镇青州，复思以严刑示威，日加杀戮，血流成川，州人号为屠伯。

晞弟名纯，亦颇知兵，由晞遣讨盗目王弥，得获胜仗。弥为怄<small>音坚，县名。</small>令刘伯根长史，伯根尝纠众作乱，为幽州都督王浚讨平，独弥亡命为盗，再集伯根遗众，出没青徐。阳平人刘灵，少时贫贱，力大无穷，能手挽奔牛，足及快马，尝恨无人举引；又见晋室寖衰，不由得抚膺太息道："老天！老天！我一贫至此，莫非令我造反不成？"及闻王弥为乱，也招致盗贼，揭竿起事，乃自称大将军，寇掠赵魏。已而弥为苟晞所败，灵为别将王赞所败，两人俱奉书降汉，敛迹不出。忽顿邱太守魏植，为流民所迫，有众五六万，大掠兖州。太傅越急檄苟晞进援，晞出屯无盐，留弟纯居守青州。纯嗜杀行威，比晞还要利害，州民生谣道："一苟不如一苟，小苟毒过大苟。"<small>如此凶残，安望有后。</small>未几晞得诛植，乃仍还青州。偏王弥又复蠢动，党羽集至数万人，分掠青徐兖豫四州，所过残戮，郡邑为墟。苟晞再奉诏出征，连战未克，太傅亦下令戒严，移镇鄄城。

会闻前北军中侯吕雍与度支校尉陈颜等，谋立清河王覃为太子，便由越一道矫诏，遣将收覃，幽锢金墉城。过了旬月，索性命人贲鸩，把覃逼死。<small>拥立者，也属无谓；加害者，抑何太毒？</small>但越只能制内，不能制外，那王弥竟从间道突入许昌，且自许昌进逼洛阳，越亟遣司马王斌，率甲士五千人入卫京师。还有凉州刺史张轨，亦遣督护北宫纯等，领兵入援。轨系汉张耳十七世孙，家住安定，才华明敏，姿仪秀雅，与同郡皇甫谧友善，隐居宜阳女儿山。泰始初年叔父锡入京为官，轨亦随侍，得授五品禄秩，嗣复进官太子舍人，累迁散骑常侍征西军司。他见国家多难，谋据河西，筮得《周易》中泰与观卦，投筮大喜道："这是霸兆，得未曾有哩。"遂求为凉州刺史。天下无难事，总教有心人，果然得如所愿，一麾出守，及至凉州，适鲜卑为寇，盗贼纵横，便即调兵出讨，斩首万余级。嗣是威著西州，化行河右。张轨后嗣建国称凉，号为前凉，故特从详叙。至是闻王弥寇洛，因遣将勤王。晋廷方命司徒王衍，都督征讨诸军事，发兵出御辕辕，被王弥一阵杀败，兵皆溃归，京师大震，宫城昼闭，弥竟进攻津阳门。可巧凉州兵驰至，统将北宫纯，入城见衍，与东海司马王斌会师，相约出战。纯愿为前驱，选得勇士百余人，作为冲锋，疾驰而出，与弥对垒，才经交锋，由纯飐动令旗，便突出一队身长力大的壮士，跨着铁骑，持着利刃，不管那枪林箭雨，只硬着头冲将进去。凉州兵也不肯落后，既有勇士为导，当然拼了性命，一齐跟入，任他王弥党羽，是百战剧盗，都落得心慌意乱，纷纷倒退。北宫纯趁势杀上，王斌亦领兵继进，杀得盗党血流漂杵，尸积成山。王弥大败，抱头东窜。

都中又驱出一支生力军，系是王衍所遣，军官是左卫将军王秉，来应北宫纯王斌两军。两军正追杀数里，稍觉疲乏，因即让过王秉一路人马，听令追去。秉追至七里涧，王弥见来军服饰，与前略殊，还道是强弱不同，复思回身一战，当下勒马横刀，令盗众一律返顾，与秉接仗。盗众勉强应命，但已是胆怯得很，不耐久斗，略略交手，又复溃散。弥始知不能再战，只得与部下盗目王桑，逃出轵关，竟去投汉。汉主刘渊，与弥本有旧交，当即遣使郊迎，且传令语弥道："孤已亲至客馆，拂席洗爵，敬待将军。"弥闻令大喜，便随入见渊。渊即面授弥为司隶校尉，加官侍中，且命王桑为散骑侍郎。刘灵得王弥归汉消息，也亲往谒渊，受封平北将军。渊收了两个大盗，便用为向导，使子聪带兵数千，同袭河东。

可巧北宫纯自洛阳旋师，途次与聪兵相值，即杀将过去。聪不意官军掩至，顿时忙乱，且疑此外尚有伏兵，不敢恋战，匆匆的收兵遁回，麾下已死了数百人，纯乃归凉州，禀明张轨，申表奏闻。有诏封轨为西平郡公，轨辞不受命，且屡贡方物，藩臣中推为首忠，也是确评。

唯刘渊闻聪败还，未免失望，且因并州一带，由刘琨据守晋阳，无隙可乘，前遣将军刘景往攻，亦遭一挫，两方面统是败仗，尤觉得忧悔交并。侍中刘殷王育进议道："殿下起兵以来，年已一周，乃专守偏方，王威未振，甚属可惜。诚使命将四出，决机大举，枭刘琨，定河东，建帝号，鼓行南下，攻克长安，作为都城，再用关中士马，席卷洛阳，易如反掌。从前高皇帝建竖鸿基，荡平强楚，便是这番谋画，殿下何不仿行呢？"渊不禁鼓掌道："这正是孤的初心呢！"遂号召大众，亲自督领，趁着秋高马肥的时候，祃纛起行。到了平阳，太守宋抽，惊惶得了不得，弃城南奔。渊得拔平阳城，再入河东。太守路述，却是有些烈性，募集兵民数千，出城搦战，怎奈众寡不敌，伤亡多人，没奈何退守城中。渊督众猛攻，相持数日，城垣被毁去数丈，一时抢堵不及，竟为胡马所陷。述还是死战，力竭捐躯。渊连得数郡，遂移居蒲子。上郡四部鲜卑陆逐延，氐酋单征，并向渊请降。渊又遣王弥石勒，分兵寇邺，征北将军和郁，也是贪生怕死，走得飞快，把一座河北险要的邺城，让与强胡。于是渊得逞雄心，公然称帝，大赦境内，改元永凤。命嫡子和为大司马，加封梁王，尚书令刘欢乐为大司徒，加封陈留王，御史大夫呼延翼为大司空，加封雁门郡公；同姓以亲疏为等差，各封郡县王；异姓以勋谋为等差，各封郡县公侯，就把这蒲子城，号为汉都。

看官记着！当时氐酋李雄，与刘渊同时称王，此次渊僭号称尊，比李雄还迟二年。李雄称帝，国号成，改元晏平，且在晋惠帝末年六月中。刘渊称帝，是在晋怀帝二年十月中。小子属辞比事，前文未及西陲，无复插叙，此次为刘渊称帝，不能不补叙李雄。五胡十六国开始，就是李雄刘渊两酋长，最早僭号，看官幸勿责我漏落呢。

补笔说得明白，更足令阅者醒目。

渊既僭号，两河大震。晋廷遣豫州刺史裴宪，出屯白马，车骑将军王堪，出屯东燕，平北将军曹武，出屯大阳，无非为防汉起见。偏刘渊得步进步，不肯少休，复遣石勒刘灵率众三万，进寇魏汲顿邱三郡，百姓望尘降附，多至五十余垒。勒与聪请诸刘渊，各给垒主将军都尉印绶，并挑选壮丁五万为军士，老弱仍令安居。魏郡太守王粹，领兵抵御，一战即败，被勒活捉了去，押至三台，一刀毕命。越年为晋怀帝永嘉三年，正月朔日，荧惑星入犯紫微，汉太史令鲜于*复姓。*修之，入白刘渊道："陛下虽龙兴凤翔，奄受大命，但遗晋未灭，皇居逼仄，紫宫星变，犹应晋室。不出三年，必克洛阳。蒲子崎岖，不可久安，平阳近有紫气，且是陶唐旧都，愿陛下上迎乾象，下协坤祥。"渊当然大喜，便即迁都平阳。会汾水滨有人得玺篆，文为"有新保之"四字，乃是王莽后投失，他却聪明得很，增刻渊海光三字，献与刘渊。渊表字元海，便称为己瑞，又复改元，即以河瑞二字为年号，封子裕为齐王，子隆为鲁王，聪为楚王，南向窥晋。

晋廷专靠太傅越为主脑，越不务防外，专务防内，真正可叹。他本已移镇鄄城，因鄄城无故自坏，心滋疑忌，乃徙屯濮阳。未几，又迁居荥阳，忽自荥阳带兵入朝，都下人士，相率惊疑。中书监王敦语人道："太傅专执威权，选用僚属，还算依例申请，尚书不察，动以旧制相绳，他必积嫌已久，来此一泄，不识朝臣有几个晦气，要遭他毒手呢。"及越既入都，盛气诣阙，见了怀帝，便忿然道："老臣出守外藩，尽心报主，不意陛下左右，多指臣为不忠，捏造蜚言，意图作乱，臣所以入清君侧，不敢袖手呢。"怀帝听了，大是惊惶，便问何人谋乱。越并未说明，即向外大呼道："甲士何在？"声尚未绝，外面已跑入一员大将，乃是平东将军王景，一作王秉，今从《晋书》。领着甲士三千人，鱼贯入宫，形势甚是汹涌，差不多与虎狼相似。越随手指挥，竟命将帝舅散骑常侍王延，尚书何绥，太史令高堂冲，中书令缪播，太仆卿缪胤等，一股脑儿拿至御前，请旨施刑。怀帝不敢不从，又不忍遽从，迟疑了好多时，未发一言。越却暴躁起来，厉声语王景道："我不惯久伺颜色，汝可取得帝旨，把此等乱臣，交付廷尉便了。"说着，掉头径去。跋扈极了。怀帝不禁长叹道："奸臣贼子，无代不有，何不自我先，不自我后，真令人可痛呢。"当下起座离案，握住播手，涕泣交下。播前在关中，随惠帝还都，应第十九回。与太弟很是亲善，所以怀帝即位，便令他兄弟入侍，各授内职，委以心膂。偏由越诬为乱党，勒令处死，叫怀帝如何不悲？王景在旁相迫，一再请旨，怀帝惨然道："卿且带去，为朕寄语太傅，可赦即赦，幸勿过虐，否则凭太傅处断罢。"景乃将播等一并牵出，付与廷尉，向越报命。越即嘱廷尉杀死诸人，一个不留。

何绥为前太傅何曾孙，曾尝侍武帝宴，退语诸子道："主上开创大业，我每宴见，未闻经国远图，但说生平常事，这岂是贻谋大道？后嗣子孙，如何免祸，我已年老，当不及难。汝等尚可无忧。"说到"忧"字，忽然咽住，好一歇才指诸孙道："此辈可惜，必遭乱亡。"你既知诸孙难免，何不嘱诸子辞官，乃日食万钱，尚云无下箸处，子劭尚日食二万钱，如此奢侈，怎得裕后？及绥被戮，绥兄嵩泣语道："我祖想是圣人，所以言有奇验哩。"后来洛阳陷没，何氏竟无遗种，这虽是因乱覆宗，但如何曾父子的骄奢无度，多藏厚亡，怎能保全后裔？怪不得一跌赤族了。**至理名言。**

越自解兖州牧，改领司徒，使东海国将军何伦，与王景值宿宫廷，各带部兵百余人，即以两将为左右卫将军，所有旧封侯爵的宿卫，一律撤罢。散骑侍郎高韬，见越跋扈，略有违言，便被越斥为讪上，逼令自杀。嗣是朝野侧目，上下痛心。越留居都中，监制怀帝，无论大小政令，统须由越认可，才得施行。

那汉大将军石勒，已率众十余万，进攻钜鹿常山，用张宾为谋主，刁膺、张敬为股肱，夔安、孔苌、支雄、桃豹、逯明为爪牙，除兵营外，另立一个君子营，专纳豪俊，使参军谋。张宾系赵郡中邱人，少好读书，阔达有大志，常自比为张子房。及石勒寇掠山东，宾语亲友道："我历观诸将，无如此胡将军，可与共成大业，我当屈志相从便了。"**张子房为韩复仇，宾奈何靦颜事胡？** 乃提剑至勒营门，大呼求见。勒召入后，略与问答，亦不以为奇。嗣由宾屡次献策，无不合宜，因为勒所亲信，置为军功曹，动静必资，格外契合。正拟进略郡县，忽接刘渊命令，使率部众为前锋，移攻壶关，另授王弥为征东大将军，领青州牧，与楚王聪一同出兵，为勒后援，勒当然前往。并州刺史刘琨，急遣将军黄肃韩述赴援。肃至封田，与勒相遇，一战败死。述至西涧，与聪争锋，亦为聪所杀。

警报传达洛阳，太傅越又令淮南内史王旷，将军施融曹超，往御汉兵。旷渡河亟进，融谏阻道："寇众乘险间出，不可不防。我兵虽有数万，势难分御，不如阻水自固，见可乃进，方无他患。"旷怒道："汝敢阻挠众心么？"融退语道："寇善用兵，我等冒险轻进，必死无疑了。"遂长驱北上，逾太行山，次长平坂。正值刘聪王弥，两路杀来，捣入晋军阵内，晋军大乱，旷先战死，融超亦亡。**旷是该死，只枉屈了融超。** 聪乘胜进兵，破屯留，陷长子，斩获至万九千级，上党太守庞淳，举壶关降汉，汉势大炽。刘渊连得捷报，更命聪等进攻洛阳，晋廷命平北将军曹武，集众抵御，连战皆败。聪入寇宜阳，藐视晋军，总道是迎刃立解，不必加防。弘农太守垣延，探得汉兵骄弛，用了一条诈降计，自谒聪营，假意投诚。聪沿路纳降，毫不动疑，哪知到了夜半，营外喊声连天，营内亦呼声动地，外杀进，里杀出，立将聪营踏平。聪慌忙上马，引众宵遁，侥幸得全性命。诸君不必细问，便可知是垣延的兵谋了。垣延上表告捷，廷臣称庆，不料隔了两旬，那刘聪等复到宜阳，前有精骑，后有锐卒，差不多有七八万人，比前次猖獗得多了。小子有诗叹道：

> 外患都从内讧生，金汤自坏寇横行。
> 乱华戎首刘元海，典午河山一半倾。

毕竟刘聪能否深入，待至下回表明。

晋初八王之乱，越最后亡，观前文之害死长沙，已太无宗族情，顾犹得曰义不死，都下之战祸，终难弭也。及纠合同盟，迎驾还洛，义闻不亚桓文，几若八王之中，莫贤于越矣。惠帝之殁，谓越进毒，犹为疑案，至清河王之被鸩，而越之罪乃彰焉。王弥攻陷许昌，不闻速讨，徒遣王斌等五千人入卫，借非北宫纯之自西入援，前驱突陈，其能破百战之剧盗乎？张轨地位疏远，尚遣良将以勤王，越固宗亲，犹未肯亲自讨贼，其居心之险诈，不问可知。至其后带甲入朝，擅杀王延、缪播诸人，冤及无辜，气凌天子，设非外寇迭兴，几何而不为赵王伦也。要之有八王而后有五胡，八王犹甘心亡晋，于五胡何尤哉？

第二十二回

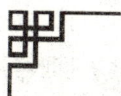

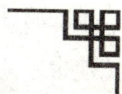

乘内乱刘聪据国
借外援猗卢受封

却说刘聪复至宜阳，同行诸将，乃是刘曜刘景王弥呼延翼，骑兵五万，步卒三万，大有气吞河洛的势焰，都中大震。聪率轻骑先进，连败戍兵，直达都下，屯兵西明门，凉州刺史张轨，再遣北宫纯等入援，纯至洛阳，与汉兵对面扎营，待至夜半，方率勇士千余人，直攻汉垒。聪亦预先防着，即令征虏将军呼延颢，开营抵敌。颢甫出营门，正与纯撞个满怀。纯眼明手快，一刀劈下，正中颢首，脑浆迸流，倒毙地上。汉兵见颢被杀死，顿时骇退，纯即踹入营中，左斫右劈，杀死汉兵数十人。聪喝令各军，上前拦阻，还是招架不住，亏得队伍尚齐，且战且行，退至洛水滨下寨。纯因夜色昏皇，也恐有失，便收兵回营。

越日，呼延翼营内自乱，步卒不服翼令，将翼杀死，竟自溃归。刘渊闻败，飞饬聪等还师。聪不肯遽退，表称"晋兵微弱，可以力取，不得以翼颢死亡，自挫锐气，遽尔班师"云云。渊乃听令留攻，聪复分兵进逼，自攻宣阳门，令曜攻上东门，弥攻广阳门，景攻大夏门，四面猛扑，声震山谷。太傅越婴城拒守，且调入北宫纯等，一齐登陴，随方抵御。聪攻了数日，竟不能入，不由得想入非非，要至嵩岳中去祷山神，求他保佑，速下洛城，嵩岳有灵，岂容汝蹂躏中原？当下留平晋将军刘厉及冠军将军呼延朗，暂摄军事，自己竟带着千骑，跨马而去。太傅越参军孙询，探得聪不在营

155

中，谓可乘虚出击，越即令询挑选劲卒，得三千人，由将军丘光、楼袞等带领，潜开宣阳门，呐一声喊，冲将出去。呼延朗身不及甲，马不及鞍，冒冒失失，前来搦战。丘光楼袞，双械并举，杀得朗手法散乱，一个疏忽，被丘光挑落马下，楼袞再加一槊，结果性命，*此次汉将死亡，都出呼延氏，想是呼延家运已衰。* 刘厉忙麾兵相救，已是不及。且丘、楼二将，越加胆壮，领着三千健卒，横冲直撞，辟易万人。厉亦只好却走。聪在半途闻变，忙即折回，方得招架一阵，丘、楼亦即收兵入城。刘厉恐为聪所责，竟投水自尽，聪不觉叹息。

王弥趋至聪营，向聪进言道："今既失利，洛阳犹固，殿下不如还师，再图后举，下官当立兖豫二州间，收兵积谷，守候师期。"聪皱眉答道："前曾表请留攻，此时不待命令，便即还师，未免不合。"弥笑道："这有何虑，下官为殿下设法便了。"遂即致书宣于修之，托他解说。修之已料知聪军不利，既得弥书，便入白刘渊道："岁在辛未，当得洛阳，今晋气尚盛，大军不归，必败无疑。"渊乃促聪回军，聪始与刘曜同归。唯王弥南出轘辕，沿途流民，陆续趋附，多至数万人。

还有石勒一支人马，自攻破壶关后，仍留扰并州一带，收降山北诸胡，再与刘灵进攻常山。幽州都督王浚，遣部将祁弘，邀同鲜卑部酋务勿尘等，带领十余万骑，来讨石勒。勒从常山退兵数里，至飞龙山前，依险列营，专待祁弘角斗。弘驱众直进，行近山麓，望见勒兵扎住，营伍颇严，便心生一计，使务勿尘领着本部，登山而下，直压勒营，自统部众与勒接仗。勒令刘灵守营，分兵趋出，奋斗祁弘。两边统是朔方劲旅，旗鼓相当，酣战了两三个时辰，未分胜败，不防务勿尘从后面杀下，突破勒营，刘灵保不住营寨，也只得出会勒军，勒军见营垒已破，当然慌乱，就是勒亦万分惊惶，自知立脚不住，不如夺路逃奔，一声呼啸，向南飞逸。刘灵迟走一步，被祁弘追及背后，用槊猛戳，穿通心胸，立即倒毙。*大力将军，只好至冥间报效去了。* 余众约毙万余人。勒垂头丧气，走保黎阳，及闻幽州兵回去，复分兵四出，攻陷三十余堡寨，又进寇信都。适东海司马王斌，出任冀州刺史，引兵拒勒，一战败亡。晋车骑将军王堪，北中郎将兼豫州刺史裴宪，奉诏联兵，合攻石勒。勒引兵还拒，道出黄牛垒，魏郡太守刘矩，举城降勒。勒收得粮械，兵势益振。裴宪胆小如鼷，探得勒众甚盛，即潜奔淮南，连兵马都不遑带去。王堪孤掌难鸣，也退保仓垣。勒便从石桥渡河，攻陷白马，坑死男妇三千余口，复东袭鄄城，杀害兖州刺史袁孚，再攻仓垣。王堪败没，还与王弥合兵，连下广宗清河平原阳平诸县。捷书屡达平阳，刘渊加封勒为镇东大将军，兼汲郡公，又命聪曜等出兵会勒，共攻河内。

河内太守裴整，飞表乞援，诏命宋抽为征虏将军，往援河内，被勒邀击中途，把抽杀死。河内人复执整降汉，整得受汉职，拜为尚书左丞。河内督将郭默，收整余众，自为坞主。刘琨表称默为河内太守，时已为怀帝永嘉四年。会值刘渊得病，召还各军，河北山东，暂得少安。渊后呼延氏殁，另立氏酋单征女为皇后，这位新皇后的姿色，端的是纤丽无比，美艳无双，自从单征降汉，便将女纳为渊妾，宠号专房。生子名义，亦得殊宠。可巧渊妻病死，妾媵不下数十，偏被那娇娇滴滴的单氏女，越级超升，得为继后，且封义为北海王。单氏感恩不已，镇日里振起精神，侍奉刘渊。渊见她靓妆媚骨，处处可人，不由得为色所迷，贪欢无度。怎奈少女多情，老夫已迈，渐渐地精力不支，酿成羸疾。蛾眉原是伐性，老年愈觉可畏。当下为顾托计，命梁王和为太子，齐王裕为大司徒，鲁王隆为尚书令，楚王聪为大司马大单于，特在平阳城西，置单于台，为聪任所。北海王义为抚军大将军，领司隶校尉。始安王曜为征讨大都督兼单于左辅。廷尉乔智明为冠军大将军兼单于右辅。尚有同姓老臣陈留王刘欢乐，进官太宰，长乐王刘洋，进官太傅，江都王刘延年，进官太保。是时刘宣已死，故不列入。渊恃三人为心膂，所以加位三公，付他重任。到了病不能起，即召入禁中，亲授遗命，叫他拥立太子，同心辅政，三人自然遵嘱。越二日渊竟逝世，共计称王四年，称帝三年。

太子和嗣为汉主，和本渊妻呼延氏所生，前大司空呼延翼，便是后父，被杀洛阳，翼子名攸，官拜宗正。渊因他素无才行，终身不令迁官。侍中刘乘，与聪有隙，西昌王刘锐，未得预顾命，三人共怀不平，乃串同一气，入殿语和道："先帝不顾重轻，使三王在内总兵，大司马拥劲卒十万，逼居近郊，陛下不过做了一个寄主，将来祸难，恐不可测，不如早为设法，先发制人。"和颇以为然。夜召武卫将军刘盛刘钦及左卫将军马景等，使图裕隆聪义诸王。盛抗声道："先帝尚在殡宫，四王未有逆节，今忽生他谋，自相鱼肉，臣恐不能邀福，反且召祸。况四海未定，大业粗成，陛下但应继志述事，开拓鸿基，幸勿误听谗言，疑及兄弟。古诗有言：'岂无他人，不如我同父。'陛下不信诸弟，他人如何轻信呢？"锐与攸正在和侧，闻言大怒道："今日计议，已由主上裁决，理无反汗，领军怎得妄言？"盛尚欲再言，已被锐拔出佩剑，劈为两段。可怜刘盛。钦与景不禁惶惧，慌忙应命，乃共在东堂设誓，诘旦举发。

转瞬间已是天明，由和派兵四路，分攻四王。锐与马景赴单于台，攻楚王聪，攸与右卫将军刘安国，诣司徒府，攻齐王裕，乘与钦攻鲁王隆，使尚书田密，武卫将军刘璠，攻北海王义。义尚年少，不知守备，立被田密刘璠等闯入，只好延颈待戮，不料命未该绝，由璠抢步上前，把义轻轻掖住，招呼部曲，斩关急走，趋往单于台。密亦随行，共见刘聪，报明内变。聪见义无恙，心下大喜。已寓微意。便命军士服甲持械，静待刘锐等到来。锐至城外，已知田密刘璠举动，料聪必有预备，不敢轻往，当下折回城中，与攸乘等会攻隆裕。复恐安国与钦，尚有异志，因再杀死二人，然后进攻司徒府。裕不能守御，竟为乱军所害。锐等移兵攻隆，隆亦被杀。

是夕，闻西明门外，喊声大震，乃是大司马聪，率领全军，来攻都城。锐攸乘三人，亟趋上城楼，督众拒守，约莫过了一日有余，已被聪军攻入，乱兵四窜。锐等奔入南宫，聪军追入，把锐攸乘陆续擒住。刘和避匿光极殿西室，托词守丧。聪军持械直进，不管他皇叔不皇叔，顺手乱砍，立即毙命。刘渊口舌未干，三子即遭惨死，可见治国以礼，多力无益。聪入居光极殿，命诛锐攸乘三人，枭首通衢，示众三日。马景未闻遭诛，先后均得幸免，是何运气？群臣联笺上聪，请即尊位，聪呼众与语道："我弟义为单后所生，子以母贵，应该嗣立，我愿退就单于台。"道言甫毕，即有一少年趋至聪前，长跪流涕道："先帝创业未终，全仗兄长继承先志，倘或舍长立幼，如何维持？还乞兄长勉从众言。"聪俯首瞧着，正是北海王义，忙即离座挽扶。义不肯起立，百官亦皆跪请，乃慨然答道："义与群公，既因四海未定，国难尚多，谓孤年较长，迫孤就位，这乃国家大事，不便固辞。今孤当远遵鲁隐，俟义年长，当复子明辟，表孤素心。"百官交口称颂，义亦拜谢，阅者至此，总道聪有让德，谁知他另存歹意。乃皆起身出殿，筹备新君即位礼仪。

聪进谒单后，请安道歉，礼节甚恭。单后见他仪容秀伟，冠冕堂皇，不禁由爱生羡，待遇加优。且因聪保全己子，柔声道谢。句中有眼。聪听得一副娇喉，禁不住情迷心荡，再审视单氏花容，毕竟轻盈艳冶，与众不同，可惜耳目众多，不能无端调戏，没奈何按定了神，对答数语，徐徐辞出，转往别宫，去谒生母张夫人。原来聪为渊第四子，母为渊妾张氏，怀妊时梦日入怀，醒后告渊，渊称为吉征。嗣过了十五月，方产一男，形体伟岸，左耳有一白毛，长二尺余，闪闪有光，渊因取名为聪。幼时敏悟过人，年至十四，博通经书百家及孙吴兵法，又工书草隶，善作诗文，十五岁演习骑射，能弯弓三百斤，膂力骁捷，冠绝一时。渊亦谓此儿不可限量，很是钟爱。果然武艺超群，得登大位。称尊以后，改元光兴，尊单后为皇太后，张夫人为帝太后，立乂为帝太弟，领大单于大司徒。立妻呼延氏为皇后，封子粲为河内王，领抚军大将军，都督中外诸军事。粲弟易为河间王，翼为彭城王，悝为高平王，乃为父渊发丧，移棺奉葬，号渊墓为永光陵，追谥为光文皇帝，庙号高祖。

聪既将国家要事，依次施行，所有王公百官，概仍旧职，毫无异言。他乐得趁闲寻乐，卖笑追欢，不过他心目中只有一人，要想同她勾搭，只苦不能下手，且有名分相关，似乎未便妄为。可奈意马心猿，不能自制，更且平时入省，时近芳容，越觉得撩乱情思，无从摆脱。嗣是朝朝暮暮，问安视寝，一个是垂涎已久，昏夜乞怜，一个是寂处难安，心神似醉。移花不妨接木，拢篙正可近舵，好风流处便风流，还管什么尊卑上下呢？况名分虽嫌未合，年貌正是相当，意外鸳鸯，倍饶乐趣，从此春生蕞帐，连夕烝淫，望断长门，同悲陌路。俗语说得好："好事不出门，恶事传千里。"这汉主聪的不法行为，才经数夕，已是喧传内外，统说他母子通奸。别人不过播为笑谈，最难堪的是北海王乂，少年好胜，禁不起冷讽热嘲。有时入宫省母，隐约进规，那母亲却也怀惭，但木已成舟，无可挽回。到了黄昏时候，新皇帝复来续欢，不能不再效于飞，与子同梦。两口儿确是情浓，只北海王引为恨事，已气愤得不可名状。恐皇嫂也作此想。

是时，略阳出了一个氐酋，叫做蒲洪，相传为夏初有扈氏苗裔，世作西戎酋长。洪家池中忽生了一枝蒲草，长约五丈，中有五节，略如竹形，时人号为蒲家，因即以蒲为姓。洪身长力大，权略过人，为群氐所畏服，威震一隅。即苻秦之祖，为后来十六国之一。汉主聪意欲羁縻，特遣使至略阳，拜洪为平远将军。洪不肯受命，却还来使，旋即自称秦州刺史略阳公，聪亦无暇过问。还是与母后调情，较为适意。唯雍州流民王如，寄居南阳，因晋廷逼他还乡，激使为乱，聚众至四五万，陷城邑，杀令长，自称大将军，向汉称藩。汉主聪当然收纳，且命石勒领并州刺史，使他略定河北，方好锐下河南。晋并州刺史刘琨，身当敌冲，恐孤危失援，为虏所乘，乃外结鲜卑部酋拓跋猗卢，表请为大单于，封为代公。这拓跋猗卢的履历，说来又是话长，小子只好略叙颠末。

这拓跋氏即索头部，俗喜用索编发，故号索头，世居北荒，不通中夏，至酋长毛始渐强大，统国三十六，大姓九十九，历五世至推寅，南迁大泽，又七世至邻，有兄弟七人，分统部众。邻传位与子诘汾，再使南迁，诘汾因徙居匈奴故地。相传诘汾好猎，尝出畋山泽间，见空中有一辎軿，冉冉下来，内坐一美妇人，姿容秀丽，自称天女，谓与诘汾有缘，竟下车握手，与他交合，尽欢而去。从古以来，未闻有这等天女。到了次年，诘汾再往原处游畋，天女又复来会，怀抱一男，授与诘汾，谓即去年成孕，得生此子，说毕复去。天女有这般无耻么？诘汾乃抱归抚养，竟得成人，取名力微。后来北魏传为佳话，编成二语道："诘汾皇帝无妇家，力微皇帝无母家。"便是为了这种原因。无稽之言勿听。诘汾死，力微立，复徙居并州塞外的盛乐城，部落漫盛。晋初，曾两遣嗣子沙漠汗入贡。力微活至一百四岁，方才病殁。沙漠汗已死，弟悉鹿立。悉鹿传与弟绰，绰传与子弗，弗死无嗣。叔父禄官嗣位，分国为三部，使沙漠汗子猗㐌，居代郡附近。猗㐌弟猗卢，居盛乐城，自居上谷的北边。猗卢善用兵，屡破匈奴乌桓各部，降服三十余国。及刘渊起兵入寇，幽州刺史东嬴公腾，尝向猗㐌处乞援。猗㐌与弟猗卢，率众援腾，击散渊兵。腾表猗㐌为大单于，既而猗㐌禄官，先后去世，猗卢遂总摄三部。会刘琨至并州，欲讨匈奴遗裔铁弗氏等，因遣使卑辞厚礼，结交猗卢，请他出兵相助。猗卢乃遣从子郁律，领二万骑助琨，破铁弗氏酋长刘虎。琨遂与猗卢约为兄弟，指水同盟，且遣长子遵往质，嗣因汉寇益盛，乃请以代郡封猗卢。朝议却也依琨，授册转交。唯代郡尚属幽州管辖，幽州都督王浚，不肯照允，发兵击猗卢，致为猗卢所败。自是浚与琨有隙，琨但求得猗卢欢心，不暇顾浚。这是刘琨误处。猗卢以封邑睽隔，民不相接，乃率部落万余家，由云中入雁门，向琨求陉北地。琨既引他入境，不能再拒，只得将楼烦马邑阴馆繁峙崞五县人民，徙至陉南，就把陉北地让与猗卢，这便是拓跋据代的源流。小子又考得拓跋二字，也有寓意，鲜卑称土为拓，后为跋，所以叫做拓跋氏。

会汉主刘聪，大举图晋，命河内王粲，始安王曜，与王弥率兵四万，入寇洛阳，又令石勒发四万骑兵，与粲等会师，共至大阳城。晋监军裴邈，逆战渑池，败绩南奔。汉兵直指洛川，复分两路。粲出轘辕，勒出成皋，沿途四掠，烽火连天。刘琨在并州闻警，即与猗卢同约举兵，往讨刘聪石勒，先遣人至洛阳，向太傅越报明。偏越别怀猜忌，复书谢绝。琨乃遣还猗卢，按兵不发。小子有诗叹道：

> 国势颠危已可忧，借资外助亦忠谋。
> 如何权相犹多忌，坐使神京一旦休！

欲知太傅越的隐情，试看下回分解。

刘渊以骁桀之姿，还踞朔方，进略河东，占平阳为根据地，又复遣将四掠，入窥洛阳，推其用意，无非欲为子孙帝王万世业耳。然身死未几，即有骨肉相戕之祸，司马氏因内乱而致危，不意刘汉亦蹈此辙，要之礼义不兴，鲜有不自相鱼肉者也。刘聪因乱得位，首烝母后，大本先亏，徒恃乃父之遗业，南向陵晋，晋之乱迄未有已，故刘聪得以乘之耳。彼刘琨之导入猗卢，虽未始非引虎自卫，然其时汉已势盛，胡马频乘，得猗卢以牵制之，亦一用夷攻夷之权道也。东海不察，谢绝刘琨，坐待危亡，是真不可救药也夫。

第二十三回

倾国出师权相毕命
覆巢同尽太尉知非

　　却说太傅越拒绝刘琨，并不是猜忌外夷，实因青州都督苟晞与越有嫌，见二十一回。越恐他乘隙图乱，袭据并州，乃令琨固守本镇，不得妄动。琨只得奉令而行，遣还猗卢。那汉兵却齐逼洛阳，有进无退，洛阳城内，粮食空虚，兵民疲敝，眼见是不能御侮。太傅越乃传檄四方，征兵入援。前日拒绝刘琨，此时何又征兵？怀帝且面谕去使道："为我寄语诸镇，今日尚可援得，再迟即无及了。"可怜可叹！哪知朝使四出，多半不肯应召。唯征南将军山简，差了督护王万，引兵入援，到了涅阳，被流贼王如邀击一阵，兵皆溃散。王如且不能敌，怎能御汉。如反与徒党严嶷侯脱等，大掠汉沔进逼襄阳。荆州刺史王澄，号召各军，拟赴国难。前锋行至宜城，闻襄阳被困，且有失陷消息，不由得胆怯折回。汉将石勒，引众渡河，将趋南阳，王如等不愿迎勒，堵截襄城，顿时触动勒怒，移兵掩击，把贼党万余人，悉数擒住。侯脱被杀，严嶷乞降，王如遁去。勒趁势寇掠襄阳，攻破江西垒壁四十余所，还驻襄城。

　　晋太傅越，已失众望，心不自安，复闻胡寇益盛，警信屡至，乃戎服入见，自请讨勒。怀帝怆然道："今胡虏侵逼郊畿，王室蠢蠢，莫有固志，朝廷社稷，惟仗公一人维持，公奈何远去，自孤根本？"越答道："臣今率众出征，期在灭贼，贼若得灭，国威可振，四方职贡，自然流通。若株守京畿，坐待困穷，恐贼氛四逼，患且加盛。"**看你如何灭贼?** 怀帝也不愿苦留,听越出征。越乃留妃裴氏,与世子毗及龙骧将军李恽,右卫将军何伦,守卫京师,监察宫省。命长史潘滔为河南尹,总掌留守事宜。于是调集甲士四万人,即日出发,并请以行台随军,即用王衍为军司,朝贤素望,悉为佐吏,名将劲卒,尽入军府,单剩着几个无名朝士,已老将官,局居辇毂,侍从乘舆。府库无财,仓庾无粮,荒饥日甚,盗贼公行。看官!试想这一座空空洞洞的洛阳城,就使天下太平,也不能支持过去,何况是四郊多垒,群盗交侵,哪里还得保全呢? **谁为为之? 孰令听之?** 越东出屯项,自领豫州牧,命豫州刺史冯嵩为左司马,复向各处传檄,略云:

皇纲失驭,社稷多难。孤以弱才,备当大任,自顷胡寇内逼,偏裨失利,帝乡便为戎州,冠带奄成殊域。朝廷上下,以为忧惧,皆由诸侯蹉跎,遂及此难。还要归咎他人。投袂忘履,讨之已晚,人情奉本,莫不义奋,当须会合之众,以侯战守之备,宗庙主上,相赖匡救,此正忠臣战士效诚之秋也。檄到之日,便望风奋发,勿再迟疑!

这种檄文,传发出去,并不闻有一州一郡,起兵响应,大约是看作废纸,都付诸败字簏中了。怀帝以越既出征,得离开这眼中钉,总好自由行动,哪知何伦等比越更凶,日夕监察,几视怀帝似罪犯一流,毫不放松。东平王楙,时改封竟陵王,未曾从军,因密白怀帝,谋遣卫士夜袭何伦。偏卫士都是何伦耳目,不从帝命,反先去报伦。伦竟带剑入宫,逼怀帝交出主谋。怀帝急得没法,只好向楙委罪。伦乃出宫捕楙,幸楙已得悉风声,逃匿他处,始得免害。先是汉兵日逼,朝议多欲迁都避难,独王衍一再谏阻,且出卖车牛,示不他移。至是扬州都督周馥,又上书阙廷,请迁都寿春,太傅越得悉馥书,谓馥不先关白,竟敢直接陈请,禁不住忿火交加,怒气勃发,即下了一道军符,令淮南太守裴硕,与馥一同入都,馥料知触怒,不肯遽行,但令硕率兵先进。硕诈称受越密令,引兵袭馥,反为馥败,乃退保东城,遣人至建业求救。琅邪王睿,总道是周馥逆命,即遣扬威将军甘卓等,往攻寿春。馥众奔溃,馥亦北走。豫州都督新蔡王确,系太傅越从子,即腾子。镇守许昌,当即遣兵邀馥,将他拘住,馥意气死。**谁叫你多去饶舌?** 已而石勒攻许昌,确出兵抵御,行至南顿,正值勒驱众杀来,矛戟如林,士卒如蚁,吓得确军相顾失色,不待接仗,先已却走。确尚想禁遏溃卒，与决胜负，哪知部下已情急逃生，未肯听令。胡虏却抢前急进，毫不容怜，一阵乱砍，晦气了许多头颅。就是新蔡王确，也做了刀头鬼。可为周馥吐气。勒扫尽确军，遂进陷许昌，杀死平东将军王康，占住城池。

许昌一失，洛阳愈危，怀帝寝馈难安，尚日传手诏，令河北各镇将，星夜入援。青州都督苟晞，接受诏书，便向众扬言道："司马元超，越字元超。为相不道，使天下淆乱，苟道将怎肯以不义使人？汉韩信不忍小惠，致死妇人手中，今道将为国家计，唯有上尊王室，入诛国贼，与诸君子共建大功，区区小忠，何足挂齿呢？"说着，即令记室代草檄文，遍告诸州，称己功劳，陈越罪状。当有人传报都中，怀帝得信，复手诏敦促，慰勉殷勤。晞乃驰檄各州，约同勤王。适汉将王弥，遣左长史曹嶷，行安东将军事，东略青州。嶷破琅琊，入齐地，连营数十里，进薄临淄。晞登城遥望，颇有惧色。及嶷众附城，才麾兵出战，幸得胜仗。嶷且却且前，晞亦且战且守。过了旬日，晞挑选精锐，开城大战。不意大风陡起，尘沙飞扬，嶷兵正得上风，顺势猛扑，晞不能招架，遂至败溃，弃城遁走。弟苟纯亦随晞出奔，同往高平。嗣是收募众士，复得数千人。会得怀帝密敕，命晞讨越，晞亦闻河南尹潘滔及尚书刘望等，向越构己，因复上表道：

奉被手诏，肝心若裂。东海王越，以宗臣得执朝政，委任邪佞，宠树奸党，至使前长史潘滔，从事中郎毕邈，主簿郭象等操弄大权，刑赏由己。尚书何绥，中书令缪播，太仆缪胤，皆由圣诏亲加拔擢，而滔等妄构，陷以重戮，带甲临宫，诛讨后弟，翦除宿卫，私树党人，招诱逋亡，复丧州郡，王涂圮隔，方贡乖绝，宗庙阙烝尝之缮，圣上有约食之匮。征东将军周馥，豫州刺史冯嵩，前北中郎将裴宪，并以天朝空旷，权臣专制，事难之兴，虑在旦夕，各率士马，奉迎皇舆，思隆王室，以尽臣礼。而滔邈等劫越出关，矫立行台，逼徙公卿，擅为诏令，纵兵寇抄，茹食居人，交尸塞路，暴骨盈野，遂令方镇失职，城邑萧条。淮豫之氓，陷离涂炭，臣虽愤懑，局守东嵎，自奉明诏，三军奋厉，拟即卷甲长驱，径至项城，使越稽首归政，斩送滔等，然后显扬义举，再清胡虏，谨拜表以闻。

怀帝既得晞表，日望晞出兵到项，削除越权，偏是望眼将穿，晞尚未至。晞亦不是忠臣，何必望他？时已为永嘉五年仲春，怀帝近虑越党，外忧汉寇，镇日里对花垂泪，望树怀人。越党何伦等，倚势作威，形同盗贼，尝纵兵劫掠宦家，甚至广平武安两公主私第，两公主系武帝女。亦遭蹂躏。怀帝忍无可忍，乃复赐诏与晞，一用纸写，一用练书，诏云：

太傅信用奸佞，阻兵专权，内不遵奉皇宪，外不协毗方州，遂令戎狄充斥，所至残暴。留军何伦，抄掠宫寺，劫制公主，杀害贤士，悖乱天下，不可忍闻。虽曰亲亲，宜明九伐。诏至之日，其宣告天下，率同大举。桓文之绩，一以委公，其思尽诸宜，善建弘略，道涩故练写副手笔示意。

晞接诏后，因遣征虏将军王赞为先锋，带同裨将陈午等，戒期赴项，并遣还朝使，附表上陈。略云：

奉诏委臣征讨，喻以桓文，纸练兼备，伏读跪叹，五情惶怛。自顷宰臣专制，委仗佞邪，内擅朝威，外残兆庶，矫诏专征，遂图不轨，纵兵寇掠，陵践宫寺。前司隶校尉刘暾，御史中丞温畿，右将军杜育，并见攻劫。广平武安公主，先帝遗体，咸被逼辱，逆节虐乱，莫此之甚。臣只奉前诏，部奉诸军，已遣王赞率陈午等，将兵诣项，恭行天罚，恐劳圣虑，用亟表闻。

朝臣赍表还报，行至成皋，不料被游骑截住，把他押至项城，往见太傅司马越。越令左右搜检，得晞表及诏书，不禁大怒道："我早疑晞往来通使，必有不轨情事，今果得截获，可恨！可恨！"**你可谓守轨么？** 遂将朝使拘住，下檄数晞罪恶。即命从事中郎杨瑁为兖州刺史，使与徐州刺史裴盾，合兵讨晞。晞密遣骑士入洛，收捕潘滔。滔夜遁得免。唯尚书刘曾，侍中程延，为骑士所获，讯明是为越私党，一并斩首。

越以为不能逞志，累及故人，且内外交迫，进退两难，不觉忧愤成疾，遂致不起。临死时召入王衍，嘱以后事。衍秘不发丧，但将越尸棺殓，载诸车上，拟即还葬东海。大众推衍为元帅，衍不敢受，让诸襄阳王范。范系楚王玮子，亦辞不肯就，乃同奉越丧，自项城启行，径向东海进发。**大敌当前，还想从容送丧，真是该死。** 讣音传入洛中，何伦李恽等，自知不满众望，且恐虏骑掩至，不如先期出走，好良心。乃奉裴妃母子，出都东行。城外士民，相率惊骇，多半随去。还有宗室四十八王，也道是强寇即至，愿与何伦李恽，同行避难。都去寻死。于是都中如洗，只有怀帝及宫人，尚然住着，孤危无助，嵩目苍凉，自思乱离至此，咎实在越，因追贬越为县王，诏授苟晞为大将军大都督，督领青徐兖豫荆扬六州诸军事。

汉将石勒，闻越已病死，立率轻骑追袭，倍道前进。行至苦县宁平城，竟得追及越丧。王衍本不知用兵，全然无备，就是襄阳王范等，都未曾经过大敌，彼此面面相觑，不知所为。还是一位将军钱端，稍有主意，麾动士卒，出拒勒众。两下交战，约二三时，勒众煞是利害，任意蹂躏，无人敢当，端竟战死。勒复指麾铁骑，围住王衍等人。衍众不下数万，没一个是敢死士，更兼统帅无人，号令不专。大都怀着一个遁逃秘诀，你想先奔，我怕落后，自相践踏，积尸如山。最凶横的是个石勒，出了一声号令，叫骑士四面攒射，不使衍等脱逃。可怜王衍以下，只有闭目待死，束手就擒。当下由胡骑突入，东牵西缚，好像捆猪一般，无一遗漏。除衍及襄阳王范外，如任城王济，_{宣帝司马懿从孙。}武陵王澹，琅琊王仙子，_{见前。}西河王喜，_{济之从子。}梁王禧，_{澹子。}齐王超_{齐王同子，见前。}及吏部尚书刘望，廷尉诸葛铨，前豫州刺史刘乔，太傅长史庚呆等，统被拿住，押入勒营。勒升帐上坐，令衍等坐在幕下，顾问衍道："君为晋太尉，如何使晋乱至此？"衍支吾道："衍少无宦情，不过备位台司，朝中一切政治，统由亲王秉政，就是今日从军，也由太傅越差遣，不得不行。若论到晋室危乱，乃是天意亡晋，授手将军，将军正可应天顺人，建国称尊，取乱侮亡，正在今日。"卖国求荣，全无廉耻。勒掀须狞笑道："君少壮登朝，延至白首，身居重任，名扬四海，尚得谓无宦情么？破坏天下，正是君罪，无从抵赖了。"这一席语，说得衍无词可答，俯首怀惭。求荣反辱，令人称快。勒命左右将衍扶出，更向他人讯问。众皆畏死，作乞怜状，独襄阳王范，神色不变，从旁呵叱道："今日事已至此，何必多言！"勒乃顾语部将孔苌道："我自从戎以来，东驰西骤，足迹半天下，未尝见有此等人物，汝以为可使存活否？"苌答道："彼皆晋室王公，终未必为我用，不如今日处决罢。"勒沉吟半响，方道："汝言亦是。但不可加他锋刃，使得全尸以终。"说至此，即令将被虏诸人，统驱往民舍中，监禁起来。侯至夜半，使兵士推倒墙壁，压入室内。覆巢之下，尚有什么完卵呢？唯王衍临死呼痛，惨然语众道："我等才力，虽不及古人，但若非祖尚玄虚，能相与戮力，匡扶王室，当不至同遭惨死。"晓得迟了。说到"死"字，顶遇巨石压下，顿时头破血流，奄然长逝。卖国贼其鉴诸。余皆同时毕命，砌成一座乱石堆，也不辨为谁氏尸骸，何人血肉了。譬如做一石樽。勒又命人劈开越棺，焚骨扬灰，且宣言道："乱晋天下，实由此人，我今为天下泄恨，故焚骨以告天地。"王弥弟璋，在勒军中，更将道旁尸首，一并焚毁，见有肥壮的死人，割肉烹食，咀嚼一饱，方拔营起行。到了洧仓，刚值何伦李恽等，仓皇奔来，冤冤相凑，投入虎口，李恽忙自杀妻子，逃往广宗，何伦亦奔向下邳。晋室四十八王及越世子毗，统被勒众虏去，死多活少。唯越妻裴氏，已经年老，无人注目，当时乘乱走脱，嗣被匪人掠卖，售入吴姓民家，作为佣媪。后来元帝偏安江左，始辗转渡江，得蒙元帝收养，才得令终。八王乱事，至是作一结束。小子恐看官失记，再将八王提出，表明如下：

汝南王亮宣帝懿子，为楚王玮所杀。楚王玮武帝炎子，为贾后所杀。赵王伦宣帝懿子，奉诏赐死。齐王冏齐王攸子，为长沙王乂所杀。长沙王乂武帝炎子，为张方所杀。成都王颖武帝炎子，为范阳长史刘舆所杀。河间王颙安平王孚孙，为南阳部将梁臣所杀。东海王越高密王泰子，病殁项城，尸为石勒所焚。

后人又另有一说，去亮与玮，列入淮南王允及梁王肜。俱见前文。唯《晋书》中八王列传，却是亮、玮、伦、冏、乂、颖、颙、越八人，小子依史叙事，当然援照《晋书》。总之，晋室诸王，好的少，坏的多，八王手执兵权，骄横更甚，后来是相继诛戮，没有一个良好结果。越虽是善终，终落得尸骨被焚，妻被掠，子被杀，这也是祖宗诒谋，本非忠孝，子孙相沿成习，不知忠孝为何事，此争彼夺，各不相让。骨肉寻仇，肝脑涂地，五胡乘隙闯入，大闹中原，神州致慨陆沈，衣冠悉沦左衽，岂不可恨？岂不可痛？古人说得好："告往知来"，如晋朝的往事，确是后来的殷鉴。奈何往者自往，来者自来，兵权到手，便不顾亲族，自相残杀，甘步八王的后尘，情愿将华夏土宇，让与别人脔割呢。借端寄慨，遗恨无穷。小子有诗叹道：

八王死尽晋随亡，滚滚胡尘覆洛阳。

为语后人应鉴古，兵戈莫再构萧墙。

167

虏焰大张，中原板荡，西晋要从此倾覆了。看官续阅下回，自见分晓。

司马越出兵讨勒，以行台自随，所有王公大臣，多半带去，仅留何伦李恽，监守京师。彼已居心叵测，有帝制自为之想。能胜敌则迫众推戴，还废怀帝，不能胜敌，即去而之他，或仍回东海，据守一方；如洛阳之保存与否，怀帝之安全与否，彼固不遑计及也。无如人已嫉视，天亦恶盈，内见猜于怀帝，外见逼于苟晞，卒至忧死项坡，焚尸石勒，穷其罪恶，杀不胜辜。然妻离子戮，终至绝后，厥报亦惨然矣。王衍清谈误国，尚欲乞怜强虏，靦颜劝进，山涛谓："何物老妪，生此宁馨儿？"吾谓实一贼子，何宁馨之足云？襄阳王范，稍存气节，而临变无方，徒自取死。余子皆不足齿数。晋用若辈为臣僚，虽欲不亡，奚可得耶？本回录苟晞二表，所以罪越，述王衍临死之语，所以罪衍，至结尾一段，更提出八王结局，缀以叹词，语重心长，实为当世作一棒喝，固非寻常小说，所得同日语也。

第二十四回

执天子洛中遭巨劫
起义旅关右迓亲王

　　却说怀帝因越已病死，改任大臣，进太子太傅傅祗为司徒，尚书令荀藩为司空，进幽州都督王浚为大司马，都督幽冀诸军事，南阳王模为太尉，凉州刺史张轨为车骑大将军，琅琊王睿为镇东大将军，兼督扬江湘交广五州诸军事。复颁诏四方，促令勤王。可奈神州鼎沸，世乱益滋，两河南北，胡骑充斥，各镇将自顾不遑，怎能入卫？就是荆湘一带，也闹得一塌糊涂。征南将军山简，驻守襄阳，俄为王如所逼，又俄为石勒所攻，他本是个酒中徒，时在高阳池滨游宴，童儿为简作歌道："山公出何许，住自高阳池。日夕倒载归，酩酊无所知。"照此看来，前时遣督护王万入援，事虽不成，还算他提醒精神，力图报效。回应前回。后来接连遇寇，安坐不稳，复迁屯夏口，勉强支撑。

　　外如荆州刺史王澄，误信谣言，折回江陵，亦见前回。适巴蜀流民，散居荆湘，与土人忿争，激成乱衅，戕杀县令，啸聚乐乡。澄遣内史王机，率兵往讨，流民已望风乞降，澄佯为许诺，暗令机乘夜掩袭，沉杀八千余人，所有流民妻子，悉数充赏。但尚有益梁流民，未曾从乱，免不得兔死狐悲，更兼湘州参军冯素，亦欲尽诛流民，遂致流民大骇，寓居四五万家，同时造反，推醴陵令杜弢为主，奉为湘州刺史，南破零陵，东掠武昌。王机出军堵御，失利奔回。澄亦不加忧惧，且与机日夜纵酒，投壶博戏，消遣光阴。即如乃兄王衍，惨死宁平，他亦没甚悲戚，反抱着达观主义，得过且过罢了。

至若成都为李雄所据，前益州刺史罗尚，始终不能规复，反由李雄出兵东略，屡攻涪城，梓潼太守谯登，固守三年，食尽援穷，终遭陷没。登被擒不屈，致为所害。叙入此事，所以旌忠。长江上下游，如此扰乱，还有何人勤王？唯琅琊王睿镇守江东，尚觉安居无事，但他是已脱虎口，栖身乐国，何苦再投险地，来作孤注？所以宅中驭外的洛阳城，反弄到内无粮草，外无救兵。怀帝终日忧闷，徒唤奈何。会大将军大都督苟晞，表请迁都仓垣，并使从事中郎刘会，运船数十艘，宿卫五百人，谷米千斛，来迎乘舆。怀帝意欲从晞，召集公卿，决议行止。公卿已是寥寥，剩了几个糊涂虫，毫无智谋，当断不断。侍从左右，又只管眼前温饱，恋恋家室，未肯远行。究竟怀帝是个主子，不能孑身潜遁，没奈何顺从众意，又蹉跎了好几日。既而洛中饥困，人自相食，百姓流离转徙，十死八九。怀帝实不堪久居，再召公卿集议，决意启行。偏是卫从寥落，车马萧条，怀帝抚手长叹道：“如何竟无车舆？”乃使傅祗出诣河阴，整治舟楫，自与朝士数十人，步行出西掖门。到了铜驼街，但见盗贼盈途，随处劫掠，料知不能过去，只好退回。度支校尉魏浚，率领流民数百家，出保河阴的硖石，有时掠得谷麦，献入宫廷。怀帝已饥不择食，未便问及来历，就将这谷麦赡济宫人，并加浚为扬威将军，仍领度支如故。居然做了贼皇帝。

蓦然间传入警报，乃是汉大将军呼延晏，率众二万七千人，杀奔洛阳来了，怀帝当然加忧。嗣是连接败耗，多至一十二次，统共合算死亡人数，直达三万余人。已而又闻汉兵日盛，刘曜、王弥、石勒三路人马，会同呼延晏，趋集都下，急得怀帝形色仓皇，不知所措。迁延数日，果然汉兵进逼，猛攻平昌门，城内汹汹，无心拒守。才阅一夕，便被汉兵陷入，再攻内城，杀人放火，猖獗得很。东阳门外，烟雾迷离，就是各府寺衙门，多被延烧，骚扰了一昼夜，竟尔退去。怀帝急命苟藩兄弟，具舟洛水，准备东行。藩与弟组奉命往办，船只甚少；东招西呼，才凑集了数十艘。不料汉兵又复转来，放起一把无名火，将各船一律毁尽。藩组两弟兄，不敢回都，竟逃往辕辕去讫。第一条好计。

原来前时攻入都门，只有呼延晏一支兵马，他在都中扰乱一宵，还恐孤军有失，未敢久留，所以引兵暂退。及王弥刘曜，先后继至，晏自然放心大胆，再来攻城，适见洛水中备有船只，料知晋主将遁，乐得乘机毁去，断他走路，遂与王弥再攻宣阳门。都中已经残破，越觉无人守御，晏与弥当即攻入，内城卫士，亦纷纷逃散。汉兵斩关直进，如入无人之境。两汉将驰入南宫，登太极前殿，纵兵大掠，所有宫中妇女，库中珍玩，抢劫一空。怀帝不能不走，带了太子诠、吴王晏、竟陵王楙等，趋出华林园门，欲奔长安。可巧刘曜自西明门进来，兜头碰着，一声号令，部将齐进，立把怀帝等抓住，拘禁端门，再拨兵收捕朝臣，凡右仆射曹馥，尚书闾丘冲、袁粲、王绲，河南尹刘默及王公以下百余人，悉数拿住，一并屠戮。太子诠与晏楙二王，亦为所害。只留侍中庾珉王俊，陪侍怀帝，不令加刑。都下士民，被难死亡，约二万人。由曜命兵士迁尸，至洛水北滨，筑为京观。复发掘诸陵，焚毁宗庙宫阙，大肆凶威。是年正岁次辛未，适应宣于修之的前言。见二十二回。曜又搜劫后妃，自皇后梁氏以下，分赏诸将，充作妻妾，自己拣了一个惠皇后羊氏，逼与为欢。羊皇后在惠帝时，九死一生，留居弘训宫中，年已三十左右，犹是鬒发红颜，一些儿不见憔悴，此次为曜所逼，仍然怕死，不得已委身强虏，由他淫污。其余后妃嫔嫱，也与羊后一般观念，宁可失节，不可捐生。剥尽司马氏的脸面。独故太子遹妃王氏，在宫被掠，为汉将乔属所得，王氏召还宫中，见十二回。属见她风韵未衰，便欲下手行强，自快肉欲。不料王氏铁面冰心，誓不相从，觑着属腰下佩剑，趁他未及防备，顺手拔来，向属猛刺，偏属将身一扭，竟得闪过。王氏执剑指属道："我乃太尉公女，皇太子妃，义不为胡逆所辱，休得妄想！"衍有此女，胜过乃父十倍。乔属至此，禁不住怒气上冲，便向王氏手中夺剑，究竟王氏是个女流，怎能相敌？霎时间剑被夺去，还手乱砍，呜呼告终。一道贞魂，上冲霄汉。看官欲知烈妇遗名，乃是王衍少女王惠风。仿佛画龙点睛。石勒最后入都，见都中已同墟落，掠无可掠，乃仍然引去，往屯许昌。

刘曜既污辱羊后，又杀害太子诸王，尚嫌财帛未足，不免怨及王弥，说他先入洛阳，格外多取。弥尚未知曜意，向曜献议道："洛阳为天下中州，山河四塞，城阙宫室，不劳修理。殿下宜表请主上，自平阳徙都此地，便可坐镇中原，奄有华夏了。"曜借端泄忿道："汝晓得什么？洛阳四面受敌，不可固守，况已被汝等掠夺净尽，只剩了一座空城，还有何用？"弥亦怒起，且行且骂道："屠各子，匈奴贵种，叫作屠各。莫非想自做帝王么？"遂亦引兵出洛，东屯项关。曜遣呼延晏押着怀帝及庾珉王俊等赴平阳，复将宫阙焚去，挈了羊后，麾兵北行。汉兵已三路分趋，胡氛少散。司徒傅祗，曾出诣河阴，尚未还都。见上。便在河阴设立行台，传檄四方，劝令会师孟津，共图恢复，无如年垂七十，筋力就衰，偶然感冒风寒，就不能支，竟尔谢世。一路了。

大将军苟晞，屯兵仓垣，适太子诠弟豫章王端，自洛阳微服逃出，奔至晞处，晞始知洛阳已陷，即奉端为皇太子，徙屯蒙城，建设行台，自领太子太傅，都督中外诸军事。别将王赞出戍阳夏，他本出身微贱，超任上将，已不免志骄气盈，此次挟端承制，独揽大权，更觉得意气扬扬，饶有德色。平居侍妾数十，奴婢近千，终日累夜，不出庭户，僚佐等稍稍忤意，不是被杀，即是被笞；私党务为苛敛，毒虐百姓，因此怨声载道，将士离心。辽西太守阎亨，上书极谏，大触晞怒，即诱令入问，把他枭首。从事中郎明预，有疾居家，闻亨受戮，乃力疾乘车，入帐白晞道："皇晋如此危乱，乘舆播迁，生灵涂炭，明公亲秉庙算，将为国家拨乱反正，除暴安民，阎亨善士，奈何遭诛？预窃不解公意，所以负疾进陈。"此等人实不屑与谈。晞怒叱道："我自杀阎亨，与汝何涉，乃抱病前来，胆敢骂我！"预从容答道："明公尝以礼进预，预亦欲以礼报公。今明公怒预，恐天下亦将怒公。从前尧舜兴隆，道由翕受，桀纣败灭，咎在饰非，天子尚且如此，况身为人臣呢？愿明公暂且霁威，熟思预言。"晞见他意诚语挚，倒也不觉自惭，因巽词答复，遣令回家，唯骄惰荒纵，仍不少改。

部将温畿、傅宣等，相继叛去，并且疫疠交侵，饥馑荐至，眼见是不能保守，坐待灭亡。果然石勒从许昌杀来，先破阳夏，擒住王赞，复轻骑驰至蒙城。晞尚安坐厅中，与嬖妾等饮酒调情，直至勒兵已入，方惊出征兵，兵尚未集，寇已先临。那时大苟小苟，无处奔避，统被勒兵捉去。豫章王端，也即受擒。勒有意辱晞，锁住晞颈，且署为左司马，一面报告刘聪。聪加勒为幽州牧。王弥欲自王青州，只忌一勒，佯贻勒书，贺勒获晞，书中说道："公一鼓获晞，用为司马，猛以济宽，令弥拜服。果使晞为公左，弥为公右，天下有何难定呢？"勒览书毕，顾语参谋张宾道："王弥位重言卑，必非好意。"宾答道："诚如公言，宾料王公私意，无非欲据有青州，自安故土，弥本青州人。只恐明公踵袭彼后，所以甘言试公，公不图彼，彼且图公了。"勒乃令宾作书答弥，谓愿与弥结欢，使弥主青州，自主并州，当即约期会盟。弥却信为真言，复书如约。欺人者卒被人欺。勒遂移营就弥，请弥至营内宴会。弥长史张嵩，劝弥勿往，弥不肯听，昂然径去。勒殷勤款待，酒至半酣，被勒拔剑出鞘，一挥了命，便即纵兵出营，持了弥首，往抚弥众。弥众不敢与争，只好降勒。于是弥在洛阳时，所掠子女玉帛，尽为勒有，勒始得如愿以偿了。目的物无非为此。

　　汉主聪闻勒擅杀王弥，手书诘责，勒表称王弥谋叛，所以加诛。聪因王弥已死，损一大将，不得不笼络石勒，乃加勒镇东大将军，督并幽二州军事。苟晞王赞，潜谋杀勒，事泄被戮。豫章王端亦遇害，晞弟纯一并毙命。一路复了。勒复引兵南掠豫州诸郡，临江乃还，屯驻葛陂。尚有刘曜一军，进攻蒲阪，守将赵染，乃奉南阳王模军令，统兵留戍，至此竟举城出降。曜即遣染为先锋，使攻长安，自为后应。适河内王刘粲，亦由汉主聪遣发，领兵到来，与曜相会。曜偕粲同行，途次接赵染捷报，在潼关击破模兵，长驱至下邽，曜粲大喜。未几又接染书，报称模已出降，粲志在劫掠，麾兵先进，及抵长安，染已将模拘至，令他见粲，且攘袂瞋目，旁数模罪，粲即令推出斩首。模妃刘氏，与次子范阳王黎，亦送至粲前，粲见刘氏姿貌平常，年亦半老，不禁冷笑道：“此妇只合配我奴仆，奈何为王妃？”随即叫过胡奴张本，指刘与语道：“赏了汝罢！”张本拜谢，竟领刘氏趋入帐后，大约是去效于飞了。王妃下配胡奴，可耻孰甚！范阳王黎，又由粲叱出处斩，唯模长子保，镇守上邽，幸得免难。都尉陈安，率模余众，出走依保，余如长史鲁繇，将军梁汾等俱作俘虏，由粲送入平阳。是时关西饥馑，饿莩盈途，粲无从饱掠，怏怏引去，留刘曜居守长安。曜得晋封中山王，领雍州牧，复遣兵出掠州郡，勒令归汉。

　　安定太守贾疋，惮汉兵威，方与诸氐羌等，奉书与曜，且送子弟为质。途次遇着冯翊太守索綝，问明情由，截使折回，同行见疋，慨然与语道：“公为晋臣，怎得未战先降？况关西亦不乏将士，何不首先倡议，勉图兴复呢？”疋愧谢道：“我非无此意，但恨兵力未足，暂图安民，今得君来助，自当受教。”原来綝为模从事中郎，出守冯翊，因模已败死，乃与安夷护军麹允，频阳令梁肃等，共议为模复仇，即由綝往说贾疋，约同起义。疋已依了綝言，綝便召麹允梁肃同至安定，公推疋为平西将军，集众五万，共指长安。雍州刺史麹特，新平太守竺恢，扶风太守梁综，亦望风响应，合兵十万，与疋相会，军势大振。

　　汉河内王粲，行次新丰，接得关西军警，忙令降将赵染，部将刘雅，往攻新平。索綝急引兵赴援，努力鏖斗，杀退赵刘二将，再与贾疋会合，进攻刘曜。曜领兵至黄邱，一场大战，曜众败却，退还长安。疋移兵袭汉梁州，击毙汉刺史彭荡仲，又遣麹特等往攻新丰，也是卷甲衔枚，出其不意，得将刘粲杀败。粲奔还平阳，于是大集各军，合围长安。关西胡晋，翕然归附，大有叱咤风云，光复河山的气象。靡不有初，鲜克有终。

可巧前豫州刺史阎鼎，奉秦王业至蓝田，遣人告疋。疋乃发兵相迎，导入雍城，使梁综引众为卫，俟收复长安后，再定规程。这秦王业为吴王晏子，过继秦王柬为嗣，年甫十二，乃是司空荀藩外甥。藩与弟组同奔密县，业亦往依，适阎鼎招集西州流民，也至密县，藩乃奉业为主，用鼎为佐，前中书令李晅，司徒左长史刘畴，镇军长史周颛，司马李述等，陆续趋至，谓鼎才可用，劝藩署鼎冠军将军，仍行豫州刺史事。鼎本天水人氏，意欲还乡，乃与大众商议，拟奉业入关。荀藩等俱籍隶东南，不愿西去，只因山东未靖，总须迁地为良，于是转趋许颍。会河阳令傅畅，祗子。寄书与鼎，谓不如速赴长安，起兵雪耻，鼎遂决意西往。行至中途，荀藩等俱皆奔回，鼎勒兵返追，晅等被杀，唯藩、组、颛、述四人，分路逃脱。鼎力追不及，才西趋蓝田，得疋相迎，转入雍城，这且待后再表。

且说荀藩兄弟及李述奔往荥阳，收集部属，往保开封。独周颛渡江东行，走依琅邪王睿。睿令颛为军谘祭酒，颇加礼遇。当时海内大乱，只江东少安，士大夫为避乱计，陆续东来。王导劝睿延揽俊杰，共得一百六人，皆辟为掾属，号百六掾。最著名的是前颍川太守刁协，东海太守王承，广陵相卞壸，江宁令诸葛恢，历阳参军陈頵，前太傅掾、庾亮诸人，就是周颛亦参列在内。既而前骑都尉桓彝，亦奔投建业，见睿微弱，退语周颛道："我因中州多故，来此求全，乃单弱至此，怎能济事？"颛也未免唏嘘。及彝往见王导，与谈时事，导口讲指画，议论风生，顿令彝心悦诚服。又还语周颛道："江左有管夷吾，我不必再忧了。"也恐未必。建业城南有临沧观，在劳劳山上，有亭七间，名曰新亭。导每与群僚往游，设宴共饮。周颛饮了数觥，不由的悲从中来，凄然叹息道："风景不殊，举目有山河之异。"大众听了，具相顾流涕。惟导慷慨激昂，举觞与语道："我辈聚首一方，应共戮力王室，克复神州，奈何颓然不振，徒作楚囚对泣呢？"数语颇有丈夫气。众乃收泪，相与谢过。导又借着酒兴，谈了一番匡复事宜，方才偕归。已而陈頵与王导书，请黜虚崇实，大略说是：

中华所以倾敝，四海所以土崩者，正以取才失所，先白望虚名之意。而后实事，浮竞驱驰，互相贡荐。言重者先显，言轻者后叙，遂相波扇，乃至凌迟。加有老庄之俗，倾惑朝廷，养望者为弘雅，政事者为俗人，王职不恤，法物沦丧，夫欲制远，必由近始，故出其言善，千里应之。今宜改张，明赏信罚，拔卓茂于密县，显朱邑于桐乡，然后大业可举，中兴可冀耳。**朱邑卓茂皆东汉时人。**

　　看官试阅颜书，应知晋室危亡，正坐此弊，就是隔江人士，过从如鲫，亦不过侈谈文物，雅号风流，若要他戮力从公，实是寥寥无几，导虽有志振兴，但究未能转移风俗，得了颜书，无非是付诸一叹罢了。小子有诗咏道：

> 不经坚忍不成忠，士节凌夷国本空。
> 但解清谈终误国，余风尚自染江东。

　　江东初造，百废待兴，忽闻石勒在葛陂治兵，有进攻建业消息，免不得又要开战了。欲知后事，且阅下回。

　　观怀帝之坐处危城，粮尽援绝，甚至欲出无车，欲奔无路，可见帝王失势，比庶民犹且不如。司马氏之列祖列宗，死后有知，应悔前时之挟权篡魏，反足贻祸子孙，是何如不为帝王之为愈也。刘曜、石勒、王弥辈，徒知屠掠，毫无英雄气象，不过因晋室无人，遂至横行海内，否则跳梁小丑，亦何能为？试看索綝、贾疋等之倡言起义，一鼓而集十余万人，破刘粲，败刘曜，兵威大震，向使始终如一，则中兴事业，当属诸愍帝，而琅琊王睿无与也。彼刘曜石勒，亦乌能更迭称雄乎？要之得人者昌，失人者亡，两河已矣，江左虽多名士，亦不过互相标榜，无裨实用，此关洛之所以终亡，而江东之仍归积弱也。

晋人清谈

第二十五回

贻书归母难化狼心

行酒为奴终遭鸩毒

却说石勒屯兵葛陂，课农造船，将攻建业。琅琊王睿，得知消息，乃大集士卒，使至寿春城会齐，即命镇东长史纪瞻为扬威将军，统兵讨勒。勒整兵抵御，两下相持至三月余，霖雨浸淫，连旬不绝，勒军中遇疫，粮食又尽，死亡过半。勒不免加忧，与将佐共议行止。右长史刁膺，谓不如输款江东，暂且求和，再作计较。勒愀然长啸，声尚未绝，即闪出三十余将，由孔苌为首领，厉声大呼道："刁长史休得胡言！试想我军未尝败衄，如何乞降？若分路进军，夜入寿春，斩吴将头，据城食粟，乘胜下丹阳，定江南，不出一年，可告成功，请刁公看着哩！"勒始有喜色，笑语诸将道："这才不愧为勇将了。"遂各赏铠马一匹。唯谋士张宾，始终无言。别有会心。勒顾问道："君意以为何如？"宾乃答道："将军攻陷京师，囚执天子，杀害王公，妻掠妃主，得罪晋室，擢发难数，奈何尚得改颜事晋呢？去年既杀王弥，不应南来，今天降霖雨，明明示意将军，速宜变计。"天道有知，也不应助勒。勒掀髯道："君意拟将何往？"宾又道："邺城西接平阳，山河四塞，为将军计，亟宜北行据邺，经营河北。河北既定，南下未迟。今可令辎重先发，将军从后徐退，定保无虞。江东军闻我北去，幸得自全，哪里还愿追袭呢？"为勒设想，原是此策最善。勒攘袂鼓髯道："妙计！妙计！决从张君。"又叱责刁膺道："汝既来佐孤，应思共成大业，奈何劝孤降晋？本应处斩，姑念汝素来胆怯，别无歹意，特从宽贷，不来杀汝。"膺慌忙拜谢，赧颜退去。勒即黜膺为神将，擢宾为左长史，称为右侯。

勒遣从子石虎，领着骑兵二千，抵挡晋军。自引兵出发葛陂，辎重在先，兵队在后，依次北去。石虎往向寿春，适值江南运船数十艘，载米到来，他即麾兵抢夺，不料两岸俱有伏兵，一鼓齐起，围击石虎。虎兵贪劫运米，已无纪律，当然四溃。虎亦拍马急奔，晋将纪瞻追击，直至百里以外，竟及勒军。勒整阵以待，很是严肃。瞻不敢进逼，乃退还寿春。勒复驱军北行，沿途皆坚壁清野，无从掠取，士卒饥甚，人自相食。致东燕渡河，闻汲郡太守向冰，聚众数千，驻扎枋头，勒恐被邀击，因召诸将问计。张宾鼓掌道："今我军欲渡河北去，正苦乏船，何妨向冰借用。"诸将闻言，俱不禁暗笑，连勒亦诧为奇语。宾又说道："诸君休笑！冰船尽在对岸，未入枋头，我若遣兵缚筏，从间道袭取冰船，载运大军，军一得济，还怕什么向冰呢？"勒依计而行，令部将孔苌支雄，诣文荔津，缚筏夜渡。果然船中无备，尽被两将夺来。及冰得闻警，率军收船，不但船已被夺，且勒军亦陆续渡河。冰急忙回营，扼堑固守。

勒令主簿鲜于丰挑战，三面埋伏，诱冰出来。冰初意原不欲出战，经丰至垒门前，百般辱骂，惹动冰怒，乃开门来追。丰且战且走，引冰入伏，同时俱起，夹攻冰军。冰欲归无路，欲战无继，只好杀开血路，落荒遁去。勒得入冰营，尽取营中资械，长驱寇邺。守将刘演，将所有守兵，分布三台，为保邺计。曹操在邺中作铜雀台，金虎台，冰井台，号邺中三台。勒将孔苌等，即欲攻扑三台，张宾道："刘演虽弱，众尚数千，三台险固，未易攻拔，何必在此劳师？方今王浚刘琨，为公大敌，宜先往规取，区区一演，何足深虑！且天下饥乱，明公拥众游行，人无定志，终非善策，不如急据要地，广聚粮储，西禀平阳，北略幽并，方可图王称霸呢。"勒说道："右侯所言甚是，但究应择居何地？"宾答道："莫如邯郸襄国，请择一为都。"勒喜道："我就进据襄国罢。"遂移兵至襄国，城内无备，兵民骇散，勒不费兵力，安据了襄国城。宾又向勒进议道："今将军据此为都，刘琨王浚，必来相犯，若城堑未固，资粮未广，二寇交至，如何对待？宜亟收野谷，充作军食，一面速报平阳，具陈情形，将来缓急有恃，方可无虞。"勒乃表达刘聪，分命诸将略冀州，收降郡县数处，得粮济勒。刘聪亦复诏褒功，加勒散骑常侍，都督冀幽并营四州军事，领冀州牧，封上党公。先是勒被鬻茌平，与母王氏相失，王氏至此尚存，由并州刺史刘琨，访得王氏踪迹，特遣属吏张儒将王氏迎入府厅，款留数日，乃令儒偕王氏同行，送交石勒。勒得见王氏，母子重逢，且悲且喜，一面厚待张儒，儒取出琨书，交勒启视，书中说道：

将军发迹河朔，席卷兖豫，饮马江淮，折冲汉沔，虽自古名将，未足为喻，所以攻城而不有其人，略地而不有其土，翕尔云合，忽复星散，将军岂知其然哉？存亡决在得主，成败要在所附。得主则为义兵，附逆则为贼众，义兵虽败而功业必成，贼众虽克而终归殄灭。昔赤眉黄巾，横逸宇宙，所以一旦败亡者，正以兵出无名，聚而为乱，将军以天挺之姿，威振宇内，择有德而推崇，随时望而归之，勋义堂堂。长享遐贵，背聪则祸除，向主则福至，采纳往诲，翻然改图，天下不足定，螳寇不足扫。今相授侍中持节车骑大将军，领护匈奴中郎将襄城郡公，总内外之任，兼华戎之号，显封大郡，以表殊能，将军其受之，副远近之望也。自古以来，诚无戎人而为帝王者，至于名臣而建功业者，则有之矣。今之望风怀想，盖以天下大乱，亟须雄才，遥闻将军攻城野战，合于机神，虽不视兵书，暗与孙吴同契，所谓生而知之者上，学而知之者次，但得精骑五千，以将军之才，何向不摧？至心实事，皆张儒所具知，合当面述，伫待复音。

勒启书览毕，掀髯一笑，并不多言。唯设宴飨儒，款留一夕，至次日厚送赆仪，并取出名马珍宝，使儒转送刘琨，且给与复书，遣儒归报。儒即回晋阳，呈入勒书及礼仪。琨见书中寥寥数行，除首尾称呼外，只有四语，云：

事功殊念，非腐儒所闻。君当遄节本朝，吾自夷难为效。

琨掷下勒书，自思所谋未遂，禁不住长叹数声，随即趋入后庭，令歌伎数十人，作乐侑饮，排遣愁肠。原来琨素性奢豪，颇好声色，河南人徐润，善长音律，为琨所宠，琨竟擢为晋阳令。润恃势骄恣，干预政权。护军令狐盛，抗直敢言，屡劝琨除润，琨不肯从。已而润至琨处进谗，谓盛将劝公为帝，遂致激动琨怒，加盛死刑。琨母闻琨杀盛，召琨入责道："汝不能驾驭豪杰，与图远略，乃好佞恶直，害及正人，祸必及我。"琨母颇有远识，可惜终难免祸。琨颇自认过，极思矫正，但始终不肯诛润。到了愁闷无聊的时候，仍然借着声色，聊作欢娱。但部下将吏，总道他是纵逸忘情，互生讥议，再加令狐盛枉遭杀害，尤失人心。可见人不宜有偏嗜。

盛子泥潜踪奔汉，泣拜刘聪，乞师报仇。父仇怨不共戴天，但向虏乞兵，亦属不合。聪问及晋阳内容，泥具言虚实。聪不禁大喜，便令河内王粲，入寇并州，即用令狐泥为向导，一面使中山王曜，率兵继进。看官阅过前回，应知曜在关中，为贾疋等所围，此时曜已失败，弃城遁还，被贬为龙骧将军，留居平阳。及刘粲出攻并州，乃复使他领兵策应，无非叫他立功赎罪的意思。刘琨闻汉兵入寇，亟东出常山，招募兵士，但令部将郝诜张乔，领兵拒粲。偏雁门诸胡，乘隙造反。上党太守龚醇，又复降汉，累得琨不能兼顾，没奈何遣使往代，至猗卢处乞援，自己决先平胡，然后御汉。哪知汉兵步步进逼，所遣郝诜张乔二将，只与汉兵战了一次，便即败亡。刘粲刘曜，竟乘虚进袭晋阳，晋阳虽尚有士卒数千，多系老弱残兵，不足御寇。太原太守高乔及并州别驾郝聿等，由琨委他居守，他急不暇择，竟开门迎纳汉兵。徐润不知何往，史传中未及提叙，大约总是降汉了。粲与曜相继入城，搜杀刘琨家属，琨父母并皆遇害。

汉主聪得晋阳捷报，仍授曜为车骑大将军，命前将军刘丰为并州刺史，同镇晋阳。刘琨正杀退诸胡，蓦闻晋阳被围，急率轻骑还援，已是不及，乃复走常山，飞使敦促代公猗卢，速即济师。猗卢令子六修及兄子普根，将军卫雄范班箕澹等，率众数万，作为前锋，自率大军为后应，耀武扬威，直指晋阳。刘琨收得散卒数千骑，自常山往会，导至汾东。刘曜出兵搦战，渡汾对垒，曜军已经饱掠，各无斗志，那代兵方如出水蛟龙，飞扬奋迅，一往无前，杀得曜军七颠八倒，东走西奔。曜尚不肯遽退，还想上前招架，偏遇代将突入，攒槊丛刺，曜身中七创，竟致堕落马下。汉讨虏将军傅虎，奋勇救曜，杀退代将，把曜扶起，使乘己马，曜凄然道："我已不能再战了，宁可死在此地，将军不可无马，且驰还晋阳，请得大兵，为我报仇。"虎流涕道："虎蒙大王识拔至此，常思效命，今日正应致死了。况汉室初基，宁可无虎，不可无大王。"说着，扶曜上马，自己步行，冀曜至汾水旁，使曜涉汾，复返截追军，竟致战死。

曜奔回晋阳，夜与河内王粲，并州刺史刘丰，掠得晋阳子女，出城逸去。琨引猗卢大军，连夜追蹑，追及蓝谷，大破汉兵，擒住刘丰，斩汉将邢延等三千余级，伏尸数百里，只曜与粲飞马遁去。猗卢回至寿阳山，令部众陈阅尸首，流血盈途，山石皆赤。琨自营门步入拜谢，再乞进兵。猗卢道："我不早来，致君父母见害，未免抱愧。但君已得复州境，我军远来疲敝，不便再举。刘聪尚未可灭，容俟后图。"**究竟是个外族，怎肯为琨尽力？**琨亦不能相强，只好举酒饯行。猗卢留马牛羊各千余匹，车百乘，赠给与琨，并使部将箕澹段繁，助戍晋阳，自引大军北归。琨入城后，收瘗父母尸骸，即将刘丰斩讫，取血祭灵，大恸一场。嗣见城中民居，已被掠尽，一时不能规复，又恐寇至难守，乃徙居阳曲，招集亡散，抚慰疮痍，徐图后举罢了。

且说关中郡县，自经贾疋索綝等，兴兵匡复，多半略定，复将刘曜逐出长安，于是奉秦王业为皇太子，由雍城迎入长安，创立行台，祭坛告类。**类系祭名。**并建宗庙社稷，下令大赦，用阎鼎为太子詹事，总摄百揆，加封贾疋为镇西大将军，遥授南阳王保为大司马，领秦州刺史。**保即模子，见前。**尚书令司空荀藩，仍守本职，令他督摄远近。藩弟组为司隶校尉，行豫州刺史，仍奉永嘉年号，承制行事。且时距怀帝被掳的时候，已隔一年，中原久无共主，海内尚怀念故君，又无强宗可以推戴，所以海内臣民，除成汉两国外，共沿称永嘉六年。

究竟怀帝掳入平阳，如何处置，应该补笔叙明。怀帝被汉兵拘住，由呼延晏押至平阳，汉主聪升殿受俘，堂皇高坐。呼延晏先行入报，聪当然欣慰，面加晏为镇南大将军。晏拜谢毕，起立一旁，即呼左右押入怀帝及晋臣庾珉王俊等人。怀帝至此，身作俘囚，不得不向聪行礼。珉与俊随帝下拜。聪狞笑道："我父与汝先帝有交，应从宽宥，汝等可在此留居，听我命令便了。"怀帝与珉俊两人，又不得不稽首称谢。**国君死社稷，何必至虏庭，况后来仍不得生存呢。**聪乃命退居别室，派兵监守，一面称诏行赦，改元嘉平，封晋主为平阿公，晋臣庾珉王俊，为光禄大夫。怀帝也只好忍垢含羞，做了胡虏的臣奴。好容易寄居一年，汉皇后呼延后去世，宫内发丧，汉臣当然吊送，晋君臣亦未能免例，大约亦低首送丧，这却毋庸细表。

先是刘聪上烝单太后，非常亲昵，太弟北海王乂，委实看不过去，屡至宫中进规单后，**回应二十二回。**单后又恨又惭，竟致成疾，不到一年，便即死别。聪悲悼万分，足足哭了好几日。嗣闻单后病死，由乂规谏所致，免不得与乂有隙。聪后呼延氏，又另存一种思想，时常忌乂，一日，向聪进言道："父死子继，古今常道，如陛下践位，实承高祖遗业，奈何今日立一太弟呢？妾恐陛下百年以后，粲兄弟将无遗种了。"**不立太弟,未见粲等果得留种。**聪半晌方答道:"容我徐作计较。"呼延后复道:"事缓变生。太弟见粲兄弟渐长,必至不安,万一有他人构衅,祸且立发了。陛下能容太弟,太弟未必肯侍陛下。"聪应声道:"我知道了。"单太后有兄名冲,曾仕汉为光禄大夫,平时出入宫禁,已有风闻,乃往东宫见乂,未言先泣。乂惊问何因?冲方与密语道:"疏不间亲,主上已属意河内王,请殿下先机退让,免蹈危机!"乂瞿然道:"河瑞末年,主上因嫡庶有别,尝让位与乂。乂因主上年长,故相推奉,天下系高祖的天下,兄终弟及,有何不可?就是粲兄弟将来序立,犹如今日。若谓疏不间亲,乂想子弟关系,相去无几,主上亦未必爱子憎弟哩。"**尚在梦中。**冲见乂未肯相信,因默然退去。唯聪虽听信妇言,有意废乂,但回忆单后生时,如何柔媚,如何亲爱,又不觉耳热面红,未忍将乂废去。蹉跎过了一两年,呼延后得病身亡,**想是忧死。**少了一个太弟对头,越将前事搁起。

且聪本好色,自单后死后,广选名家女子,充入后宫,及呼延后殁,即命司空王育女为左昭仪,尚书令任颛女为右昭仪,大将军王彰女,中书监范隆女,左仆射马景女,皆为贵人,右仆射朱纪女为贵妃,均佩金印紫绶,轮流进御。后又探悉太保刘殷,家多丽姝,女二人,女孙四人,统是天姿国色,秀丽绝伦,遂欲一并纳入,充作嫔嫱。**不问尊卑长幼,好算廓然有容。**太弟乂独援同姓不婚的古例,上书切谏。聪乃转问太宰刘延年及太傅刘景,两人专知迎合,便齐声答道:"太保自谓出自刘康公,**系周朝卿士,见《春秋左传》。**与陛下同姓异源,何不可纳?"聪闻言大喜,便即召入刘氏二女及四女孙,拜二女为左右贵嫔,位在昭仪上,四女孙为贵人,位次贵嫔。六个美人儿,同时入宫,引得这位汉主聪,应接不暇,镇日里深居简出,罕闻外事。廷臣陈奏,辄令中黄门收入,归左右两贵嫔裁决。两贵嫔一名英,一名娥,隐寓娥皇女英的意思。**尧二女名娥皇女英。**刘殷本是晋臣,旧为新兴太守,陷没汉廷,历官侍中太保,并将二女及四孙女,尽献与聪,取荣求媚,这也是无耻已极了。**应该斥骂。**

既而聪授晋主仪同三司,加封会稽郡公。庾珉王俊,依次加秩。晋君臣入朝拜谢,聪引与共饮,从容语晋主道:"卿前为豫章王时,朕在中原,曾与王武子**即王济表字。见首文。**访卿,卿尝示朕乐府歌,又引朕入射厅,同试技艺,朕得十二筹,卿与武子俱得九筹,卿赠朕柘弓银砚,今可记忆否?"怀帝答道:"臣怎敢失记,但恨当时不早识龙颜。"**亏他厚脸说出。**聪又道:"卿家骨肉,何故屡相残害?"怀帝道："这是天意，实非人事。大汉将应天受命，故为陛下自相驱除，若臣家能守武帝遗业，九族敦睦，陛下何从得平河洛呢？"聪不禁大笑，饮至黄昏，竟呼出小贵人刘氏，赏与怀帝，且与语道："这是名公女孙，今赐为卿妻，卿好为待遇，幸勿轻视！"说至此，又转嘱刘氏数语，面封她为会稽国夫人，使怀帝即夕领去。光阴容易，转瞬冬残，越年元旦，聪御光极殿，大宴群臣，使晋主改着青衣，旁立斟酒。怀帝不堪耻辱，满面生惭。庾珉王俊，时亦在列，禁不住悲恸起来。聪顿时动恼，把他斥出。至怀帝行酒毕，亦令退去。过了旬月，有人告讦庾珉王俊，说他阴谋变乱，将召刘琨入攻平阳，聪即遣人赍着毒酒，鸩死怀帝，并杀庾珉王俊。总计怀帝在位四年余，臣虏一年余，殁时三十岁。小子有诗叹道：

青衣行酒作囚奴，天子宁甘拜黠胡？
畏死终难逃一死，何如临变早捐躯。

怀帝遇害，耗问四达，欲知晋朝有无嗣主，且至下回说明。

由石勒带及刘琨，由刘琨带及刘曜，由刘曜带及猗卢，事迹复杂，全赖作者一支妙笔，随事联属，方不至断断续续，足令阅者一目了然。下半回因秦王入关，串入怀帝，复由怀帝串入刘聪，叙及汉宫诸事，即以怀帝得配刘氏，主青衣行酒，遇害作结。看似随笔铺叙，而笔下煞费经营，阅者试览晋朝各史，有是穿插否？有是明白否？即此一回，已见作者苦心，而得失褒贬，又如见言表，是固兼有三长，与刘知几之言，隐相吻合者也。

第二十六回

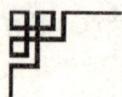

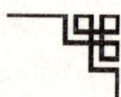

诏江东愍帝征兵
援灵武麴允破虏

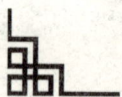

　　却说秦王业入居长安，已阅一年，长安新遭丧乱，户不满百，荆棘成林，太子詹事阎鼎与征西将军贾疋，职掌内外，又未免挟权专恣，未协舆情。汉梁州刺史彭荡仲，被疋袭死。见前回。荡仲子天护，纠合群胡，来攻长安。疋出拒天护，竟至败回。天护从后追击，时已日暮，疋误堕涧中，士卒奔散，无人捞救，再经天护等乱投矢石，眼见是一命归阴了。天护既得杀疋，引众自归，长安还得无恙。偏扶风太守梁综，调任京兆尹，与鼎争权，鼎将综杀死，另用王毗代任。综弟梁纬，方守冯翊，梁肃又新任北地太守，闻兄遇害，当然不服。索綝麴允，本来是倡义勤王，应称功首。及秦王入关，反被阎鼎做了首辅，专揽大政，两人亦暗抱不平。綝与梁氏兄弟，又系姻亲，因即共同联络，说鼎擅杀大臣，目无主上，一面上笺秦王，请加严谴，一面号召党与，即行声讨。鼎虑不能敌，出奔雍城，为氐人窦首所杀，传首长安。**事功未就便自相残害，怎得不亡？**于是麴允索綝，才得逞志。允领雍州刺史，綝领京兆太守，承制黜陟，号令关中。至怀帝凶问，得达长安。秦王业举哀成礼，由綝索两大臣及卫将军梁芬等，奉业即位，是谓愍帝，传旨大赦，改元建兴。命梁芬为司徒，麴允为尚书左仆射，录尚书事，索綝为尚书右仆射，领吏部京兆尹。寻即加綝卫将军，兼官太尉。公私只有车四乘，百官无章服印绶，但用桑版署号，将就了事。嗣复命琅琊王睿为左丞相，都督陕东诸军事，南阳王保为右丞相，都督陕西诸军事，且诏谕二王道：

夫阳九百六之灾，虽在盛世，犹或遘之。朕以幼冲，纂承洪绪，庶凭祖宗之灵，群公义士之力，荡灭凶寇，拯拔幽宫，瞻望未达，肝心分裂。昔周召分陕，姬氏以隆，平王东迁，晋郑为辅，今左右丞相，茂德齐圣，国之昵属，当恃二公。扫除鲸鲵，奉迎梓宫，克复中兴，令幽并二州，勒卒三十万，直造平阳，右丞相宜率秦凉雍武旅三十万，径诣长安，左丞相率所领精兵二十万，径造洛阳，分遣前锋，为幽并后应，同赴大期，克成元勋，是所至望，毋替成命！

是时琅琊王睿，保守江东，无心北上，得新皇诏旨，但遣使表贺，不愿兴师。前中书监王敦，由洛阳陷没以前，已出任扬州刺史，幸不及祸。睿召为军谘祭酒，及扬州都督周馥走死，见二十三回。睿又令敦复任扬州都督征讨诸军事。江州刺史华轶及豫州刺史裴宪，不受睿命，均由敦会师往讨。斩华轶，逐裴宪，威名溃盛。荆州刺史王澄，屡为杜弢所败，走奔沓来。见二十四回。他与敦为同族弟兄，因即致书乞援，敦转达琅琊王睿，睿令军谘祭酒周顗往代，召澄为军谘祭酒，且遣敦接应周顗，同讨杜弢。敦乃进屯豫章，为顗后援，澄既得交卸，回过豫章，与敦相见。敦自然接待，共叙亲情。唯澄素轻敦，敦素惮澄，此次澄遭败衄，尚傲然自若，仍把那旧日日骄态，向敦凌侮，敦也是一个杀星，至此怎肯忍受？眉头一皱，计上心来，佯请澄留宿营中，盘桓数日，暗中实欲害澄。澄尚有勇士二十人，执鞭为卫，自己尝手捉玉枕，防备不测。敦不便下手，复想出一策，宴澄左右，俱令灌醉，又伪借玉枕一观，澄不知有诈，出枕付敦。敦奋然起座，指澄叱责道："兄何故与杜弢通书？"澄亦勃然道："哪有此事？有何凭据？"敦置诸不理，即召力士路戎等，入室杀澄。澄一跃登梁，呶呶骂敦道："汝如此不义，能勿及祸么？"敦指麾力士，上梁执澄。澄虽力大，究竟双手不敌四拳，终被路戎等拿下，把他搤死。澄固有取死之道，但敦之残忍，已可概见。

太子洗马卫玠，素为澄所推重，时正寓居豫章，见敦忍心害理，不欲久依，乃致书别敦，奔投建业。未几即殁，年才二十七岁。玠系故太保卫瓘孙，表字叔宝，幼时风神秀异，面如冠玉，当时号为璧人。骠骑将军王济，即王浑子。为玠舅父，亦具丰姿，及与玠相较，尝自叹道："珠玉在侧，使我形秽。"又辄语人道："与玠同游，好似明珠在侧，朗然照人。"至玠年已长，好谈玄理，语辄惊人。王澄雅善清谈，每闻玠言，必叹息绝倒。时人尝谓："卫玠谈道，平子绝倒。"平子即澄表字。玠妻父河南尹乐广，素有清名。广号冰清，玠称玉润，翁婿联镳，延誉一时。怀帝初年，征为太子洗马。玠见天下将乱，奉母南行，到了江夏，玠妻病逝，征南将军山简，待玠甚优，且将爱女嫁为继室。玠纳妇山氏，又复东下，道出豫章，正值王敦镇守。敦长史谢鲲，相见倾心，欢谈竟夕。越日，引玠见敦，敦亦叹为名士。别敦后转趋建业。江东人士，素闻玠有美姿，聚观如堵。琅琊王睿，拟任以要职，偏玠体羸多病，竟致短命。玠被人看杀，语足解颐。谢鲲哭玠甚哀，人问他何故至此？鲲答道："栋梁已断，怎得不哀呢？"玠不过美容善谈，非必真命世才，后人称道不置，传为佳话。故随笔叙入。

且说王澄卫玠，相继死亡，琅琊王睿，乃别用华谭为军谘祭酒，谭先为周馥属吏，走依建业，睿尝问谭道："周祖宣馥字祖宣。何故造反？"谭答道："馥见寇贼滋蔓，神京动摇，乃请迁都以纾国难，执政不悦，兴兵讨馥。馥死未几，洛都便覆，如此看来，馥非无先见，必谓他有意造反，实是冤诬。"睿又道："馥身为镇帅，拒召不入，见危不扶，就是不反，也是天下罪人呢。"谭亦接着道："见危不扶，当与天下人共受此责，不能专责一馥呢。"睿默然不答。自问能无愧衾影否？参军陈頵，数持正论，犯颜敢谏，府吏多半相忌，就是睿亦恨他多言，竟出頵为谯郡太守。不信仁贤，故卒致偏安。既而长安忽又有诏命到来，当由睿接读，诏书有云：

朕以冲昧，纂承洪绪，未能枭夷凶逆，奉迎梓宫，枕戈烦冤，肝心抽裂。前得魏浚表，知公率先三军，已据寿春，传檄诸侯，协齐威势，想今渐进，已达洛阳。凉州刺史张轨，乃心王室，连旆万里，已到汧陇，梁州刺史张光，亦遣巴汉之卒，屯在骆谷。秦川骁勇，其会如林，间遣使探悉寇踪，具知平阳虚实。且幽并隆盛，余胡衰破，顾彼犹恃险不服，须我大举，未知公今所到此处，是以息兵秣马，未便进军。今若已至洛阳，则乘舆亦当出会，共清中原。公宜思弘谋猷，勖济远略，使山陵旋返，四海有赖，故遣殿中都尉刘蜀苏马等，具宣朕意。公茂德昵属，宣隆东夏，恢融六合，非公而谁？但洛都寝庙，不可空旷，公宜镇抚以绥山东。右丞相当入辅弼，追踪

周召以隆中兴也。东西悬隔，跂予望之！

　　睿读罢诏书，踌躇半晌，始接待刘蜀苏马，与他会谈。略说："江东粗定，未暇北伐，只好宽假时日，方可兴师"云云。刘苏二人，亦不便力劝，当即告辞。睿使他赍表还报，便算复命。当时恼动了一位正士，竟从京口谒睿，愿假一偏师，规复中原。这人为谁？乃是军谘祭酒祖逖。**江东如逖，寡二少双，故从特笔。**逖字士雅，世籍范阳，少年失怙，不修仪检。年十四五犹未知书，唯轻财好侠，慷慨有气节。后乃博览书史，淹贯古今，旋与刘琨俱为司州主簿，意气相投，共被同寝。夜半闻鸡鸣声，蹴琨使醒道："此非恶声，能唤醒世梦，披衣起舞。"有时与琨谈及世事，亦互相策励道："若四海鼎沸，豪杰并起，我与足下，当相避中原呢。"已而，累迁至太子舍人，复出调济阴太守。会丁母忧，去官守丧。及中原大乱，乃挈亲党数百家，避居淮泗。衣服粮食，与众共济，众皆悦服，推为行主。琅琊王睿，颇有所闻，特征为军谘祭酒，使戍京口。逖常怀匡复，纠合骁健，谋为义举。闻睿两得诏书，仍未北伐，乃毅然入谒，向睿进言道："国家丧乱，并非由上昏下叛，实由藩王争权，自相残杀，遂致戎狄乘隙，流毒中原。今遗黎既遭酷虐，人人思奋，欲扫强胡，大王若决发威命，使如逖等志士，作为统率，料想郡国豪杰，必望风归向，百姓亦共庆来苏，中原可复，国耻可雪，愿大王毋失时机！"**是英雄语。**睿见他义正词严，倒也不好驳斥，乃使为奋威将军，领豫州刺史，给千人粮，布三千匹，唯不发铠仗，使逖自往招募。**明明是不愿动兵。**逖也不申请，当即辞归，便率部曲百余家，乘舟渡江，驶至中流，击楫宣誓道："祖逖若不能澄清中原，便想渡还，有如大江。"语至此，神采焕发，非常激昂，众皆感叹。及抵江阴，冶铁铸械，募得二千余人，然后北进。并州都督刘琨，闻逖起兵渡江，慨然语人道："尝恐祖生先我着鞭，今祖鞭已进着了。"看官听说！这时候的刘琨，已由愍帝拜为大将军，都督并州诸军事。琨志在同仇，但苦力弱，当时曾奉一谢表，说得感慨淋漓，略云：

　　陛下略臣大愆，录臣小善，猥蒙天恩，光授殊宠，显以蝉冕之荣，崇以上符之位，伏省诏书，五情飞越。臣闻晋文以郤縠为元帅而定霸功，汉高以韩信为大将而成王业，咸有敦诗说礼之德，戎昭果毅之威，故能振丰功于荆南，拓洪基于河北。况臣

祖逖中流击楫

凡陋，拟踪前哲，俯惧折鼎，虑在复铼。昔曹沫三败而收功于柯盟，冯异垂翅而奋翼于渑池，皆能因败为成，以功补过。陛下宥过之恩已隆，而臣自新之善不立，臣虽不逮豫闻前训，恭谨之节，臣犹庶几。所以冒承宠命者，实欲没身报国，以死自效。臣闻夷险流行，古今代有，灵厌皇德，曾未悔祸。蚁狄纵毒于神州，夷裔肆虐于上国，七庙阙禋祀之缮，百官丧葬伦之序，梓宫沦辱，山陵未兆，率土永慕，思同考妣。陛下龙姿日茂，睿质弥光，升区宇于既颓，崇社稷于已替。四海之内，肇有上下，九服之萌，复睹典制。但尚蒙尘于外，越在秦郊，烝尝之敬在心，桑梓之思未克。臣备位历年，才质驽下，权假位号，未报涓埃。得奉先朝之班，苟存偏师之职，赦其三败之愆，收其一功之用，使获骋志虏场，快意大逆，虽身膏野草，无恨黄墟。陛下偏恩过隆，曲蒙抽擢，遂授上将，位兼常伯，征讨之务，得从便宜，拜命惊惶，五情战悸，深惧陨越，以为朝羞。昔申胥不殉柏举，而成复楚之勋，伍员不从城父，而济入郢之绩，臣虽顽钝，无觊古人，其于披坚执锐，致身寇仇，当唯力是视，有死无二。受恩图报，谨拜表陈闻！

琨上表后，适值汉石勒从子石虎，为勒所遣，率众攻邺。虎长七尺五寸，勇悍好杀，善战无前。勒尝因他生性凶残，意欲杀虎，还是勒母王氏，从旁戒勒道："快牛为犊，多能破车，汝且容忍为是。"真是养虎贻患。勒乃罢议，屡使虎领兵为寇。邺中守将刘演，系刘琨兄子，据守三台，见前回。被虎攻入。演奔廪丘，琨乃令演为兖州刺史，暂借廪丘为汛地。同时有三个兖州刺史，一为司空荀藩所遣，叫作李述，一为琅琊王睿所遣，叫作郗鉴，第三个便是刘演。琨因寇氛日亟，复议出师，即约同代公猗卢，会叙陉北，共谋击汉。猗卢乃遣拓跋普根，进屯北屈。琨亦进据蓝谷，使监军韩据，领兵攻西平。汉主聪使刘粲等拒琨，刘易等拒普根，兰阳等助守西平。琨见汉兵有备，又复退还。汉兵仍未撤回，为战守计。刘聪更命中山王曜，西攻长安。曜遣降将赵染为先锋，驱兵大进。愍帝忙遣麹允为冠军将军，出次黄白城，堵御汉兵。允与染交战数次，均皆失利，再加曜军从后继进，关东大震。愍帝又授索綝为征东大将军，引兵助允。染闻索綝复至军前，即向曜献策道："麹允索綝，先后继至，长安必定空虚，若往掩袭，一鼓可下了。"曜亦以为奇计，立拨精兵五千，归染统带，使袭长安。染从间道绕出，直趋长安城下。长安果然无备，更兼染兵衔枚夜进，尤不及防。

三更已过，愍帝在秦宫酣寝，忽有卫士入报，说是汉兵已入外城，吓得愍帝梦中惊醒，慌忙披衣起床，走奔射雁楼。幸喜内城各门，还是紧闭，城上有卫卒保守，未曾失手，因此染不能攻入，只在龙首山麓，纵火大噪，焚掠诸营。待至天明，染始退屯逍遥园，晋将麹鉴，自阿城引兵入援，杀退赵染，乘胜追击，驰至灵武。刚值刘曜统兵前来，染得了援军，自然杀回。麹鉴部下，只五千人，怎能抵敌得住，顿时奔溃，逃还阿城。曜与染就在灵武扎营，拟休息一宵，再攻长安。不料到了夜半，营外突然火起，满寨皆红，曜从睡梦中跃起，仓皇对敌，部众都睡眼蒙眬，穿了军服，不及持械，携了刀枪，不及衣甲，那外兵似潮涌入，如何阻拦？汉冠军将军乔智明，不识好歹，尽管向前堵截，突被来兵裹住，四面攒刺，戳毙帐中。汉兵无从抢救，越加心慌，彼此都逃命要紧，乱窜出营。曜与染亦料不可支，统从帐后遁去。到了晨光熹微，汉垒已都扫光，单剩了一堆尸骸，约莫有三五千名，来兵得胜而返，为首大将，乃是晋尚书左仆射麹允。允料曜恃胜无备，乘夜劫营，果得了一大胜仗，奏凯还师。**倒戟而出。**曜与染奔还平阳，好几月敛兵不动。

唯占据襄国的石勒，锐图幽并，想出许多计策，既欺王浚，复绐刘琨，竟先将幽州夺去，然后规取并州。幽州都督王浚，自洛阳陷没后，设坛祭天，假立太子，自为尚书令，布告天下，托言密受中诏，承制封拜，备置百官，列署征镇。适前豫州刺史裴宪，由南方奔至，浚命宪与女夫枣嵩，并为尚书，大张威令，专行征伐。遣督护王昌，中山太守王豹等，会同鲜卑部长段疾陆眷，**系务勿尘子。务勿尘见前十六回。**及疾陆眷弟匹磾文鸯，从弟末抔，率众三万，共攻石勒。勒出战不利，奔还城中。末抔轻入城闉，为勒所获，勒即以末抔为质，遣人至疾陆眷处求和。疾陆眷恐末抔被杀，不得不允从和议，遂用铠马金银，取赎末抔。勒召末抔与饮，格外欢昵，约为父子，复厚赠金帛，送还疾陆眷军前。疾陆眷感勒厚惠，复与石虎订盟，结为兄弟，誓不相侵，引兵自去。王昌等失去厚援，当然退归。

看官记着！王浚与段氏，本来是甥舅至亲，相约为助，**浚曾嫁女与务勿尘，故称甥舅。**此次段氏被石勒诱去，仿佛似断了一臂，全体皆僵。**父子且不可恃，遑问甥舅？**浚尚不以为意，反与刘琨争冀州。原来代郡上谷广宁三郡人民，尚属冀州管辖，至是因王浚苛暴，趋附刘琨，所以浚愤愤不平，竟把讨勒各军撤回，与琨相距，往略三郡。

琨不能与争，只好由他张威，三郡士女，俱被浚兵驱逐出塞，流离颠沛，奄毙道旁。浚且欲自称尊号，戕杀谏官，遂令强虏生心，伺间而入，这叫作自作孽，不可活呢。小子有诗叹道：

> 无才妄想建雄图，纵虐残民毒已逋。
>
> 天网恢恢疏不漏，诛凶手迹假强胡。

欲知王浚后事，且看下回详叙。

　　琅琊王睿，两次受诏，仍按兵不进，彼以江东为乐土，姑息偷安，已为有识者所共见。祖逖志士，击楫渡江，实为当时第一流人物，但大厦将倾，断非一木所能支持。他如江左夷吾，名未副实，余子碌碌，尤不足道。其稍称勇武者，则又如王敦辈之残忍好杀，致治不足，致乱有余耳。若愍帝草创长安，即遭内讧，预兆不祥，称尊以后，麴索二相，智不足以御寇，才不足以保邦，灵武之役，得败刘曜，第一时之幸事耳。彼王浚刘琨，名为健将，又自相龃龉，互构争端。要之晋室之败，在一私字，在一争字，诸王营私则相争，大臣营私则又相争，方镇营私，则更相争，内讧不已，而夷狄已入据堂奥，举国家而尽攫之，可哀也夫。

第二十七回

拘王浚羯胡吞蓟北

毙赵染晋相保关中

　　却说王浚骄盈不法，意欲称尊，商诸燕相胡矩。矩婉言谏阻，致拂浚意，被徙为魏郡守。燕国霍原，志节清高，浚屡征不就，再使人诱令劝进，原当然不从，浚竟诬原谋变，派吏拘原，枭首以徇。北海太守刘搏，及司空掾高柔，相继切谏，又为浚所杀。女夫枣嵩，最得浚宠，尚有掾属朱硕，表字丘伯，亦专事谀媚，甚惬浚心。两人朋比为奸，贪婪无度，北州有歌谣云："府中赫赫朱丘伯，十囊五囊入枣郎。"又有一谣云："幽州城门似藏户，中有伏尸王彭祖。"彭祖即王浚表字。浚又令枣嵩督率诸军，出屯易水，复召段疾陆眷，与同讨勒。疾陆眷已与勒有盟，哪里还肯应石？浚引为深恨，使人赍着金帛，往赂代公猗卢，令讨段氏，再檄鲜卑部酋慕容廆，发兵助讨。猗卢遣子六修往攻，为疾陆眷所败，退还代郡。独慕容廆所向皆捷，得取徒河。慕容氏已见前文。先是河洛人氏，北向避乱，俱往依王浚，嗣见浚政刑日紊，往往他去，作塞外游。外族以段氏慕容氏为最盛，段氏兄弟，专尚武力，不礼文士，唯廆喜交宾客，雅览英豪，所以士多趋附，远近如归。廆尝自称鲜卑大单于，至王浚承制封拜，授廆散骑常侍，冠军将军，前锋大都督，大单于名号，廆却不受。此次奉檄攻段，并非甘为浚使，不过段氏盛强，亦中廆忌，所以乐得卖情，出兵拓土。他部下却有许多人物，分任庶政，河东人裴嶷，代郡人鲁昌，北平人杨耽，为廆心腹。广平人游邃，北海人逄羡，渤海人封抽，西河人宋奭，河东人裴开，为廐股肱。平原人宋该，安定人皇甫岌皇甫真，渤海人封弈封裕，并典机要。会稽人朱左车，泰山人胡母翼，鲁人孔纂，皆为宾友。又平原宿儒刘赞为东庠祭酒，令子皝带着国胄，北面受业，居然习礼讲让，用夏变夷。<small>慕容之兴，实基于此。</small>幽州从事韩咸，监护柳城，入谒王浚，盛称廐下士爱民，无非是借廐讽浚，诱令改过的意思。不料浚竟翻起脸来，叱他私通外族，喝令斩首。

嗣是人心益离，往往叛入鲜卑，再加幽州一带，连岁饥馑，不是旱灾，就是蝗灾，百姓非常困苦。浚尚纵令枣嵩诸人，横征暴敛，荼毒生灵。古人有言："木朽虫生。"为了幽州衰敝，遂至汉将石勒，虎视眈眈。他还未敢遽行动手，拟先遣使往觇，探明虚实。僚佐请用羊祜陆抗故事，<small>见前文。</small>致书王浚，以便通使。勒乃转咨右长史张宾。宾答道："浚名为晋臣，实图自立，但患四海英雄，不肯依附，所以迁延至今。将军威振天下，若卑辞厚礼，与彼交欢，犹惧未信，况如羊陆抗衡，能使彼相信不疑么？"勒踌躇道："如右侯言，将用何术？"宾说道："荀息灭虞，勾践沼吴，<small>俱见《春秋左传》。</small>前策具在，奈何不行？"勒闻言大喜，便令宾草就一表，特遣舍人王子春董肇，赍表诣浚，又使带去许多珍宝，半献王浚，半赠枣嵩。子春与肇，领命至幽州，当由王浚召入，问明来意。子春格外谦恭，拜呈表文，浚即取表展览，但见纸上写着：

勒本小胡，遭世饥乱，流离屯厄，窜命冀州，窃相保聚，以救性命。今晋祚沦夷，中原无主，殿下州乡贵望，四海所宗，为帝王者，非公其谁？勒所以捐躯起兵，诛讨暴乱者，正欲为殿下驱除尔。伏愿殿下应天顺人，早登皇祚。勒奉戴殿下，如天地父母，殿下察勒微忱，亦当视之如子也。谨此表闻！

浚览表毕，禁不住喜笑颜开，再由子春等奉上珍物，都是五光十色，价值连城，<small>好钓饵。</small>便命左右一概全收，使子春等左右旁坐，欢颜与语道："石公亦当世英雄，据有赵魏。今乃向孤称藩，殊为不解。"<small>我亦不解。</small>子春本是辩士，随口答道："石将军兵力强盛，诚如圣论，但因殿下中州贵望，威振华夷，石将军自视勿如，所以愿让殿下。况自古到今，胡人为上国名臣，尚有所闻，从未有突然崛起，得为帝王。石将军推功让美，正是明识过人，殿下亦何必多疑呢？"欺弄王浚即此已足。浚顿时大悦，面封子春等为列侯。子春等当然拜谢，退就宾馆。又将礼物一份，赠与枣嵩，托他善为周旋。嵩满口应承，入与王浚商议，遣使报勒，厚赆子春与肇，偕使同行。

既到襄国，勒先将劲卒精甲，藏入帐后，唯用羸卒站立，开府接使，北面拜受来书。浚使亦略有礼物相遗，内有麈尾一柄，勒佯不敢执，高悬壁上，且对浚使道："我见赐物，如见王公，当朝夕下拜呢。"随即款宴浚使，待如上宾，挽留了好几日，方才送归。复遣董肇奉表与浚，约期入谒，当亲上尊号，并修笺传达枣嵩，求封并州牧兼广平公。浚使返报，具言勒形势寡弱，款诚无二，再经董肇接踵到来，奉表递笺，喜得王浚翁婿二人，如痴如狂，一个是候补皇帝，一个是候补宰相，指日高升，说不尽的快活了。恐怕要请君入瓮。

石勒部署兵马，将赴幽州，唯尚有一种疑虑，迟延未发。张宾入问道："将军果欲袭人，须掩他不备。今兵马已经部署，尚延滞不行，莫非虑及刘琨及鲜卑乌桓等部落，乘虚袭我么？"勒皱眉道："我意原是如此，右侯有无妙策？"宾答道："刘琨及鲜卑乌桓，智勇俱不及将军，将军虽然远出，彼亦未敢遽动。且彼亦未知将军一往，便能速取幽州，将军轻骑往返，不过二旬，就使彼有心图我，出师掩至，将军已可归来，自足抵御。若再恐刘琨路近，变生意外，何妨向琨请和，佯与周旋。琨与浚名为同寅，实是仇敌，万一料我袭浚，亦必不肯往援，兵贵神速，幸勿再延！"料事如神，可惜所事非主。勒跃然起立道："我所未了的事情，右侯能为我代了，还有何说？"遂命军士乘夜起程，亲自督行，所有与琨求和的书函，统委张宾办理。

宾替勒修笺，遣人达琨，无非说是"去逆效顺，讨汉自赎"等语。与对待王浚不同，便是看人行计。琨得笺大喜，移檄州郡，谓"勒已奉笺乞降，当与代公犄角，共讨平阳，这是累年积诚所感，得此效果"等语。仿佛做梦。勒在途中接得消息，越发放心前进，行至易水，为王浚督护孙纬所闻，忙驰入白浚，请速拒勒。浚笑语道："石公此来，正践前约，如何拒他？"说至此，旁立许多将佐，齐声进谏道："羯胡贪而无信，必有诡谋，不如出击为是。"浚不禁动怒道："他既有心推戴，正应迎他进来，汝等反谓可击，真正奇怪。"道言未绝，又由范阳镇守游统，奉书至浚，略言"石勒前来，志在劝进，请勿多疑"云云。看官！你道游统何故上书？原来统已阴附石勒，卖主求荣，所以特地报浚，借坚浚信。浚越以为真，便下令道："敢言击勒者，斩！"将佐乃不敢再言。浚且预备盛筵，俟勒入府舍时，替他接风。

过了两天，勒已率兵驰至，天适破晓，叫开城门，尚恐内有埋伏，先驱牛羊数十头进城，假称礼物，实欲堵截街巷，阻碍伏兵，待见城内空虚，乃麾众直进，立即四掠。浚左右亟请抵御，尚未邀允。但浚到此时，也觉惊惶，或坐或起，形神不安。勒率众升厅，召浚出见，浚还望他好意相待，昂然出来，甫至厅前，即被勒众七手八脚，把浚拘住。浚无子嗣，只有妻妾数人，被勒众入内搜劫，牵出见勒。浚妻乃是继室，年齿未暮，尚有姣容。勒拉与并坐，始令兵士推浚入厅。**搂人妻而见其夫，太属淫恶，但莫非由浚自取。**浚且惭且愤，向勒骂道："胡奴调侃乃公，为何凶逆至此？"勒狞笑道："公位冠元台，手握强兵，坐睹神州倾覆，不发一援，反欲自为天子，尚得谓非凶逆么？况闻公委任奸贪，残虐百姓，贼害忠良，毒遍燕蓟，这才叫做真正凶逆呢。"说着，即派部将王洛生，率领五百骑兵，先送浚往襄国。浚被押出城，愤投濠中，又被骑兵捞起，上了桎梏，匆匆去讫。勒收捕浚众万余人，一律杀死。

浚将佐等均诣勒帐谢罪，馈赂交错，独尚书裴宪，从事中郎荀绰，未见往谢。勒使人召至，面加呵责道："王浚暴虐，由孤亲来讨伐，首恶已擒，诸人俱来庆谢，二人乃甘与同恶，难道独不怕死吗？"宪接口道："宪等世仕晋朝，得蒙宠禄，浚虽粗悍，犹是晋室藩臣，所以宪等相从，不敢有贰。明公若不修德义，专尚威刑，宪等自知应死，也不愿求免了。"言毕，即掉头趋出。勒急忙呼还，待以客礼，唯拿下枣嵩朱硕，责他纳贿乱政，推出枭斩。游统自范阳进见，满望功成加赏，不料勒叱他不忠，也命斩首。**应该处斩，足为卖主求荣者戒。**又籍浚将佐亲戚，多半是积资巨万，只裴宪荀绰家内，有书百余箱，盐米十余斛罢了。勒语僚属道："我不喜得幽州，但喜得二人呢。"遂令宪为从事中郎，绰为参军。**甘心事羯，终非好汉。**分遣流民，各还乡里。一住二日，便拟旋师。授前尚书刘翰为幽州刺史，使他居守蓟城。临行时毁去晋宫，挈着浚妻，驰还襄国。途次被浚督护孙纬邀击，勒众败溃，唯勒得逃还，连浚妻都不知去向了。**又不知作谁家妇。**勒回至襄国，尚有余忿，立将王浚枭首，函送平阳。汉主聪加授勒为大都督兼骠骑大将军，封东单于。

乐陵太守邵续，为浚所署，屯居厌次，续子又为勒所虏，使为督护，且令又往劝续降。续因孤危失援，暂且附勒。渤海太守刘胤，弃郡依续，且语续道："大丈夫当思立名全节，君为晋臣，奈何从贼自污呢？"续凄然谢过，并说明苦衷，行当自拔。可巧幽州留守刘翰，亦不欲从勒，特举城让与段匹磾。匹磾为段疾陆眷弟，已见前回。疾陆眷与勒联盟。独匹磾心下不愿，仍与刘琨通书，不忘旧好，故刘翰邀他守蓟，情愿去位。匹磾遂贻邵续书，招使归晋。续即复称如约。或谓续不宜背勒，自害嗣子，续泣答道："我出身为国，怎得顾子废义呢？"当下与勒相绝，即遣刘胤往报江东，愿听琅琊王睿驱遣。睿用胤为参军，遥授续为平原太守。石勒闻续负约，竟杀邵义，发兵攻续。续忙向蓟城乞援，段匹磾令弟文鸯，引众援续。续被围，幸得文鸯援兵，才能退敌。且与文鸯追至安陵，虏勒所署官吏，并驱回流民三千余家，然后还兵。

刘琨得悉幽州军报，始知为勒所绐，懊悔无及，乃复遣人诣代，与猗卢约同攻汉。猗卢方有内患，不遑赴约，琨亦只好罢休。会有长安使至，传示诏书，并报称关东大捷。琨暂留来使，询明大捷情形。原来汉中山王刘曜，自被麴允击破营寨，与赵染奔回平阳。见前回。他却整缮兵甲，休养了好几月，又复从平阳出发，欲寇长安。曜进屯渭汭，染进屯新丰。晋征东大将军索綝，引兵出拒，行至新丰附近，早有虏谍报入染营，染奋然道："前次误堕诡计，致与中山王败退，今彼复敢前来，定是到此送死了。"长史鲁徽道："晋室君臣，亦知强弱难敌，只因我军入境，不得不拼死来争。古语有云：'一夫拼命，万夫莫当。'将军幸勿轻视。"染瞋目道："强盛如司马模，我一往取，势如摧枯，索綝一小竖子，不足污我马蹄，怕他什么！"时已天晚，即欲出营杀去，又经徽好言拦阻，勉强按住忿火，宿了一宵。次日早起，便率轻骑数百人，前往迎战，且扬言道："擒住索綝，还食未迟。"一面说，一面麾兵急进。到了新丰城西，正与綝军相遇，两下不及答话，便即厮杀起来。綝见染兵不多，却也生疑，但素知汉兵强悍，未可轻敌，因先麾动前队，与他交锋，约有两个时辰。染兵已经枵腹，气力不加，偏綝驱出后队的生力军，一拥齐上，逢人便斫，见马便戳，好像削瓜切菜一般，把染兵斩杀殆尽。染亦受伤，拨马奔回。后面追兵不舍，险些儿被他杀到，还亏鲁徽遣兵援应，方得保染回营。染且悔且叹道："我不用徽言，致有此败。"既而又咬牙自恨道："回去无面目见徽，不如杀死了他，免我生惭。"如此狠毒，禽兽不如。计划已定，方驰入营门，兜头碰着鲁徽，几似仇人相见，格外眼红，一声喝令，竟将鲁徽拿下。徽怅然道："将军不听忠言，愚愎致败，乃复忌贤害士，欲快私忿，天地有知，能令将军安死衽席么？"赵染戕模降虏，心术可知，徽若果有智识，引避不暇，乃甘为属吏，死亦自取。染越加动恼，竟令杀徽。再向曜率众数万，从间道趋向长安。

憨帝因缄报捷，方加缄骠骑大将军承制行事，不防汉兵又进逼都城，连忙使麴允出御。允至冯翊，与曜染交战一场，不幸败绩，当夜收拾败卒，再劫汉营，避实击虚，杀入汉将殷凯营内。凯慌张失措，被允擒斩。及曜染整兵出救，允已退去。曜恐复为所袭，乃移攻河内太守郭默。默攖城固守，被围月余，粮食已尽，乃向曜乞籴，愿送妻子为质。曜得默妻子，总道默已愿降，乃给粮与默。那知默得了粮米，仍闭城拒曜。曜将默妻子沉死河中，督兵再攻。默亦邵续之流亚，故叙笔不肯从略。默因使人夜缒出城，驰往新郑，向太守李矩乞援，矩令甥郭诵迎默。诵闻汉兵势盛，不敢遽进，会刘琨遣将刘肇带领鲜卑五百余骑，入援长安，道阻不通，乃还过矩营。矩邀肇同击汉兵，汉兵最怕鲜卑骑士，不战自去，河内才得解围。默率众依矩，远避敌冲。曜已退屯蒲坂，独染转攻北地，由麴允移师赴救，再与染对垒争锋。染夜梦鲁徽，弯弓注射，负痛惊醒。翌晨出战，被允诱入伏中，四面突出弓弩手，弦声齐响，箭如飞蝗。染虽然凶悍，哪禁得万镞飞来，霎时间集矢如猬，倒毙马下，余众多死。这一次射毙悍虏，总算是大获胜仗了。刘琨闻报，送还朝使，又向愍帝上表道：

逆胡刘聪，敢率犬羊，凭陵辇毂，神人同愤，遐迩奋怒。伏省诏书，相国南阳王保，太尉凉州刺史张轨，纠合二州，同恤王室。冠军将军麴允，骠骑将军索缄，总齐六军，戮力国难，王旅大捷，俘馘千计。雄旗扬于晋路，金鼓振于河曲。崤函无虞刘之惊，汧陇有安业之庆，斯诚宗庙社稷，陛下神武之所致，含气之伦，莫不引领，况臣之心，能无踊跃？臣前与鲜卑猗卢，约讨平阳，适羯奴石勒，以诡计掩入蓟城，大司马王浚，受其伪和，为勒所房，勒势转盛，欲来袭臣，城坞骇惧，唯图自守。又猗卢国内，适有变患，卢虽得诛奸臣，已愆成约，臣所以泣血宵吟，扼腕长叹者也。勒据襄国，与臣隔山，寇骑朝发，夕及臣城，同恶相求，其徒实繁。自东北八州，勒灭其七，先朝所授，存者唯臣，是以勒朝夕谋虑，以图臣为计，窥伺间隙，寇抄相寻。戎士不得解甲，百姓不得在野，天网虽张，灵泽未及。唯臣孑然与寇为伍，自守则稽聪之谋，进讨则勒袭其后，进退维谷，首尾狼狈，徒怀愤踊，力不从心。臣与二房，势不并立，聪勒不枭，臣无归志，比者秋谷既登，胡马已肥，前锋诸军，当有至者。

臣愿首启戎行，身先士卒，得凭陛下威灵，使获展微效，然后陨首谢国，殁亦无恨矣！臣琨谨表。申录琨表，以揭其忠。

愍帝得表，复遣大鸿胪赵廉持诏，拜琨为司空，都督并冀幽三州军事。琨辞去司空，拜受都督，且进加封猗卢为王，好教他感激图报，共讨刘聪。小子有诗咏道：

> 一木难为大厦支，枕戈泣血勉扶持。
> 臣躯未死心犹在，敢掬丹忱报主知。

欲知愍帝是否依议，且至下回再详。

王浚刘琨，俱为石勒所赚，堕入狡谋，但琨尚可原，而浚不可恕。琨之意在于讨汉，故闻石勒之请降，即以为强虏可平，喜出望外，智虽不足，忠实有余。所不能无讥者，坐视幽州之陷没，不能忘私耳。王浚身为晋臣，坐拥强兵，既不能宣劳王室，复不能堵御强胡，信贪夫，戮正士，种种罪恶，史不胜书，其为石勒所侮弄，非不幸也，宜也。见拘堂上，委命强胡，谩骂亦何补乎？赵染本为司马模僚属，乃背模降虏，反诈诈然以杀模为能，新丰之败，不听鲁徽，反杀鲁徽，凶横至此，宁能久存？此其所以终遭射死也。要之梦梦者天，昭昭者亦天。恶报昭彰，近则在身，远则在子孙，人亦何苦逆天行事，自贻伊戚乎哉？

第二十八回

汉刘后进表救忠臣
晋陶侃合军破乱贼

却说愍帝得刘琨申请，加封猗卢为代王，许置官属，食代常山二郡。猗卢向刘琨借材，请拨并州从事莫含，作为参军。含不欲去琨，琨乃语含道："并州单弱，外邻二寇，如我不才，尚得保存境土，实赖代王为援，我倾身竭资，奉事代王，且使长子为质，无非欲为国家雪耻，卿奈何徒顾小诚，转忘大体呢？"含乃往依猗卢。卢优礼相待，常与参商大计。唯卢有少子比延，最为昵爱，意欲立以为嗣，因使长子六修，出居新平城，且将六修母废去。父子兄弟，互生嫌隙，所以祸机暗伏，内外不安。卢亦防有变动，所以不能远出，助琨讨汉。

汉主聪自恃强盛，恣意奢淫。既将晋怀帝鸩死，复把小刘贵人收入后庭，仍为贵人，食品必备具珍馐，居处必穷极奢丽。左都水使者刘摅，失供鱼蟹，将作大匠靳陵，奉命筑造温明徽光二殿，逾限不成，均枭首东市。又尝出外游猎，朝出晚归，观鱼汾水，用烛继昼，中军将军王彰，犯颜直谏，几致断首。还有彰女王氏，入宫为上夫人，见二十五回。代父乞哀，乃贷彰死罪，囚入狱中。再经聪母张氏，恨聪滥刑，三日不食，太弟又与河内王粲，舆榇切谏，还有太宰刘延年，率领百官，伏阙固诤，方将王彰释放。聪欲立左贵嫔刘英为继后，母张氏究嫌同姓，不使继立，因纳弟实二女徽光丽光入宫，先使她们并为贵人，然后命聪择一为后。聪为母命所迫，没奈何指定徽光。会刘英父殷，得病身亡。英悲愤两迫，郁极致病，医药罔效，也即与聪长别，玉殒香消。聪乃立张贵人徽光为后，进后父将军实为光禄大夫。才阅数月，聪母张氏又殁，聪后徽光，哭姑甚哀，累得体瘠血枯，竟化做一场春梦。渺渺芳魂，返入冥途，仍至乃姑前侍奉去了。究竟红颜没福，或由刘英为祟，亦未可知。徽光已逝，丽光本可继立，但前此册立徽光，全由聪母作主，此时聪母已逝，眼见得中宫位置，被那刘家女夺去。刘英女弟刘娥，已由右贵嫔进为左贵嫔，挨次上升，即得为后，聪大加宠爱，特命造一䳒仪楼，䳒与凰同。为藏娇计。廷尉陈元达，上书谏阻道：

臣闻古之圣王，爱国如家，故皇天亦祐之如子。夫天生烝民而树之君，使司牧之，非以兆民之命，穷一人之欲也。晋民暗虐，视百姓如草芥，故上天剿绝其祚，眷佑皇汉，苍生引领，庶几息肩，怀更苏之望有日矣。我高祖光文皇帝，靖言惟兹，痛心疾首，故身衣大布，居不重茵，先皇后嫔，服无绮彩，重逆群臣之请，乃建南北二宫，今光极殿之前，足以朝群后，享万国矣；昭德温明二殿以后，足以容六宫，列十二尊矣。陛下龙兴以来，外殄二京不世之寇，内兴殿观四十余所，加以军旅数兴，馈运不息。饥馑疾疫，死亡相继，兵疲于外，民怨于内，为民父母，果若是乎？伏闻诏旨，将营䳒仪，中宫新立，诚臣等乐为子来者也。窃以大难未夷，宫宇粗给，今之新营，尤实非宜。况有晋遗类，西据关中，南擅江表，李雄奄有巴蜀，刘琨窥窬肘腋，石勒曹嶷，贡禀渐疏，陛下释此不忧，乃更为中宫作殿，岂目前之所急乎？昔太宗孝文皇帝，承高祖指汉高帝刘邦。之业，惠吕息役之后，四海之富，天下之殷，粟帛流衍，尚惜百金之费，辍露台之役，历代比美，迹垂不朽，故能断狱四百，拟于成康。陛下承荒乱之余，所有之地，不过太宗之二郡，战守之备，非特匈奴南越而已。孝文之广，思费如彼，陛下之狭，欲损如此。愚臣所以敢犯颜切谏，冒不测之祸者也。昧死上闻，幸陛下鉴之！

聪览毕全文，掷诸地上，愤然大怒道："朕为万乘主，但营一殿，何干汝鼠子事！乃敢妄言阻挠，藐视朕躬，不杀此鼠子，朕殿何由得成？"说至此，喝令左右："快将元达拿到，斩首市曹，妻子一并骈戮，令他群鼠共穴，方泄朕恨。"言已，自往逍遥园去了。元达闻旨，先自锁腰入园，且用锁扳及堂下李树，朗声大呼道："如臣所言，关系社稷至计，陛下不信，反命杀臣，臣死有知，当先诉上天，继诉先帝。朱云西汉时人。有言：'臣得与龙逢比干，同游地下，亦可无恨。'但未审陛下为何如主，常得保全身名否？"聪闻言益怒，叱左右牵他出斩。偏元达抱住李树，不令人曳，恼得聪拍案狂呼，几欲自拔佩刀，下堂加刃。大司徒任颛，光禄大夫朱纪，左仆射范隆，骠骑大将军刘易等，齐跪堂下，叩头流血道："元达为先帝所知，开国受命，便已引置门下，彼亦尽忠竭虑，知无不言，臣等窃禄苟安，每对元达，自顾生惭。今元达语虽狂直，还乞陛下包容，开恩特宥。倘为了数语谏诤，即加诛戮，元达死固足惜，陛下亦累盛名，还乞三思！"聪怒尚未息，不肯依议。忽有一内侍踉跄出来，呈上一表，乃是新皇后的手笔，即由聪按阅道：

伏闻敕旨，将为营殿，今宫室已备，无烦更营。且四海未一，祸难犹繁，宜爱民力，廷尉之言，社稷之计也。陛下当加爵赏，而反欲诛之，四海谓陛下何如哉？夫忠臣进谏者，固不顾其身也，而人主拒谏者，亦不顾其身也，陛下为妾营殿，而杀谏臣，使忠良结舌者由妾，公私困敝者由妾，社稷贴危者由妾，天下之罪，皆萃于妾，妾何以当之？妾观自古败国亡家，未始不由妇人，每览古事，忿之不已，何由今日妾自为之，使后人视妾，犹妾之视前人也。妾复何面目仰侍巾栉？请归死此堂，以塞陛下之过！

聪看到"归死"二字，急得面色仓皇，连下文都不及看下，便顾语内侍道："快……快入报皇后，朕决赦元达了，愿皇后放怀！"应有此状，应有此言，但幸由刘后贤明，得成佳话。内侍奉命复入，聪再览表文，只有结末数语，料想是官样文章。也无心细阅，便召任颛等上堂，赐令旁坐，从容与语道："朕近来微得狂疾，往往喜怒失常，不能自制。元达原是忠臣，朕未及细察。幸诸卿能规我过失，竭诚效忠，朕且愧对诸卿，怎敢再违忠告呢？"任颛等听了聪言，无非将改过不吝的套话，说了几句，引得聪沾沾自喜，饶有欢容。当下指使左右，将元达开锁，赐给衣冠，亦令旁坐，取后表出示道："外辅如公等，内辅如皇后，朕可无后忧了。"遂改称逍遥园为纳贤园，堂为愧贤堂，且笑顾元达道："本意当使卿畏朕，偏今日使朕畏卿了。"非畏元达，实畏刘后。元达等拜谢而出。

　　小子演述至此，还要补叙数语：当元达抱树时，左右意存观望，不亟曳出，这是经刘后着人暗嘱，教他延捱时刻，好得进表，否则一个元达，怎能抵得住数人？就使力大如虎，也早被牵出斩首了。*补添数语，免使阅者指摘，且更见刘后之贤。*但刘聪虽似好贤，终不免荒淫败德。刘后聪明机警，可谏乃谏，不可谏亦只好听他做去。至嘉平四年正月，*即晋愍帝建兴二年。*天象地理，相继告变，有三日出自西方，径向东行，平阳地震，崇明观陷为陂池，水亦如血，有赤龙奋身飞去。最奇怪的是流星起自牵牛，入紫微垣，状如龙形，堕落平阳北十里，化为一肉，长三十步，阔二十七步，臭达平阳。肉旁常有哭声，昼夜不止。*究是何物，可惜当时无博学家考究详明。*平阳内外，哗称怪事。汉主聪亦不能无疑，乃召公卿等入问休咎。陈元达及博士张师，同声进对道：“陛下问及星变，臣等恐吉少凶多，不久将至。若后庭内宠过多，三后并立，必致亡国败家，愿陛下思患预防，毋自取咎！”*此不过闻聪私议，因有此谏，若谓流星化肉，应兆三后，恐无此征。*聪摇首道：“天变无常，难道定关人事么？”说着，拂袖入内，纵乐如故。适刘后有娠，常患腹痛，等到十月满足，势将临盆，非常难产，晕死了好几次，经医官竭力救治，才得分娩。不料生下两种怪物，一是半红半白的怪蛇，一是有角有头的怪兽，蛇兽并出，惊倒左右，霎时间蛇即窜去，兽亦遁走，不知去向。*愈出愈奇，令人不可思议。*有人蹑迹寻视，到了陨肉处，蛇兽俱在，似死非死，也不敢下手掩捕，唯还报都中，益称奇异。刘后既遭难产，又出重惊，当然酿成危症，捱了数日，气绝而亡。*如此贤后，似不应遘此奇疾，这想是为刘聪所累。*那陨肉却也失去，哭声亦止。汉主聪最爱此后，丧葬仪制，格外从隆，予谥武宣，并将后姊刘英，亦追谥为武德皇后。

　　二刘既死，尚有四小刘，统想承恩邀宠，求跻后位。聪已将四小刘捱次序进，最长的进位左贵嫔，次为右贵嫔，不过立后问题，还未解决。一日，至中护军靳准宅中，饮酒为欢。准呼二女出谒，由聪瞧着，好似那仙子下凡，嫦娥出世，不由得拍起案来，连声叫绝。准趁势面启道：“臣女月光月华，年将及笄，倘蒙陛下不弃葑菲，谨当献纳。”*恐是一条美人计。*聪喜出望外，即夕载二女入宫，普施雨露，合抱衾裯，彻夜绸缪，其乐无极。翌日，即封二女为贵嫔。月光尤为妖媚，无体不骚，引得聪魄荡神迷，爱逾珍璧。过了旬月，竟立为继后。又过了数月，复因左右两个刘贵嫔，侍奉有年，不便向隅，特册左贵嫔刘氏为左皇后，右贵嫔刘氏为右皇后，*《通鉴》载月*

华为右皇后，今从《晋书》及《十六国春秋》。加号皇后靳月光为上皇后。真是后来居上。校尉陈元达，上言："三后并立，适如臣虑，将来必有大患，务乞收回成命。"聪不肯从。且调元达为右光禄大夫，阳示优礼，阴实夺权。已而太尉范隆，大司马刘丹，大司空呼延晏，尚书令王鉴等，情愿让位元达，乃复徙元达为御史大夫，仪同三司。

元达复居谏职，仍常监察宫廷，得间便谏。可巧查得一种秽史，遂援了有犯无隐的故例，确凿陈词，递将进去。聪取览奏牍，乃劾上皇后靳氏，私引美少年入宫，与他苟合等情。看官！试想天下没有一个男儿汉，不恨妻室犯奸。聪虽宠爱月光，听了犯奸二字，也不禁忿火中烧，便趋入上皇后宫内，痛詈月光，并将元达原奏，随手掷示，令她自阅。月光情虚畏罪，只好呜呜咽咽，哀乞求怜。偏聪置诸不理，拂袖竟去。到了次日，竟有内侍报聪，说是上皇后服药自尽。聪又不禁追念前情，急去临视，见她攒眉泪眼，尚带惨容，顿时爱不忍释，又抱尸大哭一场，才令棺殓。从此由悲生愤，深嫉元达，无论什么规谏，都置若罔闻。甚且益肆荒淫，终日不出，但命子粲为丞相，总掌百揆，一切国事，俱委粲裁决便了。

唯聪虽不道，余威未衰，石勒刘曜，进退无常，终为晋患。愍帝孤守关中，势甚岌岌，只望着三路兵马，合力勤王。建兴三年二月，命左丞相睿为丞相，都督中外诸军事，南阳王保为相国，刘琨为司空。诏使分遣，加官进爵，无非是劝勉征镇的意思。无如琨在晋阳，介居胡羯，一步不能远离，保自上邽出据秦州，收抚氐羌，军势稍振，但也无心顾及长安。睿虽奄有江左，比并州秦州两路，较为强盛，怎奈一东一西，相去太远。河洛未靖，荆湘又乱，中途被阻，未便行军，所以诏书日迫，睿总以道梗为辞，须俟两江戡定，方可启行。乐得推诿。小子查阅《晋书》，那时沿江乱首，莫如杜弢，次为胡亢杜曾。杜弢已见前文，见二十四、二十五回。胡亢系前新野王歆牙门将，歆死后将佐四散。歆死张昌之难，见前文。亢至竟陵，纠集散众，自号楚公，用歆司马杜曾为竟陵太守。曾技勇过人，能被甲入水，不致沉没，所以亢恃为股肱，常使他出掠荆湘。荆湘人民，既苦杜弢、复苦胡亢杜曾，当然不得宁居，流离失所。荆州刺史周颛，甫经莅镇，便为杜弢所迫，退走浔水城。扬州刺史兼征讨都督王敦，屯兵豫章，见二十六回。急檄武昌太守陶侃，寻阳太守周访，历阳内史甘卓等，合兵讨弢。弢正进围浔水城，由陶侃督兵往援，使明威将军朱伺为前驱，奋击弢众。弢还保冷口，侃语朱伺道："弢必步向武昌，掩我无备，我军亟宜还郡，扼住寇踪，毋中彼计!"说着,仍遣伺带着轻骑,从间道先归,自率步兵继进。伺至江陵,城尚无恙,正在城外安营,遥闻喊声大震,料是敳众前来,不禁大呼道:"陶公真是神算,有我在此,看贼能摇动我城否?"当下按辔待着,不到片时,敳众已至,伺即麾骑杀出,迎头痛击,反使敳意外惊疑,仓猝对敌。两下里正在酣战,不防后面又来了一支步兵,各执短刀,杀入敳阵。敳前后受敌,立即溃散,遁归长沙。伺会同步兵,追至数十里外,擒斩千人,方才回城。这支步兵,不必细问,便可知是陶侃带来。侃使参军王贡,向敦告捷,敦欣然道:"今日若无陶侯,便无荆州了。"遂表侃为荆州刺史,令屯沔左。周顗自浔水城,追至豫章,仍奉琅琊王命令,召还建业,复任军谘祭酒,不消细叙。

　　唯侃使王贡,由豫章西还,道出竟陵。竟陵城内的杜曾,已因胡亢好猜失众,潜引故都督山简参军王冲,袭杀胡亢,并有亢部,贡想乘机邀功,径入竟陵城。诈传陶侃号令,授曾为前锋大都督,使击王冲,冲本在山简麾下,因简病殁夏口,所以聚众为乱。杜曾闻王贡言,乐得转风使航,将冲击死,即令贡报答陶侃,贡作书寄往沔左,但言曾愿投诚,未及矫命情事。侃乃征召杜曾,曾见来札中,并无前锋大都督字样,未免启疑,不肯应召。贡亦恐矫命事发,或至得罪,索性直告杜曾,且与曾合谋袭侃。侃那知两人密谋,未及防备,蓦被杜曾潜兵突入,害得全营大乱。还亏命不该绝,侥幸逃生。<small>百密难免一疏,可见行军之难。</small>王敦得报,表夺侃官,以白衣领职,侃复邀同周访等,进破杜曾,敦乃复奏侃官。已而侃又为敳将王真所袭,败奔湿中,得周访援,方将王真击退。杜曾王贡与敳联合,到处劫掠,王敦又令陶侃甘卓等,并力击敳,大小数十战,敳众多死,乃遣使诣建业,向睿乞降。睿不肯许,敳已穷蹙,因再贻南平太守应詹书,托他代为解免,当图功赎罪。詹将原书转呈建业,并称敳有清望,应许他悔恶归善,借息兵锋。睿乃使前南海太守王运,往受敳降,赦免前愆,令为巴东监军。敳已受命,偏征敳诸将,未肯罢兵,仍然攻敳不止。敳不胜愤恨,拘害王运,又复为乱,分遣部将杜弘张彦,掩袭临川豫章。临川内史谢摛被杀,豫章亦几被陷没,幸周访击杀张彦,逐去杜弘,豫章复安。陶侃专攻杜敳,敳使王贡挑战,横足马上,状极嚣张。侃出马遥语道:"杜敳为益州小吏,盗用库钱,父死不奔丧,毫无礼义,卿本善人,奈何背我助逆?难道天下有白头贼么?"<small>谓为贼不得至老。</small>说至此,见贡敛容下足,易倨为恭,便不与交锋,还入原垒。夜间乃遣使慰谕,并截发为信，誓不记仇。贡遂趋降侃营，侃推诚相待，令贡反袭杜弢。弢骤为所乘，不能抵敌，除逃以外无别策。但贡与弢麾下将佐，均已熟识，当时向众大呼，降可免死，并可加官。于是人人解甲，个个投戈，单剩弢一人一骑，狂窜而去。贡收降众报侃，侃不戮一人，择优录用，余皆给资遣归，遂乘胜进复长沙，后来追索杜弢，竟无下落，想已是走死荒野了。小子有诗叹道：

> 漂摇风雨满神州，日下江河乱未休。
> 戡定荆湘非易事，论功应独让陶侯。

杜弢已死，只有杜曾未除，逃匿石城。丞相琅琊王睿，得了长沙捷报，承制颁给赦书，分赏诸将，欲知底细，容待下回说明。

陈元达虏臣也，刘娥虏后也，一沦左衽，一偶番主，就是有善可称，亦似在无足重轻之列。然孔子《春秋》中国用夷礼，则夷之；进于中国，则中国之。无畛域之见存于其间，故《春秋》一书，流传万世。依例而推，则如元达之直谏刘聪，不得谓非忠臣，刘氏之疏救元达，不得谓非贤后，善善从长，恶恶从短，固史家应有之要旨也。杜弢为逆，胡亢杜曾，又复从乱，乱逆之徒，人人得而诛之。陶侃周访甘卓等，合兵进讨，义在则然，但侃尤为忠勇，故叙侃较详，叙访卓则皆从略，详略之分，均具深意，是又阅者所当体察也。

第二十九回

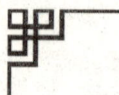

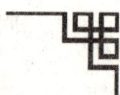

小儿女突围求救
大皇帝衔璧投降

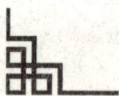

　　却说琅琊王睿，因杜弢走死，湘州告平，遂进王敦为镇东大将军，都督江扬荆湘交广六州诸军事，领江州刺史，封汉安侯。外如陶侃以下，无甚超擢，唯奖叙有差。敦既握六州兵权，得自选置官属，权势益隆。当时江东一带，内倚王导，外恃王敦，曾有王马共天下的谣言。**实是王牛，并非王马。**荆州刺史陶侃，最称有功，反中敦忌。侃却未悉敦情，但知平乱，复引兵往击杜曾。适愍帝派侍中第五猗为安南将军，监领荆梁益宁四州军事。猗自武关南下，由杜曾至襄阳往迎，曲致殷勤，且娶猗女为侄妇，竟与猗分据汉沔，作为犄角。及侃赴石城攻曾，也未免恃胜生骄，视为易取。司马鲁恬谏侃道："兵法有言，知己知彼，百战百胜，杜曾非可轻视，公当小心将事，毋中彼计。"侃不以为然，径向石城进发。到了城下，麾兵猛攻。曾多骑士，突然开门，纵骑突出，冲过侃垒。侃率众抢城，不遑顾后，哪知前面由曾杀出，后面又有骑兵返击，几至腹背受敌，为曾所乘，还亏侃军素有纪律，临危不乱，才得勉力支持，但兵众已战死了数百人。曾见侃力战不退，也不愿返守石城，因下马别侃。侃亦不欲进逼，由他自去。

　　时晋廷因山简已殁，**见前回。**续派襄城太守荀崧，都督荆州江北诸军事，驻节宛城。杜曾自石城出走，引众往攻荀崧，突将宛城围住。崧不意寇至，顿时慌乱，又兼兵少食寡，势难久持，不得已向外乞援，为解围计。当时襄阳太守石览，为崧故吏，崧即缮就书函，拟遣人送达襄阳，求发援兵。偏僚佐不敢出城，得了崧命，都面面相觑，呆立不动。崧急得没法，只得据案欷歔；蓦见一垂髫女子，从屏后出来，振起娇喉，向崧朗禀道："女儿愿往！"*写得突兀。*崧惊起俯视，乃是亲女荀灌，年只一十三龄，不由得叹息道："汝虽愿往投书，但身为弱女，如何突围？"灌奋答道："城亡家破，同时毕命，果有何益？女儿年虽幼弱，颇具烈志，倘能突出重围，乞得援兵，那时城池可保，身家两全，岂不甚善？万一不幸，为贼所困，也不过一死罢了，同是一死，何若冒险一行。"说至此，竟把两道柳眉，耸上眉棱，现出一种威毅的气象。旁边站立的僚佐，都不禁暗暗喝采，啧啧称奇。*自知愧否？*灌又向外召集军士，慨然与语道："我父被困，诸君亦被困，譬如同舟遇难，共虑覆亡，我一弱女子身，不忍同尽，所以自愿乞援，今夜即拟出发，如有与我同志，即请偕行。退贼以后，我父不惜重赏，与诸君共享安乐，愿诸君三思！"言未毕，即有壮士数十名，踊跃上前道："女公子尚不惜身命，我等怎敢自阻？愿为女公子先驱！"*全从义愤激起。*灌又顾语僚佐道："灌冒昧求援，往返必需时日，守城重责，我父以外，还仗诸公。"僚佐听了，也不好再为推诿，便即应声如命。灌乃与勇士立约，准至夜半出城，自己入内筹备。

到了黄昏时候，饱餐一顿，便即束住头巾，缚紧腰肢，身穿铁铠，足着蛮靴，佩了三尺青虹剑，携了两把绣鸾刀，出至堂上，辞别乃父。荀崧瞧着，好似一个女侠模样，不觉又喜又惊，便嘱语道："汝既愿往，我也不便阻汝，须要小心为上。"灌答道："女儿此去，必有佳音，愿父亲勿忧！"*全无一些儿女态，真好英雄。*崧乃递与乞援书，灌接藏怀中，即奋然告别道："女儿去了。"*此四字胜过易水荆卿。*一面说，一面出厅，但见壮士数十名，俱已扎束停当，携械待着，经灌一声招呼，都上前听令。灌命大众上马，自己亦跨上征鞍，驰至城边，潜开城门，一声驱出。杜曾营外，只有侦骑巡逻，见城内有人出来，忙即报知杜曾。待曾拨兵出阻，灌等已穿垒过去。曾兵相率来追，被灌指麾壮士，回杀一阵，砍倒曾兵数名。究竟夜深天黑，咫尺不辨，曾兵亦何苦寻死，乐得退还。

灌得驰至襄阳，入谒石览，呈上父书。览见灌是个少女，却能突围求救，自然另眼相看。再经灌词气慷慨，情致纯诚，当即满口应承，即日赴援。灌尚虑览兵未足，再代崧草书，遣人飞报寻阳太守周访，请他为助，自与石览兵众，还救宛城。城中日夕望援，见有救兵到来，欢声四噪，荀崧即督众出迎。灌引览至城下，被杜曾兵阻住，当即跃马冲入，且战且前。览军随进，奋力突阵，荀崧亦已杀出，里应外合，即将杜曾兵击退。崧览并马入城，灌亦随进。未几，又来了一员小将，带兵三千，也来援崧。杜曾见救兵陆续到来，料知宛城难下，见机引去。看官欲问小将为谁？乃是周访子抚。崧迎抚入城，与览并宴，席中谈及乃女突围事情，览与抚同声赞美。从此灌娘芳名，遂得传诵一时，称扬千古了。*力为巾帼褒扬。*

石览周抚，辞归本镇，不在话下，惟杜曾退次顺阳，遣人至荀崧处上笺，有"乞求抚纳，讨贼自效"等语。崧因宛中兵少，恐曾再至，不得不复书允许。陶侃闻报，亟贻崧书道："杜曾凶狡，性如鸱枭，将来必致食母，此人不死，州土不安，足下当记我言，幸勿轻许。"崧不听侃言，果然杜曾复出，进围襄阳，亏得襄阳有备，无懈可击，曾始退去。侃将还江陵，欲至王敦处告别，部将朱伺等，俱向侃谏阻，谓敦方见忌，不宜轻往。侃以为敦不足惧，慨然竟行。见敦以后，果为所留，别用从弟王廙为荆州刺史。侃吏郑攀马俊等，诣敦上书，共请留侃，敦当然不许。攀等相率恨敦，竟率徒党三千人，西迎杜曾，同袭王廙。*激使为变，谁实尸之。*廙奔至江安，调集各军讨曾，曾既得郑攀等人，复北合第五猗，来攻王廙，廙又为所败。王敦嬖人钱凤，素来嫉侃，遂诬称攀等为乱，实承侃旨。看官！试想敦既与侃有嫌，又经钱凤从旁媒孽，顿时起了杀心，披甲持矛，拟往杀侃。转念一想，不便杀侃，又复回入。再一转念，仍要杀侃，又复趋出。辗转至四五次，为侃所闻，竟昂然见敦，正色与语道："使君雄断，当裁制天下，奈何迟疑不决呢？"言毕，趋出如厕。*未免太险，但看下文梅陶等之谏，想侃已与接洽，故有此胆。*谘议参军梅陶，长史陈颂，并入谏敦道："周访与侃，乃是姻亲，相倚如左右手，岂有左手被断，右手不应乎？愿公慎重为是！"敦意乃解，释甲投矛，命设盛筵，召侃同宴，且调侃为广州刺史。侃宴毕即行，唯侃子瞻尚留敦处，由敦引为参军。

先是广州人民，不服刺史郭讷，另迎前荆州内史王机为刺史，*王机见二十四回。*机至广州，恐为王敦所讨，因遣使白敦，情愿转徙交州。敦却也允诺，故令侃往刺广州。偏机收纳杜曾将杜弘，*杜弘见前回。*听了弘言，仍欲还取广州。可巧陶侃驰至，击破王机及杜弘，机走死道中，弘奔投王敦。广州平定，侃得进封柴桑侯，食邑四千

陶侃官斋运甓

户。侃在州无事，辄朝运百甓至斋外，夜运百甓至斋内。左右问为何因？侃答说道：
"我方欲致力中原，不宜过逸，今得少暇，欲借此习劳，免致筋力废弛呢。"左右乃
服。只是郑攀等与廙相拒，尚未了结，俟至下文再表。

且说汉中山王刘曜，奉汉主聪命，复出兵寇掠关中。晋愍帝令麹允为大都督。
率兵抵御，索綝为尚书仆射，都督宫城诸军事，保守长安。曜至冯翊，太守梁肃，
弃城奔万年。冯翊为曜所得，再移兵攻北地。麹允出至灵武，因兵力单弱，不敢轻
进，再上表长安，乞请济师。长安无兵可调，只得向南阳王征兵。南阳王保，与僚佐
商议行止，僚佐皆说道："蝮蛇螫手，壮士断腕，今胡寇方盛，不如且断陇道，见
可乃进。"从事中郎裴诜道："今蛇已螫头，头可断不可断么？"诘问得妙。保实不
愿援长安，但使镇军将军胡崧为前锋都督，待诸军会集，然后进援。恐不耐久持了。
麹允待援不至，又表请奉帝就保。索綝从中阻议道："保得天子，必逞私图，不如不
去。"就保亦危，不就保益危，看到下文，是綝已隐有异志了。乃不从允议，但促允速援
北地。允不得已集众赴救，行至中途，遥望北地一隅，烟焰蔽天，仿佛大火燎原，不
可向迩，心下已未免惊疑，又见有一班难民，狼狈前来，便饬军停住，问及北地情
形。难民答说道："郡城已陷，往救恐不及了。且寇锋甚盛，不可不防。"说毕，即
踉跄趋去。允听了此言，进退两难，不料部众竟先骇散，不待允令，便即奔回。允也
只好拍马返走。其实，北地尚未陷没，由曜纵火城下，计惑援兵，就是一班难民，也
是汉兵假扮，来给麹允。允不辨真伪，竟堕曜计，回至磻石谷，又被曜众杀到，此时
还有何心对敌，连忙奔窜，走入灵武城内。麾下不过数百骑兵，还算带头归来，是一
幸事。允颇忠厚，惜无断制，威不足服人，惠不能及众，所以诸将慢法，士卒离心。
直揭病根，瑕不掩瑜。安定太守焦嵩，本是由允荐举，嵩却瞧允不起，很是倨傲，至是
允遣使告嵩，饬即进援。嵩冷笑道："待他危急，往救未迟。"遂却还来使，但言当
会齐人马，然后趋救。允亦无法催逼，只好束手坐视。

那刘曜已攻取北地，进拔泾阳，渭北诸城，相继奔溃。曜长驱直进，势如破竹。
晋将鲁充、梁纬等，沿途堵御，均为所擒。曜素闻充贤，召令共饮，且劝充道："司
马氏气运已尽，君宜识时变计，能与我同心共事，平定天下不难了。"充怅然道：
"身为晋将，不能为国御敌，自致败覆，还有何面目求生？若蒙公惠，速死为幸！"
曜连称义士，拔剑付充，充即自刎。梁纬亦不肯降曜，也被杀死。纬妻辛氏，亦在戍

所，同时遭掳。辛氏形容秀丽，仪态端庄，曜不禁艳羡起来。便好言慰谕，想把她纳为妾媵。独不怕羊氏吃醋么？辛氏大哭道："妾夫已死，义不独生。况烈女不事二夫，妾若隳节，试问明公亦何用此妇？"曜亦叹为贞女，听令自杀，命兵士依礼棺殓，与纬合葬。鲁充遗骸，照样办理。忠臣烈妇，并得千秋，死且不朽了。特笔。

曜遂率众逼长安，西都大震，愍帝四面征兵，朝使迭发，并州都督刘琨，拟约同代王猗卢，入援关中。偏猗卢为子所弑，国中大乱。小子于前回起首，曾叙及猗卢宠爱少子，黜徙长子六修，并及修母，嗣因六修入朝，猗卢使下拜比延。六修不愿拜弟，拂袖竟去。猗卢饬将士往追，将士亦不服猗卢，纵还新平城。偏猗卢尚不肯干休，督兵往讨。六修佯为谢罪，夜间竟掩袭父营，猗卢未曾预备，再经将士离叛，一哄散去，单剩猗卢一人，逃避不及，竟为乱军所害。猗卢从子普根，居守代郡。闻得猗卢死耗，仗义兴师，往攻六修。前次为猗卢废长立幼，因致舆情不服，此次闻六修以子弑父，又不禁激起众愤，俱来帮助普根，同讨六修。究竟人心不死。六修连战失利，旋即伏诛。普根嗣立，国中尚未大定，当然不能助琨。琨孤掌难鸣怎能入援长安，琅琊王睿，路途遥远，又一时不能西行，只有凉州刺史张寔，遣将王该，率步骑五千人入援。

寔系凉州牧张轨子，轨镇凉有年，始终事晋，每遇国家危难，辄发兵勤王，晋封为太尉凉州牧西平公。愍帝二年六月，轨寝疾不起，遗令诸子及将佐，务安百姓，上思报国，下思宁家。已而轨没，长史张玺等，表称世子寔继摄父位。愍帝乃诏寔为凉州刺史，袭爵西平公，赐轨谥曰武穆。轨能忠晋，故特表明。凉州军士，得着玉玺一方，篆文为"皇帝行玺"四字，献与张寔。寔承父命，不肯背晋，即将玉玺送入长安，并奉上诸郡方贡。有诏命寔都督陕西军事，实弟茂拜秦州刺史。及长安被困，寔乃遣王该入援，但该带兵不多，眼见是不能却虏。安定太守焦嵩，始与新平太守竺恢，弘农太守宋哲等，引兵救长安。散骑常侍华辑，曾监守京兆冯翊弘农上洛四郡，也募众入救，同至霸上，探得曜众甚盛，仍不敢前进，作壁上观。南阳王保，遣胡崧带兵进援，崧尚有胆力，独至灵台袭击曜营，得破数垒。索綝麹允，并未遣人犒赏，崧怀恨退去，移屯渭北，未几竟驰还槐里。曜见晋军各观望不前，乐得麾众大进，攻扑长安。綝索两人，保守不住，即由外城退入内城，外城遂致陷没。曜复攻内城，围得水泄不通。

城中粮食已尽，斗米值金二两，人自相食，或饿死，或逃亡，唯凉州义勇千人，入城助守，誓死不移。太仓有麹数十斛，由麹允先时运入，舂碎为粥，暂供宫廷，寻亦食尽。时已为愍帝三年仲冬，雨雪霏霏，饥寒交迫，外面的鉦鼓声，刀箭声，又陆续不绝，日夜惊心。愍帝召入麹允索綝，与商大计。允一言不发，只有垂泪。綝想了多时，但说出了一个"降"字。綝前时为模复仇，约同起义，尚有丈夫气象，胡为此时一变至此？愍帝亦不禁涕泣，顾语麹允道："今穷厄如此，外无救援，看来只好忍耻出降，借活士民。"允仍然不答。忽有将吏入报道："外面寇兵，势甚猖獗，恐城池不能保守了。"索綝便抢步出去，允亦徐退。愍帝长叹道："误我国事，就是麹索二公。"随即召入侍中宗敞，叫他草就降笺，送往曜营。敞持笺出殿，转示索綝。綝留敞暂住，潜使子出城诣曜，向曜乞请道："今城中粮食，尚足支持一年，急切未易攻下，若许綝为车骑将军，封万户郡公，綝即当举城请降。"曜不禁劝怒，叱责綝子道："帝王行师，所向唯义，孤将兵已十五年，未尝用诡计欺人，你前时何故给允？必待他兵穷势竭，然后进取。今索綝所言如此，明明是晋室罪臣，天下无论何国，不讲忠义，乱臣贼子，人人得诛，果使兵食未尽，尽可勉力固守，否则粮竭兵微，亦宜早知天命，速即来降，何必欺我！"说着，即令左右将綝子推出，枭首徇众，送还城中。綝得了子首，当然悲哀，唯自己总还想保全性命，没奈何遣发宗敞，使诣曜营乞降。

曜收了降笺，令敞返报。愍帝委实没法，自乘羊车，衔璧舆榇，驰出东门。群臣相随号泣，攀车执愍帝手，哭声震地。何益国事？愍帝亦悲不自胜。御史中丞吉朗，掩面泣叹道："我智不能谋，勇不能死，难道就随主出降，北面事虏么？"说至此，即向愍帝前叩别，且启愍帝道："愿陛下好自珍重，恕臣不能追随陛下！臣今日死，尚不失为晋臣呢。"索綝其听之！拜毕起身，用头撞门，头破脑裂，倒地而亡。愍帝到了此时，已无主宰，意欲不去，又不好不去，乃径诣曜营。曜接见愍帝，居然行起古礼，焚榇受璧，暂使宗敞奉帝还宫，收拾行装，指日东行。

越宿，曜入长安城，检点图籍府库，令兵士入迫愍帝及公卿等迁往曜营。又越一日，曜派将押同愍帝等人，送往平阳。愍帝登汉光极殿，汉主聪早已坐着，由愍帝稽首行礼。麹允伏地痛哭，触动聪怒，命将允拘入狱中，允即自杀。还是与吉朗同时殉国，较为清白。聪授愍帝为光禄大夫，封怀安侯，赠麹允车骑将军，旌扬忠节，独责索綝不忠，处斩东市。<small>斩得爽快。</small>一面下令大赦，改元麟嘉，命中山王曜假黄钺大都督，统领陕西军事，进官太宰，改封秦王。于是西晋两都，一并覆灭，西晋遂亡。总计西晋自武帝称尊，传国三世，共历四主，凡五十二年。小子有诗叹道：

> 洛阳陷没已堪哀，谁料西都又被摧？
> 怀愍相随同受掳，徒稽史迹话残灰。

西晋虽亡，尚有征镇诸王，能否兴废继绝，且至下回再表。

以十三龄之弱女，独能奋身而出，突围求援，如此奇女子，求诸古今史乘中，得未曾有，本回力为摹写，尤足使女界生色。吾慨夫近世女子，厕身学校，假平等自由四字为口头禅，居然侈言爱国，要求参政，曾亦闻有荀灌之实心实力，得保君亲否耶？他如梁纬妻辛氏，秉贞抱节，不肯苟全，谁谓中国妇女，素无学识？以视今日之略识之无，眼高于顶，自命为士女班头，而反荡检逾闲，不顾道德，吾正不愿有此奇邪之学识也。麴允索綝，奉愍帝而续晋祚，复降刘曜而亡晋室，出尔反尔，自相矛盾，而索綝尤为不忠。允之死已有愧鲁充吉朗诸人，綝之被杀，并有愧麴允。等是一死，而或则流芳，或反贻臭，奈之何不辨之早辨也？愍帝谓误我事者，麴索二公，其言诚然。或谓愍帝用人不明，未尝无咎，然愍帝年未及冠，又继流离颠沛之余，情有可原，迹更可悯，而索綝之罪，不容于死，试证以荀女梁妻，其相去为何如乎？

第三十回

牧守联盟奉笺劝进
君臣屈辱蒙难丧生

却说长安陷没，愍帝被掳，荡荡中原，又变了没有正主的国家。霸上屯着的援兵，都已遁还，就是凉州差来了王该，也收回义勇，与黄门郎史淑同去。回应前回，一丝不漏。当愍帝出降前一日，淑曾亲受诏命，赍着愍帝手书，加拜张寔为凉州牧，承制行事。且诏中有云"朕已命琅琊王睿，继摄大位，愿公协赞，共济多难"云。淑得先入王该营中，所以与该同往。行到姑臧，就是凉州治所，当下入见张寔，报明愍帝被掳情形。寔辞官不受，大哭三日。又遣司马韩璞等，率步骑万人，东往击汉，并贻南阳王保书。有云："王室多难，不敢忘死，况朝廷倾覆，天子蒙尘，东向悲愤，死有余责。今遣璞等讨贼，愿公即日会师，同建义举，寔当唯命是从。"这书亦付璞带去。璞至陕西，为寇所阻，自思手下只有万人，怎能敌得过数万汉兵，不如见机引还，尚保万全，乃麾兵径归。就是寄保一书，亦不得达。唯凉州一带，幸由张氏镇守，尚得无恙。先是关中有童谣云："秦州中，血没腕，唯有凉州倚柱观。"及长安失陷，汉兵四掠，氐羌亦乘隙蠢动，骚扰陇右。雍秦两州人民，十死八九，惟凉州得安，果如歌谣相符。弘农太守宋哲，自长安奔至建康，由琅琊王睿接见。哲从怀中取出愍帝诏书，南面宣读。睿下阶跪伏，但听哲读诏道：

遭遇迍否，皇纲不振。朕以寡德，奉承洪绪，不能祈天永命，绍隆中兴，至使凶胡敢率犬羊，逼迫京辇，朕今幽塞穷城，忧虑万端，恐一旦奔溃，因令平东将军宋哲，诣丞相府，具宣朕意，使摄万几，恢复旧都，修缮陵庙，以雪大耻而报深仇，是所至望！丞相其毋辞！

诏既读毕，睿起身接受，留哲在府。哲复述及长安情状，睿乃入易素服，出次举哀，且移檄四方，拟即北征。西阳王羕，系前汝南王亮第三子，见前文。曾从睿渡江，睿承制拜为抚军大将军，至是邀同僚佐牧守，上笺劝进，睿不肯从。羕等再三固请，睿慨然流涕道："孤乃皇晋罪人，唯有蹈节死义，誓雪国耻，得能济事，尚可自赎，且孤本受封琅琊，若诸贤见逼，再四不已，孤只有仍归原国便了。"你亦知罪么？但恐言不由衷，徒然欺人。说罢，便自呼私奴，命驾归国。羕等不敢再劝，但请依魏晋故事，称为晋王。睿乃允诺，择日即晋王位，设坛西郊。届期受僚属参谒，改元建武，愍帝尚在平阳。睿既不欲称尊，何必急急改元。号建业为建康，颁令大赦。除杀祖父母父母及刘聪、石勒等，不从此令外，悉数宥免。遂备置百官，立宗庙社稷。有司请立王太子，睿爱次子宣城公裒，意欲为嗣，因商诸王导道："立子应该尚德否？"导主张立长，谓世子绍与宣城公，朗俊相同，但立长较为顺理，幸勿乱序。睿乃立世子绍为王太子，次子裒为琅琊王，奉恭王后，恭王名觐，见前。使镇广陵。绍与裒同为宫人荀氏所生，颇得睿宠，唯睿妃虞氏，素妒荀宫人。荀氏不免怨望，为睿所闻，遂致见疏。虞妃无子，至睿为晋王时又已去世，所以立绍为嗣，绍虽见立，荀氏仍不得加位，但追尊虞氏为王后，这也无庸细评。西阳王羕，受封太保，外如征南大将军王敦，进为大将军领江州牧，右将军王导，进为骠骑将军，领扬州刺史，都督中外诸军事。左长史刁协为尚书左仆射，右长史周颉为吏部尚书，军谘祭酒贺循为中书令，右司马戴渊王邃为尚书，司直刘隗为御史中丞，参军刘超为中书舍人，余亦封拜有差。王敦辞去州牧，王导因敦外握兵权，亦辞去中外都督，贺循亦自称老病，辞去中书令，睿皆准如所请。唯改任循为太常卿，循为江左儒宗，明习礼仪，颇为睿所推重。还有刁协历仕中朝，熟谙旧事，睿亦随事谘询。江东草创，百事待举，一切兴作，多由二人决议，才见推行。

未几，又来了一个名士，姓温名峤，字太真，乃是故司徒温羡从子，本是祁县人氏，父憺为河东太守。峤生性聪颖，博学能文，年十七时，已有盛名，州郡辟召，均皆不就。后为东阁祭酒，补授潞令。平北大将军并州刺史刘琨妻，系峤从母，琨因引为参军，迁擢上党太守，加建威将军，拒击石勒，辄有战功。琨进官司空，复任峤为右司马。小子尝阅《世说新书》，亦称《世说新语》，为刘宋临川王义庆所著。载有峤艳史一则。峤元配王氏，早年病殁，从姑刘氏有一女，秀外慧中，刘氏嘱峤觅婿，峤自有婚意，但佯答道："佳婿难得，若有人似峤，可能中意否？"刘氏道："不敢望汝。但教品学少优，便可将就了。"过了两三日，峤即入报道："已得佳婿了，门地恰也清高，婿现为名宦，与峤相似。"刘氏大喜。峤即取出玉镜台一枚，作为聘物，刘氏当然收下。到了婚期，峤引导彩舆，往迎新嫁娘，刘家还道峤是媒妁，待以常礼，及刘女登舆，峤亦随回，竟令彩舆抬入己家，居然改穿吉服，自作新郎，与女交拜。礼毕入房，女用手自披纱扇，顾峤大笑道："我原疑是老奴！"峤亦笑道："如峤可得配卿否？"女本来慕峤，自然乐允。旧中表作为新夫妇，相亲相爱，更逾常人。唯看官不要误作琨女，琨妻是峤的从母，俗例叫姨母，若刘氏是峤的从姑，乃是姑母，与姨母不同。《尔雅》谓父之从父姊妹为从姑，母之姊妹为从母。这事虽无关时势，但古今传为韵事，所以小子也随笔叙入，见得峤风流自喜，确是一个不羁才。

　　至长安陷没的时候，琨为石勒所攻，奔入蓟城，当时也有一段情事，不得不补叙明白。汉主聪使刘曜攻长安，复使石勒攻并州，双方并举，免得琨入援长安。勒进陷廪丘，守将刘演，遁往段氏，演守廪丘见二十六回。勒复进围乐平，太守韩据，向琨求救，适琨子遵，因代有内乱，见前回。引着代将卫雄箕澹等，并及人马牛羊，趋回晋阳。琨得了资助，即拟出兵拒勒，箕澹谓代众新附，不宜轻用。琨急欲平寇，不从澹言，且使澹率代众为前趋，往救乐平，自屯广牧为后援。澹中石勒埋伏计，丧失兵马一大半，走还代郡。韩据亦弃城他窜，并土大震。那石勒确是厉害，又从间道袭晋阳，留守长史李弘，竟举城降勒，于是琨进退失据，不得已奔往蓟城，投依段匹磾。匹磾已领幽州刺史，见二十七回。见琨来奔，很加器重，与琨约为兄弟，并结姻好，两人遂歃血同盟，期复晋室，一面檄告华夷，邀同太尉豫州牧荀组，镇北将军刘翰，单于广宁公段辰，辽西公段眷，冀州刺史邵续，兖州刺史刘广，东夷校尉崔毖，鲜卑大都督慕容廆等，并推晋王睿为晋主，同心讨汉。就是汉将曹嶷，占据齐鲁间郡县，自守临淄，筑广固城，因与石勒有隙，也去汉附琨，愿戴晋王。琨即令温峤南赴建康，奉书劝进。峤奉令即行，母崔氏不愿峤往，牵住峤裾，峤绝裾径去。未免太忍，但为出行，亦属难辞。兼程至建康，王导周颛等，素闻峤名，迎入客廨，问明来意。峤取笺出示，导等大喜，即引入见睿。睿而加慰劳，且取笺展览道：

臣闻天生烝民，树之以君，所以对越天地，司牧黎元，圣帝明王，监其若此，知天地不可以乏享，故屈其身以奉之；烝黎不可以无主，故不得已而临之。社稷多难，则戚藩定其倾，郊庙或替，则宗哲纂其祀，是以弘振遐风，式固万世。三五以降，靡不由之。伏维高祖宣皇帝，肇基景命，世祖武皇帝，遂造区夏，三叶重光，四圣继轨，惠泽侔于有虞，卜世过于周氏。自元康以来，艰难繁兴，永嘉之际，氛厉弥昏，宸极失御，登遐丑裔，国家之危，有若缀旒，赖先后之德，宗庙之灵，皇帝嗣建，旧物克甄，诞授钦明，服膺聪哲。玉质幼彰，金声凤振。冢宰摄其纲，百辟辅其政，四海想中兴之美，群臣怀来苏之望。不图天不悔祸，大灾荐臻，国未忘难，寇害寻兴，逆胡刘曜，纵逸西都，敢肆犬羊，陵虐天邑。主上幽劫，复沈虏庭，神器流离，再辱荒逆。臣每览史籍，观之前载，厄运之极，古今未有。苟在食土之毛，含血之类，莫不叩心绝气，行号巷哭。况臣等荷宠三世，位厕鼎司，闻问震惶，精爽飞越，且惊且惋，五情无主。臣闻昏明迭用，否泰相济，天命无改，历数有归，或多难以固邦国，或殷忧以启圣明。是以齐有无知之祸，而小白为五霸之长，晋有骊姬之难，而重耳主诸侯之盟。社稷靡安，必将有以扶其危，黔首几绝，必将有以继其绪。伏维陛下，玄德通于神明，圣姿合于两仪，应命世之期，绍千载之运，符瑞之表，天人有征，中兴之兆，图谶垂典。自京畿陨丧，九服奔离，天下嚣然，无所归怀，虽有夏之遘夷羿，宗姬之罹犬戎，蔑以过之。陛下抚征江左，奄有旧吴，柔服以德，伐叛以刑，抗明威以慑不类，杖大顺以号宇内，纯化既敷，则率土宅心，义风既畅，则遐方企踵，百揆时叙于上，四门穆穆于下。昔少康之隆，夏训以为美谈，宣王中兴，周诗以为休咏。况茂勋格于皇天，清晖光于四海，苍生颙然，莫不欣戴，声教所加，愿为臣妾者哉。且宣皇之胤，唯有陛下，亿兆依归，曾无与二。天祚大晋，必将有主，主晋祀者，非陛下而谁？是以迩无异言，远无异望，讴歌者无不吟讽徽猷，讼狱者无不思于圣德。天地之际既交，华夷之情允洽，一角之兽，连理之木，以为休征者，盖有百数，冠带之伦，要荒之众，不谋同辞者，动以万计。是以臣等敢考天地之心，因函夏之趣，昧死上尊号，愿陛下存舜禹至公之情，挟由巢抗矫之节，以社稷为务，不以小行为先，以黔首为忧，不以克让为嗣，上慰宗庙乃顾之怀，下释普天倾首之勤，则所谓生繁华于枯荄，育丰肌于朽骨，神人获安，无不幸甚。臣闻尊位不可久虚，万几不可久旷，虑之一日，则尊位已殆，旷之浃辰，则万几以乱。方今踵百王之季，当阳九之会，狡寇窥窬，伺国瑕隙，黎元波荡，无所系心，安可废而不恤哉？陛下虽欲逡巡，其若宗庙何？其若百姓何？昔者惠公虏秦，晋国震骇，吕郤之谋，欲立子圉，外以绝敌人之志，内以固阖境之情，故曰丧君有君，群臣辑睦，好我者劝，恶我者惧。前事之不忘，后代之元龟也。陛下明并日月，无幽不烛，深谋远猷，出自胸怀，不胜犬马忧国之情，待睹神人开泰之路。是以陈其乃诚，布之执事。臣等忝于方任，久在遐外，不得陪列阙廷，与睹盛礼，踊跃之怀，南望罔极，敢布腹心，幸乞垂鉴！

睿既览毕，半晌才说道："主上播越，正臣子见危致命的时候，奈何敢妄窃天位呢？"遂留峤在建康，另遣使赍递复书，语云：

豺狼肆毒，荐复社稷，亿兆颙颙，延首罔系。是以居于王位，以答天下，庶几迎复圣主，扫荡仇耻，岂可猥当隆极？此孤之至诚，著于遐迩者也。公受奕世之宠，极人臣之位，忠允义诚，精感天地，实赖远谋，共济艰难，南北回邈，同契一致。万里之外，心存咫尺，公其抚宁华戎，致罚丑类，动静以闻！

琨得晋王睿复书，便与段匹磾商议，先讨石勒，再击平阳。匹磾推琨为大都督，自为琨副，联名檄州郡牧守，会师襄国，且发兵出屯固安，俟集各军。偏匹磾从弟末抔，得勒厚赂，多方阻挠，各州郡牧守，亦多徘徊观望，未闻出师。琨与匹磾，只好付诸长叹，同归蓟城。总之晋乱已甚，天怒人怨，大势一去，无可挽回。汉主聪原是不道，但势方强盛，连虏二帝，晋室王公，半多束手，有几个侈谈匡复，或力不从心，或言不由衷，全局似散沙一般，怎能毅然进讨，问罪平阳呢？建武元年十二月，汉主聪复弑愍帝，简直如屠戮犬豕一般，从臣只死了一个辛宾，总算是孤忠耿耿，碧血千秋。这愍帝遇弑原因，全是聪子粲一人主张，说将起来，又有一番颠末，应该约略叙明。自聪多内宠，不理朝政，凡事皆委粲办理，且加封晋王。粲不但欲代父统，并想奄有中原，做一个华夷大皇帝，唯事有先后，第一着下手，非除太弟义不可。义在东宫，亦窃窃自危。一日，天忽雨血，东宫延明殿中，下血尤多，义且惊且忧，转问太傅崔遐，太保许遐。两人齐声道："天象已明示殿下，须要流血一次，方可安枕，试想主上立殿下为太弟，无非暂安众心，今已属意晋王，任为相国，权势威重，高出东宫，殿下若再容忍过去，位必难保，且有不测的危祸，故不如先发制人，免为彼算。"义迟疑不答。两人复并说道："今东宫卫兵，不下四千，相国轻佻，但教遣一刺客，便足了事，余王并幼，有何能为？若殿下有意，二万精兵，叱嗟可致，一鼓入云龙门，卫士必倒戈相迎，正无烦费力呢。"义终不从。这却不能咎义。

东宫舍人荀裕，竟入告汉主聪，报称崔许劝太弟谋反，聪立收崔许入狱，寻即诛死，别使冠威将军卜抽，率兵监守东宫，禁义朝会。义非常忧惧，上表乞为庶人，请以晋王粲入嗣。抽将表捺住，不使上达。义虽未被废，已等囚奴，从前义妾靳氏，为护军靳准从妹，与役吏宣淫，被义窥透奸情，杀死靳氏，且屡次嘲准。准暗生忿恨，尝至粲处进谗，谓义将谋变，窃发有期。粲不禁着急，向准问计。准说道："主上爱信太弟，若猝然相告，未必肯信，不如撤回东宫监守，使太弟仍得交通宾客，太弟素好待士，必不加防，俟探得间隙，下官乃可举发，再将太弟往来宾佐，拘住数人，利诱威逼，不怕大狱不成！"金壬狡谋，大率如此。粲喜从准言，便令卜抽引兵撤回。义还道是相国有情，得免禁锢，哪知他是请君入瓮的诡谋。

汉主聪更加糊涂，沉湎酒色，好几月不出视朝，后宫佩皇后玺绶，多至七人，以靳月华为正皇后，又拣了一个宫人樊氏，使侍巾栉。樊氏系聪母张氏侍婢，生小入宫，垂髫后妖媚无比，便得偷沾雨露，仰沐皇恩。聪宠爱逾恒，竟令她为上皇后，做了靳月光的替身。采葑采菲，无以下体。想聪必熟读此诗。从来女子小人，往往有连带关系，宫中既有若干宠妾，当然有若干权阉，中常侍王沈宣怀，中宫仆射郭猗等，皆嬖幸用事，车服第舍，僭越诸王，子弟多出为守令，靳准欲设法除义，不得不联络阉人，表里为奸。东宫少府陈休，左卫将军卜崇，人品清正，素嫉宦官，虽在公座，不与王沈等交言。侍中卜干，尝引窦武陈蕃故事，见《后汉演义》。隐戒休崇。休崇情愿一死，不肯少屈，果然为人构陷，大祸临头。汉主聪忽御上秋阁，命收陈休卜崇，及特进綦毋达，大中大夫公师彧，尚书王琰田歆，大司农朱诞，一并加诛。綦毋达等，同为宦寺所忌，故亦连坐。侍中卜干，见诏旨猝下，慌忙谏阻，甚至叩头流血。王沈站立聪侧，厉声叱干道："卜侍中胆敢拒诏么？"聪闻沈言，拂衣竟入。休崇等遂被牵出市曹，一齐处斩。干趋退后，有诏黜为庶人。太宰河间王刘易，大将军渤海王刘敷，_{粲弟。}御史大夫陈元达，光禄大夫西河王刘延等，联名上表，弹劾宦官。汉主聪反将所上表章，取示王沈，且笑语道："群儿为元达所引，乃致有此痴语呢？"沈即叩头称谢。聪复召粲入问，粲极言沈等忠清，因复封沈等为列侯。刘易闻诏，伏阙上疏，稽首固谏。聪竟大怒，把易疏撕碎，掷还刘易。易乃趋出，恚忿而死。陈元达临丧大恸道："人之云亡，邦国殄瘁，我从此不能再言，还要活着做什么？"及吊毕归家，亦服毒自杀。何不早去？

　　既而聪宴会群臣，引见太弟乂，见他面目憔悴，涕泣陈词，也不觉潸然泪下，乃与乂畅宴，待遇如初。那靳准王沈等，却非常惶急，亟谒相国刘粲，授与密计。粲即使私党王平，往语太弟乂道："顷得密旨，谓京师将有大变，请饬左右衷甲戒严，豫备不虞。"乂信为真言，命宫臣衷甲以待。不意靳准王沈，借此诬乂，聪听信谗言，竟使粲往围东宫，收捕太弟僚佐，屈打成招，自诬与乂谋反。供词入呈。聪反称沈等忠贤，并废乂为北海王。粲又使准进毒鸩乂，乂死得不明不白，无处伸冤。东宫官属，亦枉死了数十人。粲得立为皇太子，仍领相国大单于，总摄朝政如故。

　　会聪出猎上林，召晋愍帝行车骑将军，使他执戟前导，行三驱礼。平阳父老，聚观道旁，都不觉惨然道："这便是长安故天子呢！"粲时在列，听到是言，触起旧感，俟罢猎回宫，即向聪进言道："周武王岂愿杀纣，正恐同恶相求，容易生患，不如早除为是。"聪踌躇道："前杀庾珉王俊，尚滋众议，我今不忍再行此事。"粲不肯遽退，又复力请。经聪以他日为约，方才退出。未几又在光极殿会宴。聪使愍帝行酒洗爵，及更衣时，又使执盖。晋尚书郎辛宾，侍从愍帝，不由得目击心伤，起抱帝腰，大哭失声。_{实属无谓。不过表明一腔愚忠。}聪愤愤道："想汝不望再活，愿随庾珉辈后尘呢。"遂叱左右扯出辛宾，一刀杀死。愍帝吓得乱抖，只因死期未届，尚使退回。会荥阳太守李矩，招降洛阳汉将赵固，使与河内太守郭默，共攻汉境，师次小平津。聪令太子粲出御，固因扬言道："要当生缚刘粲，赎还天子。"粲即使人奉表道："今司马睿跨据江东，赵固李矩，同逆相济，皆以故主为口实，须亟杀子业，示绝民望，彼矩固等无词可借，士卒必离，不战自溃了。"聪乃害死愍帝，时年才一十八岁。小子有诗叹道：

一君陷死几何年，又听平阳惨报传。

执盖洗樽犹遇害，可怜天地两腥膻。

憨帝遇害，赵固、郭默等众，又被粲发兵击退。那时晋室统绪，当然要属诸晋王睿了。欲知底细，请看下回便知。

两都陷没，晋室垂尽，所留遗者，唯南阳琅琊二王，同居征镇，欲求继绝，舍二王其谁与归？但南阳王保，局处秦州，琅琊王睿，雄踞江左，两者相较，固应属睿而不属保。即以才行言之，睿亦似稍胜一筹。刘琨等之联名劝进，谁曰不宜？惜乎睿有继承之势，而无匡复之心，怀愍穷蹙，不闻出援，至长安失守，移檄北征，亦不过徒有虚名，未见实事，此作者之所以不能无讥也。下半回叙愍帝被弑事，夹入汉太弟义之死谍，原为销纳之笔，但西晋于此告终，汉亦由是大乱，骨肉相残，必至覆祀，无古今中外一也，观于此而知作者之垂戒深矣。

第三十一回

晋王睿称尊嗣统
汉主聪见鬼亡身

却说愍帝凶闻，传至建康，晋王睿斩衰居庐，百官请上尊号，睿尚不许，前会稽内史纪瞻，上书申请，大略说是：

陛下性与天道，犹复役机神于史籍，观古人之成败，今世事举目可知，不为难见。二帝失御，宗庙虚废，神器去晋，于今二载。梓宫未殡，神人无主。陛下膺箓受图，特天所授，使六合革面，遐荒来庭，宗庙既建，神主复安，亿兆向风，殊俗毕至。若列宿之绾北极，百川之归巨海，而犹欲守匹夫之谦，非所以阐七庙，隆中兴也。但国贼宜诛，当以此屈己谢天下耳。而欲逆天时，违人事，失地利，三者一去，虽复倾匡于将来，岂得救祖宗之危急哉？适时之宜万端，其可纲维大业者，惟理与当。晋祚屯否，理尽于今，促之则得，可以隆中兴之祚，纵之则失，所以资奸寇之权，此所谓理也。陛下身当厄运，纂承帝绪，顾望宗室，谁复与让？当承大位，此所谓当也。四祖廓开宇宙，大业如此，今五都燔爇，宗庙无主，刘石窃弄神器于西北，陛下方欲高让于东南，此所谓揖让而救火也。臣等区区，尚所不许，况大人与天地合德，日月并明，而可以失机后时哉？机不可失，时不再来，幸陛下垂察！

222

瞻一面上书，一面已安排御座，召集百官，力劝晋王睿登位。睿尚徘徊不进，至瞻等拥他升殿，还令殿中将军韩绩，撤去御座。瞻厉声叱绩道："帝座上应列星，谁敢妄撤？妄撤即斩！"睿也为动容。瞻即请睿下即位令，慰副民望。睿乃允诺，当有草令官缮就文辞，颁发朝堂，令云：

孤以不德，当厄运之极，臣节未立，匡救未举，夙夜所以忘寝食也。今宗庙废绝，亿兆无系，群官庶尹，咸勉之以大政，亦何敢辞？谨从众请，即日履新，特此令知！

令文甫下，忽由奉朝请周嵩，递入一笺，乃是谏阻登基，与众不同。略言："古时帝王，义全后取，让成后受，故能享世长久，万载重光。今梓宫未返，旧京未清，何不训卒励兵，先雪大耻？待至功德具隆，自然天与人归！"云云。这一张笺文，映入睿目，不由的心下一惊，默忖多时，才把原笺递示百官，又说出几句谦逊的话头。曲折写来，心术已昭然如揭。纪瞻等顿时大哗，统言周嵩无知，应从贬斥。右将军王导进言道："诸公不必哗噪，殿下亦不必过谦。圣如孔子，犹言从众，一二人异议，何足介怀，请殿下易衣登座，君临万民，然后四海有主，方好壹意讨虏了。"睿闻导言，始决意践阼，复入内改着法服，衮冕出郊，祭告天地，还朝即皇帝位，受百官谒贺。百官依次俯伏，三呼已毕，睿命导并升御床。导固辞道："若太阳下同万物，苍生何从仰照呢？"睿乃罢议，因即下诏道：

昔我高祖宣皇帝，诞应期运。廓开王基，景文皇帝。奕世重光，缉熙诸夏，爰暨世祖，应天顺时，受兹明命，功格天地，仁济宇宙。昊天不融，降此鞠凶。怀帝短世，越去王都，天祸荐臻，大行皇帝崩殂，社稷无奉，肆群后三司六事之人，畴咨庶尹，至于华戎，致辑大命于朕躬。予一人畏天之威。用弗敢违，遂登坛南岳，受终文祖。燔柴颁瑞，告类上帝。唯朕寡德，缵我弘绪，若涉大川，罔知攸济，唯尔股肱爪牙之佐，文武熊罴之臣，用能弼宁晋室，辅予一人。思与万国，共同休庆。钦哉唯命！

看官记着！睿是江东开国的第一个主子，历史上称为东晋，又因他后来庙号，叫作元皇帝，所以沿称元帝。先是江左有童谣云："五马浮渡江，一马化为龙。"时人都莫名其妙。至永嘉年间，睿与西阳王羕，注见前文。汝南王祐，亮长孙。南顿王宗，羕弟。彭城王释，宣帝弟东武城侯馗曾孙。相继渡江，睿独得为帝，童谣始验。但穷究底细，实是牛代马后，小子于前文中，已经叙过，想看官应早接洽呢。话休絮烦。

且说元帝睿既已即位，颁诏大赦，复改建武二年为太兴元年，立王太子绍为皇太子。绍幼年聪颖，素得父宠，数岁时，坐置膝下。适长安使至，元帝问绍道：“汝谓日与长安，孰近孰远？”绍答道：“长安近，不闻人从日边来。”次日，元帝款待来使，并宴及群僚，又召绍出问道：“究竟长安近呢，还是日近呢？”绍却答言日近。元帝失色道：“汝曾言长安近，为何今日异词？”绍又答道：“举目见日，不见长安，所以说是日近。”元帝益觉惊异，群僚当然推为奇童。及长，颇知仁孝，喜属文辞，又善武艺，好贤礼士，虚心纳谏，与庾亮温峤等，为布衣交。亮风格峻整，善谈老庄，仍不脱竹林窠臼。元帝称亮有清才，因纳亮妹为绍妇，绍为太子，庾氏当然为太子妃，亮亦得侍讲东宫。元帝尝以韩非书赐太子，亮进谏道：“申韩刻薄伤化，不足取法。”太子绍深纳亮言，故不尚烦苛，专主宽简，中外目为贤储君。

绍弟琅琊王裒，曾奉父命，带领锐卒三万，往助豫州刺史祖逖，北讨石勒。逖自击楫渡江，进至谯城，见二十六回。流人张平樊雅，曾聚众谯郡，自称坞主。逖使参军殷义，往招平雅，义意甚轻平，谓平屋只可作厩，又见大镬，谓可置铁器。平夸言是帝王镬，待天下清平，大有用义处。义冷笑道：“头且不保，尚爱这镬么？”平勃然怒起，拔剑斩义。义真不知世务，徒自取死。遂督众固守。逖往攻不克，以重利啗平将谢浮，使杀张平。浮将平刺死，携首献逖。唯樊雅尚据住谯城，未肯降服，逖更使人说降，谯城乃下。石勒遣从子虎围谯，适南中郎将王含，使参军桓宣往援，虎乃退去，逖表宣为谯国内史。至琅琊王裒驰至，谯城已经解围，裒还建康，数月病殁。裒有弟冲，封东海王，使继故太傅越宗祀，尊越妃裴氏为太妃。见二十三回。冲弟晞，亦封武陵王，加王导骠骑大将军，开府仪同三司，仍进王敦为江州牧，迁刁协为尚书令，荀崧为尚书左仆射，其余内外文武各官，俱增位二等。唯出周嵩为新安太守，阴示薄惩。

忽由河北传到骇闻，乃是前并州都督刘琨，竟被幽州刺史段匹磾杀死。看官阅过前文，应知匹磾与琨，约为兄弟，申以婚姻，同盟讨汉，齐心事晋，为什么凶终隙末，反致害琨呢？原来元帝即位，曾命琨为太尉，仍广武侯，匹磾为渤海公。会匹碑因兄死奔丧，琨遣嫡子群送往，偏匹碑从弟末抷，私通石勒，率众袭击匹碑，末抷得赂事见前回。匹碑走脱，刘群为末抷所执，厚礼相待，许琨为幽州刺史，诱群同攻匹碑。群不得已允了末抷，作书遗父，请为内应。偏匹碑回蓟，防备末抷，屡遣探骑侦察，凑巧末抷使人，被他拘住，搜得群书，献与匹碑。匹碑即将原书示琨，琨大为惊异。匹碑道："我知公无他意，所以白公。"琨答道："与王同盟，志匡王室，仰仗威力期雪国耻。若儿书密达，乃是末抷为反间计，离我二人，我终不私爱一子，负公忘义呢。"匹碑也一笑而罢。琨本别屯故征北府小城，此次由匹碑召来，彼此证明心迹，情好如初。琨即欲还屯，匹碑弟叔军白兄道："我等俱系胡人，向为晋所轻视，今不过畏我兵众，所以甘心俯就，若我骨肉构祸，示以间隙，适使彼得图我，倘有人奉琨发难，我族将从此无遗了。"匹碑因留琨不遣。琨庶长子遵，留居征北府小城，闻琨被拘，遂与琨左长史杨桥，并州治中如绥，闭门自守。匹碑使人慰谕，遵等不从。经匹碑发兵围攻，相持兼旬，小城中粮尽食空，守将龙季猛，暗降匹碑，斩桥绥，执刘遵，开城纳匹碑兵。遵与群俱皆失计，徒致害死乃父。琨迭闻变故，自知难免，索性将生死置诸度外，毫不慌忙，唯尚有一腔忠愤，无处可挥，特吟五言诗一首，寄赠别驾卢谌，诗云：

幄中有悬璧，本自荆山球。维彼太公望，昔是渭滨叟。邓生何感激？千里来相求。白登幸曲逆，曲逆侯陈平。鸿门赖留侯。张良。重耳凭五贤，小白相射钩。能通二霸主，安问党与仇？中夜抚枕叹，想与数子游。吾衰久矣夫！何其不梦周？谁云圣达节？知命故无忧。宣尼悲获麟，西狩泣孔丘，功业未及建，夕阳忽西流。时哉不我与，去矣如云浮。朱实陨劲风，繁英落数秋。狭路倾华盖，骇驷摧双輈。何意百炼刚，化作绕指柔？

诗中寓意，无非借鸿门白登故事，激励卢谌。谌无甚奇略，但用常词酬和，且谓琨措词未合，不应作帝王思想。琨见他不知己意，付诸一叹罢了。已而代郡太守辟闾嵩，辟闾系复姓。与雁门太守王据，后将军韩据同谋，欲袭匹碑，救出刘琨。不料韩据女为匹碑儿妾，得知三人密计，竟告匹碑。匹碑即诱执王据辟闾嵩，并皆杀死。会江州牧王敦，寄书匹碑，嗾使杀琨。不知他所挟何仇？莫非因忠奸不同，故有此举？匹碑亦虑众为变，托称建康有诏，处琨死刑。琨闻敦使到来，顾语子侄道："处仲敦字处仲。使来，不闻见告，这明明是诱杀我呢。死生有命，但恨仇耻未雪，愧与君亲相见地下呢。"因呜咽流涕。俄顷，即有吏趋入，伪传诏命，逼琨自缢。琨子侄四人，亦俱被害。卢谌等率琨遗众，走依末抔，奉琨子群为主，暂依末抔部下。末抔匹碑，益寻仇不已，晋人尤不服匹碑，相率离散，匹碑亦转盛为衰。

元帝闻匹碑杀琨，尚畏匹碑势焰，不敢指斥，且未尝为琨举哀。琨右司马温峤，表称琨尽忠帝室，应加褒恤。元帝不报，但除琨为散骑侍郎。峤既悲琨死，又闻母亡，因固辞职位，苦请北归。有诏不许，且责峤道："今寇逆未枭，诸军奉迎梓宫，尚不得进，峤怎得专顾私难，任官不拜呢？"峤不得已受命。

会凉州刺史西平公张寔，遣牙门将蔡忠，通问建康，书中尚用建兴年号，不称太兴。当时东西悬隔，元帝即位的诏书，尚未颁到，所以犹仍旧号，且遣忠东行，亦非无因。南阳王都尉陈安，举兵叛保，入逼上邦。保向凉州告急，寔发步骑二万人往援，安始退去。凉州兵还镇，谓保欲自称尊号，破羌都尉张诜，因向寔献议道："南阳王不思国耻，遽欲称尊，将来必不能成功。晋王近亲，且有名德，公当为天下首倡，奉戴江东。"寔依诜言，乃使忠诣建康。及忠自建康西归，寔亦已知元帝即位，并由忠代赍诏书，虽语多慰勉，寔含有专制的意义。寔也未免怀嫌，阳若奉晋，阴实离晋，嗣是凉州亦别为一国了。即十六国中之一。

当时尚有南安赤亭水名。羌人姚弋仲，为后汉时西羌校尉迁那子，怀帝末年，因见中国大乱，得由赤亭东徙榆眉，华夷人民，襁负相随，共有数万。弋仲遂自称扶风公。为后秦开国张本。略阳氏酋杨茂搜，见前文。有子难敌，袭踞梁州，刺史张光愤死，光子迈战殁，嗣由州人张咸，纠众逐去难敌，举州附成。成主李雄，得管领梁益二州，难敌回至略阳，适茂搜病死，便嗣立为氏王，这也是一路杂胡。代王普根，戡定国难。不久即死，国人立猗卢从子郁律为主。郁律好武，击走铁弗部酋刘虎，收降虎众，又西取乌孙故地，东并勿吉诸部，士马精强，复得雄长北方。还有慕容廆庶兄吐谷浑，吐谷，读若突欲。与廆分部自治。会二部马斗，廆遣人诮浑，浑即率众西徙，后复度陇而下，据洮水西，拓地至白兰，羌别种。地方数千里。鲜卑谓兄为阿干，廆追怀兄浑，为作阿干歌。浑子甚多，相传有六十人，长子吐延嗣位，未几为羌人所杀，子叶延继立。叶延好学尚礼，谓公侯之子，得用王父字为氏，因把吐谷浑三字作为国号，后来享国最长，在五胡十六国外，好算是一个西徼的雄封哩。连述数国，自成一束。

独汉主聪，骄淫荒虐，不修政事，朝廷内外，无复纲纪，佞人日进，货赂公行，后宫赏赐，动至千万。聪次子大将军敷，屡次泣谏，聪大怒道："尔欲乃公速死么？朝朝暮暮，生来哭人。"敷积忧病死。河东大蝗，犬豕相交，东宫四门，无故自坏，内史女人，化为丈夫，灾异不绝，聪毫不戒惧。已而聪所居螽斯百则堂，猝遭火灾，焚死聪子孙二十余人，聪自投床下，哀塞气绝，良久乃苏。但事过又忘，淫昏如故。中常侍王沈，有一养女，年方十四，娇小玲珑，为聪所爱，拟立为左皇后。尚书令王鉴，中书监崔懿之，中书令曹恂等，上书谏阻，略云：

臣闻皇者之立后也，将以上配乾坤之性，象二仪敷育之义，生承宗庙，母临天下，亡配后土，执馈皇姑，必择世德名宗，幽娴令淑，乃副四海之望，称神祇之心。是故周文造周，姒氏以兴，关雎之化洽，则百世之祚永。孝成汉成帝。任心纵欲，以婢为后，使皇统亡绝，社稷沦倾。有周之隆，既如彼矣，大汉之祸，又如此矣。从麟嘉以来，乱淫于色，纵沈之女弟，刑余小丑，犹不可侍琼寝，污清庙，况其家婢耶？六宫妃嫔，皆公子公孙，奈何一旦以婢主之。何异象榱玉簪，而对腐木朽槛哉？臣恐无福于国家，反有害于宫寝也。明知冒渎，不敢不陈，谨昧死上闻！

聪览毕大怒，即令中常侍宣怀，传语太子粲道："鉴等小子，慢侮国家，狂言嫚语，无复君臣上下礼节，速即加刑。"粲一奉命，便饬兵吏收捕鉴等，牵往市曹。金紫光禄大夫王延，驰至殿门，意欲入谏，王沈密嘱司阍，不许入内。沈却自赴市曹监刑，用杖叩鉴等道："庸奴！庸奴！尚能逞刁么？乃公养女为后，干汝甚事？"鉴瞋目叱沈道："竖子！以竖子对庸奴，恰是绝对。使皇汉灭亡，即由汝等鼠辈，与靳准一人。我死后，当诣先帝前诉汝，活捉汝等至地下。"懿之亦厉声道："靳准枭声獍形，必为国患，汝等为国蠹贼，党同枭獍，今日食人，他日人亦食汝，看汝能活到几时？"沈且怒且惭，立使刑吏加刃，刀光起处，首皆落地，时人都为呼冤。

中常侍宣怀，也觅得一个丽姝，作为养女，献入汉宫。聪多多益善，一视同仁，复立她为中皇后。这八九个年少娇娃，轮流供御，再加后庭粉黛，不下千百，任令聪随意选召，日夕淫媟，就使铜头铁骨，也为所熔，何况是血肉身躯呢？聪渐觉不支，奄卧光极殿寝室中，常闻鬼哭，更迁至建始殿中，鬼哭如故。聪少子东平王约，已经天逝，一日，聪适昼寝，并未睡熟，蓦见帐外有一人影，举目审视，不是别人，正是东平王约，禁不住大声呼异，声浪一传，那人影复杳然不见。这是聪淫欲过度，目光昏乱，并非真正见鬼。聪越加惊疑，便召太子粲入室，握手叮咛道："我寝疾缠绵，见闻多怪，今又见约来此，想是我命该终，此儿特来迎我呢。人死果有神灵，我亦何必怕死。但现今世难未平，汝不必拘守谅暗古制，朝死夕殓，旬日出葬便了。"何劳汝嘱，他已情愿汝速死了。粲含糊答应。聪又命粲颁发诏令，征刘曜为丞相，石勒为大将军，并录尚书事，夹辅朝政，二人皆奉表固辞。粲复入白，聪乃改令刘景为太宰，刘骥为大司马，刘颙为太师，朱纪为太傅，呼延晏为太保，并录尚书事。范隆守尚书令，仪同三司，靳准为大司空，领司隶校尉，皆选决尚书奏事。过了数日，聪病加剧，满身呼痛，等到气竭声嘶，两目一翻，呜呼死了。共计在位九年，太子粲嗣为汉主，依聪遗命，旬日即葬，追谥聪为昭武皇帝，庙号烈宗。小子有诗叹道：

> 九载淫荒恶贯盈，到头一死国随倾。
>
> 及身幸免儿孙受，莫向苍天怨不平。

粲既嗣位，恣行无道，比乃父还要荒淫，欲知详情，试看下回续叙。

纪瞻周嵩，一劝晋王睿称尊，一阻晋王睿即位，劝睿者以继统为正，阻睿者以雪耻为先，固皆持之有故，言之成理者也。但观睿之无志北征，则知纪瞻之请，实自揣摩迎合而来，不若周嵩之义正词严，较为直谅耳。睿一即位，使王导并坐御床，夫自古无君臣共坐之理，睿喜极忘怀，故有此语，然则睿之情亦大可见矣。若汉主刘聪，荒淫不道，天变人异，不足以儆其心，甚至刑余养女，俱册为后，古人谓并后匹嫡，足为乱本，如聪之所为，正不特并后匹嫡已也。乃在位九年，竟获考终，阅者几疑恶报之未彰，不知报愈迟者祸愈烈，试观下回靳准之乱，掘墓毁庙，尽屠刘氏，乃知聪之恶为最甚，而报之惨亦蔑以加矣。

第三十二回

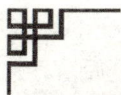

诛逆登基羊后专宠
乘衅独立石勒称王

却说刘粲为刘聪长子，少时却也聪隽，具文武才。自得为宰相后，威福自专，远忠贤，近奸佞，任情严刻，拒谏饰非；好兴宫室，罗列妾媵，相国府仿佛紫宫。及继承大位，毫无戚容。聪后靳月华，得尊为皇太后，樊氏号弘道皇后，宣氏号弘德皇后，王氏号弘孝皇后，这四后俱在妙年，未满二十，面庞儿均皆齐整，模样儿又皆轻狂，此次刘聪已死，眼见得四位嫠妇，不耐守嫠，好在嗣主粲能体心贴意，善代父劳，一身周旋四后，夜以继日，挨次烝淫，妇人家水性杨花，乐得屈尊就卑，共图欢乐。聪只烝一单后。粲能烝及四人，确是跨灶。但粲已有妻孥，未免多嘴，粲乃立妻靳氏为皇后，想又是靳准家儿。子元公为太子，大赦境内，改年汉昌。

司空靳准，阴蓄异志，潜入白粲道："臣闻诸公欲行伊霍故事，将先杀太保，次杀臣身，另推大司马统摄万几。陛下若不先图，臣恐祸机不远，便在旦夕间了。"粲矍然道："恐无此事，休得相疑！"准怏怏退出，恐粲转告诸刘，反致杀身，乃急商诸太后皇后，教她们乘间进谗。二后俱系靳家儿女，当然唯命是从，趁着粲入宫行乐，便说诸刘如何设谋，如何废主，虽是无端捏造，一经莺簧百啭，竟觉得语语似真。靳月华尤善逞刁，对着粲前，呜咽与语道："宗臣等密谋废立，无非为嗣君烝淫而起，嗣君欲脱免此祸，幸勿再至妾宫，妾愿与陛下生别，冀得少安。"看官试想！

粲与靳月华，已似胶漆相投，融成一片，哪里还分拆得开？经此一激，遂不管它是真是假，是好是歹，便毅然下令，收逮太宰上洛王刘景，太师昌国公刘颢，大司马济南王刘骥，大司徒齐王刘劢等，一股脑儿斩首。骥弟车骑大将军吴王刘逞，亦连坐被诛，唯太傅朱纪，太保呼延晏，太尉兼尚书令范隆，出奔长安。

粲又大阅上林，谋讨石勒，命丞相刘曜为相国，都督中外诸军事，贸镇长安。授靳准为大将军，录尚书事。准暗嘱内侍，令劝粲晏处后宫，凡军国重事，尽付大将军裁决。粲正流连四美，倚翠偎红，巴不得有此良臣，代主国事，好使他安心纵乐。哪知准怀着鬼胎，潜谋不轨，乃大权到手，遂矫托粲旨，用从弟靳明为车骑将军，靳康为卫将军，*仿佛王衍三窟*。所有宫廷宿卫，概归兄弟三人节制，于是决计作乱，戒兵待发。金紫光禄大夫王延，老成硕德，向负时望，准欲引为臂助，遣人与谋。延怎肯从乱，且拟入宫告粲，途次为靳康所劫，送至准处。准把延拘住，当即勒兵入宫。宫中无人阻拦，一任准等闯进，直登光极殿，使人执粲。粲尚在太后宫中，与靳月华饮酒调情，突见甲士驰入，还道是同宗发难，走匿床下。甲士呼道："司空有令，请主上升殿！"粲听了司空两字，不待收捕，便放胆出来，随甲士趋入殿中。哪知靳准竟高升御座，瞋目叱粲，说他种种淫虐，罪在不赦，粲才觉着忙，双膝跪下，叩头乞哀。*女婿向岳丈磕头，理所应有，可惜这岳丈不肯容情*。准置诸不睬，竟喝令左右，将粲刺死，一面拘拿刘氏眷属，无论男女，不问少长，皆屠戮东市，只留着靳太后靳皇后二人。发掘刘渊刘聪陵墓，枭聪死尸，焚毁刘氏宗庙。*准与刘氏无仇，乃残毒至此，是必冥冥之中，另有一种公案*。嗣是彻夜鬼哭，声闻百里。唯征北将军刘雅，得出奔西平。

准自号大将军汉天王，称制置百官，召语汉臣胡嵩道："从古无胡人为天子，今将传国玺付汝，汝可送还晋家。"*既屠刘氏，却不愿为帝，靳准毋乃太愚*。嵩不敢受。准又怒起，立命杀嵩，另派人通使司州。司州尚有晋属地，由河内太守李矩，迁为刺史，闻汉使到来，不知何因。至相见时，来使语矩道："刘渊*屠各注见前文*。小丑，因大晋内乱，乘隙称兵，矫称天命，至使二帝幽没北廷，现由靳大将军汉天王，为晋复仇，屠灭刘氏，谨率众扶侍梓宫，请代表上闻！"矩乃飞奏元帝，遣太常韩胤等奉迎梓宫。胤尚未至平阳，那刘曜石勒等，已合兵攻准，眼见是战云扰扰，不便进行。准潜居宫禁，超擢私党，诛锄异己，仍将王延释出，令为左光禄大夫。延怒骂道："屠各逆奴，我岂肯为逆臣？快快杀我！且剜我左目置西阳门，右目置建春门，好看相国大将军入都，同诛逆贼哩。"准当然大愤，把延杀死。

相国刘曜，自长安发兵讨逆，大将军石勒，亦率精锐五万人，先驱讨准，据住襄陵北原。准屡拨兵挑战，勒坚壁不动，通书刘曜，愿会师同进。曜行抵赤壁，正与呼延晏朱纪范隆相遇，报明平阳惨状，且言曜母及兄，亦俱遭害。曜不禁大恸，誓报亲仇。呼延晏等遂请曜即尊，谓："国家不可一日无主，应先加尊号，维系众望。"曜即依议，就在赤壁设坛，行即位礼，大赦境内，唯准一门不在赦例。改元光初，使朱纪领司徒，呼延晏领司空，太尉范隆以下，各仍原职。遣使拜石勒为大司马大将军，加九锡，增封十郡，进爵赵公。勒进攻平阳，收降羌羯人民七万余名，均徙往所部郡县。刘曜亦檄征北将军刘雅，镇北将军刘策，进屯汾阴，作为声援。

靳准闻两路进兵，恐不能敌，乃使侍中卜泰，持了乘舆服御，送往勒营，情愿修和。勒将泰囚送曜营，曜释了泰缚，婉言与语道："先帝末年，实乱大伦，司空仿行伊霍故例，使朕得登大位，不特无罪，并且有功；若能早迎大驾，当以政事相委，宁止免死？卿可为朕入城，具宣此意。"泰乃别去，返报靳准。准已害曜母及兄，恐曜未必相容，因沉吟不决。会车骑将军乔泰王腾，卫将军靳康与将军马忠等，刺杀靳准，推靳明为盟主，再使卜泰赍奉传国六玺，献与刘曜。曜欣然语泰道："使朕得此神玺，建帝王大业，实赖卿力。"因厚待卜奉，嘱令返报，许他归降。

石勒闻卜泰持玺降曜，未尝报勒，遂不禁怒起，增兵攻明。明出战屡败，撄城固守，且遣人向曜求救。曜使刘雅等纳降，靳明率平阳士女万五千人，奔归曜营，不料曜变了面目，俟明入见时，一声呼喝，便把他两手绑住，推出枭斩，且将靳氏全家诛戮，就是靳太后靳皇后等，亦悉数祭刀。唯靳康女，饶有姿容，为曜所美，拟纳为皇后。女慨然道："陛下既诛妾父母兄弟，还要留妾何用？况妾家犯了逆案，致受诛夷，古人惩逆锄恶，尚当污宫伐树，难道可容留子女么？"靳家亦有烈女，不得谓部娄之下，必无松柏。说至此，泪容满面，越觉令人生怜。曜怎忍下手，还与她譬喻百端。康女总咬定一个"死"字，始终不肯从曜。曜乃纵令自去，且免康一子，使奉靳氏宗祀。

迎母胡氏丧于平阳，还葬粟邑，谥为宣明皇太后，追尊三代为皇帝，徙都长安，前筑光世殿，后筑紫光殿。立羊氏为皇后，羊氏就是晋惠帝继室，从前五废五复，九死一生，不料尚有这一段外缘，要去做那外国皇帝的正宫。曜尝私问羊氏道："我比司马家儿优劣何如？"羊氏嫣然一笑，复柔声作昵语道："陛下乃开国圣主，怎得与亡国庸夫，互相比论？彼贵为帝王，只有一妻一子及本身三人，尚不能保护，使妻子受辱庶人手中，妾当时已愤不欲生，何意复有今日？妾生长高门，误配庸奴，尝怪世间男子，为什么无丈夫气？及得侍陛下，趋奉巾栉，乃知天下自有丈夫，正不能一概并论呢。"亏她老脸，说得出这种话儿。曜闻言大悦，宠爱有加。羊氏也格外逢迎，床第承欢，情好百倍。接连生下三子，长名熙，次名袭，幼名阐，并得曜宠。曜前妻卜氏，已有子数人，曜竟舍长立幼，以羊氏长男熙为嗣，册为太子，另封诸子为王。缮宗庙，定社稷，用司空呼延晏议，谓："晋以金德王天下，今宜承晋，取金水相生之义，不必沿汉旧号，可改称为赵。赵出天水，正与水德相符。"于是自称大赵，复以匈奴大单于为太祖，冒顿读若墨独，见《前汉演义》。配天，渊配上帝，牲牡尚黑，旗帜尚玄，颁令大赦。且使侍中郭汜，持节署石勒为太宰，领大将军，进爵赵王。

勒已入平阳，修复渊聪二墓，收瘗刘粲以下百余尸骸，并将浑仪乐器，徙至襄国，一面遣左长史王修，至长安献捷，且贺曜即位。修谒曜称臣，呈上勒表，曜见表文中多恭逊语，很是欣慰，便留修馆宴，待遇甚优。勒有舍人曹平乐，前由勒遣至长安，应对皆如曜意。曜使侍左右，未曾遣归，至是独向曜进言道："大司马遣修到此，外表输诚，内觇强弱，待修一返，报明虚实，彼必将潜兵西来，轻袭乘舆。羯人无信，不可不防！"曜瞿然道："卿言甚是，朕几为他所算。"遂发轻骑追还郭汜，且将王修牵出斩首。修随吏刘茂逃归，报明修被杀情形，勒遂回襄国，捕诛平乐家人，夷及三族，追赠修为太常，并下令示众道：

孤兄弟之奉刘家，人臣之道过矣。若微孤兄弟，岂能南面称朕哉？根基既立，便欲相图。天不助恶，使假手靳准，孤唯事君之体，当资舜求瞽瞍之义，故复推崇令主，齐好如初。何图长恶不悛，杀奉诚之使，帝王之起，复何常耶？赵王赵帝，孤自取之，名号大小，岂其所节耶？此后与刘氏绝好，俾众周知！

自勒下此令后，与曜交恶，遂成仇敌，这便是胡羯分离的张本，也就是刘曜灭亡的祸根了。夷狄原无信义，但曜勒交恶，曲在曜，不在勒。秦州刺史陈安，即晋南阳王保都尉，他本是个反复无常的小人，曾叛保附汉，叛保事，见前回。寻复降成。

及刘曜即位，又遣人至曜处奉表，为保复仇。原来保闻愍帝凶耗，便欲称尊，好容易过了一年，竟自称晋王，改元建康，分置官属。保体极肥大，相传重量至八百斤。想非十六两秤。平居嗜睡，暗弱无能。部将张春杨次，触怒被责，因忿忿不平，相谋杀保。陈安尝逼攻上邽，偏此次上表刘曜，自称秦州刺史，托名讨贼。曜权词答复，安即引兵攻杀杨次，张春遁去。当下检出保尸，用天子礼安葬，私谥曰元，因即向曜告捷。曜授安为大将军，使镇上邽。嗣是晋又失去秦州。

　　还有蓬陂坞主陈川，尝自号宁朔将军，兼陈留太守。晋豫州刺史祖逖，遣人招抚，川愿效指挥。逖攻张平樊雅时，川曾拨部将李头往助，力战有功，得逖优待，赠给骏马。头感叹道："若得此人为主，虽死无恨。"及平诛雅降，均见前回。头仍返蓬陂，不意陈川疑头归逖，将头杀死。头党冯宠，率亲属四百人，投奔逖军。川得报益怒，竟入掠豫州诸郡，大获子女车马，满载而归，行至谷水，突有一彪人马，从斜刺里杀出，截住川众，不许饱扬。川众顾命不遑，乱奔乱窜，还管什么辎重。那时子女车马，仍得重归。看官欲问这支人马的来历，便是由祖逖差来，统将叫做卫策。策既截还所掠，还报祖逖。逖命将子女车马，各归原主，一无所私，百姓大悦。独川恐逖进讨，思借外援，自忖长安太远，未便通使，不如就近依附石勒，或得呼应较灵，乃奉书襄国，乞降求救。石勒即遣从子石虎，率兵五万，往援陈川。可巧祖逖亦引兵来攻，彼此相见，免不得一场大战。逖兵寡失利，退驻梁国。既而勒将桃豹，复率精骑至蓬关，遂与石虎陈川，共击祖逖。逖设伏待着，败虎前驱，虎乃退去，与陈川同还襄国，留桃豹守川故城，即蓬陂坞。当下由虎倡议，请勒自称尊号。勒左长史张敬，右长史张宾，左司马张屈六，右司马程遐，及诸将佐百余人，当然赞成虎议，异口同辞。勒佯不肯允，虎等又复上书道：

　　臣等闻有非常之度，必有非常之功，有非常之功，必有非常之事。是以三代陵迟，五霸迭兴，靖难济时，绩侔睿古。伏维殿下天纵圣哲，诞应符运，鞭挞宇宙，弼成皇业，普天率土，莫不来苏。嘉瑞征祥，日月相继。物望去刘氏，咸怀于明公者，十分而九矣。今山川夷静，星辰不孛，夏海重译，天人系仰，诚应升御中坛，即皇帝位，使攀附之徒，蒙尽寸之润，请称大将军大单于领冀州牧赵王，依汉昭烈在蜀，魏王在邺故事，以河内、魏郡、汲郡、顿丘、平原、清河、巨鹿、常山、中山、长乐、乐平十一郡。并前赵国、广平、阳平、章武、渤海、河间、上党、定襄、范阳、渔阳、武邑、燕国、乐陵十三郡，合二十四郡户二十九万为赵国，封内依旧，改为内史。准禹贡冀州之境，南至盟津，西达龙门，东至于河，北至塞垣，以大单于镇抚百蛮，罢并朔司三州，通置部司以监之。伏愿钦若昊天，垂副群望，克日即位，翘首俟命！

　　勒览书后，尚装出许多做作，西向五让，南向四让。越演越丑。僚佐等叩头固请，勒乃允诺，即赵王位，赦境内殊死以下，腾出百姓田租半额，分赐孝悌力田及死义子孙帛各有差。孤老鳏寡，每人谷二石，大酺七日，依春秋列国及汉初侯王故例，每世称元，号为赵王元年。史家称为后赵，示与刘曜有别。勒建社稷，立宗庙，营东西官署，从象中郎裴宪，参军傅畅杜嘏，并领经学祭酒，参军续咸庾景，并领律学祭酒，任播崔浚，并领史学祭酒，中垒将军支雄，游击将军王阳，并领门臣祭酒。禁胡人陵侮华族，遣使循行州郡，劝课农桑，朝会始用天子礼乐。加张宾为大执法，专总朝政，位冠僚首。署石虎为单于元辅，都督禁卫诸军事，加骠骑将军，赐爵中山公。其余群臣，授位进爵有差。又悉召武乡耆旧，均至襄国，与同欢饮，畅叙平生。独旧邻李阳，不敢赴召。阳尝与勒争沤麻池，互致殴伤，所以畏缩不前。勒掀髯道："我方经营天下，岂与匹夫为仇？阳尽管前来，决无他患。"乃又遣乡人召阳，阳只好硬着头皮，随同见勒，伏地谢罪。勒下座扶阳，引臂令起，且与笑语道："孤往日惹卿老拳，卿亦饱孤毒手，事成已往，何足介怀？"因特给巨觥，命他畅饮，并赐阳甲第一区，拜为参军都尉。不念旧恶，原是厚道，唯拜官赐第，毋乃太过。嗣复下令道："武乡是我故里，譬如汉朝的丰沛，百年以后，魂灵仍当归复，应豁除三世赋役，不得苦我乡人。"

　　会闻桃豹自蓬陂败还，颇以为虑，乃致书与逖，愿同和好。看官阅过上文，已知豹居守蓬陂，逖亦使部将韩潜，率兵掩入蓬陂坞，据住东台，从东门出入。豹守西台，从南门出入，与潜相持至四旬。逖用布囊盛土，伪作米状，使千余人运囊与潜，又别使数人挑米继进。豹见他陆续运粮，发兵出劫，挑米各人，弃担遁去。豹众正苦饥疲，夺得粮米，自然喜欢。独豹以逖粮食充足，不免加忧。逖却令部将冯铁，梭巡汴水，适值勒将刘夜堂，运粮馈豹，冯铁即报知韩潜，会兵截击，逐走夜堂，尽夺军粮。豹闻粮被夺去，料知难守，遂乘夜出走，遁往东燕城。

逖又使韩潜进次封丘，冯铁据有蓬陂，自至雍丘驻节，规画两河，剿抚兼施。石勒所遣各镇戍，不是散走，就是降逖，累得勒无法可施，只好与逖通好，乞求互市。逖得书不报，但默许商人往来，按货课税，收利十倍。勒因逖籍隶范阳，祖父墓皆在故里，特令范阳守吏代为修墓，并置守塚二家。逖乃遣使报谢，贻赠方物。勒厚赏逖使，报逖礼仪，计马百匹，金五十斤。既而逖将童建，擅杀新蔡内史周密，走降石勒。勒斩建首，函送与逖，且寄逖书道："叛臣逃吏，是我深仇，建负将军，胆敢叛亡，我国非通逃薮。亦与将军同恶，故枭恶以闻。"逖答书称谢，自是勒众来降，逖亦不纳，彼此各禁侵暴，两河南北，少得安息。小子有诗咏道：

中流击楫誓澄清，百战河南众丑平。
毕竟祖鞭先一著，虏庭也自慑威名。

石勒与逖修和，另图幽冀并三州，欲知他略地情形，待至下回再详。

靳准屠刘氏，刘曜亦屠靳家，天为刘氏之纵恶，而假手靳准，又为靳氏之肆逆，而假手刘曜，然则世人亦何苦纵恶肆逆，而自取灭门之祸哉？靳康有女，尚知守贞，而羊氏曾为中国皇后，乃委身强虏，献媚贡谀，我为中国愧死矣。篇目特标明羊后，嫉之也。石勒之力攻靳明，固未免营私，但如靳氏之敢为大逆，正应声罪行诛，岂可如曜之挟诈欺人，诱其降而复歼之乎？故略情原迹，勒尚不失为正，而曜则行同鬼蜮，未足服人，至杀靳使，而其理尤曲矣，宜乎勒之背曜独立也。

第三十三回

段匹磾受擒失河朔
王处仲抗表叛江南

却说幽州刺史段匹磾，害死刘琨，因致舆情不服，多半叛离。见三十一回。末柸复屡攻匹磾，匹磾不能支持，拟北奔乐陵，往依冀州刺史邵续，行至盐山，忽被一大队人马截住，统将叫作石越，乃是石勒麾下的前锋。匹磾不敢恋战，引众急退，已被石越掩杀一阵，零零落落，走保蓟城，已而石勒复遣部将孔苌，攻陷幽州诸郡，势将及蓟。匹磾大惧，又弃城出奔，拟往上谷。偏偏代王郁律，发兵扼阻，不令前进。匹磾恐代兵追来，慌忙窜去。途次又被末柸邀击，连妻子都不及顾，但与弟文鸯等，走依邵续。续顾念旧情，留任匹磾。匹磾前曾救续，事见二十七回。匹磾凄然语续道："我本夷人，因慕义破家，君若不忘旧好，乞与我同讨末柸，感惠无穷。"匹磾如果知义，何致枉杀刘琨。续慨然许诺，即督领部曲，与匹磾同击末柸，斩获甚众，末柸仓皇遁去。末柸弟占据蓟城，匹磾与弟文鸯，复移兵往攻。

唯邵续还屯乐陵，石勒从子石虎，与别将孔苌，伺续空虚，竟来攻续，突至城下，大掠居民。续麾兵出救，虎诈败佯输，诱续远追，暗中却令孔苌，带着精骑，绕出续背，前后夹攻。续中箭落马，为虎所擒，缚至城下，胁令招降守兵。续呼兄子笠等，慷慨与语道："我志欲报国，不幸至此，汝等但努力守城，奉匹磾为主，勿生贰心。"语毕自退。虎将续解往襄国，勒使人责续道："汝前既归我，后复叛我，国有常刑，汝甘受否？"续答说道："续为晋臣，宜尽臣节，本无贰心。前次委命纳赞，无非为保全乡宗起见，大王不察愚衷，诛及续子，使续不得早叩天门，是大王负续，非续负大王。大王如欲杀续，续自甘就死，尚有何言？"勒闻续言，顾语张宾道："续言忠挚，孤且增惭，右侯可为孤招待便了。"宾奉勒命，延续入馆，厚加慰抚。寻复令续为从事中郎。续不愿事勒，亲自灌园鬻菜，作衣食资，勒称为高士，临朝时辄加叹赏，激励百僚。

　　唯续被擒后，匹磾得报，急与文鸯还救乐陵，中途为石虎所遮，兵皆骇散。亏得文鸯多力，带领数百亲兵，保住匹磾，血战入城，与续子缉，及续从子存笠等，乘陴拒守。石虎孔苌，屡攻不克，苌恃强无备，反为文鸯所袭，大败一阵，退军十里。虎亦却走。既而虎与苌，又复进攻，相持兼旬，城内粮食垂尽，城外亦被掠一空。文鸯请诸匹磾，愿决一死战，匹磾不许。文鸯毅然道："我以勇力著名，故为民所倚望，今不能救民，已失民心，况粮竭无援，守亦死，战亦死，同是一死，何如一战，倒还好杀死几个胡虏。"说毕，径率壮士数十骑出战。石虎见文鸯出来，麾兵围绕，至数十匝。文鸯手执长槊，左挑右拨，十荡九决，戳毙虎兵无数，人尚未困，马却已乏，乃伏鞍少憩。虎高呼道："兄与我俱出夷狄，久欲与兄同为一家，今天不违愿，复得相见，何必苦战，请释仗共叙。"文鸯骂道："汝为寇贼，早该致死，天不祚我，使我骨肉相戕，令汝犹得称雄，我宁斗死，不为汝屈。"说着，下马再战，槊忽折断，拔刀冲突，自辰至申，腹枵力尽，然后被执。城上守兵，当然夺气。**文鸯原是勇士，惜乎徒勇无谋。**先是邵续被围，报至建康，吏部郎刘胤，曾奏闻元帝道："北方藩镇，只一邵续，倘复为石虎所灭，何以对忠臣义士？请亟发兵往救，免致沉沦。"元帝不能用。至续已陷没，乃令王英持节北行，令续子缉承袭父职。英到了乐陵，坐居围城，不能南归。匹磾欲与英突围，同赴建康，偏邵续弟洎，曾为乐安内史，不许匹磾出城，且欲执英送虎。匹磾正色道："卿不遵兄志，逼我不得归朝，已经无礼，且并欲执天子使，送交寇虏，我虽夷人，却未闻有这般横逆哩。"洎竟迫令缉笠等，舆榇出降。石虎入城见匹磾，尚拱手行礼。匹磾道："我受晋恩，志在灭汝，不幸我国自乱，竟致如此，既不能死，也不能为汝加敬呢。"虎竟拥匹磾出城，令与文鸯等同往襄国。勒授匹磾为冠军将军，文鸯为左中郎将，散诸流民三万余户，各复本业，分置守宰，按地抚治。于是幽、冀、并三州，俱入后赵。匹磾留居襄国，犹常着晋朝服，持晋旌节，一住年余。旧部又密谋规复，仍推匹磾为主，不幸事泄，为勒所杀。文鸯邵续，亦被鸩死。了过段匹磾等。唯末抔尚存，臣事后赵，奄然不振，后文自有表见，暂且搁下。

且说晋江州牧王敦，扼守长江，权倾中外，但虑杜曾难制，特嘱梁州刺史周访，叫他努力擒曾，且预把荆州刺史一职，作为酬劳。上有元帝，敦怎得私约酬庸？可见敦已目无君上。先是杜曾出没汉沔，纠合郑攀马俊，屡与荆州刺史王廙为难，小子于前文二十九回中，曾已叙明。嗣由武昌太守赵彦，襄阳太守朱轨，合兵救廙，杀败郑攀马俊等军，攀等惶恐乞降。杜曾亦请击第五猗以自赎，廙因杜曾服罪，乃自江安赴荆州，留长史刘浚屯戍扬口，竟陵内史朱伺白廙道："曾乃猾贼，佯示屈服，诱公西行，待公启程，他定来袭扬口了。"廙不信伺言，便即就道。途次，接得刘浚急报，曾等果入袭扬口，慌忙遣伺还援，扬口已经被围。伺力战受伤，浮水得免。曾遣人招伺，伺拒绝道："我年逾六十，不能再从君作贼了。"乃还就王廙，病殁甑山。杜曾已陷入扬口，复击退朱轨各军，径趋沔口。轨等再战败死，曾势大振。幸周访屯兵沌阳，出奇制胜，大败曾兵。曾还走武当，汉沔复平。

访本为豫章太守，至是始迁南中郎将，领梁州刺史，进屯襄阳。访慨语将佐道："春秋时晋楚交兵，城濮一战，楚已败退，晋文谓得臣未死，尚有忧色。今不斩曾，祸难未已，我当与诸君再接再厉，誓诛此贼。"于是整缮兵马，再拟进击。可巧王敦以荆州相属，乐得公私两济，鼓勇直前。曾在武当，未及豫备，被访领兵突至，踊跃登城，曾众溃散。独曾狼狈出走，距城约数十里，由访部将苏温，引兵追来。曾欲逃无路，欲战无兵，只好束手就擒，牵入访营。访历数曾罪，腰斩以徇，复移军转攻第五猗。猗闻曾败没，已吓得魂胆飞扬，哪里还敢对敌？东逃西窜，结果是仍入罗网，为访所获。适王敦移镇武昌，访即将猗解往，且作书白敦，谓："猗本中朝所署，为曾所逼，应特加宽宥，不可加诛。"敦方欲杀人示威，怎肯听信周访？待猗解至，即升座叱责，置诸重辟。

时王廙已早莅荆州，滥杀陶侃将佐，士民交怨。元帝颇有所闻，征廙为散骑常侍，令访代任荆州刺史。敦以前时曾与访约，至此得朝廷委任，正好践言，倒也没有异议。偏从事郭舒语敦道："荆州虽遇寇难，现状荒敝，但究系用武要区，不可轻易假人，公宜自领为是。访既刺梁州，已足报功，倘再移荆州，恐尾大不掉，转为公

忧。”敦听了舒言，竟易初志，便表达元帝，请留访仍任梁州，愿自领荆州刺史。虽
由郭舒进谏所致，但主权总在王敦，敦怀私失信，咎将安辞？元帝不好驳议，只得加敦荆
州牧，命访留任，但使为安南将军。访平素谦逊，不自矜功，此次也不禁动怒，贻书
诋敦，敦裁笺作答，强为慰解，并馈访玉环玉碗，申明厚意。访将环碗掷地，顾叱敦
使道：“我非贾竖，不爱珍宝，怎得把此物欺我哩？”敦使自去。访务农训卒，秣马
历兵，本意欲宣力中原，规复河洛。自与敦有隙，隐料敦有异志，遂壹意防敦。守宰
有缺，即择心腹补任，然后奏闻。敦虽然加忌，但惮访勇略，未敢逞威。无如访已垂
老，天不假年，平曾后仅阅一载，竟致病逝。访系南安人氏，与陶侃素相友善，且结
为儿女姻亲。庐江人陈训，有相人术，当访与侃卑贱时，尝语二人道：“二君皆位至
方岳，功名亦大略相同。但陶得上寿，周得下寿，寿有长短，事业不能不少异了。”
及访病殁梁州任所，年六十一，尚小侃一岁。两人俱为刺史，适如训言。有诏赠访为
征西将军，赐谥曰壮，另调湘州刺史甘卓继任，兼督沔北诸军事，仍镇襄阳。

卓未到时，王敦已遣从事中郎郭舒，监襄阳军。至卓已莅镇，敦乃召还郭舒，元
帝征舒为右丞，敦留舒不遣，自是元帝亦未免疑敦，另引刁协刘隗为腹心，裁抑王氏
权势。就是佐命元勋王茂弘，即导表字，见前。亦渐被疏远。中书郎孔愉，谓：“王导
忠贤，且有勋望，仍宜委任如初。”元帝竟出愉为司徒左长史。王导尚随势浮沉，没
甚介意，独王敦愤愤不平，上疏陈请道：

臣从弟王导，昔蒙殊宠，委以事机，虚己求贤，竭诚奉国，遂借恩私，居辅政
之重。帝王体远，事义不同，虽皇极初建，道教方阐，维新之美，犹有所阙。臣每慷
慨于退远，愧愤于门宗，是以前后表疏，何尝不寄言及此。陛下未能少垂顾昐，畅臣
微怀。顷导见疏外，导诚不能自量，陛下亦未免忘情。天下事大，尽理实难，导虽凡
近，未有秽浊之累，既往之勋，畴昔之顾，情好绸缪，足以激厉薄俗，明君臣合德之
义。昔臣亲受嘉命云：“吾与卿及茂弘，当管鲍之交。”臣忝外任，渐冉十载，训诱
之诲，日有所忘，至于斯命，铭之于心。窃犹眷眷，谓前恩不得一朝而尽。伏维陛
下，圣哲日新，广延俊义，临之以政，齐之以礼。顷者令导内综机密，出录尚书，杖
节京都，并统六军。既为刺史，兼居重号，殊非人臣之礼。流俗好凭，必有讥谤，宜
省录尚书杖节及都督。且王佐之器，当得宏达远识，高正明断，道德优备者为之。以

臣暗识，未见其才。如导辅翼积年，实尽心力。自来霸王之主，何尝不任贤使能，共相终始。管仲有三归反坫之讥，子犯有临河要君之责，萧何周勃，得罪图圄，然终为良佐。以导之才，何能无失？当令任不过分，役其所长，以功补过。若圣恩不终，则遐迩失望，天下荒弊，人心易动；物听一移，将致疑惑。臣非敢苟私亲亲，唯欲效忠于社稷耳。事阙补衮，不尽欲言。

这篇奏疏，明明是心怀怨望，挟制朝廷。使人到了建康，先至导第，取疏出示。导摇手道："此疏不便上闻，烦汝持还便了。"因将原疏封固，交与来使，缴还王敦。敦不甘罢休，仍遣人直接奏陈。元帝览到此疏，也觉介意，夜召谯王承入宫，出疏与阅，且语承道："朕待敦不为不厚，今敦要求不已，语多忿激，究宜如何处置？"承答道："陛下不早为抑损，致有今日，若再加姑息，祸患不远了。"元帝亦不免叹悔。越日，复召刘隗入商，隗请速简重臣，出镇方面，以备非常。元帝点首，适王敦表荐宣城内史沈充，代甘卓为湘州刺史，元帝不从，复召语谯王承道："王敦奸逆已著，视朕如惠皇帝，朕若不图，必蹈覆辙。湘州地居上游，形势冲要，怎得再用王敦私人，同恶相济？看来只好烦劳叔父，为朕一行。"承答说道："臣仰承诏命，唯力是视，何敢辞劳？但湘州甫遭寇乱，人物凋敝，若奉命莅镇，必及三年，方可从戎。否则时日迫促，教养两难，虽粉身亦恐无益呢。" 却有先见之明。元帝竟颁下诏书，令承为湘州刺史。

承系谯王逊次子，即宣帝弟城阳亭侯进庶孙，兄随已殁，承得袭父爵，秉性忠厚，为元帝所亲信。此次出刺湘州，陛辞就道，行至武昌。撤去戎备，坦然见敦。敦不得不设宴相待，席间用言讽承道："大王系雅素佳士，恐未足为将帅才。"承知他有意诮己，便应声道："铅刀虽钝，或堪一割，公亦休得轻人。"敦付诸一笑。及宴毕散席，敦入语参军钱凤道："彼不知畏惧，漫学壮语，显见是虚憍无术，有什么能为呢？"遂听令赴镇。

阅年为太兴四年，春季天变，日中有黑子，夏仲地震，终南山忽崩，时人目为不祥。元帝益恐王敦为乱，更命尚书仆射戴渊，为征西将军，出督司兖豫并雍冀六州军事，领司州刺史，镇守合肥。丹阳尹刘隗，为镇北将军，出督青徐幽平四州军事，领青州刺史，镇守淮阴。两人皆假节领兵，名为讨胡，实隐为防敦起见。且迁王导为司空，录尚书事，外尊内疏，一切机事，多不与议，但遥与刘隗密通敕奏，决定施行。**隗实一庸才，元帝亦太误信。**敦探悉刘隗专政，即寄书与隗，略言："足下近得圣眷，朝野共知，现今北虏未灭，中原鼎沸，敦欲与足下等，戮力王室，共靖海内，事若有成，帝祚永隆，否则从此无望了。"隗复书道："鱼相忘于江湖，人相忘于道术，竭股肱之力，济以忠贞，便是区区素志，愿与公各勉将来。"敦得复书，见他言外寓意，更加忿恨。复表陈："古今忠臣，见疑君上，俱由幸臣交构所致。"这明明是指斥刘隗。元帝益生疑忌，但因筹备未固，暂加敦羽葆鼓吹，借示羁縻。

敦视、刘隗、刁协等人，均非己敌，唯豫州刺史祖逖，颇为所惮。逖已肃清河南，荡平群丑，方拟规画河北，逐渐进取，偏朝廷简派戴渊，来统豫州。逖因渊徒有虚名，不足共事，心甚怏怏。且闻王敦与刁刘构隙，将致内乱，眼见是国家多难，势不能恢复中原，于是感愤成疾，日重一日。临危时，尚营缮虎牢，命诸将筑垒，工未告竣，魂已长辞。当时豫州分野，发现妖星，术士戴洋，谓祖豫州九月当死，历阳人陈训，亦谓西北当折一大将，就是逖亦知自应星象，抱病长叹道："我志平河北，乃天不佑国，偏欲杀我，我死尚有何望呢？"**长使英雄泪满襟。**已而果殁，享年五十有六。豫州士女，若丧考妣。谯梁百姓，多为立祠，有诏赠逖车骑将军，令逖弟约，代领州事。约无抚驭才，士卒离心。王敦得祖逖死耗，喜出望外，遂以为天下无敌，决计发难。是时为太兴五年正月，元帝方改元永昌，颁诏大赦。那王敦发难的表文，接踵呈入，表云：

刘隗前在门下，邪佞谄媚，谮毁忠良，疑惑圣听，遂居权宠，挠乱天机，威福自由，中外杜口。魏晋以来，未有此比。倾尽帑藏，以自资奉，大起事役，以扰士民。臣前求迎，诸将妻息，圣恩听许，而隗绝之，使三军之士，莫不怨愤。又徐州流人，辛苦经载，家计始立，隗悉驱逼，以实己府。当陛下践阼之始，投刺王官，本以非常之庆，使豫蒙荣分，而隗使更充征役，仍依旧名，百姓哀愤，怨声盈路。臣备位宰辅，与国存亡，诚乏平勃济时之略，然自忘驽骀，志存社稷，岂可坐视成败，以亏圣美？事不获已，乃进军致讨。愿陛下深垂省察，速斩隗首，则众望屡服，皇祚复隆。隗首朝悬，诸军夕退。昔太甲不能遵明汤典，颠覆厥度，幸纳伊尹之勋，殷道复昌。汉武雄略，亦惑江充，至乃父子相屠，流血丹地，终能克悟，不失大纲。今日之事，有逾于此。忆昔陛下坐镇扬州，虚心下士，优贤任能，宽以得众。故君子尽心，小人毕力，如臣暗蔽，预奉徽猷，王业遂隆，维新克建，四海延颈，咸望太平。自从信谗以来，刑罚不中，街谈巷议，皆云如吴之将亡，闻之惶惑，精魂飞散，不觉胸臆摧破，泣血横流。陛下当令祖宗之业，存神器之重，察臣前后所启，奈何弃忽忠言，遂信奸佞，谁不痛心？愿出臣表，诹之朝臣。介石之讥，不俟终日，令诸军早还，不至虚扰，则四海乂安，社稷永固矣。擐甲待命，无任翘企！

表文既上，遂带领水陆各兵，出发武昌。宣城内史沈充，本系王敦爪牙，还至吴兴原籍，招募徒众，起应王敦。敦至芜湖，命充为大都督，督护东吴诸军事，又上表罪状刁协，迫令加诛，建康大震。小子有诗叹道：

> 果然蜂目露豺声，藐视朝廷敢逞兵。
>
> 纵使刁刘难免咎，叛君毕竟是横行。

欲知元帝如何对付，下回再行说明。

先儒于段匹磾之死，多以全节许之，独本书叙述匹磾，贬过于褒，非好为此苛论也。刘琨志匡晋室，而匹磾杀之，彼固尝与琨结为昆季矣，口血未干，遽下毒手，对琨则不义，对晋即不忠。至杀琨以后，人心不附，迄为羯胡所虏，犹受石氏冠军将军之职，临难不死，徒著晋服，持晋节，自命为晋室忠臣，欺人耶？欺己耶？李陵答苏武书，有虚死不如立节之言，而后人鲜有为陵恕者，何于段匹磾而独嘉之也？王敦蜂目，潘滔早料其噬人，而元帝反付以重权，令督六州军事。夫当时义勇卓著，如祖逖周访陶侃诸人，皆可分任，乃专用一残忍无亲之王敦，虽欲不乱，得乎？况有刘隗、刁协之从中酝酿者哉！